A Jean Rostand et Louis Lecoin

JULIEN DES FAUVES

Michel Lancelot est né en 1938. Diplômé de psychologie et d'histoire, il travaille comme interprète puis commence une carrière de journaliste (Combat, L'Aurore, Cinq colonnes à la une) *avant de s'orienter vers la littérature.*
Il a publié deux portraits musicaux, Anton Bruckner *et* Richard Wagner *(en allemand), et trois essais :* Je veux regarder Dieu en face, Campus, Le Jeune Lion dort avec ses dents.
Il a animé pendant cinq ans l'émission « Campus » sur Europe 1, et il est aujourd'hui producteur et conseiller artistique sur Antenne 2.

Dans une Europe enfin confédérée, mais désunie, en proie au tumulte et à une menace extérieure, un homme apparaît, fils présumé d'un artisan modeste du nord de la France : Julien Mahé.
A ses côtés, ou plutôt à ses flancs tant il paraît humain, marche une poignée de filles et de garçons.
En face d'eux, un pouvoir rigoureux, impitoyable. Et, pour arbitrer ce duel, en spectateur impuissant, une société européenne hébétée par ses propres révoltes, en proie à la folie et à la peur.
Apparitions télévisées, violences, campagnes de calomnie, meurtres, rien n'arrête Julien Mahé dans sa dénonciation et son message de fraternité. Vers lui, venus de toute l'Europe ils accourent par centaines, bientôt par milliers. Alentour, la nature s'en mêle, la terre craque en Méditerranée... Le pouvoir s'inquiète, l'Eglise s'interroge.
Qui est réellement Julien Mahé? D'où lui viennent ce magnétisme et d'autres pouvoirs, plus étranges encore?
Julien est-il celui qu'on attendait?
Dans les cinquante dernières pages, alors que devant cinq cents millions de téléspectateurs le voile semble se lever de façon dramatique sur ce jeune homme étrange, le mystère rebondit encore avec la personnalité d'une enfant de six ans, Maya, qui ne le quitte plus jusqu'à ce dernier jour...

MICHEL LANCELOT

Julien des fauves

ROMAN

ALBIN MICHEL

Il blanchissait le siècle autour de lui, de sorte
Que les justes, dont l'âme encore n'était pas morte
Dans ces temps sans pitié, sans pudeur, sans amour,
Pouvaient voir au réveil luire deux points du jour,
L'aurore dans le ciel et sur terre, cet homme...

Victor HUGO

PROLOGUE POUR UN PRÉSENT

I

C'ÉTAIT de nos jours... ou presque.

L'Europe, convalescente, digérait son renouveau.

Toutes les ombres d'hier s'éloignaient. Jusqu'à ce terrible chômage qui, en moins de dix ans, avait humilié, cassé, éventré, écouillé plusieurs millions d'hommes et de femmes et qui, aujourd'hui, reculait. Dans ses bulletins de victoire, une règle à calculer entre les dents, la social-démocratie à col blanc pouvait roter de satisfaction. Et ne s'en privait pas.

L'Europe, encore engourdie par le choc, souriait dans le vide...

Certes, tout n'était pas encore « impeccable » pour reprendre le mot favori des sphères dirigeantes. Plusieurs blessures infligées au peuple seraient sans doute longues à se refermer. Il faudrait effacer des rancunes, rebâtir une fraternité civique. C'est qu'on avait dû se résoudre à faire transhumer des ouvriers de région à région, par troupeaux entiers, comme des bêtes, avec leurs femelles et leurs nouveau-nés. Outre ces exodes lamentables, encombrés par les pleurs, des mots comme désirs, goûts personnels, aptitudes, avaient dû, naturellement, être rayés du vocabulaire des travailleurs.

Mais comment agir autrement, hein, franchement? Oh! tout ce qui devait être fait ne l'avait pas été de gaieté de cœur. Mais, les études les plus sérieuses ne disaient-elles pas que... Les prévisions les mieux étoffées n'exigeaient-elles pas... Alors?

Bien sûr, il y avait eu cette vague atroce de suicides, l'an passé... Mais, à quoi bon, sans cesse, regarder en arrière, remâcher les mauvais souvenirs? Non, non! Maintenant, il fallait repartir du bon pied, oublier...

L'intelligence avait donc triomphé de la pitié. Mais pour combien de temps?

Car les plus attentifs sentaient bien, depuis plusieurs semaines, alors même que leur victoire se dessinait, une puissante incubation, l'approche de quelque chose d'inconnu, d'une nouvelle menace...

Mais laquelle?

Interrogé, MNESIS III, le plus gros ordinateur du continent, pourtant haut comme une maison de six étages et enfoui à cent mètres sous terre, resta muet. On eut beau formuler la question de mille façons différentes, rien ne put arracher cette taupe métallique à son silence.

A la surface, un seul changement, imperceptible à l'œil, était survenu dans l'ordre des choses : *le soleil se couchait toujours à l'ouest mais il ne s'endormait plus...*

C'est alors qu'un formidable hurlement s'éleva.

Un cri si fort, si étrangement aigu que la vieille Europe, encore un peu sommeillarde, frissonna sous ses couvertures.

Jamais depuis l'émeute universelle de 1968, cette folie qui appartenait déjà à un passé aussi flou qu'incompréhensible, jamais semblable tempête ne s'était abattue sur les hommes.

On avait oublié le parfum sauvage de ces grandes colères où certains viennent pour accomplir ce qu'ils croient juste.

Personne ne se souvenait plus. Et voilà qu'une nouvelle clameur, celles des Immatures, comme jaillissant de mille orgues de Staline, traçait dans le ciel l'ébauche rêvée de nouveaux commandements.

Ce n'était donc pas un rêve.

Les Immatures, c'est ainsi qu'ils s'appelaient eux-mêmes, avaient entre quatorze et vingt ans. Et, pour cette raison peut-être, ils ne respectèrent aucune règle du grand jeu politicien. Pas de préalables, aucun manifeste idéologique, pas une seule manifestation en guise d'avertissement. D'entrée, un peu partout en Europe, ils avaient frappé, tué, mitraillé, provoqué des explosions en hurlant comme des possédés. Et l'effet de surprise fut total, y compris chez les extrémistes habituels, pris de court eux aussi par cette violence étrangère...

De qui les Immatures étaient-ils les enfants? Qui les avait formés secrètement? Qui les avait armés sans qu'ils en fussent peut-être conscients? Dans quelle faille obscure de la société ce flot honteux avait-il pris sa source? Et combien étaient-ils? Deux cent, trois cent mille?

Il était trop tard pour s'interroger et trop tôt, sans doute aussi, pour répondre. Déjà, ce torrent furieux frappait de plein fouet, éclaboussait les immeubles de sa rage, descellant les parpaings pour mieux faire apparaître le sable.

Il y eut une première vague, puis une seconde, puis une troisième, comme si cela ne devait jamais finir. Elles déferlèrent, de plus en plus larges, de plus en plus grosses. En moins de quarante-huit heures, l'Europe devint un océan de corps à corps où, seule, affleurait encore l'écume des cris.

Ce n'était partout que remous d'adolescents, hier encore désenchantés et prostrés, aujourd'hui exaspérés jusqu'au meurtre, tourbillonnant au milieu d'adultes hagards et de flics vitrifiés par la peur. Et dans cet abordage impitoyable où le songe sabrait le mensonge, les eaux se firent rouges.

Le troisième jour, le pouvoir se reprit et fit donner l'armée.

Alors, l'imagination se croisa. *Pour la dernière fois.*

Ici, avec orgueil, bien que déjà la panique au ventre devant les forces qu'elle avait déchaînées. Là-bas, des larmes dans les yeux, à un contre cent, à un contre mille. Et les eaux rougirent encore.

Les Immatures... toutes ces jeunes possibilités humaines confondues, avides d'impossible, couraient les chemins et les fondrières de la terre ébranlée. Et le vent porta l'écho des combats. Et, malgré l'intervention annoncée de deux divisions blindées, le mouvement s'étendit encore, dans une camaraderie de souffrance.

D'Irlande la coléreuse aux frontières sombres de Silésie, des mines du Nord aux rocailles dorées de Sicile, cent nouvelles légions de jeunes Immatures invoquèrent dans le même temps cent raisons d'être barbares.

Combien étaient-ils maintenant? Cinq cent mille? Un million? Plus peut-être? On avait craint une émeute. Et, pire qu'une révolution, c'était un vertige.

Trois semaines s'écoulèrent encore, dans ce tournoiement sanglant, mais qui aurait eu l'idée de les compter? Comme dans un de ces trous noirs de l'espace galactique *où rien n'existe plus,* dit-on, le temps et les hommes s'étaient contractés puis abolis dans une même aura de folie...

Et, face à la récente Confédération des Etats modernes d'Europe, rebaptisée ironiquement par les Immatures « République des Mécréants et des Intérêts Obscurs », il n'y eut plus, bientôt, que ce royaume désiré de la pure frénésie.

« La révolution pour la liberté mentale sera divine ou ne sera pas! » hurlaient ces fanatiques, en se jetant comme des grenades vivantes contre les tanks.

Ces jeunes hystériques voulant de la mort et la mort voulant bien de cette jeunesse, ce fut une étreinte énorme. Et, pour mieux la voiler aux regards impurs, les eaux se couvrirent d'une mousse rosâtre...

Historiquement, on s'en souvient, le rôle des libéraux européens dans le dénouement fut déterminant. Rangés dans l'opposition depuis la deuxième crise industrielle, aux côtés — et ce n'était pas le moins comique – de partis survivants de l'ancienne gauche, les libéraux se cantonnèrent au début dans un rôle de spectateurs impassibles sinon bienveillants, en appelant seulement, de temps à autre, à titre d'explication d'un tel bordel, de l'incapacité de la pourriture social-démocrate qui monopolisait le pouvoir.

Puis, profitant des derniers spasmes de la crise, ils réclamèrent le droit de diriger la Confédération, et promirent de rétablir l'ordre.

Bien que faits trop mous et venus tard, ils réussirent et donnèrent à l'Europe un nouveau Président. Rien ne plaît tant à l'Histoire que ce genre d'injustice. Rien ne séduit mieux cette femelle que l'abject, surtout lorsqu'il prend le visage du bon sens.

Sur tout le continent, dans toutes les villes de plus de vingt mille habitants, la battue s'organisa. Traqués par ceux-là mêmes, dont certains hier encore les encourageaient secrètement, les meneurs Immatures furent jetés en prison, l'un après l'autre.

Alors, ce fut le dépeçage, les plus couards s'enhardirent. Par des lois dont l'astuce ne le disputait qu'à l'ignoble, on fit en sorte de prévenir tout réveil brutal de l'animal.

Le pays, soulagé de sa peur, laissa juger dans le chaos et l'arbitraire. Et l'Europe, encore soûle du choc, brûla quelques jeunes dieux, suicida les autres, changea d'automobile, se grisa des week-ends retrouvés et paya l'Histoire de quelques nouveaux mensonges.

Et les eaux se retirèrent, laissant çà et là, sur les

murs, quelques traces sanglantes pour que la tradition pût témoigner, un jour, de la violence de cette crue.

En Méditerranée, et notamment sur les côtes grecques et italiennes, la terre craqua un peu plus fort que d'habitude, mais personne n'y prit garde.

On demanda plutôt aux commentateurs agréés de mettre en exergue la nouvelle tuerie entre Soviétiques et Chinois, sur le fleuve Oussouri. Que des barbares communistes se déchiquetassent là-bas, très loin, s'inscrivait dans la logique pure. Le génie européen, lui, avait besoin de calme et de sécurité. La vitesse fut limitée à quatre-vingt-dix kilomètres/heure sur les autoroutes et, à Saint-Florent-des-Sources, la quatorzième centrale nucléaire, enfin débarrassée de ses contestataires, fut accouplée à la lumière. Autant de nouvelles bien propres à confronter l'Europe sur ses propres ténèbres.

Alors, mais alors seulement, on respira.

Et ce fut la pauvre fête du commerce et de l'argent. La dernière grande bacchanale du profit. L'or, un instant ridiculisé, piétiné par ces Immatures de sinistre mémoire, retrouva tous ses pouvoirs. Mieux, il les accrut. Tout le monde en voulut, ce fut une rage. Jamais le serviteur ne fut aussi près du maître. Plus d'employés, plus de patrons, rien que des spéculateurs.

Ah ! l'avait-on attendu ce moment-là ! Enfin, on parlait le même langage. L'homme n'exploitait plus l'homme. Délivré, il pouvait désormais s'exploiter lui-même.

Le « supplément d'âme » réclamé par les anciens philosophes chrétiens n'avait jamais été aussi nécessaire. On le nia. Et l'expression elle-même fut interdite de reproduction sur un ordre du nouveau Président. En outre, bien que le culte en restât totalement libre, la plus grande suspicion pesa désormais sur ce mot de « chrétien », certains Immatures ayant avoué, à la surprise générale, leur bizarre attirance pour cette morale archaïque.

Au cours de leurs trois grands procès, à Cologne, à Lyon, et à Turin, où ils reconnurent d'ailleurs sans difficulté tous leurs crimes, les leaders Immatures apparurent souvent aux observateurs privilégiés comme de pauvres fous, sortis d'un christianisme primitif déçu ou mal compris – ici, les opinions différaient – et, où se mêlaient dans un bric-à-brac invraisemblable le glaive du Christ, la fraternité perdue, le meurtre nécessaire des prêtres-marchands, et une sortie de l'Histoire possible pour les justes...

« On avait promis à nos parents, déclara l'un d'eux d'une voix frémissante, un âge d'or où l'homme spirituel s'exprimerait mieux dans un espace aux nouvelles dimensions; la mutation définitive, le bonheur parfait... »

Le juge-président le regarda, ébahi.

« Vous êtes cinglé? » demanda-t-il.

Sans se démonter, l'Immature décrivit alors de façon succincte tout ce qui avait été promis, espéré, depuis un siècle, puis il ajouta.

« Ces dimensions cellulaires, biosphériques, et même solaires, notre science les a maîtrisées.

– Des dimensions cellulaires ? » répéta le premier juge.

L'Immature approuva.

« Or, quel en a été le résultat ? Par millions, par centaines de millions, nous sommes devenus les esclaves mentaux d'une poignée d'hommes qui nous manipulent de notre naissance à notre mort... Nos parents avaient oublié Dieu et la promesse de bonheur, pas nous. Nos parents ont peur, pas nous. C'est pour cela que nous nous sommes battus, que nous avons tué, et que beaucoup de nos jeunes frères sont morts... »

Il marqua une courte pause avant de poursuivre.

« J'ajouterai, au nom de mes camarades, que nous n'éprouvons ni regrets ni remords de ce massacre. C'est tout. »

Le premier juge réfléchit et dit lentement.

« Asseyez-vous, je vous prie... »

Avant d'obtempérer, le jeune accusé resta quelques secondes debout, étudiant le magistrat de son regard clair. On le vit ouvrir la bouche pour ajouter quelque chose et la refermer. En s'asseyant, il souriait.

Le premier juge farfouilla nerveusement dans ses papiers, et dit quelque chose que personne n'entendit. Puis, à voix haute, il lut les sentences...

Deux semaines plus tard, vingt-trois chefs Immatures périrent sur l'échafaud, avec le même hurlement sauvage, tous étrangement fiers de quelque chose, mais personne ne sut jamais de quoi.

Le plus jeune, un petit brun à l'œil dur, originaire de Saint-Jean-de-Luz, venait tout juste d'avoir dix-sept ans.

La prise de conscience des structures universelles ayant été ainsi repoussée aux calendes grecques par l'exécution de quelques adolescents, et la fête de l'or rencontrant un succès dévastateur, la République européenne comprit qu'il fallait aller plus loin encore, et décida de droguer les hommes. De les avilir par des plaisirs faciles. Et les hommes trouvèrent que la République avait du génie.

Et ce fut dans le bain tiède de la sottise une surenchère formidable.

On mutila d'abord le cerveau des enfants en les bourrant de confiseries audio-culturelles dont certains faillirent même périr, étouffés. Leur agressivité naturelle fut promptement canalisée par des spectacles soigneusement choisis, et discrètement encouragés, où la musique la plus débile fit office d'euphorisant. On multiplia les centres pseudo-artistiques, ouvertement mais sans une fanfaronnade excessive qui eût pu soulever les soupçons. Et, plus secrètement, on mit en œuvre la castration totale, économique et formelle des créateurs. Les résultats apparurent très vite satisfaisants.

Sans heurt ni résistance, des millions d'acteurs en puissance se cantonnèrent désormais au rôle de spectateurs. En outre, toute création humaine autorisée devait apparaître comme une marchandise. Et le devint.

Quant à l'autre pilier de cette cathédrale éclatée,

la science, on exigea qu'elle fournisse en priorité de l'énergie à la bête avide. Et la science y perdit ses derniers poètes.

Daxel le Norvégien, Begerov l'Allemand, et les deux derniers prix Nobel de physique, Rossan et Gyorgy, furent, si ma mémoire est bonne, parmi les seuls à protester publiquement. Cela devait leur coûter très cher. Mais l'un d'eux appartient à notre histoire et nous aurons l'occasion d'y revenir.

Rappelons toutefois, dès à présent, que l'inquiétude puis la colère de cette poignée de savants ne furent guère contagieuses. En général, la transmutation malfaisante fut si habilement opérée par les libéraux que chacun s'y laissa prendre. Et l'on vit même d'anciens Immatures, pardonnés pour être rentrés dans le rang, s'en féliciter avec ostentation. Pour les autres, les plus méfiants, ceux qui, de par le territoire et parfois même au-delà des frontières de la Confédération, se montraient irréductibles, la République des Intérêts Obscurs usa de beaucoup de talent pour unir le meurtre à la justice.

En fait, elle y parvint mal. En fait, elle n'y parvint pas.

Mais, qu'importait-il, au fond ?

Désormais, la foule, hébétée, était prête à détruire ce qui ne lui ressemblait pas. Et cela suffisait aux intentions de ceux qui l'avaient ainsi programmée.

Ensuite, mais qui a pu oublier cette dégringolade, tout est allé très vite. Et les historiens du futur, s'il en vient, n'auront aucune difficulté à dater la chronologie pourtant frénétique de cet effondrement.

On autorisa d'abord les spectacles les plus crus, les plus violents. Sur les écrans géants, comme sur le sable des arènes d'avant-hier, le sang gicla, les sons se firent plus forts. Chacun voulut voir en images l'acte d'amour cent fois bafoué. L'indécence se fit indescriptible. Par vagues successives, la sottise et la pornographie montèrent à l'assaut des derniers bastions de l'intelligence et de la tendresse.

Et l'on se demanda, une fois tournée par un metteur en scène à la mode, la vision d'un homme enculant un gamin de trois ans dans un flot de douleur insupportable et sanglante, quelles nouvelles images on pourrait encore inventer pour donner le frisson, une fois encore et une fois encore, à cette humanité gavée d'ennui.

Après avoir rêvé, dans ses fantasmes les plus sombres, d'un monde laid, absurde et répugnant, l'homme s'était pris à vouloir le réaliser.

La beauté fut déclarée subversive.

Et, au cours de ces deux années monstrueuses où la conscience reflue, où la vulgarité tour à tour « se mine » et « s'éclate » pour reprendre une expression du temps, où l'âme est moissonnée et la main créatrice broyée sous le populaire, comme les raisins au pressoir, il fallait une divinité et ce fût la haine.

Dans ce formidable complot contre l'Amour, devant cette coalition du mensonge, les meilleurs perdirent pied. La terre devint une poubelle et l'on vit un déséquilibre définitif s'installer entre l'homme et le monde vivant. La connaissance intuitive des femmes s'égara. Et tout ce qui appartenait à l'enfance de l'humanité fut détruit.

L'instinct religieux lui-même n'y résista pas. Sous la force des tractions les plus contradictoires et les plus folles, Dieu se déchira comme une simple feuille de papier.

Enfin, pour faire bonne mesure, on guillotina la prière.

Les Européens perdirent leurs derniers secrets. Et lorsque leur sensibilité, hier encore frémissante, aujourd'hui mutilée, parvint à un point de non-retour; lorsqu'ils surent demeurer impassibles devant des catastrophes épouvantables et des exhibitions de bêtise et de cruauté qui eussent soulevé en eux, jadis, la surprise et l'indignation; lorsqu'ils purent supporter, presque sans émotion, le spectacle de centaines de millions d'hommes crevant de faim, là-bas, très loin; lorsqu'ils plébiscitèrent la célèbre « *Nécessité de Survie* », loi qui prescrivait de frapper durement les ennemis de l'Europe, ceux de l'intérieur et ceux de l'extérieur, et qui rayonnait désormais par cette pensée suprême que « *la condition même du cycle humain était de vaincre ou de périr* »; lorsque enfin, pour compliquer ce jeu fatal, ils accueillirent avec reconnaissance la reviviscence de certains mythes racistes, alors la République des Mécréants et des Intérêts Obscurs sut qu'elle avait gagné.

Mobilisés, les hommes placèrent sur l'autel, à côté de la divinité Haine, la plus étrange de ses sœurs putatives. Et l'humanité du vieux continent se prit à adorer la Mort.

En attendant, chacun dans sa tranchée, l'ordre d'assaut final.

L'homme allait parier sur le néant comme, jadis, il convoitait le paradis, prêt à payer de sa personne l'absurde défi.

Et des chorales d'enfants bien propres, pétant de santé et d'hygiène mentale, chantèrent les louanges du fatal homicide.

L'heure des héros désintégrables avait sonné.

D'un cycle se refermant, celui d'un âge métallique, ils allaient larguer les dernières amarres qui retenaient encore l'individu à la raison. Un individu libre de disparaître, rejetant sa destinée vitaliste, obstiné qu'il était dans sa volonté de cracher sur l'univers.

C'est vers cette époque, aux premiers éclairs de cet immense orage, qu'on parla pour la première fois de Julien Mahé, d'origine paysanne, fils présumé d'un modeste serrurier picard et, chuchotait-on déjà, d'une ancienne prostituée.

Aux côtés de Mahé, ou plutôt à ses flancs tant il était humain, marchaient d'autres inconnus, garçons et filles. Ceux que l'on appellerait plus tard, beaucoup plus tard, les Révolucides.

II

En prenant la décision de raconter les événements survenus récemment en Europe — et j'ai dû commencer par la flambée furieuse des Immatures, que personne n'a pourtant oubliée, mais qui était nécessaire à la compréhension du reste — peut-être me suis-je attelé à une tâche au-dessus de mes forces et de mes compétences.

D'abord, je suis de santé fragile, une vieille histoire pulmonaire qui n'a jamais cessé complètement de me tarabuster. Mais ce n'est pas l'essentiel.

L'aventure singulière des Révolucides, quoique brève, est complexe, et certains personnages ne le sont pas moins; Julien Mahé et l'enfant Maya bien sûr, mais aussi Rossan, Elyane, Susan Heynckes, Patricia, François et les autres...

Or, je ne suis pas journaliste, écrivain moins encore.

Plusieurs aspects de ce que l'on a appelé « Le Phénomène J » m'auront forcément échappé. En outre, je n'ai jamais vécu certains épisodes d'Essennes, et plusieurs anecdotes assez délirantes m'ont été rapportées beaucoup plus tard. Dès lors, quelle valeur peut-on accorder à des informations de deuxième ou troisième main ? En toute honnêteté, je n'en sais rien, et des recoupements m'ont été impossibles, les acteurs ayant disparu prématurément.

D'autres choses, au contraire, m'ont frappé puissamment, et marqué de façon indélébile. Car ce que j'ai vu, je l'ai bien vu. Mieux qu'un autre, sans doute, car j'ai l'œil du peintre. Entendez par là que je fais des tableaux, qu'on m'accorde un talent original, puissant, et que j'en vis très convenablement.

J'ajouterai à cela, pour être aussi complet que possible, que je dois être le seul à avoir entretenu une correspondance avec Julien Mahé.

Ces lettres, je les ai longtemps rangées sur le haut d'une armoire, au fond de mon atelier, avant de les ranger dans mon cœur.

Plusieurs d'entre elles éclairent la personnalité trouble, voire incompréhensible encore aujourd'hui pour certaines personnes, de Julien Mahé.

Ah ! mais j'allais oublier : je m'appelle Stanislas Miezko, Français d'origine polonaise, et fils de mineur. Mon âge ? Bientôt soixante ans. Avec mes amis, qui m'appellent Stani, j'aime boire, rire et faire la fête. Enfin, politiquement, je suis un homme de gauche, ce qui au début de notre amitié exaspérait Julien. Lui m'aimait, disait-il, parce que j'étais un homme de cœur. De gauche, de cœur, quelle importance aujourd'hui ?

Un commentateur agréé du Président – je préfère continuer à les appeler ainsi bien que la profession de journaliste ait été officiellement rétablie depuis peu de temps – un commentateur donc me demandait récemment si l'impact de Julien Mahé n'avait pas tenu surtout à sa formidable jeunesse.

Quel con ! il n'y a pas d'autre mot.

Car je n'ai jamais éprouvé de fascination particulière pour la jeunesse, y compris la mienne et celle des autres. Je ne ressemble pas à ces ânes gris, bourrés de complexes, et notamment nos intellectuels, qui ne jurent, la bouche en rond, que par les étudiants et autres apprentis de l'existence.

Notre génération dite « perdue », on ne sait trop pourquoi (comme si elles ne l'étaient pas toutes), a fait de bonnes et de mauvaises choses, des guerres inutiles et des révoltes avortées. Bref, les mêmes découvertes et les mêmes erreurs que ceux d'avant et ceux d'après.

Mais il est vrai que la fascination exercée par Julien sur plus de deux cents millions d'Européens présente, aujourd'hui encore, quelque chose d'inexplicable.

Car parlons-en de cette Europe que nous avons construite !

Europe sans âme, Europe sans couilles. Tu voulais l'ordre et la sécurité, tu les as. A la seule différence qu'Ils ont fait naître des lois, en douce, dans ton dos, que tu n'as pas comprises. Mais le résultat est là; on peut te saisir, te prendre, t'emmener en pleine nuit, en plein soleil, devant les autres qui tournent la tête ou qui rigolent ouvertement parce que la lettre de délation, c'est eux qui l'ont envoyée. Pour ceci, pour cela, pour t'emmerder, pour te prendre ta femme ou te voler tes gosses, ta maison, ta terre.

Saloperies d'hypocrites, fascisme sans larmes... Je suis vieux et j'ai honte de ce que nous avons laissé faire.

Mais je m'énerve, je gueule, sachant pertinemment que ça ne servira à rien. Il est trop tard

Julien Mahé avait vu juste. Je me souviens des mots de sa dernière lettre : « *Stani, la république logique, peureuse et sans génie, a fini par tout balayer... Je suis un des derniers témoins d'un monde qui meurt et, si je me suis trompé sur Maya, tout à l'heure, nous serons dans la nuit...* »

Quand Julien a fait intrusion dans ma vie, le premier moment d'emballement passé, je me montrai assez réticent.

C'est que, d'une part, étant engagé politiquement, j'ai toujours considéré et je le pense encore, à un degré moindre peut-être, que le bonheur des hommes réclamait certaines urgences : du travail pour tous et pour toutes, des salaires convenables, une certaine qualité de la vie, enfin, au niveau du logement, des loisirs, etc.

Julien a sans doute été l'un des premiers à contester publiquement ces priorités, non qu'il les ignorât, son passé d'enfant pauvre l'incitant à s'en préoccuper, mais il voulait autre chose, tout de suite, quelque chose de plus vital, de plus exigeant selon lui...

D'autre part, il est difficile d'admettre qu'un homme s'inscrive dans votre vie, non plus de façon quotidienne, anecdotique ou que sais-je encore, mais de façon, je dirais « irrationnelle ». Qu'un garçon comme Julien Mahé vous tende la main du jour au lendemain, sans prévenir, qu'il vous heurte sans pudeur, même si l'on sent *qu'il dit ce qui doit être dit*, à la vérité, on se sent mal. Mal à l'aise, mal à l'homme.

C'est bien joli d'affirmer qu'on rêve de rencontrer un homme pareil. Et qui ne l'a pas dit ou pensé un jour de déprime? Mais, au début, quand il est là, devant vous, avec ce regard qui ne vous lâche plus, qui vous remue les tripes, eh bien, j'affirme qu'on n'a plus qu'une idée en tête : foutre le camp à toute vitesse! Comme un parfum qu'on voulait, qu'on avait imaginé, et qui, une fois sur votre peau, se révèle trop concentré, trop violent.

Julien, dans un registre plus étendu, c'était cela. Ou presque. Ou pire, je ne sais plus.

Avec son aura de colosse et ses facultés pas très normales, avec des propos qu'on ne comprenait pas toujours alors que, dans le même temps, quelque chose à l'intérieur nous soufflait qu'il disait vrai, qu'il voyait juste et haut, un temps est venu où Julien inquiétait plus qu'il n'apaisait.

Moi comme les autres, je le reconnais.

Et puis, il y avait autre chose; la souffrance, je veux dire la sienne face à notre désarroi. Les derniers temps, surtout...

Oh! ce n'était pas toujours visible à l'œil nu. Mais, à force de vivre à ses côtés, cette souffrance nous avions fini par la percevoir, par la palper presque. Ce qu'il supportait avec ses tripes, ses yeux, sa peau et ses oreilles, je crois qu'aucun homme n'aurait pu l'endurer. Et cela, le docteur Ensor qui l'a connu sous un autre aspect, me l'a confirmé plus tard.

Des décharges incroyables. Un bombardement magnétique presque inhumain.

Julien... Oh ! mon pauvre Julien !

On le sentait se tendre, se tendre, se tendre encore.

Nous, on attendait la rupture, l'explosion, l'écrasement... Je crois même que certains d'entre nous l'espéraient cette cassure, avec une sorte de joie mauvaise qui les aurait rassurés sur leurs propres faiblesses. Mais rien... Non, rien. Il tenait.

D'où la tenait-il cette résistance ? Où puisait-il cette énergie ?

Le docteur Ensor n'a pas su ou n'a pas voulu me répondre. Moi-même, aujourd'hui encore, je ne peux rien affirmer. Bien que je m'en doute un peu...

Julien parlait peu de son enfance. Ce qui, surtout les deux derniers mois, lui valut une avalanche de questions à ce sujet, parfois à la limite de l'indécence.

Pauvre et malheureux, il l'avait été, sans aucun doute, encore qu'il n'aimât guère s'étendre sur ce sujet.

« J'ai été pauvre... comme tout le monde », répondait-il souvent dans ces cas-là, avec un sourire singulier.

Avait-il eu des amis étant jeune ? Sans doute, *mais personne ne les a jamais retrouvés...*

Et l'on peut, d'ailleurs, se demander pourquoi, encore aujourd'hui alors que tout danger semble écarté, aucun d'eux ne se soit jamais manifesté?

La formidable métamorphose mentale subie par Julien dans sa vingt-cinquième année l'avait-elle rendu à ce point méconnaissable?

Je n'arrive pas à le croire.

Ou bien, enterrés vivants dans leurs habitudes, ses anciens camarades de jeu ne pouvaient-ils ou ne voulaient-ils plus rejoindre ce prophète du dernier âge? Nul ne le sait, et c'est un des nombreux mystères de cette histoire.

Car il y a eu pire.

A une époque où, je l'ai dit, le mensonge s'étendait déjà en marais sur la plaine, à une époque où personne ne prenait plus garde à cette ombre de boue et où les hommes se changeaient en reptiles, vivaient et se baignaient dans ces eaux fangeuses, la rumeur publique a prétendu que le père de Julien n'était pas son père, mais que sa mère, une Basque taciturne d'Oloron, l'avait conçu — consentante ou violée, ici les versions différaient — avec le père de son mari.

A les en croire, Julien aurait donc été le fils de son grand-père, un homme rude et brutal mais qui, dans sa jeunesse, avait été extrêmement beau, et que la vieillesse avait fait imposant.

Julien devenait ainsi le demi-frère de son père!

Cette affirmation apparaît peu probable, et même fantaisiste. Mais, ce qui est sûr, c'est que Julien entourait volontiers les quinze premières années de sa vie d'un certain voile.

A ce sujet, je me souviens qu'un soir, à Essennes, après un repas pris en plein air, nous évoquions entre nous cette rumeur incestueuse lorsque Julien, qui se trouvait à l'autre bout du parc, avec la petite Maya, et qui, donc, n'*avait rien pu entendre de nos propos*, revint vers nous, tout pâle, et scanda à voix basse :

« Assez!... assez!... L'*homme qui vient après l'homme n'a pas besoin de racines*... Vous ne comprendrez donc jamais rien ! »

Cette colère froide, inhabituelle chez lui, épaissit encore le mystère, mais nous n'en reparlâmes plus jamais.

Ce dont nous étions sûrs, c'était de la date de naissance de Julien : le 5 février 1962.

Or, outre les remous et les passions diverses qui entourèrent son aventure, Julien Mahé a suscité de son vivant, – et peut-être n'est-il pas inutile de le rappeler ici – une sorte de ferveur jamais vue dans ce siècle, en Europe et parfois même, je l'ai su plus tard, au-delà des frontières de la Confédération.

Chez ceux notamment – en fait, je devrais plutôt écrire chez celles, car c'était surtout des femmes – qui croient à l'influence des astres sur les hommes et les événements nés un même jour. Ces personnes avancent pour cela le signe zodiacal, la position des planètes, l'influence du soleil, tout un système de « maisons du ciel » et je ne sais quoi encore.

A dire vrai, je n'ai jamais cru à toutes ces âneries qui font fureur aujourd'hui.

Mais, si j'en parle ici, c'est que cette folie nous valut, un jour, une scène qui est restée gravée dans ma mémoire et dont je laisse, à chacun, le soin de tirer la conclusion.

C'était à la fin du printemps, je crois. Patricia, la mère de Maya, et une des Révolucides, proposa, à moitié sérieusement, j'en conviens, d'étudier le thème de Julien et de voir, simultanément, tout ce qui s'était passé ce jour-là, au nom de ces mêmes coïncidences chères à un psychologue dont j'ai oublié le nom.

« Voyons si tu es né sous une bonne étoile », déclara-t-elle joyeusement en se mettant au travail.

François ayant accès, par sa position privilégiée, aux archives vidéo les plus anciennes de la télévision, celles-là mêmes que peu de gens avaient l'autorisation de consulter, François, donc, nous rapporta quatre jours plus tard un paquet de notes considérable.

Sous l'œil amusé, je m'empresse de le dire, de Julien lui-même.

A notre grande surprise, nous y découvrîmes un lot d'événements ordinaires, mais aussi plusieurs faits singuliers. Faits auxquels j'accorde personnellement peu d'importance, *mais dont le mythe imbécile qui renaît aujourd'hui s'inspire sans doute largement.*

Voilà très exactement ce qui s'est passé.

« Le 5 février 1962, trente-sixième jour de l'année, le soleil s'est levé à 8 h 18 et couché à 17 h 53. Et la météorologie a tenu ses promesses; de l'aube au crépuscule, le temps a été doux et nuageux sur toute l'Europe, s'échelonnant du... »

Patricia lit toujours, Elyane près d'elle.

Julien, assis sur le sol, écoute vaguement, l'esprit ailleurs. La petite Maya s'est endormie, la tête sur ses genoux. Susan, l'Allemande, qui, comme moi, déteste ce genre de stupidités, est montée se coucher ou prier son dieu vengeur, ignorant, tiens j'y repense, que ce sera sa dernière nuit de liberté.

Tous les autres sourient un peu bêtement, complices jusque dans ce jeu idiot.

« Des accidents par centaines, poursuit Patricia de la même voix monocorde. Ainsi, par exemple, la chute de soixante mètres de cette jeune fille de quinze ans dans un puits de mine désaffecté et dont – je lis textuellement – le corps gracile, après un long tournoiement, est venu s'empaler sur des crampons de fer. Et l'ensemble, dit-on, formait une croix étrange et horrible, mi-chair, mi-métal... »

Comme personne ne bronche, elle continue.

« Il y a eu aussi la mort de ce prêtre dans le train Paris-Berlin; son meurtrier lui avait crevé les yeux et coupé les oreilles avant de lui dessiner sur la tempe, avec son couteau, le signe de l'infini... Enfin, dans une petite ville du centre, des enfants de neuf à treize ans ont lapidé à mort un vieux clochard, « pour s'amuser et parce qu'il était « sale », ont-ils expliqué aux policiers devant le corps du vagabond dont le crâne avait été enfoncé à coups de pierres... »

Il me semble – je dis bien il me semble – qu'à cet endroit Julien a tressailli et jeté un regard sur Maya qui dort toujours sur ses genoux, mais je ne le jurerais pas.

« Dans le métro, reprend Patricia, une femme s'est jetée sous une rame. Aucune pièce d'identité, un mètre soixante-cinq environ, vêtue d'une blouse grise sous un manteau bleu. L'incroyable, c'est qu'on n'a jamais su qui elle était...

– Comment cela est-il possible? s'est alors exclamée Elyane avec une sorte de véhémence incompréhensible. Comment peut-on vivre et mourir parmi les autres sans avoir existé? »

Je me souviens parfaitement que Julien, cette fois, a souri à cette remarque. Un sourire amer, assez inhabituel chez lui.

Mais, tous ces événements, jaunis par le temps, ne présentent plus guère d'intérêt. Patricia arrête sa lecture, consciente de l'ennui qu'elle provoque, avec un petit air gêné. Elle saute plusieurs feuillets sur lesquels elle n'a jeté qu'un vague coup d'œil. Puis, tout d'un coup, la voilà qui reprend, d'une voix plus nerveuse, visiblement excitée à l'avance par ce qu'elle va nous dire :

« Ecoutez... écoutez. Le 5 février 1962, à Amsterdam, le professeur Rossan a lancé pour la première fois une diatribe extrêmement violente contre l'atome. Julien, tu entends, c'est une coïncidence incroyable : Rossan a commencé sa guerre personnelle le jour même de ta naissance », ajoute-t-elle avec une interrogation frémissante dans la voix.

Julien a pâli et la fixe maintenant avec une sorte de dureté dans l'œil. Comme si elle l'obligeait à revivre une douleur qu'il voulait oubliée.

Personne ne sourit tandis que Patricia termine d'une voix lente, terriblement altérée à présent. Et chacun de nous pressent qu'elle va sortir quelque chose d'invraisemblable.

« Enfin, le 5 février 1962, plus d'un million de pèlerins sont venus se baigner dans le Gange, le fleuve purificateur. En Afrique, en Amérique du Sud, et dans tout l'archipel océanien, il y a eu des scènes identiques. Ces hommes et ces femmes remerciaient ainsi le Ciel d'avoir permis la survie du monde... En effet, ce jour-là... »

La voix de Patricia trébuche, avant de reprendre.

« Ce jour-là, en effet, devait marquer selon certaines prophéties la fin du globe terrestre, huit planètes, fait rarissime, se trouvant dans le même espace-signe du Capricorne... Résultat de cette conjonction astrale incroyable, il y eut une éclipse de soleil jamais vue, des ténèbres inimaginables à l'heure... » sa voix se brise, hésite, « à l'heure où tu es né... »

Elle s'est arrêtée; ils ouvrent tous des yeux énormes pour regarder Julien.

Oui, je me souviens parfaitement de cette scène absurde.

Insupportable de fausse spiritualité.

D'autant plus insupportable, à mes yeux, que Julien lui-même, malgré mon irritation grandissante, semblait y avoir pris un intérêt certain.

Mais, peut-être suis-je injuste dans mon amitié pour lui, car à cette époque, la folie d'un monde l'avait déjà blessé. A-t-il vu, ce soir-là, dans cette coïncidence astrale, une sorte d'avertissement définitif ? Ou, au contraire, un salut possible ?

Je l'ignore.

Ce que je sais, c'est que Julien, ni dans ses propos ni dans son attitude, n'a jamais tiré parti, les semaines suivantes, de ce tour de passe-passe galactique, que d'autres, à sa place, auraient eu vite fait de considérer comme magique.

Huit planètes qui s'alignent rigoureusement dans le cosmos, cela n'arrive, paraît-il, que tous les deux ou trois mille ans. Bon, et alors, ça prouve quoi ?

A mon sens, rien du tout.

Que plusieurs millions de tarés, abrutis par la faim, la soif et la superstition y aient vu la fin possible du monde et le début d'une autre ère n'y change rien.

Moi, j'y vois simplement une bizarrerie du cosmos. Et il y en a eu d'autres.

Julien Mahé est né le 5 février 1962 comme il aurait pu naître la veille ou le lendemain. C'est un hasard, un pur hasard...

Enfin, bordel ! le hasard, ça existe, non ?

PREMIÈRE PARTIE

ROSSAN

I

Et ce fut le 22 novembre.

Ce jour-là, ce que personne n'avait annoncé s'accomplit : le ciel apparut d'un bleu grave et profond, inhabituel dans la région à cette époque de l'année. Les cressonniers et d'autres agricoles levèrent les yeux, surpris, troublés. Pas un nuage pour accrocher le regard. Un vrai chromo pour touristes. Avait-on jamais vu chose pareille ? Du bleu partout. Un bleu pas croyable, vertigineux à dégueuler. Avec, au beau milieu, un soleil qui, semblant se foutre éperdument du calendrier des hommes, pesait sur les choses de la terre, écrasant les formes d'une lumière violente.

Comme si, la nuit précédente, l'astre se fût brusquement rapproché de son satellite pour une raison inconnue.

Et ce fut, dit-on, le premier signe.

Amiens n'était pas loin. Mais ici, en pleine campagne, à moins de dix kilomètres de la cité picarde, les flèches de la cathédrale tout autant que les tours modernes du quartier des Péqueux demeuraient invisibles, dissoutes dans la moiteur brûlante de l'air.

Embarrassé par un gros bouquet de roses blanches qu'il ne savait trop comment tenir, changeant de bras tous les vingt pas, et malgré la canicule inattendue de cet après-midi d'automne qui lui mouillait les aisselles, Julien gravissait à bonne allure le raidillon bordé de hautes ronces et de prunelliers sauvages.

Parvenu sur la crête, à la croisée du chemin des Passés, quelques pas lui suffirent pour dominer enfin du regard la vallée tout entière.

Il s'arrêta en nage, furibond.

Saloperie de soleil ! Il était dingue ou quoi ? On était en novembre, non ? Alors qu'est-ce qui lui prenait, à ce con-là, de taper aussi fort ? Ah ! et lui, quel abruti ! Il avait choisi son jour pour faire de l'escalade ! Merde et merde !

Il jurait, entre ses dents, à n'en plus finir, ivre de sa propre vulgarité. Mais bientôt la crudité splendide du paysage le fit taire, comme toujours.

A ses pieds, c'était un océan de verts foncés aux îles de tourbe noire, où roulaient çà et là, comme des vagues, des haies d'un vert plus tendre : les cressonnières. Derrière, on apercevait la ligne sombre des marécages. Tout un océan végétal et cruel où les habitants eux-mêmes semblaient s'être engloutis.

C'était son pays, sa terre, son coin de vie et de mort.

Il y était né, vingt-cinq ans plus tôt, au temps révolu du vieux dictateur nationaliste. Depuis, le tyran était mort, mais pas dans un attentat comme il le souhaitait inconsciemment. Non, il était tombé d'un seul coup, la tête dans les rois noirs et les valets rouges, le cœur foudroyé, en train de faire une réussite... Je bats, je coupe et je crève... Quelle grandeur ! La tragédie finissait en farce.

Mais Julien n'avait pas envie de rire. Regardant toujours la vallée où lui, pauvre têtard, était né, et comme à chaque fois qu'il revenait ici, il sentit avec mauvaise humeur quelque chose bouger dans sa poitrine. Quelque chose qui l'oppressait un peu.

Ce qui suffoquait le plus Julien, à chaque pèlerinage, c'était le silence de cette fosse gigantesque. Une absence totale de bruits qui finissait par embaumer, comme un parfum, l'énorme coulée verdâtre d'un horizon à l'autre.

« Ici, se fit-il encore une fois la réflexion, rien n'échappe à ce putain de silence. Pas même les hommes... »

Et cela lui rappelait la récente « affaire Lincheux », du nom de ce gendarme à moitié sadique, toujours soûl comme un cochon, et qui emmerdait tout le monde dans le canton depuis des années.

Eh bien, l'ivrogne avait fini par boire de l'eau. Et plus qu'il ne pouvait en avaler : on l'avait retrouvé un dimanche matin, perdu corps et képi, flottant dans un petit étang alimenté par la Noye. Accident au sortir d'une nouvelle beuverie ? Ou plutôt, comme chacun ne le disait pas mais comme tout le monde s'en doutait ici, règlement de comptes, vengeance, meurtre ? La télévision régionale et les journaux locaux en avaient fait tout un foin, appelant à la collaboration, au civisme, au mouchardage enfin. Qui avait poussé le gendarme Lincheux dans les eaux noires et glacées? Qui avait profité de son ivresse? Qui?

Mais les gens du pays, ceux qui savaient et ceux qui ne savaient pas, tous s'étaient tus. Et l'enquête, gelée par cette loi du silence, n'avait pas donné la moindre piste en un an...

Un pays muet où même la misère se taisait et où, une fois encore, lorsque l'hiver viendrait dans quelques semaines, les seules plaintes perceptibles seraient celles du vent arrachant les clôtures.

Le souvenir du salopard assassiné s'éloigna.

Julien fixait toujours sur le vide ses yeux pâles et durs. Maintenant, le soleil éclairait en plein sa tête osseuse, un peu ingrate, aux cheveux très noirs, plantés dru. Un visage plutôt laid, aux traits cassés, et qu'une sale cicatrice à la gorge, juste sous le menton, n'arrangeait guère.

Mais ce qui frappait le plus, c'était sa taille. Julien était un géant, au cou énorme, avec des épaules musculeuses; et de ses longs bras aux mains carrées se dégageait une force presque obscène comparée aux fleurs qu'elles pressaient.

Sans même s'en rendre compte, ce jeune colosse à tête de mauvaise brute s'intégrait parfaitement à la sauvagerie de cette terre qui l'avait vu naître et qui n'avait pas su le nourrir.

Ayant repris sa marche, toujours à grandes enjambées malgré la grosse chaleur humide, Julien laissa bientôt sur sa droite, en contrebas, la centrale hydrobiologique d'Epagnolles, une grande construction rectangulaire en briques rouges, aux larges baies de verre dépoli. A droite, on voyait deux vastes maisons, d'anciennes granges modernisées où logeaient les chercheurs. Et tout autour, éparpillés, les bassins de stabilisation, éclaboussés de soleil, faisaient des taches émeraude dans leurs gangues de ciment.

C'était là, disait-on, qu'une poignée de messieurs en blouse blanche s'arrachaient les cheveux, depuis trois ans, sur les progrès foudroyants de la pollution des eaux dans une région jusqu'alors épargnée.

Une pensée fit grimacer Julien, tirant un peu plus sur la cicatrice de son cou : une dizaine d'années plus tôt, Elyane, sa maîtresse, intellectuelle ratée mais pomponneuse de génie, avait été l'une des premières, selon elle, à jeter un cri d'alarme sur ce fléau naissant, dans un petit livre publié à compte d'auteur.

Sans succès, évidemment, comme tout ce qu'elle entreprenait en dehors de lui faire l'amour.

Julien se demanda une seconde si elle ne devrait pas ressortir ce bouquin aujourd'hui. Avec tous ces petits connards d'écologistes en liberté, ça pourrait peut-être se vendre et leur faire un peu de fric. Mais il entendait déjà Elyane bêler de sa voix aigre :

« Comment? Mais tu n'y penses pas! Moi, récupérée par la mode? Jamais, tu entends, jamais! Est-ce de ma faute si j'étais en avance? Est-ce de ma faute si j'étais une femme et qu'on ne m'a pas prise au sérieux? De toute façon, les gens sont dingues et rien ni personne ne les empêchera de crever! »

Julien partageait assez ce dernier point de vue. Mais fallait-il qu'il se sente seul par instants, seul et inutile, pour supporter à temps plein une emmerdeuse pareille!

Furieux contre lui-même, Julien chassa Elyane de son esprit, retrouvant immédiatement l'odeur du chemin où, tout gosse, il venait jouer et cueillir des mûres pour sa mère.

Que de souvenirs chouettes traînaient sur ces bordures! Ici, il s'était battu au sang et rabiboché avec ses meilleurs copains. Ici encore, pour la première fois, il avait connu une fille, « la Rouquine », qu'on l'appelait; une brave fille, pas très propre, un peu simple, mais un cœur d'or. C'est dans ses doigts qu'il avait durci pour la première fois. Lui devait avoir dix ou onze ans. La Rouquine, son premier ventre de femme... Qu'avait-elle bien pu devenir, la pauvre?

Le chemin des Passés, c'était aussi un bon endroit pour chasser les piafs au lance-pierres. Il suffisait de s'allonger sur un des bas-côtés, le ventre dans les herbes hautes, de bien se planquer, et d'attendre. Un roucoulis, on retenait son souffle pour mieux bloquer le poignet et, deux fois sur trois, la bille d'acier faisait mouche...

Sans ralentir, Julien scruta les taillis. Les oiseaux ne chantaient plus. Impossibles à repérer. D'ailleurs, il y en avait de moins en moins. Les insecticides portés par les vents salopaient la terre, tuaient des milliards de bestioles et empoisonnaient les fruits sauvages. Les piafs n'avaient plus rien à bouffer. La nature se mordait la queue et crevait, lentement.

La République des Mécréants et des Intérêts Obscurs était ainsi faite : elle rejetait tout credo de violence, mais elle tolérait, et parfois même encourageait secrètement, toutes les formes de mort lente. La « M.P. », la morale de production y trouvait son compte.

Accélérant encore son allure, pressé d'en finir, Julien entrevit bientôt, à moins de deux cents mètres, le but de sa balade : le mur gris et pâle du cimetière où cet étrange soleil d'automne, véritablement déchaîné, jetait des poignées d'or rose...

La chaleur devenait presque insupportable. Et, pour essuyer la sueur de son front, Julien changea une fois encore la prise de son gros bouquet de roses, faisant crisser le papier cellophane. Ce bruit le crispa. Il eut la folle envie, une seconde, de jeter le tout dans les noisetiers en bordure du chemin mais retint son geste à temps, surpris par une présence.

Un homme était là, dans la haie, qui l'observait.

Consumés par trop d'infamies, les hommes ont détourné, dans un même souffle chaud, les vents muets et candides. A cette minute précise est entré en fusion l'alliage du cruel et de l'abject que les siècles précédents avaient inexorablement préparé. Alors, mesdames et messieurs, je vous le demande : Est-ce un crime d'avoir voulu dénoncer cela ? (Extrait du script de l'émission « Les Dossiers du Temps », commentaire du docteur Ensor.)

De très petite taille, pas plus d'un mètre soixante-cinq sans doute, l'homme se tenait bien droit, d'une immobilité de pierre, appuyé sur un bâton de promenade aussi grand que lui.

« Salut ! » bougonna Julien, froissé dans sa solitude par ce regard inquisiteur, tout en examinant à son tour l'étranger d'un œil oblique et mécontent.

Vêtu d'un costume de velours noir à petites côtes qui tranchait vivement avec sa crinière blanche, l'inconnu, vu de près, paraissait très âgé, près de quatre-vingts ans peut-être, et semblait avoir des difficultés à respirer.

« Bonjour », répondit tout de même le vieux dans un souffle, obligé de lever les yeux maintenant, la stature de l'autre l'ayant brusquement recouvert, comme une ombre...

« Vous travaillez en bas, à la centrale ? demanda Julien, d'un ton maussade, pour dire quelque chose.

— Non... »

Un silence se fit. Julien, qui se sentait toujours dévisagé, dit son nom tout de suite, d'une voix dure, en exagérant inconsciemment son dandinement de colosse :

« Moi, je m'appelle Julien Mahé et je vais sur la tombe du père... »

Mais, ayant tout lâché d'un trait, il marqua une pause d'un seul coup. Il trouvait un peu stupide sa rudesse avec le vieil homme et c'est d'une voix radoucie qu'il ajouta :

« Mais peut-être l'avez-vous connu mon père... Mahé ? Yves Mahé, le serrurier ?

— Mahé ? Yves Mahé ? Non, non... Je ne l'ai jamais rencontré. D'ailleurs, poursuivit le vieillard avec une petite toux sèche qui pouvait passer pour un rire, je ne suis pas d'ici, alors... » Puis après une courte pause, il reprit, légèrement ironique : « Disons, si vous voulez, que je suis de passage... »

Julien hochait la tête, décontenancé, ne sachant plus trop quoi faire. Normalement, il aurait dû repartir. Cette conversation lui cassait les pieds. De plus, tous deux se brûlaient au soleil. Mais le petit vieux avait un drôle de regard. Alors, Julien finit par demander, intrigué :

« Vous attendez quelqu'un, l'vieux ? »

L'autre se racla la gorge, cracha tranquillement, et mit cette fois un temps pour répondre :

« Oui, jeune homme, le vieux comme vous dites attend quelqu'un... Mon ami Cornélius l'appelait le Maître de Justice. En fait, je sais qu'il doit passer par ici mais je ne le connais pas. Pour tout vous dire, j'espérais bien que ce serait pour aujourd'hui... Vous avez vu le ciel... étrange, non ? Mais, maintenant, je commence à me demander s'il viendra... »

Pour dire ces derniers mots décousus, incompréhensibles, la voix du vieil homme avait manifesté une sorte de crainte superstitieuse un peu ridicule.

Julien Mahé haussa les épaules, sans se gêner. Qui était ce Cornélius ? Et pourquoi l'autre trouvait-il le ciel si étrange ?

Ce vieux débris devait avoir la tête un peu fêlée et flippait sérieusement. Cela dit, sa mère lui disait toujours, étant enfant, que ça portait chance de parler aux toqués. Alors, pourquoi ne pas en profiter et s'amuser un peu ? Après tout, il avait le temps. De toute façon, ils ne pêcheraient pas ce soir. Et François qui l'attendait au café d'Epagnolles n'était plus à cinq minutes près. Décidé, Julien reprit, résolument sarcastique à présent :

« Mais, dites-moi, pépé, si vous n'avez jamais vu votre bonhomme de justice, comment le reconnaîtrez-vous ? Il est petit ou grand ? Brun ou blond ? » Puis, plus méchamment encore : « Il doit venir à poil, en trottinette ou en skate-board électrique ? »

Mais le vieux fou, cette fois, après avoir esquissé une moue méprisante, fit comme s'il n'avait pas entendu.

Toujours accroché à son bâton, il avait repris sa pose, fixant à nouveau le corridor noir que faisait le chemin là-bas, sur la crête, en s'enfonçant sous les ormes. Guetteur minuscule, ratatiné, dérisoire, dont l'immobilité semblait avoir grandi encore ces dernières secondes...

Machinalement, Julien se tourna lui aussi vers le trou d'où il avait émergé, avec son bouquet de roses dans les bras, quelques minutes plus tôt. Et où personne n'apparaissait plus. Rien de surprenant à cela : qui se risquerait à grimper ici ? Et pour quoi foutre ? Jusqu'aux enfants du village qui préféraient jouer, désormais, sur la route nationale. Il avait dû falloir, déjà, une somme considérable de hasards pour qu'il rencontre ce vieux foutraque ! Et avec cette chaleur, en plus...

Julien, que cette histoire n'amusait plus, allait s'éloigner, lorsque des paroles du vieillard le retinrent à nouveau. Mais il mit quelques secondes à réaliser, sidéré, que l'autre était en train de lui réciter, les yeux toujours égarés là-bas, une sorte de poème...

« Dans le grand labyrinthe où il cherchait sa vie,
Volant de feux en flammes comme un grand oiseau ivre,
Parmi les dieux déchus et les pauvres amis,
Il cherchait le vertige en apprenant à vivre...
Il cheminait souvent... »

A cet endroit, le vieux dut s'arrêter. Un violent accès de toux l'étranglait. De l'asthme sans doute, pensa Julien. Il avait vraiment l'air mal en point et cracha une nouvelle fois aux pieds de Mahé avant de reprendre, imperturbable sous le soleil brûlant :

« Il cheminait souvent les genoux sur la terre,
Le regard égaré, embrouillé par les larmes,
Souvent par lassitude, quelquefois par prière
Comme un enfant rebelle envoûté par un charme... »

Ayant, semblait-il, terminé, le vieil excentrique eut un ricanement d'aise pour demander, avec un regard de côté :

« Vous n'avez pas l'air très malin, jeune homme. Je parie que vous n'avez rien compris ?

– C'est de vous ? » fit simplement Julien, sans s'énerver. Il n'allait tout de même pas cogner sur la gueule de ce vieillard insolent !

L'homme ne répondit plus. C'était fini. Il fixait à nouveau le bout du chemin, de ses petits yeux patients.

« Au revoir et sans rancune », grogna Julien en s'éloignant, et sans attendre une réponse qui ne viendrait pas, il le sentait bien.

Finalement, ce vieux bonhomme avec son regard d'illuminé, ses airs supérieurs, et son langage bizarre avait tout de même quelque chose de troublant...

Dans une région où le genièvre et la pauvreté conjugués faisaient des ravages depuis toujours, Julien s'était frotté, dans sa jeunesse, à pas mal d'hommes au cerveau un peu cabossé. Aucun ne ressemblait à celui-là et à son rêve...

De sorte qu'arrivé à l'entrée du cimetière, Julien ne put s'empêcher de regarder une dernière fois en arrière, par-dessus son épaule.

Surprise, l'homme avait disparu d'un seul coup. Escamoté. Volatilisé. Pourtant, il n'avait pas eu le temps nécessaire pour regagner le couvert des ormes ! Alors, où était-il passé ?

Julien poussa la porte des morts, le regard en bas, songeur. Sans voir que le bleu du ciel avait encore foncé depuis tout à l'heure. Avec, là-bas, à l'horizon de la vallée toujours silencieuse, des franges violettes, presque noires.

II

C'ÉTAIT un grand cimetière, plat, vieux déjà, mais disproportionné dans ses mesures avec le peu d'importance de la commune d'Epagnolles.

Trois guerres l'avaient empli de cadavres anonymes, aux uniformes parfois inconnus des fossoyeurs. Alors, on avait dû l'élargir à plusieurs reprises, repoussant les clôtures, rapprochant les sépultures, dérangeant les anciens morts pour faire de la place aux nouveaux.

Julien se dirigea sans hésiter vers une des tombes de l'allée de gauche. Il ne venait qu'une fois l'an, au maximum. Aussi, fut-il surpris de voir la pierre bien grattée, toute blanche, et, posé dessus, un petit bouquet de fleurs des champs, fraîchement coupées.

Qui pouvait bien entretenir ainsi la tombe de son père ?

Il ne voyait personne dans la région. Pas de parents, plus d'amis. Et ce mystère le retint quelques secondes, pensif. A moins que ce ne fût une ancienne maîtresse de son père, une de ces paysannes qu'il avait « déchirées », comme il disait en riant.

De son vivant, le père Mahé connaissait toutes les granges souvent désertes qui cernaient Epagnolles. Et, comme il le confiait à son jeune fils d'un air entendu, « son métier de serrurier lui avait ouvert plus d'une porte... »

Il devait y avoir quelque part, pas très loin, une femelle reconnaissante, mariée et mère de famille sans doute, mais qui n'avait pas oublié « le tour de clef » du père Mahé.

Cette explication, plausible, fit sourire Julien qui, brusquement, se sentit mieux et déposa presque joyeusement les roses qu'il avait apportées, allant même jusqu'à essayer de les arranger de façon agréable, ce qu'il n'avait jamais fait auparavant.

Il ne savait aucune prière et ignorait tout de la religion. Mais, se redressant pour mieux juger de l'effet obtenu, il s'obligea à relire à haute voix les quatre lignes de l'épitaphe :

« Nous t'aimions comme un frère
Ta mort inattendue a déchiré nos cœurs
Ni le temps, ni l'oubli
Ne tariront nos pleurs... »

« Qui a bien pu avoir l'idée d'un texte aussi con ? se demanda Julien. Et qu'aurais-je écrit, moi, si on me l'avait demandé ? » Se prenant au jeu, il tourna plusieurs phrases dans sa tête pour finalement en choisir une qu'il répéta plusieurs fois, à voix haute : « A mon père, Yves Mahé, un brave type qu'a pas eu de chance... » Si un mort doit laisser au moins une trace de son passage, voilà ce qu'il aurait fallu graver ici, au lieu de ces quatre vers pompiers, pleurnichards, et passe-partout.

Là se situait la vérité du mort. Yves Mahé avait été un brave homme un peu malchanceux. Un drôle de personnage aussi. Il avait lié sa vie avec une jeune putain basque, aux formes pleines et à l'esprit simple. Un vrai roman-photo que leur histoire d'amour.

La fille de mauvaise vie, avide de tendresse et de sécurité, et qui commençait à en avoir marre de se faire sauter dix fois par jour dans un bordel de Péronne, était devenue du jour au lendemain, une épouse irréprochable pour M. Mahé, le serrurier d'Epagnolles. Et, après une première fausse couche, elle lui avait donné ce qu'il désirait le plus, un fils, Julien.

Julien se souvenait de son père comme d'un homme trapu et costaud. Sa voix était grave et chaleureuse, peut-être un peu triste certains jours. Et il y avait ces jours-là, dans ses yeux, une mélancolie que l'enfant ne s'expliquait pas.

Bon artisan, sérieux dans son ouvrage, ne suçant pas de la glace mais sachant refuser le verre de trop, le seul gros défaut d'Yves Mahé avait été de cavaler après toutes les filles du canton. Quel queutard ! A croire qu'il les lui fallait toutes !

Bien sûr, quelques petits drames avaient secoué leur maison : cris, pleurs et grincements de dents chez l'épouse qui, putain devenue vertueuse, supportait mal, réaction naturelle, de voir son mari gaspiller la semence. Sans oublier quelques gifles impatientées du père, pris en flagrant délit. Car il avait la main leste le bougre, même et surtout quand il avait tort. Mais rien de méchant dans tout cela.

De toute façon, ayant une nature de prince, le fait de chasser la femme des autres ne l'empêchait nullement d'honorer la sienne. Et ça ne tarderait pas... Julien s'en souvenait encore, là devant la tombe, avec un sourire singulier aux lèvres...

Après chaque incartade, une fois la grosse colère tombée, le père Mahé commençait à tourner autour de sa femme, dans la cuisine. Sans un mot, en la regardant par en dessous. Elle, jouait à l'ignorer, pas dupe du manège. Un geste mi-tendre, mi-comique : une chatouille qui en amène une autre...

Le sentant derrière, avec son gros souffle chaud dans la nuque, elle, pas rancunière, tendait les fesses sous la blouse, pour mieux l'exciter, heureuse au fond de se venger ainsi, tout de suite, de celles qui la bafouaient au village.

Quand il commençait à la caresser, elle protestait, sans conviction : « Tu es fou... Yves, arrête... Non, pas ici, le petit va nous entendre... » Mais lui, excité, pris à son propre jeu, n'en démordait pas. La tenant toujours devant lui, grognant dans son chignon des mots qu'elle entendait à peine, il la retroussait d'un coup puis, écartant la culotte de laine, il commençait à la fouailler, impatient.

Docile et ronronnante, elle le laissait faire à présent, la bouche entrouverte sur son propre désir.

Alors, là, au milieu des casseroles, sans se retourner, elle le dégrafait rapidement puis, le sachant grand, d'un geste expert d'ancienne professionnelle, elle saisissait le membre à pleine main pour mieux le présenter. Avant de se pencher bien en avant, les mains sur l'évier, pour lui faciliter le plaisir.

La maison n'était pas grande, les murs trop minces. Et Julien, accroupi avec un jouet, entendait tout, sans gêne. Il lui semblait comprendre qu'à vivre ainsi, dans le vertige brutal de la jouissance, son père voulait oublier quelquefois la médiocrité de leur existence.

Chez les Mahé, la fatalité d'être pauvre, ça se transcendait par les couilles.

Il en avait toujours été ainsi. Et Julien se demanda si cette chaîne se romprait un jour...

Gustave Mahé, l'aïeul, le grand-père paternel de Julien avait trimé sa vie durant comme jardinier, sarclant, bêchant, ratissant les pelouses et les massifs d'un chocolatier de Beauvais. Travaillant comme un bœuf, pour une misère; toujours courbé, toujours à genoux, la carte jaune des « Economiquement faibles » dans la poche. Un fait-tout de patates, quelques pommes à cidre et l'homme était nourri.

Julien qui, disait-on, lui ressemblait beaucoup physiquement ne l'avait pas connu : un géant, une grande brute à ce qu'on racontait, avec des mains comme des battoirs à linge mais foudroyé par la pauvreté à moins de soixante ans. Il était mort deux mois avant la naissance de Julien.

Un bon métier, la serrurerie, avait apporté à Yves Mahé, son fils, un peu plus de bien-être. Ni l'aisance ni la misère, mais cette vie intermédiaire que l'on peut appeler la simplicité et qui fait apparaître inutiles les privilèges de certains riches.

Et Julien, le dernier des Mahé, avait mangé de la viande deux fois par semaine. En ce temps-là, c'était un signe qui ne trompait pas.

En outre, le serrurier d'Epagnolles qui avait des ambitions pour son garçon avait travaillé dur pour lui donner une bonne instruction. Il voyait aussi souvent que possible M. Pépin, le maître d'école et rougissait comme une pucelle quand on lui parlait des progrès de son fils, de son intelligence remarquablement éveillée. Intelligence, c'était un mot neuf pour un Mahé. Et quand les études avaient commencé à coûter gros, Yves Mahé n'avait pas rechigné sur les heures supplémentaires, baisant un peu moins les voisines, travaillant un peu plus tard le soir. Sans grogneries ni reproches, l'esprit tranquille, avec le sentiment d'un devoir à accomplir.

Yves Mahé avait fait en sorte que son « môme », comme il l'appelait, puisse s'arracher un jour à toute cette boue et, qui sait, gravir quelques échelons supérieurs. N'avait-il pas l'intelligence, lui, un Mahé ? Et même que, toujours d'après l'instituteur, c'était pas courant une intelligence pareille. Alors, ça devait forcément servir, déboucher un jour sur quelque chose, non ?

Mais il était dit que la chaîne ne se romprait pas.

La mort prématurée d'Yves Mahé, une chute accidentelle d'un grenier, avait ouvert le drame. La mère, devenue à moitié folle, s'était jetée un soir dans la Luce et était morte, noyée dans quatre-vingts centimètres d'eau. La double tragédie avait laissé Julien désemparé, à l'âge du brevet élémentaire. Un temps, l'enfant jeté sur les routes s'était cru perdu lui-même.

Puis, naturellement, la vie avait repris le dessus. Mais rien n'avait plus été comme avant et le miracle n'avait pas eu lieu.

Sensibilité choquée? Traumatisme? A Epagnolles, il n'y avait pas de médecin et encore moins de psychologue pour le dire. Toujours est-il que l'intelligence précoce de Julien Mahé n'avait plus évolué selon une courbe prévisible, et s'était même arrêtée brutalement. Tandis que le corps et les muscles, au contraire, se développaient, chargés peu à peu d'une force anormale.

Dénué de ressources, Julien avait dû abandonner ses études et travailler pour vivre. Des travaux de merde, les uns derrière les autres, tant il est vrai qu'exploiter les adolescents avait toujours été, dans la République des Intérêts Obscurs, une des gourmandises favorites de la classe dirigeante.

C'était déjà loin tout cela. Mais Julien n'oubliait rien.

Le « môme » d'Yves Mahé s'était mué en une formidable charpente d'un mètre quatre-vingt-douze, une charpente au cœur sec que rien ne semblait pouvoir toucher.

Et, aujourd'hui, sous le bleu étrangement profond du ciel, avec ses yeux étonnamment clairs posés sur la tombe, planté là comme une masse terrifiante au milieu de l'allée, Julien ressemblait bien aux générations de Mahé qui l'avaient précédé, honnête à en être bête, dur au mal, pas très intelligent et jouisseur jusqu'à la brutalité.

Julien s'était oublié à rêver, en géant fruste, amoureux au fond de ses racines. Et maintenant, il ne pouvait plus s'arrêter. Toutes ses pensées s'embrouillaient sous ce soleil dur qui lui tapait sur le crâne avec une force incroyable.

Un malaise l'envahit.

Il songeait à lui, à son existence de brute vagabonde, depuis quatre ans qu'il dressait des bergers allemands aux quatre coins du pays pour le compte du père Couchon. Des mâchoires dégoulinantes de haine encore indomptée frôlaient sa gorge. Il toucha sa cicatrice : celui-là, un gros noir et feu à poils longs, ne l'avait pas raté. Et les autres, demain ? Il se revoyait passant du chenil des fauves au lit parfumé de leurs maîtresses. Et cette abrutie d'Elyane qui ne pensait qu'à baiser... Combien de temps tout cela durerait-il ? Et qu'allait-il faire de sa vie ?

Un instant, ce corps gigantesque fut secoué d'un vertige. Sa raison vacilla. Le soleil allumé sur ce ciel bleu-noir l'accablait. Mais était-ce seulement le soleil ? Son regard dériva...

Julien a sous les yeux une grande salle de bal dont le parquet est argenté de cirage blanc et de lumières. Des dames sont rangées sur les sièges, le long du mur. Il aperçoit sa mère parmi les douairières tandis que les jeunes filles, vêtues de couleurs gaies, attendent les danseurs. Mais aucun ne se montre. Alors Julien s'avance, et tous les regards se tournent vers lui.

Dans un coin de la salle, son père en bleu de travail écoute les propos d'un vieil homme qui n'est autre que le vieux poète fou, rencontré sur le chemin des Passés, tout à l'heure. Le vieux et son père lui font un signe...

Alors Julien donne un coup de talon et s'élève à cinquante centimètres au-dessus du sol. Mais il ne retombe pas. Sa mère applaudit puis, remontant sa jupe, montre aux jeunes filles attentives l'angle sombre de ses cuisses, là d'où est sorti cet enfant qui sait voler...

Tout à coup, une grosse dame vêtue d'un peignoir de soie à fleurs noires et jaunes, amplement décolletée, s'élance vers lui, l'étreint aux jambes, commence à caresser son sexe et veut le faire redescendre sur le sol... de force. Il voit alors son père et le petit vieux se précipiter à sa rescousse...

L'atterrissage bruyant d'un corbeau qui venait de se crasher sur une tombe, à une vingtaine de pas, le ramena à la réalité.

Julien frissonna.

L'oiseau le fixait avec insolence, de ses yeux jaunes, sûr de son impunité. Avec un des lance-pierres de son enfance, ceux qu'il préparait lui-même avec des gros élastiques carrés, il ne l'aurait jamais raté. « Saloperie de bestiole, je pourrais t'arracher la tête », grommela-t-il en soutenant le regard de l'autre.

Puis, ayant lu l'heure au soleil, Julien eut une pensée pour François qui devait toujours se morfondre dans l'épicerie-café du village.

Alors, sans un regard en arrière, il reprit le chemin d'Epagnolles.

III

« A LA télé, c'est la panique totale », déclara François, sans tourner la tête, les yeux fixés sur l'asphalte. « Facile à prévoir, me diras-tu? reprit-il avec ironie. Eh bien, crois-moi, ça dépasse tout ce qu'on pouvait imaginer avant l'été. La débandade chez les commentateurs agréés et une pagaille jamais vue à la direction. Quant aux producteurs, ils ne savent plus où ils en sont... »

François se ménagea une pause, comme pour mieux laisser Julien se pénétrer de ces propos pessimistes, avant de reprendre, tournant cette fois légèrement la tête vers son passager :

« Tu n'as pas senti cette ambiance pourrie en venant me chercher, à midi?

– Non, je n'ai pas fait attention », lâcha Mahé avec une lenteur maussade, regardant défiler sans les voir les forêts sombres du Val de Noye.

Bon sang! Depuis son éblouissement de tout à l'heure, ce qu'il pouvait avoir mal au crâne!

« Eh bien, mon vieux, reprit François en gloussant, le moins que l'on puisse dire c'est que tu manques singulièrement d'odorat. Car nous sommes en pleine décomposition, et ça pue, crois-moi ! »

Chassant la double image de son père mort et du vieillard fou qui l'habitait encore, Julien fit un effort sur lui-même pour demander, presque indifférent :

« Et au comité de la direction européenne, qu'est-ce qu'ils disent ?

– Ce sont les pires, répliqua François avec un sourire féroce.

– Les pires, pourquoi ?

– Parce que les élections du nouveau Parlement approchent et chacun tremble pour son petit cul, en se demandant à quel saint il faut se vouer pour garder un siège. Spectacle dégueulasse s'il en fut, à mes yeux pourtant blasés en la matière... » observa-t-il avec un petit rire élégant où perçait une jubilation mauvaise.

Etudiant bien doué, issu d'une famille dorée de Langres, François de Caumont s'était spécialisé très vite dans le droit des communications internationales. A l'âge des satellites, ce choix lui avait réussi. Devenu un des avocats de la septième chaîne de télévision, à peine âgé de trente ans, il défendait, en outre, les intérêts de plusieurs radios privées, ceux d'une grosse firme allemande d'électronique, sans oublier sa clientèle personnelle.

De taille moyenne, très maigre, avec des gestes souples, nanti d'une élocution incroyablement facile et d'une excellente culture générale, François offrait volontiers aux autres la grâce caressante du jeune bourgeois mâtiné d'arriviste; et, cynique de la tête aux pieds, ce dandy à la face longue et brune pataugeait, à longueur d'année, avec délectation, dans la politique et la finance occulte.

Sa rencontre avec Julien Mahé, paumé et rejeton d'un serrurier de province, un matin au bord de l'eau, tenait de l'imprévisible. Caractère, classe sociale, ambitions, tout les séparait. Mais il n'y avait plus ce jour-là, qu'une barque à louer. Une barque pour deux. Julien, le visage fermé, méfiant. François, souriant, décontracté. Quelques mots lâchés comme des coups, qui ferraillent. Un round d'observation, silencieux et violent, fleuret contre sabre. Et puis, d'un seul coup, cette vibration... Oh ! cette vibration qui fait circuler le sang plus vite, qui chauffe les reins et fait sourire les plus taciturnes ! François s'en souvenait encore avec émotion.

Et sur une simple passion partagée, la pêche au brochet, les deux jeunes hommes avaient bâti lentement une sorte d'amitié, peu démonstrative sans doute par manque d'un langage commun, mais où chacun d'eux pressentait les besoins de l'autre.

D'un côté, chez François, une intelligence sûre de ses pouvoirs; de l'autre, avec Julien, une force animale inquiète de son destin.

« C'est bizarre, tout de même, reprit le jeune avocat. Le monde devient fou, et ça ne choque personne... Hein ! Qu'en penses-tu ?

– T'as pris des vifs ? »

La question de Mahé avait fait sursauter François.

« Oh! non, mince! J'ai tout oublié! » laissa-t-il échapper, dépité.

Puis, se prenant à rire de l'enchaînement bizarre de leur conversation, François enchaîna gaiement : « On s'arrêtera chez Pierre pour en prendre, t'en fais pas... »

Julien n'ayant fait aucune remarque, le silence revint dans la voiture. Un moment de silence inexprimable où une oreille parfaite eût entendu voler le futur...

Les textes révolucides sont peu nombreux. Mais en voici un qui mérite qu'on s'y attarde, car il réfute toute filiation entre les sanglants Immatures, simples fanatiques d'une religion d'un autre âge, et le mouvement cosmique inspiré par Julien Mahé. En effet, que dit ce texte sinon ceci :

« On me demande souvent : " A quel moment précis avez-vous eu mal à l'homme? ", écrit Julien Mahé, ou, sous une autre forme : " En quel lieu et en quelle occasion avez-vous décidé de vous battre contre la corruption des esprits et des biens? "

« On sait le rôle qu'a joué le professeur Rossan dans ma pauvre vie. Je pourrais répondre tout aussi bien qu'un certain déclic s'est produit dans un cimetière de province et, un peu plus tard, dans la voiture d'un ami. Mais finalement, j'hésite à me prononcer, car il n'y a pas de choc, pas d'incident violent qui marque l'ouverture d'une ère nouvelle — pas plus qu'il n'y a de choc pour annoncer une aube nuageuse. A aucun point, nous ne pouvons dire : ici, ça commence et voilà, la

minute écoulée était la nuit et celle-ci est le matin. Mais insensiblement la clarté du jour arrive.

« Il est donc possible de croire que tout le passé n'est que le commencement d'un commencement et que tout ce qui est et a été n'est que le crépuscule de l'aurore.

« Tout ceci est lourd de l'espoir de grandes choses. Et un jour viendra, un jour dans l'interminable succession des jours, où des êtres, qui sont maintenant latents dans nos pensées et cachés dans nos reins, se dresseront sur cette terre comme on se dresse sur un tabouret, et éclateront de rire en étendant la main au milieu des étoiles. »

(Commentaire de Wills sur « Les Révolucides et le pessimisme européen ».)

Ils dépassèrent Ailly et Boves, laissèrent Amiens sur la droite, franchirent une première fois la Somme à Picquigny et foncèrent vers Airaines.

Conduisant toujours aussi souplement, François accéléra encore. La grosse berline bondit en avant, au mépris de la vitesse limitée. Est-ce qu'un jeune avocat international, qui déjeune avec des ministres, se soucie de ce genre de choses ?

De toute façon, en cas de contrôle, il aurait une bonne excuse : dans la semaine, les agriculteurs de la région rendus fous de rage par une décision du Parlement européen avaient badigeonné à la peinture rouge tous les panneaux de signalisation du département. Ce barbouillage furieux n'était d'ailleurs pas un acte isolé. Un peu partout, sur le continent, le mécontentement le disputait désormais à l'ennui.

A la sortie d'Airaines, François murmura d'une voix distraite, comme pour lui-même :

« Ils tournent en rond comme des poulets décapités... Oui, répéta-t-il en haussant la voix, ravi de sa formule, c'est ça, c'est exactement ça !... Julien, écoute, ils tournent en rond comme des poulets décapités », faisant allusion aux responsables, inquiets de la tornade politique qui courait vers le pays. Des responsables qui, prêts à toutes les compromissions, ouverts à toutes les bassesses pour conserver leurs pouvoirs, arpentaient en rond la moquette épaisse de leurs bureaux. En se demandant brusquement si un grain de sable ne s'était pas glissé dans le plan de haine qu'ils avaient conçu pour dominer.

« Hé ! tu entends ? » reprit François.

Mais Julien ne répondit pas.

La tête engoncée dans un coude, son grand corps recroquevillé sur le siège de cuir, il s'était endormi en tas, la bouche ouverte, assommé par des souvenirs tout neufs.

Julien est assis dans une rue de Nantes, à la terrasse d'un café, avec son grand-père, celui qu'il n'avait jamais connu. Les rues ressemblent à la réalité que Julien connaît fort bien, ayant plusieurs fois séjourné à Nantes pour son travail de dressage. Le temps est sombre. Un magnifique ciel jaune noirâtre, couvert de nuages très noirs au zénith, s'étend sur la ville. Un vol de cygnes noirs sur le ciel jaune forme un angle avec sa pointe en haut. Tous ces cygnes ont les ailes immobiles. Julien fait remarquer cette bizarrerie à son grand-père que cela n'a pas l'air d'étonner. C'est fou ce que le vieux Mahé et son petit-fils peuvent se ressembler. A la table à côté, une petite fille blonde, toute seule, sirote sans ciller un grand verre de menthe. A un moment, elle tourne la tête, regarde Julien et lui sourit gentiment. Au loin, dans une avenue, on entend des clameurs...

Dans l'abandon de son sommeil, paradoxalement, Julien paraissait encore plus sauvage qu'à l'accoutumée. Plus laid aussi. De cette laideur singulière que provoquent la souffrance, la pauvreté et les humiliations. Et François, tout en conduisant, se fit la réflexion qu'il devrait peut-être protéger Julien contre lui-même dans les semaines à venir.

Car, au fond, sous ses dehors amusés et son cynisme de commande, le jeune avocat était plus inquiet qu'il n'y voulait paraître de l'orage qui s'amoncelait. Tous les renseignements qu'il avait pu recueillir, de par sa situation privilégiée, concordaient : dans chaque bloc, les ambitions se faisaient plus fortes, les haines plus vivaces. Et, en se disant cela, François pensait moins aux politiciens qu'aux hommes et aux femmes qu'ils avaient manipulés. Quant au nouveau Président, apparemment il laissait faire, masquant sa pensée, cherchant peut-être la parade...

Mais quelle position prendrait Julien dans cette

lutte imbécile, dans cette tragédie montée de toutes pièces si le rideau venait à se lever ?

Dans la lumière d'un éclair, François imagina la ville dans un éclaboussement de sang. C'était une trouée immense qui transperçait l'Europe, une coulée terrible où gesticulaient des millions d'êtres avant de basculer, emportés par le flot, bientôt engloutis dans les ténèbres. Julien serait-il l'un d'eux ? Comment un homme jeune, entier jusqu'à la brutalité, plein de rancunes imprécises, réagirait-il une fois plongé dans ce fracas ?

Une voix du fond le plus obscur de son esprit lui criait la menace et François sentait bien qu'elle n'exagérait pas. La folie gagnait tout le continent, pays par pays, et désormais tout pouvait arriver.

François repoussa avec mauvaise humeur la vision qui avait rougeoyé quelques secondes devant ses yeux. Entrée trop vite dans un virage un peu sec, la voiture dérapa. Contrebraquant, il ne contrôla que de justesse...

Là-bas, un gros soleil rouge se couchait sur Abbeville. La route courait à présent au milieu d'une multitude d'étangs aux reflets couleur d'étain.

En plein jour, la nuit commençait à paraître. Et le ciel avait cette nuance indécise qui peut être le bleu et peut être le noir.

Se promettant, cette fois, de ne pas oublier d'acheter les vifs, ces petits poissons vivants qui leur serviraient d'appâts, François ralentit pour franchir le passage à niveau de Longpré-les-Corps-Saints.

Julien dormait toujours, à l'écoute de ses racines. Le vent soufflait de l'ouest. Ils arrivaient.

IV

Le 23 novembre, l'agitation marqua une trêve en Europe. Le temps s'étant mis au beau, il y eut énormément de voitures sur les autostrades. Privée ainsi de son atout majeur, la politique, l'actualité se résuma à peu de choses.

Le seul fait marquant du week-end fut la tournure dramatique prise par le procès de deux jeunes Immatures allemands, Werner et Susan Heynckes, frère et sœur de vingt-sept et vingt-cinq ans, jugés pour le meurtre d'un parlementaire de Bavière.

En quelques heures, à la suite d'un marchandage fréquent entre l'accusation et la défense, Werner et Susan Heynckes avaient été condamnés, l'année précédente, à quatre-vingt-dix-neuf ans de prison, le ministère public s'étant engagé à ne pas demander la peine de mort s'ils reconnaissaient leur culpabilité.

Mais très vite Werner et Susan avaient entrepris une série de démarches pour faire réviser leur procès, affirmant qu'ils avaient été trompés par leurs avocats et qu'on les avait drogués avant leur arrivée au tribunal.

Plusieurs indices pouvaient venir renforcer cette thèse.

Notamment, lors des premières audiences où certains observateurs n'avaient pas été sans remarquer que les deux accusés s'exprimaient avec difficulté, les yeux vides, la bouche empâtée, visiblement malades. Un complément d'enquête avait donc été réclamé par l'académie des Sciences germaniques, et le premier jugement cassé.

Et c'est en se rendant au palais de justice de Cologne, pour leur deuxième procès, que le drame s'était produit : Werner et Susan Heynckes avaient tenté de s'échapper durant le trajet. Werner avait été abattu, coupé en deux par les armes automatiques de ses gardiens.

Susan, elle, avait réussi à fuir, et demeurait introuvable malgré la gigantesque chasse à l'homme déclenchée sur tout le continent...

Outre l'« affaire Heynckes », et après que le Président eut évoqué, dans une courte interview « la surprise européenne devant l'attitude inconsciente des Arabes », les médias officiels parlèrent surtout des nombreux résultats sportifs.

Avec, notamment, le grave débat qui s'était installé un peu partout, à savoir quels seraient les athlètes qui formeraient l'équipe européenne pour les prochains Jeux Olympiques. Il y avait là matière à de vieilles frictions nationalistes, et cela méritait qu'on s'y arrêtât, disaient les commentateurs agréés...

Car, pour une fois, tout le monde était

d'accord : les Jeux étaient chose importante et valaient une explication au grand jour, franche et loyale. Aucun Etat de la Confédération ne devait être privilégié.

Sinon, où allait-on ?...

V

La nuit tombait déjà sur l'étang des Ragondins lorsqu'ils décidèrent de plier le matériel. Ce qu'ils firent sans difficulté malgré l'obscurité naissante, avec des gestes sûrs de professionnels, chaque objet – même minuscule – retrouvant sa place naturelle dans les boîtes à pêche posées à leurs pieds.

« Et maintenant, on rentre, jeta François presque joyeusement. Moi, j'ai faim, pas toi ? »

A l'autre bout du bateau, Julien émit un grognement distrait qui pouvait passer pour une approbation.

L'étrange chaleur de l'avant-veille avait disparu. Et, comme souvent dans cette région à cette époque de l'année, le temps n'avait cessé de changer durant tout le week-end.

Aussi, revenaient-ils, ivres de vent, soûlés par les alternances d'averses et de soleil cru, les yeux rouges à force d'observer leurs lignes, le visage un peu grave aussi, comme si l'idée de quitter cette nature tour à tour paisible et cruelle les eût brusquement désemparés.

« Qu'est-ce que tu as, Julien, ça ne va pas mieux? » reprit François, avec une sollicitude presque féminine.

Mais dos tourné au but – la barre noire de la rive où brillaient à peine, très loin là-bas, les lumières de Longpré – Julien Mahé ne répondit pas plus. Avait-il seulement entendu?

Il ramait tranquillement et, portée par un petit vent arrière, la barque filait dans un clapotis d'une régularité rassurante. Dans le vivier de l'embarcation, cinq brochets arrachés au marais, à force de ruses, sommeillaient doucement, frottant leurs longs corps fuselés, dorés et verts, les uns contre les autres.

Là-bas, sur la gauche, on discernait encore les deux passes qui conduisaient à la Vieille Somme. S'ouvrant sur d'autres ombres, on eût dit les trous vides de deux yeux arrachés.

Toujours muets, les deux hommes respiraient à pleins poumons une odeur grasse, forte et pénétrante, celle de milliers d'herbes pourrissantes enveloppant une nature prête à s'endormir...

Observant sans en avoir l'air la silhouette noire et solidement charpentée de son camarade toujours silencieux, François s'interrogeait, de plus en plus mal à l'aise.

Certes, il y avait dans l'air cette espèce d'inquiétude propre à la nuit où chaque solitude apparaît plus profonde encore.

Mais il y avait autre chose sur l'étang, à bord de cette barque. Entre les deux hommes, on ne sait quelle sombre attente venait de se glisser.

Toujours assis à l'arrière du bateau, François regarda la masse sombre d'une hutte de chasse qu'ils venaient de dépasser. Mais une seule idée occupait sa tête bien faite de logicien et d'ami : l'ambition de comprendre ce qui se passait, l'espoir de faire parler Julien lors du retour à Paris.

Julien qui n'avait pratiquement pas desserré les dents pendant ces deux jours.

Etait-ce la visite au cimetière, le souvenir de son père mort, de sa mère devenue folle ? Et son enfance misérable, et toute la saloperie des premières années de sa vie d'adulte ? Toutes ces douleurs, ravivées d'un seul coup, avaient-elles pu bouleverser à ce point l'enfant devenu colosse, plus fragile au fond qu'il n'y paraissait ? Peu probable.

Et, confusément, à défaut de comprendre, François sentait autre chose de caché, de nouveau peut-être, et qui lui échappait.

Il avait tout essayé pour arracher Julien à son mutisme et lui faire changer ce drôle de regard tourné uniquement, semblait-il, vers l'intérieur. En vain. Quelques anecdotes et autres histoires de fesses pourtant croustillantes sur le cloaque du monde politique, et dont Julien raffolait habituellement, ne l'avaient même pas déridé.

Par exemple, on disait que la Présidente avait pris simultanément pour amants un chanteur de pop-music et son batteur, plus jeunes que ses propres enfants. Pourquoi deux d'un seul coup ? La première dame d'Europe avait-elle un si gros appétit ? Pas du tout. Et François donnait, en ricanant, l'explication suivante : tandis que l'idole blonde besognait courageusement la quinquagénaire sèche et sans grâce, l'autre, le batteur, leur donnait la cadence !

Mais, là encore, Julien n'avait même pas souri.

Et quand François s'était plaint, avec bonne humeur, de tous ces silences graves, Julien n'avait su que répondre, visiblement tendu, la bouche maussade :

« Excuse-moi, vieux... mais je me sens un peu patraque en ce moment... »

La seule autre phrase qu'il eût lâchée, du bout des lèvres, remontait aux premières heures du matin. François lui avait proposé de l'emmener, le surlendemain mardi, à la projection privée d'un nouveau film soviétique qui n'obtiendrait sans doute pas son visa de censure. Alors, raison de plus pour le voir.

Mais Julien avait refusé, bougeant nerveusement la tête et prétextant qu'il devait aller ce soir-là, avec Elyane, à une conférence du physicien Rossan sur la paix dans le monde. Ecouter une conférence, et sur le pacifisme qui plus est, ça ne lui ressemblait guère !

Et depuis cet aveu surprenant, plus rien. Que des mots brefs, lâchés laconiquement, à peine articulés pour demander une aiguille à escher, ou un hameçon triple, ou une olive de plomb.

Alentour, à présent, sous une lune paresseuse et glacée, les eaux noires de l'étang s'argentaient par flaques inégales, tandis que les formes s'estompaient avec une hâte vertigineuse. Joncs, arbustes, bancs de nénuphars et branches à moitié immergées, tout à l'heure encore familiers, avaient fait place à des êtres bizarres aux linceuls frissonnants.

La légende raconte que ces vieux marais picards recelaient, il y a très longtemps, des êtres mi-enfants mi-serpents, race de monstres abominés par les uns, vénérés par les autres. A l'avant de l'embarcation, comme s'il eût senti que la légende allait revivre ce soir-là, Julien Mahé tira plus fort sur les rames sans prévenir.

Déséquilibré, François faillit basculer par-dessus bord.

La seconde précédente, toute vie n'était encore que confusion et odeurs. La seconde suivante, ce fut l'explosion de l'obscur dans l'obscur, le rêve sans transition.

Il y eut, quelque part, comme un choc...

Une forme voilée appuie violemment ses deux mains sur la hanche de Julien. Cela fait très mal. Puis il sent deux autres mains se glisser le long de sa poitrine. Julien se débat violemment. Il fait plein jour. Mais en cherchant à retenir toutes ces mains, il ne réussit qu'à étreindre des formes molles et élastiques qui s'étirent et s'allongent sous son effort. Tout se dérobe et pourtant la pression sur la hanche continue. Ces formes molles et insaisissables l'obsèdent, l'affolent. Julien gémit de douleur. Et au moment où la forme voilée se penche tout entière sur lui et l'étreint, un homme aux longs cheveux blancs entre, une bougie dans chaque main...

Il y eut, quelque part, un deuxième choc.

La barque et ses occupants furent giflés par ce passage brutal du visible à l'invisible. Avaient-ils seulement heurté un pieu fiché dans les eaux sombres ? ou un arbre mort dérivant ? Brusquement il n'y avait plus d'horizon et tout l'étang était comme sous un voile épais. Rien que du brouillard, surgi on ne sait d'où, avec une brusquerie inouïe.

François, perdu, retrouvant son équilibre avec peine, entendit d'abord comme un sanglot du côté de Julien.

La barque tangua encore un peu puis, silencieuse et noire, se fit immobile. Il fallut une seconde à François pour comprendre : Julien avait cessé de ramer, sans raison, en pleine eau, au milieu du grand étang.

« Julien, qu'est-ce que tu as? » parvint-il à demander d'une voix blanche.

Mahé ne répondit pas. François fit un effort pour écarquiller les yeux au maximum, ne pouvant dans le même temps réprimer un frisson. La nuit était toujours obscure, la brume aussi épaisse, mais on finit toujours par trouver un peu de jour dans l'ombre. Bientôt, il parvint à distinguer la haute silhouette de son compagnon qui se comportait de façon pour le moins étrange.

Toujours assis, les poings crispés sur les hanches, parfaitement immobile, comme à l'affût, Julien regardait dans la nuit quelque chose que l'autre ne voyait pas...

Julien entre dans un magnifique palais aux murs cotonneux et où règne une lumière éclatante. Des policiers l'introduisent dans un magnifique et vaste atrium, entouré de colonnes nuageuses, à boutons de lotus. Dans cette pièce, dont le sol est rouge carmin, au moins mille hommes sont accroupis en rangs serrés, nus et peints en jaune sur tout le corps. Ce sont des prisonniers. Leur chevelure abondante est blond foncé. Des colliers s'entrelacent sur leurs poitrines. Et tous tendent leurs mains liées vers lui. Sur la tête du chef des policiers, il y a une grosse émeraude. Et près du bord il y a une étrange créature, mi-jeune homme mi-poisson, qui semble appeler à l'aide. Voyant que Julien ne fait rien, muet de surprise, il se jette dans l'eau et essaie de fuir. Alors les policiers déchargent leurs armes, le coupant en deux. A présent sur l'eau rougie, presque noire, flottent le tronc d'un grand adolescent et des morceaux de nageoires... Les autres prisonniers crient, devenus fous de terreur. Le chef des policiers se dirige vers Julien, l'arme braquée sur son ventre d'écailles...

Dans la barque, Mahé s'anima. Il y eut comme un léger bruit. Et ce bruit ressemblait au crissement des ongles sur un mur.

« Julien, qu'est-ce que tu fais ? reprit François, toujours égaré. Tu es malade ? Réponds, bon Dieu, qu'est-ce que tu as ? »

Sa voix avait résonné fort, comme indécente dans la solennité sépulcrale qui les entourait.

Pourtant Julien ne répondit pas plus à la seconde question qu'à la première, son grand corps plié vers le centre du bateau, avec toujours, de temps à autre, un curieux sanglot dans la gorge.

Son bras gauche se détendit dans un geste large. Il y eut un premier floc dans l'eau, puis très vite un second. Des éclaboussements fouettèrent le visage de François, pétrifié, qui venait enfin de comprendre : Julien était en train de rejeter à l'eau tous les brochets les uns après les autres ! Comme pris de frénésie. Puis, quand le vivier fut vide, il se rassit sur la banquette avant, tassé dans sa grosse veste kaki, tout le corps agité d'un tremblement.

François, sidéré, ne disait plus mot, à son tour. La barque dérivait.

Plusieurs secondes s'écoulèrent, une minute peut-être, avant que la voix de Julien ne sorte de l'obscurité, blême comme une apparition :

« Excuse-moi, mais il fallait que je le fasse, François..., dit-il simplement. Je ne sais pas pourquoi, mais il fallait que je le fasse... », répéta-t-il d'une voix douce.

Il y eut un nouveau silence. François, interdit par ce qu'il venait d'entendre, de la bouche de son ami, au milieu de ce vide colossal, ne sut que balbutier :

« Mais, Julien, mais... »

Julien avait repris les rames, comme si rien ne s'était passé.

Au même instant, sans raison, les brumes qui traînaient sur les eaux se déchirèrent.

Et François, toujours effaré, vit Mahé redresser lentement la tête : ses yeux étaient étranges et doux. Et il lui sembla que Julien souriait pour lui dire, satisfait et terrible :

« J'ai ressenti une impression confuse, informe d'abord, plus précise ensuite. C'était comme si, jailli d'une forme noire et voilée, je devenais poisson. Ou plus exactement, comme si je redevenais poisson. Comme si je l'avais été il y a des siècles et que je l'avais oublié. Et que pour eux, mes frères, je n'avais pas le droit d'oublier...

– T'es dingue ou quoi ? » jeta presque durement François qui, peu à peu, reprenait ses esprits tandis qu'il lui semblait que son copain perdait les siens.

Jamais il n'avait entendu Julien parler ainsi, de cette voix posée et unie, presque monocorde.

« Tu ne peux pas comprendre, je crois, reprit Mahé avec un geste apaisant, toujours avec cette voix nouvelle, toute pétrie de patience. Je ne suis pas sûr moi-même que mon explication soit la bonne. Peut-être, en effet, n'ai-je jamais été brochet ? ajouta-t-il avec une sorte de petit rire amusé. Mais en fixant la nuit, avec ces poissons à mes pieds, comment t'expliquer ? A la fois je ne voyais rien et pourtant je voyais des nuages hauts et épais, qui devenaient colonnes... Et au-dessus, une masse claire, sertie d'écailles profondes, qui avait l'aspect rassurant d'une voûte... Et eux, ils ont tué le plus beau des prisonniers. Je crois bien qu'il était innocent. Alors j'ai compris qu'il fallait libérer les miens...

– Dis donc, monsieur le poète, tu te fous de ma gueule ? C'est le soleil de l'autre jour qui t'a tapé sur la tête ou tu as bu ? » répliqua François, furieux, criant presque.

Dérangée, une poule d'eau froissa le branchage tout proche.

Et le dialogue fou se poursuivit entre les deux voix, l'une sereine et tendre, l'autre incrédule et agacée par toutes ces sottises. Un dialogue inégal, heurté, que le vent dispersait dans les ténèbres.

Et Julien, sans se décourager, insistait encore, d'une voix pressante :

« Je ne me moque pas de toi, François. C'est vrai. Il y a eu la salle de bal, la terrasse au café, et puis le palais de nuages et d'écailles... Je ne sais pas exactement ce qui se passe dans ma tête, c'est vrai aussi. Ai-je eu un étourdissement, des hallucinations ? C'est possible. Mais pourtant, je suis sûr que non. Je ne suis pas malade, je n'ai pas bu et je n'ai pas touché un joint du week-end, tu le sais aussi bien que moi. Alors, comment expliques-tu tout ce que j'ai vu ? Et le vieillard là-haut, sur le chemin, je l'ai rêvé aussi ? » Puis, sans le laisser répondre, Julien ajouta : « Ecoute, François, mais écoute-moi, bon sang, on aurait dit un rêve passant sur les eaux... mais un rêve que j'aurais vécu et non pas rêvé... Ah ! c'est difficile de t'expliquer...

– En fait de rêve, je crois que tu es bon pour une cure de sommeil ! » jeta François violemment, avec une sorte d'ironie amère.

Il ne comprenait pas la moitié de ce que l'autre racontait et, saisi par l'inquiétude, sentait ses poings se serrer, dans l'ombre. « En attendant, reprit-il, on aura bonne mine tout à l'heure à l'auberge, car on n'a plus un seul brochet, et tu en avais promis un à la mère Cogez. Et je te vois mal expliquer tout ton charabia à ces bouseux. Non, mais tu te rends compte ? Ça va pas, dis ? Ça va vraiment pas dans ta tête... »

Et la voix de François s'élevait de nouveau, aigre, très aiguë, essayant de secouer l'autre, d'y voir plus clair aussi. Mais Julien ne répondait plus. Il se contentait de le regarder tout en ramant, avec un sourire singulier.

Et François parlait tout haut, parlait tout seul, cédant à la colère, malade de ne pas comprendre.

Mais rien n'y fit. Julien ne dit plus rien jusqu'au moment où ils accostèrent.

Descendu le premier, une grosse corde à la main, Julien arrima solidement la barque à son piquet. Puis, se retournant vers François qui l'avait suivi, les yeux baissés sur le sol, furieux de l'autre et de lui-même, Julien lui dit d'un ton toujours paisible, tout en lui tapotant affectueusement l'épaule :

« Désolé, François, garde mes affaires. Je vais rentrer en stop à Paris. » Puis, ayant serré un peu plus fort la veste de son compagnon, le colosse conclut, un peu songeur : « Parfois, je crois qu'être deux ne vaut rien. Il faut être mille ou seul... »

François eut froid, brusquement. Il avait un peu honte de sa conduite dans la barque. Julien était malade. En tout cas, quelque chose n'allait pas. Et tout ce qu'il avait su faire, c'était gueuler comme un putois au lieu de l'aider.

Mais quand le jeune avocat releva les yeux, troublé, malheureux, il était seul. La mousse et l'herbe épaisse avaient amorti le bruit des pas et Julien n'était plus qu'une petite tache noire s'enfonçant là-bas, dans l'horizon du chemin.

VI

Et ce fut le soir du 26 novembre.

Le temps était sombre depuis le matin. Dans l'après-midi, un ciel jaune foncé, couvert de petits nuages noirs au zénith, s'étendit sur toutes les capitales d'Europe. Et ces nuages, au dessin particulier, et qui formaient un angle avec sa pointe en haut, ressemblaient, sur le ciel jaune, à un vol de cygnes noirs.

Lorsque la foule vit Rossan apparaître et se diriger vers la tribune, le bourdonnement des voix s'éteignit. Un grand silence lui succéda, comme si chacune des cinq ou six mille personnes présentes eût voulu entendre son pas.

Le vieux physicien, bien que terriblement courbé par l'âge, marchait sans canne, à petits pas lents mais parfaitement mesurés, inconscient semblait-il de l'émotion que son apparition venait de provoquer.

Parvenu devant son micro, levant son menton d'un geste sec, il fit virevolter pour la première fois ce soir-là, sa longue crinière blanche. A cet instant seulement, la foule manifesta son enthousiasme. Cris de joie et applaudissements frénétiques se mêlèrent alors dans un charivari indescriptible.

Un peu surpris par la violence de cette ferveur populaire, Rossan parut lui-même quelques secondes interloqué, avant de sourire gentiment. Puis, debout au milieu du bruit, il resta là un moment à attendre, face au public, souriant toujours.

« Mesdames, messieurs, commença-t-il, comment peut-on être... »

Il s'interrompit aussitôt, l'affectueux vacarme n'ayant pas complètement cessé, écartant ses petits bras maigres en un geste d'impuissance amusée. Peu à peu, néanmoins, des « chut » tour à tour bon enfant et impatientés jaillirent. On cria plusieurs fois « Silence! » et même « Vos gueules! », tant et si bien que le calme revint.

« Mesdames, messieurs, reprit alors Rossan, comment peut-on être persan? s'écriait-on au siècle de Montesquieu. Moi, je vous dirai volontiers aujourd'hui : comment peut-on ne pas vouloir être citoyen du monde? Quand on voit les atrocités, les injustices, les exactions commises hier au nom de l'idole Patrie, aujourd'hui au nom du soi-disant génie européen, eh bien, oui, je vous le demande, comment peut-on ne pas vouloir se sentir citoyen du monde? »

Se penchant vers Julien qui, pâle et attentif, ne quittait pas des yeux le vieil orateur, Elyane lui glissa à l'oreille avec une sorte de gloussement un peu vulgaire :

« Le vieux lion a l'air fatigué... mais il a toujours ses dents. Et je crois que ça va barder pour leur matricule... »

Julien soupira légèrement et lui répondit par une simple pression de bras. Quelle emmerdeuse! Déjà qu'ils voyaient mal, installés comme ils l'étaient tout au fond de la salle. Mais, en plus, il lui fallait subir les commentaires de cette pie. D'accord, c'était elle qui avait eu l'idée de venir, mais tout de même...

Cela dit, pensa Julien, c'est vrai que le bonhomme a l'air terriblement fatigué.

On le disait malade depuis plusieurs mois, et d'aucuns, se prétendant bien informés, avançaient que ce discours serait peut-être son dernier. Mais d'autres ajoutaient aussi que ce serait le plus terrible.

Et, avertie sans doute par quelque prémonition — cette manifestation ayant été tolérée mais toute publicité interdite — la foule s'était entassée dans l'immense salle, apportant l'odeur de la ville avec, en plus, un souffle aigre et nauséabond de paumés.

Et ce, bien avant l'heure prévue par les organisateurs et malgré la présence aux portes d'entrée d'un imposant service d'ordre et, pire, celle d'une cinquantaine de Photographes Agréés. Vues de groupes. Gros plans. Zoom ici, zoom là. Les caméras, tournant sans trêve, avaient filmé les arrivants. Dévorant les visages par paquets de vingt ou trente, avalant leurs identités, et sous des angles si divers que peu échapperaient au marquage...

Chacun savait, en effet, à quoi servaient ces photographies et ces films. Et sur quels bureaux ils échoueraient, le soir même, aussitôt développés. Mais ces menaces à peine déguisées n'avaient découragé personne. Et si Julien avec son corps de géant n'avait eu aucun mal à se frayer un passage, Elyane, elle, avait failli être écrasée dans la bousculade.

« Etre citoyen du monde, continua paisiblement Rossan sur son estrade, c'est parier pour la survie de l'homme comme Pascal pariait pour l'immortalité de l'âme. Mais croire à l'immortalité ne nous aide pas à devenir immortels; tandis que croire au monde uni pourrait contribuer à en hâter la venue. »

Jusqu'ici, Rossan avait parlé dans un silence religieux. Mais un sourd grognement de la foule accueillait encore ses dernières paroles lorsqu'il reprit :

« Je vois de nombreux jeunes ce soir, parmi vous, garçons et filles, et je dois vous avouer une chose : j'éprouve dès lors quelque anxiété à me trouver devant vous, comme si je me sentais très pauvre, comme si ce que le monde vous vole était par trop disproportionné avec ce que je peux vous donner... »

Il avait appuyé sur l'expression « ce que le monde vous vole » avec une agressivité et une force insoupçonnables chez un homme de cet âge.

Et, dans la foule encore silencieuse, parmi tous ces visages sombres et résolus, et survolant tous ces jeunes poings crispés par la rage de l'impuissance, il y eut comme un souffle de colère pour bien lui signifier qu'on l'avait compris.

« Pourquoi me sens-je si pauvre? Parce que le demi-siècle – et pour certains un peu plus –, il sourit pour dire ces mots, et quelques rires complices lui répondirent, parce que ce demi-siècle qui nous sépare, reprit-il, ne prête pas à ma génération sur la vôtre la moindre autorité. »

Chacun sentait qu'il n'y avait là aucune démagogie pour les gagner ensuite à sa cause, mais plutôt un sujet qui lui tenait au cœur et dont il voulait absolument parler avant d'aller plus loin. Ce qu'il faisait, en s'énervant un peu, pour la première fois :

« Non, ni la vieillesse, ni même la maturité ne sauraient avoir de droits sur vous : j'irai volontiers jusqu'à dire que c'est à vous de les tenir en respect. C'est à vous de les rappeler à la décence lorsqu'elles s'offrent de vous guider.

« Ont-ils déjà oublié ce qu'ils ont fait ? Ont-ils oublié que les responsables de ce monde pourri et cruel, ce sont eux ? Quand on songe à tout ce que la science, absorbée jusqu'ici par l'œuvre de domination et de mort, pourrait gagner à une pacification du monde ! Tant de puissance et d'énergie gâchées au nom de la haine, voilà ce que vous devez refuser... »

« Bravo ! Bravo ! » lancèrent plusieurs centaines de spectateurs tandis que beaucoup d'autres applaudissaient, faisant résonner la voûte du bâtiment.

C'était en fait un hangar immense, une gare désaffectée, disait-on, aux poutres métalliques noircies de fumées anciennes, avec de grandes verrières opaques cassées en plusieurs endroits. Des courants d'air entraient de partout, la salle était glacée et, taper dans ses mains, en ces premiers moments, c'était autant pour manifester son approbation que pour se réchauffer.

Julien, lui, ne disait rien. Très pâle, il se contentait pour l'instant de fixer intensément le vieil homme qui s'animait là-bas, trop loin pour qu'il pût détailler les expressions de son visage, mais dont la silhouette et certaines attitudes lui apparaissaient de plus en plus familières.

Ce qui l'emplissait d'un trouble étrange...

« Dans ce monde si dénué de fraternité, avait repris Rossan, martelant désormais chaque mot, non seulement les bombes s'accumulent dans les arsenaux mais sans cesse augmente le nombre de pays ou de confédérations possédant ou briguant le hideux standing nucléaire ! »

Et le physicien, après une courte pause, haussait encore la voix.

« Ici et là, cette décision peut être prise par un seul homme, un seul et une poignée de courtisans qui l'entourent, ce qui revient au même. Des hommes qui peuvent être des agités, des persécutés, des mégalomanes, des névrosés enfin puisque, jusqu'à nouvel ordre, on n'exige pas des politiciens-technocrates qui nous conduisent un certificat de psychiatre ! »

Il avait presque dû crier les derniers mots tant l'enthousiasme s'était mué en vacarme. Jamais Rossan n'avait osé parler ainsi. Ni personne d'autre d'ailleurs. La dénonciation terrible était trop directe, jamais les autres n'accepteraient cela.

Près de Julien, une fille de vingt ans environ s'était levée au milieu du tumulte et répétait de sa voix étranglée, l'œil un peu fou, comme dilaté par une drogue : « Salauds... salauds... il faut les enfermer, ces salauds ! »

Derrière eux, on criait aussi que cet esclavage

mental ne durerait pas toujours et qu'un beau soir, la boutique sauterait.

Elyane, très rouge, criait aussi mais Julien ne l'entendait pas.

Le malaise déjà éprouvé à Essennes l'avait repris. Il connaissait l'homme qui parlait là-bas sans l'avoir jamais rencontré. Devenait-il fou? Comment savoir ce qui était vrai et faux au milieu de cette houle qui tournait les têtes?

Rossan, d'un geste, avait réclamé le silence. Maintenant, il abordait le bilan des vingt dernières années, lourdes d'avenir selon lui. Elles avaient déjà sauvagement présidé à la mort d'innocents dans de petits conflits guerriers qui, réunis et tous comptes faits, égalaient déjà un très grand holocauste.

Combien de fois les hommes avaient-ils tremblé? Combien de fois avaient-il dû éponger la sueur de la peur qui suintait de tous leurs pores? Et voilà qu'on leur parlait tranquillement d'une guerre civile? Et voilà qu'on leur demandait d'admettre à présent la possibilité d'un conflit peut-être continental? Peut-être pire? Assurément les sociétés évoluaient tant bien que mal, certainement plutôt bien que mal – en gros, et en considérant les choses d'assez loin, d'une certaine hauteur. Mais vu d'une hauteur d'homme, cela devenait effrayant.

Au diable le calme analytique et olympien des sociologues! Il fallait réagir, sans attendre. Et Rossan, malgré la passion dont il était, lui aussi, par contagion, peu à peu gagné, dit encore posément :

« Nous nous trouvons dans un tournant rapide; l'époque est dangereuse. Elle peut accoucher d'un meilleur avenir comme elle peut avorter de tous nos rêves, la haine idéologique l'ayant engrossée d'une nouvelle guerre. Eh bien, il faut la faire avorter. Car la guerre, on sait ce que sait et à qui elle profite. Quelques semaines ravagent tout et elle ravale l'être humain au plus bas degré. Alors, je crie aux hommes de gauche et de droite, ne démissionnez plus : une guerre encore et, spirituellement, ceux qui en réchapperaient seraient fichus. Ils ne seraient que les sous-produits de l'animal... »

C'est avec des phrases de ce genre que Rossan s'était fait de puissants ennemis. Détesté par la gauche progressiste, haï par la droite nationaliste et libérale, le physicien philosophe était craint de l'une et de l'autre.

Il avait soutenu ouvertement, sinon la manière, du moins l'esprit de la Révolte Immature et, une fois celle-ci étouffée, plusieurs ministres avaient demandé, disait-on, son arrestation. Mais sans que l'on sût trop si sa réputation internationale de prix Nobel l'avait épargné, ou si quelque main puissante et secrète l'avait protégé, on l'avait finalement laissé en liberté.

Et, à près de quatre-vingts ans, Rossan continuait à travailler sans repos au devenir de l'homme, dévoré selon ses propres termes d'une inextinguible soif de justice.

Et il parlait ce soir à six mille affamés du même bien précieux.

S'étant ménagé une nouvelle pause, là-haut sur

la tribune Rossan reprit, avec plus de force encore :

« Pour lutter contre ces fous démoniaques, il faut armer l'esprit de l'enfant afin que sa main n'ait plus à être armée.

« Il faut purger les manuels scolaires de tout ce qui peut nourrir les funestes séparatismes et le culte de la mort.

« Il faut leur faire comprendre qu'un boucher sur un trône ou un fauteuil présidentiel n'en est pas moins un boucher... Que les arcs de triomphe, quel triomphe, bon Dieu ! ne sont que les reliques d'une proche barbarie. Dites à vos amis ce soir, demain, qu'aucune guerre n'est belle, qu'aucune victoire n'est glorieuse, puisque les Te Deum se chantent sur les charniers. »

La célèbre crinière blanche s'était envolée avec des mots suprêmes.

Alors, ce fut du délire. Les acclamations grondèrent dans la salle immense comme une mer furieuse. Ce morceau de bravoure fit hurler les gradins les plus éloignés.

Et Mahé, comme dans un rêve, prit sa décision. Depuis plusieurs jours, il s'opérait en lui une transformation. A présent il fallait qu'il sache. Brusquement, il se leva avant qu'Elyane ait pu réagir..., dressant d'un seul coup sa formidable silhouette.

Des spectateurs, intrigués, regardèrent ce colosse, aux yeux perdus, marcher vers l'estrade. Il traversa toute la salle, repoussant sans brutalité ceux qui se trouvaient sur son chemin, se frayant un passage avec la seule force de sa conviction.

Il fallait qu'il sache.

Et il ne s'arrêta qu'au pied de la tribune. Là, il s'accroupit en tailleur parmi d'autres qui n'avaient pas trouvé de siège, et fixa Rossan, pénétré dans le même temps par les commentaires qui fusaient autour de lui, à peine étouffés :

« Hein ! Qu'est-ce qu'il balance le vieux...

– Quel courage il a, mais ça pourrait lui coûter cher cette fois...

– J'ai l'impression qu'il s'en fout.

– En tout cas, il a des couilles comme des melons, ce mec... »

Et c'était un peu partout des allusions, des jugements, des pronostics ou des grossièretés bon enfant et admiratives.

Car nul ne s'y trompait plus. Il s'agissait là d'un discours historique contre la République Européenne des Mécréants et des Intérêts Obscurs. Et, à regarder le vieil homme, grave et résolu, redressé d'un seul coup comme s'il eût oublié brusquement son âge et sa maladie, ce n'était pas fini.

Le genou de sa nouvelle voisine tremblait encore d'impatience contre celui de Julien lorsque Rossan reprit, plus doucement d'abord, avec une tendresse contenue :

« Dites-le à vos parents, essayez... forcez-les à vous écouter, dites-leur, qu'ils soient de gauche ou de droite, dites-leur qu'être pacifiste, c'est vouloir la paix, même si elle n'a pas tout à fait la couleur qu'on préfère...

« Etre pacifiste, c'est admettre que l'intérêt et la survie de l'homme puissent ne pas coïncider avec celui de votre patrie, de votre idéologie ou de votre religion...

« C'est oublier cette ignoble vérité que le sang sèche vite...

« C'est ne pas consentir aux grossières falsifications que diffusent les propagandes depuis trente ans pour attiser les haines...

« C'est refuser d'égrener le chapelet des slogans de commande et des calomnies de consigne...

« Aidez-moi à leur faire comprendre tout cela... »

Parvenu à ce point, Rossan dut s'arrêter une fois encore, car la foule avait muté, cette fois, en une gigantesque explosion.

Des milliers de bravos éclatèrent. Des centaines lancèrent même des « Rossan-Rossan » qui rythmèrent le tumulte. Et non loin de Julien, des jeunes qui n'avaient jamais entendu de leur vie un discours de ce genre, avaient les yeux pleins de larmes. Ils sentaient tout cela depuis toujours en eux, obscurément, mais de l'entendre dit, clamé, redoublait leurs convictions, leur donnait enfin quelques certitudes.

Julien, lui, ne disait rien. La tête enfouie dans ses mains énormes, secoué par l'incroyable, il essayait de réfléchir, de comprendre, sachant enfin ce qu'il voulait savoir.

Il fallut, cette fois, plusieurs minutes avant que le calme ne revînt.

« Etre pacifiste, reprit alors Rossan d'une voix tonnante, et chacun sut que le discours approchait de sa fin, c'est s'interdire de dénoncer d'un côté ce qui se fait ou se ferait aussi bien du côté adverse...

« C'est condamner dans tous les temps les jusqu'au-boutismes et les intolérances...
« C'est être obsédé par les fantômes de tous ceux qui sont morts pour rien...
« C'est préférer que les réconciliations devancent les charniers... »
En parlant ainsi, Rossan, méconnaissable, était devenu terrible, et donnait des frissons aux murs. Son charisme s'élargissant, la foule, comme un gros animal fidèle, avait pris la cadence des phrases et, comme en extase, respirait en cadence. Et ce souffle gigantesque semblait vouloir porter plus haut, toujours plus haut, le message du vieux physicien qui conclut :
« Etre pacifiste, c'est n'être jamais sûr d'avoir tout à fait raison quand on souscrit à la mort des autres...
« Etre pacifiste enfin, et n'oubliez jamais cela, mes camarades, ici la voix de Rossan se brisa dans un sanglot, c'est s'affliger quand, pour quelque cause que ce soit, on voit un fusil entre les mains d'un enfant... »
Enfin, chacun put entendre alors le vieux physicien murmurer, car la salle était demeurée silencieuse, frappée d'estime et de respect :
« Bientôt, je ne serai plus parmi vous. Mais un autre viendra et me remplacera, c'est dans l'ordre naturel des choses de cet univers. Suivez-le et, avec lui, oubliez le livre de la haine. »
Il raffermit sa voix pour ajouter, toujours dans un silence total :
« Je sais qu'il y a parmi vous d'anciens Immatures. Et qu'il n'est pas facile de se séparer de sa

gangue. Les souvenirs et un esprit de vengeance vous envahissent, mais si pénible que cela soit, il faut les fuir. Dites au revoir au passé, sans esprit de retour, enjambez le présent qui ne contient rien d'extraordinaire susceptible de vous retenir, et entrez tout de suite dans l'avenir.

« Moi, un vieux aujourd'hui, je ne prétends pas que toutes les facilités vous y attendent, mais je vous garantis que vous ne serez pas déçus. Même dans ce monde d'esclaves, soyez libres, au moins par votre esprit.

« Je parlais tout à l'heure du livre de la haine qu'ont feuilleté vos parents et vos aînés, page par page, et qui continuent. Celui qui viendra saura s'attaquer au sens du livre lui-même. Il le révoquera dans ses prémisses et, si vous le voulez, avec vous, il entreprendra de le réécrire... Alors peut-être serez-vous au début de la plus grande modification que l'humanité ait jamais subie.

« Adieu, je vous remercie de m'avoir écouté... Bonne chance à tous... »

Et tandis que Rossan, voûté à nouveau, accablé de lassitude, s'éloignait vers le derrière de la scène, on vit cette chose incroyable d'une foule se lever d'abord, toujours en silence, comme pour saluer le départ du vieux prophète, puis s'écouler tranquillement vers les sorties, sans bousculades, ni heurts. Et tous se regardaient un instant, avant de se quitter, dans l'atmosphère redevenue glacée de cette ancienne gare...

Comme si, pour chacun d'eux, dans cette salle cernée par les forces de l'ordre et de la raison, un horizon évasif et dangereux venait d'éclater, laissant pénétrer un peu de lumière et d'espoir.

Seul, peut-être, Julien était resté assis là-bas, toujours accroupi près de l'estrade déserte, le visage caché dans ses mains de brute.

« Viens... allons-nous-en... »

C'était la voix d'Elyane qui l'avait retrouvé. Deux fois, elle répéta la phrase.

Mais Julien, toujours tête basse, ne lui répondit pas. Enfin, au bout d'un long moment, il leva la tête et, ses yeux pâles posés là-bas, près du rideau rouge où avait disparu Rossan, il murmura, le regard perdu dans une vision d'avenir :

« C'est lui, j'en étais sûr, c'est lui... »

VII

Dans le tumulte de passions et de sentiments qui agitaient son sommeil, il y avait de tout; il y avait de la tendresse, de l'émotion, de la colère, de l'acharnement, de l'idéal et surtout, des vagues d'inquiétude.

Une de ces vagues déferla, plus forte que les précédentes, bousculant ses derniers espoirs, et Elyane se réveilla en sursaut, surprise, presque coupable d'avoir pu dormir un moment.

Julien n'était pas rentré.

Dans l'énervement du rêve, elle avait repoussé draps et couvertures et, maintenant, les premières lueurs du jour éclairaient douloureusement la solitude de son corps. Elle frissonna et se recouvrit tant bien que mal.

Il faisait froid dans la chambre, à cause de ces limitations de chauffage de plus en plus nombreuses, de plus en plus draconiennes.

Depuis deux mois, en effet, outre les coupures-surprises de la journée, toute source collective de chaleur devait s'arrêter de minuit à six heures du matin. Les appareils de chauffage individuels étaient interdits à la vente – ce qui avait d'ailleurs provoqué un marché noir aussi formidable qu'insolite – et l'hiver, par malchance, s'annonçant déjà rigoureux, toute l'Europe se gelait sans protester, au nom d'une « Morale de Production » à laquelle personne n'avait jamais rien compris, mis à part les quelques technocrates qui l'avaient pondue, les fesses au chaud et un thermomètre entre les dents. Aberrant.

Où était Julien ?

Les yeux gonflés de sommeil et de larmes contenues, Elyane fixait désespérément la porte d'entrée restée muette depuis la veille au soir lorsque, après la conférence de Rossan, Julien d'une voix étrangement absente, s'était écrié qu'il allait faire le tour de ses idées. Et sans qu'elle ait eu le temps de répliquer, il s'était perdu dans la foule, d'une démarche de somnambule, grommelant des mots sans suite. Un temps, Elyane avait pu suivre sa grosse tête au-dessus des autres. Puis, il avait disparu.

Que s'était-il passé ?

Le discours de Rossan l'avait bouleversé, sans aucun doute; et à la limite, elle aurait dû s'en réjouir. Mais pourquoi cette fuite ? Pourquoi ce regard brusquement égaré ?

Jusqu'à ce jour, Julien, en dehors de ses silences et de ses chiens, ne s'était mêlé de rien. Pas de politique, pas de religion, pas d'idée d'aucune sorte. L' « exigence d'un changement » ou « la révolution nécessaire et bienfaisante » dont lui parlait Elyane, certains soirs, d'une voix passionnée, le faisaient ricaner de mépris. Aucun civisme, une ignorance totale du mot « citoyen »; et des expressions comme la société, la démocratie, la gauche et la droite, la lutte parlementaire et le cycle des élections appartenaient à une langue que Julien n'avait jamais apprise, étant gosse, et qu'il se refusait à comprendre, aujourd'hui encore.

Elyane se souvenait de cette semaine pénible, un an plus tôt, où les chefs Immatures avaient été jugés et condamnés; ces journées tragiques où elle ne quittait pas de l'œil et de l'oreille radios et écrans vidéo afin, le soir venu, quand Julien rentrait du chenil, de pouvoir l'accabler de détails et de commentaires indignés.

Ce à quoi il répondait invariablement, l'œil dur, la bouche mauvaise, comme s'il se fût réjoui de cette fin lamentable, « Tes petits copains ont joué, ils ont perdu. Qu'est-ce que tu veux que j'y fasse...

– Mais ce sont des garçons de ton âge! s'écriait Elyane, hors d'elle dans ces moments-là, furieuse de cette insensibilité que rien ne semblait pouvoir ébranler. Ce sont tes frères, tu entends?...

– Arrête tes conneries, tu veux. Je n'ai eu qu'un frère et il est mort en bas âge...

– Julien, tu n'as pas le droit d'ignorer ainsi le monde où tu vis! »

Un temps, Julien ne répondait plus, se contentant de glousser d'un air de mépris puis, tout haut, cédant à la colère, étouffant sa voix entre ses dents serrées.

« Tu vas me foutre la paix, dis, avec tes idées de petite-bourgeoise en révolte. Ton monde, c'est la frime, la triche, la baise, la machine à sous. Les gens ne pensent qu'à ça. Alors fais comme eux et cesse de me casser les pieds avec tes histoires à dormir debout. »

Et il s'en allait, dans la pièce à côté, en haussant ses épaules énormes, buté dans son silence, réparer quelque appareil de pêche.

Avec quelle sorte de monstre au cœur sec vivait-elle ?

Egoïste, Julien? Sans aucun doute. Mais un égoïsme dénué de tensions, d'appétits et de fureur de vivre. Comme celui de ces hommes qui ont échappé à une catastrophe et qui, de nouveau aux prises avec les accélérations de la vie, prennent un malin plaisir à les ralentir. Un égoïsme de survivant, flegmatique et glacé.

Rien n'arrangeait Julien ni ne le dérangeait. Il ne désirait rien d'autre, apparemment, que dormir, manger, prendre le train deux fois par jour et dresser des molosses. Et encore! A se demander si ce conflit permanent avec des fauves l'intéressait vraiment. Il semblait n'avoir besoin de personne dans la vie. Pas même d'une femme, au sens où l'entendent la majorité des hommes.

« Oh! il m'aime bien, se disait-elle, dans la mesure où il a besoin d'un corps pour se soulager et pourvu que je ne le dérange pas, que je n'entrave pas son existence de brute paisible. » Et, au fond, bien qu'elle détestât chez un homme l'idée du succès pour le succès, elle l'aurait encore préféré arriviste comme son copain François, avec un appétit féroce pour la réussite, pour tout ce qui brille et qui bouge. N'importe quoi plutôt que cette indifférence à tout ce qui n'était pas sa torpeur.

Et pourtant, elle l'aimait. Encore.

Dans un monde d'eunuques et de petits pédés sans valeur ni vouloir, celui de son adolescence dorée, Julien l'avait fascinée au début par son côté voyou égaré, toujours prêt à faire le coup de poing. Rien de ces fils de famille qu'elle avait connus jusqu'alors, raffinés, élégants, foncièrement bien élevés et avec lesquels elle avait couché sans plaisir. Par désœuvrement. Parce que c'était la mode. Pour faire comme les copines. Au fond, c'était prévisible. Elle n'avait jamais supporté d'être seule au milieu de ceux-là. Elle comprenait rarement ce qu'ils voulaient dire, et il lui avait fallu du temps pour s'apercevoir qu'ils ne disaient rien.

Ils n'étaient pas adultes, s'en rendaient compte, et voyaient en elle une fille forte qui les débarrasserait de leurs petites angoisses. Ils lui pompaient toute son énergie, réclamaient, prenaient sans rien donner, pleurnichaient, suppliaient; ils voulaient être aimés pour eux-mêmes, eux qui n'existaient pas. Et à chaque nouvelle aventure, elle se retrouvait un peu plus seule, un peu plus vide.

Julien n'était pas beau, ni très intelligent. Ni brillant, ni cultivé. Pas même gentil. Elle avait eu peur au départ, elle se sentait toute petite devant lui; oui, peur de lui, au propre comme au figuré. Mais c'était trop tard.

La vibration l'avait prise, et des épaules immenses l'avaient recouverte, comme une ombre. Ses sens avaient explosé, pour la première fois. Et pour la première fois son ventre avait bougé. Finis les caresses et les attouchements de boudoir.

Pénétrée, défoncée, folle de bonheur à pleurer. Elle avait eu droit à l'aventurier de roman de gare, le macho, celui qui écrase tous les mollusques sur son passage, et qui, conscient de sa force physique, ne respecte aucune plainte, aucune supplication. Pas de « non pas ça », mais des « oui je veux ». A l'époque, elle avait cru qu'il n'existait pas une plus belle déclaration d'amour. Elyane n'était pas pour le viol mais, avec Julien, il y avait eu un peu de cela.

Là où elle s'était trompée totalement, c'est qu'elle l'avait cru assez fort, assez disponible pour la prendre en charge et l'assumer en toutes circonstances.

Elle s'était imaginé, Dieu sait pourquoi, qu'il allait remplacer son père, un homme remarquable, profond, à la tranquillité sévère, un peu fruit sec dans ses rapports avec elle, mais dont l'absence de caresses n'avait jamais dissimulé complètement la tendresse. Julien remplacer son père ? Quelle erreur !

En fait, rien de ce qui troublait Elyane n'avait jamais touché Julien. Il l'avait laissée en dehors de sa vie, ou plutôt à côté. Pire, il s'était mal conduit à plusieurs reprises, la trompant sans vergogne avec ses meilleures amies. Tout lui apparaissait normal, tout lui semblait dû. Et l'on riait autour d'elle.

Quand Elyane revoyait le bout de chemin fait ensemble, ce qui la frappait, c'était cette notion de non-couple. Ils n'avaient pas eu de vie vraiment commune. Jamais ils n'avaient partagé grand-chose, sinon des bouts de phrases et un morceau de lit. Julien aimait sortir seul, marcher pendant des heures dans une ville qu'il ne voyait pas, aller à la pêche pendant des jours.

Et Elyane le soupçonnait de comprendre mieux une chienne bergère allemande en chaleur qu'une simple femme amoureuse. Alors, où était sa place dans tout cela ?

Allait-elle vieillir ainsi, solitaire et dédaignée ? Non, eh bien alors, pourquoi ne partait-elle pas ?

A l'attendre ainsi, couchée, le corps glacé et la tête en feu, elle s'apercevait qu'elle avait oublié la mort de Laurence, sa sœur aînée, suicidée par amour..., et qu'elle était toujours capable de pleurer du désespoir de ne plus la voir. Si ce drame n'était pas arrivé, serait-elle allée ainsi vers Julien quelques années plus tard ? Aurait-elle cherché refuge auprès du premier géant venu ?

Avant de se lancer à corps perdu dans l'existence, au départ de cette course au bonheur, chacun ou chacune prend ses marques dans le temps, comme un athlète qui sait la valeur des repères. Mais là aussi, Elyane s'en rendait compte, ils différaient complètement.

Julien vivait dans le présent ou, au maximum, dans un futur très immédiat, et parlait souvent comme un homme privé de mémoire. Elyane, au contraire, était totalement tournée vers le passé, ses parents, sa jeunesse, la mort tragique de Laurence, ses rêves de petite fille, ses inquiétudes de toujours. Elle voulait devenir écrivain mais, au lieu d'écrire, passait son temps à dire des phrases comme « la mort est au bout du chemin, à quoi bon ? » ou bien encore « les autres ont plus de talent, plus d'imagination que moi... ». Inconsciemment, elle espérait qu'il la contredirait, qu'il l'encouragerait, mais rien. Elle avait parlé plusieurs fois de son père, de sa sœur, de ses espoirs de femme et de ces mille petits riens nostalgiques qui l'habitaient. Tournait-il la tête avec détachement qu'elle insistait. La passion a autant de courage que l'indifférence a de barricades, et elle triomphe parfois. Cela arrive. Alors les malentendus se lèvent, les sensibilités entrent en bouillonnement, les sourires se comprennent, les pupilles ne se quittent plus et, les autres, étonnés, les amis du couple, les copains, les visiteurs, tous regardent, maladroit encore, chancelant, ce miracle, l'amour.

Mais elle, Elyane, avait échoué. A ces évocations d'un autre âge, d'un autre monde, Julien se renfermait. L'écoutait-il seulement ?

Quant à lui, il ne se racontait jamais. Elle le savait tout juste orphelin de père et de mère, sans même un cousin en vie. Une remarque, oh ! une toute petite phrase, qui lui avait échappé un jour, à propos d'une porte déglinguée, laissait entendre que son père avait été serrurier, dans un bled au nom impossible du Nord de la France. C'était tout.

Avec Julien, on aurait pu croire que le passé n'existait plus, ou pis, qu'il n'avait jamais existé.

Un moment, Elyane avait désiré un enfant, une façon de prolonger sa tendresse, d'aggraver un peu sournoisement l'amour de l'autre aussi, sans doute.

Mais, quand elle lui en avait parlé, il l'avait simplement regardée, un peu durement, sans répondre, avant de retourner un peu plus tard à son mur de violence et de silence.

Et cet homme-là avait été bouleversé, la veille au soir, par le discours humanitaire et chaleureux de Rossan ? C'était à ne pas croire. A ne plus rien y comprendre.

Elyane, dressée sur un coude, retenait son souffle pour ne pas couvrir les bruits de la rue en éveil. Elle repassait une fois encore, dans sa tête ébouriffée de cheveux et d'idées noires, les événements des deux derniers jours. Et les images montaient en elle, à toute allure, s'entrechoquant les unes les autres, éclatées, diffuses par leur mystère et cruelles dans leur incompréhension.

« Est-ce qu'il est encore avec une femme, est-ce qu'il m'a joué la comédie, hier soir pour pouvoir la rejoindre ? » se demanda-t-elle. Elle l'avait pensé un instant mais elle ne le croyait plus.

En réalité, elle s'en apercevait à présent, le changement de Julien, son attitude pour le moins étrange, ne dataient pas d'hier soir.

Cela remontait à dimanche, tard dans la nuit, quand il était rentré seul de la pêche. Sans ses affaires, trempé des pieds à la tête. Pourquoi n'était-il pas revenu dans la voiture de François ? Que s'était-il passé là-bas, sur les étangs ?

Et pourquoi, dépassant toute mesure, l'avait-il martyrisée ce soir-là, lui faisant mal à l'amour ? *Comme s'il eût voulu se convaincre, par cet excès, qu'il était resté une brute.* A cette pensée, Elyane ne put maîtriser un long tressaillement.

Elle se souvenait encore, en frissonnant un peu, de cette possession complètement folle. Il s'était déshabillé et séché dans le noir, avant de se glisser auprès d'elle, sans allumer. Elle n'avait pas eu le temps de se retourner pour lui tendre ses lèvres. Il l'avait prise, tout de suite, d'un seul coup, sans une caresse, sans un mot. Les hanches prises dans un étau, elle avait gémi, crié. Une sorte d'aboiement bref et douloureux de bête blessée. Mais Julien avait continué, la maintenant toujours violemment, sans s'occuper de sa douleur, hanté uniquement par son propre déchaînement, une violence abominable qui avait déferlé en elle avant qu'elle ait eu le temps de sécher ses larmes.

Jamais Julien ne s'était conduit ainsi.

Et quand Elyane avait allumé, un peu plus tard, elle avait croisé le regard d'un fauve halluciné, au bord du désespoir.

Que s'était-il passé là-bas ? Julien était-il en train de devenir fou ? Il fallait qu'elle sache.

Alors Elyane fit ce qu'elle aurait dû faire depuis longtemps : elle décrocha son téléphone et composa le numéro de François. Deux sonneries, un déclic, un message enregistré. François avait dû découcher et n'était pas encore rentré. Regardant sa montre, elle lut sept heures. Alors, elle laissa son nom sur le répondeur automatique, demandant à François qu'il la rappelle dès son retour.

Le corps lourd mais l'esprit un peu apaisé, elle alluma une cigarette. Puis, rejetant les couvertures, elle se dirigea d'un pas mécanique vers la salle de bain.

Elle aspergeait maintenant, à grands coups d'eau froide, son visage congestionné et, les yeux fixés au miroir, contemplait les ravages de son triste abandon.

« Je suis en train de vieillir, se dit-elle, sombrement. Il faut absolument que Julien me fasse un bébé. »

Mais en regardant son ventre plat de femme qui digère la pilule, elle se remit à pleurer.

Où était Julien ?

QUESTION : *Monsieur Mahé, vous êtes désormais privé de la défense du docteur Ensor. Il vous faut pourtant répondre à nos questions, c'est la règle du jeu. Alors, parlons si vous le voulez bien de l'amour et du couple...*

RÉPONSE : Pourquoi pas ?

QUESTION : *Monsieur Mahé, vous vous êtes déclaré contre le mariage, base de notre système familial. Pouvez-vous préciser votre pensée à ce sujet ?*

RÉPONSE : L'amour n'est pas un système, ni une marchandise, ni un troc. Encore moins un contrat. Et, en ce sens, le mariage, hier nécessité ponctuelle d'une société néo-médiévale en pleine structuration, apparaît aujourd'hui, c'est vrai, comme un acte d'un âge révolu. Voilà ce que j'ai dit. Rien de plus.

Q. : *Alors, faut-il, selon vous, le supprimer ?*

R. : Non, pourquoi ? Pourquoi blesser dans leur confiance des hommes et des femmes qui croient encore à cette garantie de bonheur et de stabilité ? D'ailleurs, on ne détruit pas une habitude de ce genre chez un peuple. Elle tombe toute seule, à un certain moment, quand ont disparu les évidences prétendues sur lesquelles elle s'appuyait; le mariage s'en ira par voie d'extinction; il ne mourra pas, à proprement parler. Il cessera. Il cessera définitivement quand il sera devenu inutile...

Q. : *Hum... mais l'on dit que votre groupe pratique déjà volontiers cette monstruosité qu'est l'amour à plusieurs ?*

R. : C'est faux.

Q. : *Pourtant, on l'a dit. On l'a même écrit...*

R. : Et moi je vous dis que c'est un mensonge. Cette pratique est complètement étrangère à notre démarche. Cela dit, on pourrait discuter objectivement des motivations d'une telle notion, mais je ne crois pas que ce soit le sujet de cette émission.

Q. : *Qu'entendez-vous par discuter objectivement ?*

R. : Je veux dire que chacun de nous a eu, ou aura l'occasion un jour de connaître ses propres failles; rien n'est très simple dans ce domaine car l'amour est magnétisme et une simple variation de champ peut provoquer chez n'importe quel individu un dérèglement à sa conduite habituelle.

Q. : *Ce qui veut dire selon vous — et reprenez-moi si je vous ai mal compris — que chacun peut faire ce qu'il veut de son corps ?*

R. : En effet, vous m'avez mal compris, monsieur. Personne n'est libre de son corps au sens où vous l'entendez, car chacun d'entre nous peut s'inscrire dans des champs en variation, subir des stimuli inconnus qui modifient brutalement son comportement. La putain peut aimer et la vierge avoir recours à l'exorciste... Personne n'est à l'abri d'une défaillance...

Q. : *Toujours si je vous comprends bien, l'amour ne serait pas un sentiment humain, mais quelque chose relevant plutôt du magnétisme animal? Ceux qui nous regardent en ce moment seront ravis d'apprendre qu'ils « sont des animaux »!*
R. : Votre amalgame pour me nuire est un peu grossier et vous faites, vous-même, de la confusion mentale. Mais il est exact que ce que vous appelez le sentiment amoureux humain est un aspect encore mal connu du magnétisme dit animal.
Q. : *La belle devise que voilà! J'aime, donc je suis animal!*

R. : Ne vous vantez pas...

(Tumulte indigné dans le studio. Cris de rage. Insultes. Puis l'émission reprend avec une autre question.
Q. : *Pouvez-vous, monsieur Mahé, nous expliquer ce que serait pour vous l'amour parfait entre deux êtres?*
R. : Je veux bien essayer. Disons qu'il faut toujours pour le grand accomplissement d'une passion, considérer la peau dans son entier, l'approcher lentement pour en bien mesurer les vapeurs, savoir d'où elles émanent en plus grande quantité, connaître leurs tendances projectives et surtout les différences de rythme.

Il faut encore la toucher, prendre pour cela des mois ou des années, car de son lustrage jusqu'à son frémissement, il y a les vagues étonnements des courants avortés qui errent autour des corps, enveloppant sans cesse, nuit et jour, les élans, les sourires, les étreintes, les regards, les petits effacements, de dialogues secrets en faux outrages et bonnes raisons.

Il y a enfin la longue investiture d'une peau faite à l'autre, par les degrés sanguins des volontés, des mots, l'évaluation des corps dans l'espace et, de leur sève épaisse qui s'écoule, inaltérable, en un tronc magnifique, toujours plus fort, qui n'a de cesse par l'ascension, de rougir toujours mieux pour plaire un peu à Dieu.

Q. : *Est-ce à dire que vous croyez en Dieu, monsieur Mahé ?*

R. : Oui ou non.

Q. : *Qu'entendez-vous pas oui et non ?*

R. : Vous m'avez mal entendu. Je n'ai pas dit « oui et non », mais « oui ou non ».

Q. : *Pourquoi ce distinguo subtil ?*

R. : Parce que votre question est mal posée.

Q. : *Les téléspectateurs apprécieront vos pirouettes. Une autre question, si vous le voulez bien : croyez-vous à l'amour, pour demain, dans notre société ?*

R. : Oui, je crois à l'amour dont je viens de parler. Cet amour-là doit être protégé, perpétué, car chaque enfant a droit de le connaître un jour. Mais cet amour-là se heurtera forcément à vos structures. (A cet endroit Julien Mahé sourit franchement avant d'ajouter) : Et je crois qu'il les détruira.

Q. : *Vous semblez bien pessimiste sur le sort de notre société libérale ?*

R. : C'est qu'il y a aujourd'hui, dans ce monde que vous défendez, une misère de l'amour plus grande que la pauvreté. J'en ai moi-même longtemps souffert et je sais de quoi je parle. »

(Extrait de l'émission « Les Dossiers du Temps » du 18 juin... A signaler que la longue déclaration de Julien sur l'amour magnétique a été réunie et publiée ensuite par les soins du docteur Ensor, un peu avant sa mort, sous le titre : *Eloge de l'Amour à l'intention d'une petite fille.*)

Julien marchait droit devant lui, depuis des heures, sans voir, sans penser, toute notion de temps abolie.

Un instant, vers trois heures du matin, il avait cédé à la tentation de jeter un regard en arrière, de rentrer à la maison. Elyane devait l'attendre, malheureuse et inquiète. Mais, finalement, il avait renoncé et poursuivi sa route. Dans une cafétéria de nuit, en compulsant des Bottins crasseux, écornés par mille mains inconnues, il avait fini par trouver l'adresse qu'il cherchait.

Alors, il avait longé le fleuve d'où montait une nuée incolore, lourdement imprégnée. Toute la ville oxydée puait. Mais ici, où l'odeur des égouts se mêlait aux senteurs douceâtres des poissons morts, c'était pire. Et, au milieu de ces exhalaisons, comme des gardiennes du mal, les tours de béton, gigantesques, se perdaient dans un impalpable rideau de brumes violâtres. Au bord de l'hébétude, Julien continuait à marcher, les bras ballants. Un convoi de péniches glissa lentement devant lui. Quatre ou cinq bateaux se succédèrent, avec une sorte de majesté; le fleuve s'emplit pendant quelques minutes d'un bourdonnement utile. A l'avant du second chaland, une femme étendait tranquillement son linge.

Il traversa un pont, puis un autre.

Une horloge voisine égrena lentement cinq coups. Les heures passaient, celles de la nuit et celles du jour. Mais Julien n'avait pas envie de dormir. S'il se trouvait là, en pleine banlieue, c'est qu'il avait une raison d'y venir. Mais laquelle? Pour l'instant sa mémoire ne précisait rien. Mais cela ne l'inquiétait plus. Il suffisait d'attendre pour savoir.

A présent, Julien se tenait, debout, immobile, devant une maison inconnue, sans ressentir autrement la morsure du froid. A travers les grilles il distinguait confusément le sable d'une petite allée bien entretenue, et plus près, à portée de main, collée contre la sonnette, une plaque de cuivre oxydée.

Son regard dérapa brutalement sur le métal jaune... Incapable de reprendre le contrôle, il alla percuter le mur du passé, avec un dernier geste de ses mains devant son visage, pour se protéger; tout s'enchevêtra.

Du magma, un souvenir surgissait, prenait forme humaine : celle de Madeleine Prévost, une femme de cinquante ans au moins, à la peau flasque, aux cheveux jaunâtres et rares. C'était une grosse mandataire des Halles, toujours enveloppée dans une canadienne brune doublée de mouton. Bourrée de fric et de vices, elle avait le goût et le flair de la misère.

« Salope ! grogna-t-il furieusement, salope ! »

Des petits doigts boudinés, d'un rose sale et froid, des tronçons de chair morte, qui lui donnaient à manger, quand il n'en pouvait plus. Quand la peur de crever devenait plus forte que son orgueil.

A présent, il revoyait toute la scène. Il avait dix-sept ans. *Il y avait une plaque de cuivre.* Il sonnait à la porte.

« Tiens ! Julien ! comme c'est gentil de venir me voir. Mais ne reste pas sur le palier.

– Je passais par hasard dans le quartier pour faire une course... Alors je suis monté... »

Elle portait un peignoir de soie, à fleurs jaunes et noires, qui lui tombait aux chevilles.

Il entrait, l'air gauche, la suivait dans la cuisine.

« Assieds-toi, disait-elle. Alors, tu as trouvé du travail ? Hein ? Non ? Tu ne réponds pas. Dis donc, ça n'a pas l'air d'aller fort ! »

Elle le tutoyait d'entrée, comme une vieille copine, un peu protectrice.

Lui se taisait, maintenant, pitoyable dans ses vêtements trop larges. La main molle lui avait relevé le menton, mais Julien s'obstinait à baisser les yeux, évitant son regard.

« Ah ! ce chômage ! reprit-elle, avec une véhémence attristée. C'est une honte. Quel monde mon Dieu, quel monde ! »

Elle pleurnichait presque de compassion, prenant le ciel à témoin avec des mouvements de sainte exaspération. Mais Julien sans même lever la tête devinait son petit œil rond et sec, attentif.

La garce ! Elle puait l'hypocrisie à plein nez.

L'alcool aussi. Comme si elle ne savait pas pourquoi il se trouvait là. Mais elle prenait son temps, le laissait mitonner dans sa honte, avant d'aborder le vif du sujet. Elle finit par y venir, avec dans la voix une sorte de remords, se prenant elle-même à partie...

« Ah ! mais suis-je bête tout de même. Je cause... je cause et je te laisse là, comme ça. Tu as peut-être faim ? Hein ? As-tu mangé au moins ? »

Ce jour-là, Julien avait eu réellement envie de la tuer. De se jeter sur elle, de lui faire entrer dans la gorge toutes ces phrases où l'ironie le disputait à la méchanceté. Mais, se maîtrisant non sans peine, une fois encore, il avait répondu, poli.

« Non, madame... mais je n'ai pas tellement faim, merci.

– Allons, allons, tu prendras bien quelque chose ? J'ai justement un reste de ragoût sur le feu...

– Eh bien, si vous insistez, madame... »

Elle sourit, sans se cacher. La même comédie se jouait à chaque fois, à quelques variantes près. Elle ne s'égarait jamais avec des petits prétentieux, sûrs d'eux-mêmes et du chèque paternel à la fin du mois. Cette bohème en café-crème ne la trompait pas. D'instinct elle allait droit vers les vrais pauvres, encore jeunes, encore tendres, et avec des ruses de hyène, elle savait toujours comment les amener à sa table.

« Bien sûr que j'y tiens, allons assieds-toi, je vais te servir. Tu es pâle à faire peur. Ah ! vraiment tu m'inquiètes, tu sais, avec ta mine de papier mâché... »

« Ma parole, s'était dit Julien, hors de lui intérieurement, cette pourriture fait des progrès. »

Mais, déjà, elle avait posé devant lui une assiette fumante.

« Allons, mange cette platée pendant qu'elle est encore chaude... », avait-elle glissé, bonasse.

Mange cette platée!

L'image avait de quoi écorcher des nerfs moins sensibles que les siens. Néanmoins, il n'avait pas résisté davantage, enfournant déjà la première bouchée. Elle le regardait manger, amusée, avec au fond du regard, une drôle de lueur mauvaise. Mais il s'en foutait, ne voulant même pas songer à ce qui se passerait ensuite. La vieille le surveillait du coin de l'œil. Ah! il le connaissait bien ce regard à la fois attentif et patient, mais pour l'instant, et pour quelques minutes encore, il voulait l'ignorer, l'oublier! La nourriture l'occupait tout entier, réchauffant ses membres.

Puis les dernières bouchées s'étaient précisées, terribles. Instinctivement, Julien avait ralenti la cadence, pour gagner du temps, pour repousser l'échéance. Mais elle s'en était aperçue, et faussement peinée, elle avait glissé, d'un ton chagrin :

« Tu n'as plus faim, déjà? Tu n'aimes pas le lard? Allons, finis vite, ça va être froid... »

Julien revivait ses larmes de rage refoulées de s'être laissé deviner. La gorge serrée, il avait avalé les dernières bouchées. La toute dernière passa enfin, sa lenteur calculée en soulignait pour lui seul le tragique.

Un rictus, qu'elle eût voulu coquin avait plissé les lèvres de la vieille tandis qu'il s'essuyait la bouche.

« Allons au salon, à présent, dit-elle enfin, d'une voix un peu rauque. Le café nous attend. »

Il reposait sa serviette, gêné, malade de lui-même.

Elle l'avait pris par la main, gentiment, comme d'habitude, pour l'y conduire, comme un enfant. Papa... maman... pourquoi m'avez-vous laissé ?... Ce n'est pas juste... Pourquoi sommes-nous des milliers et des milliers à faire ainsi n'importe quoi pour survivre ? Qu'avons-nous fait pour être ainsi rejetés aux lisières de l'immonde ? La cruauté sociale lui apparaissait chaque jour un peu plus. Et une grosse envie de pleurer le prenait, le disputant à sa colère et à sa honte.

A l'entrée du salon, elle le contempla quelques secondes en silence. De tous ceux qu'elle souillait, ce grand adolescent un peu maigre mais déjà musclé était celui qu'elle préférait.

« Asseyons-nous là », dit-elle négligemment.

Son doigt désignait un divan dont les ressorts avaient renoncé à se plaindre. Puis, elle l'avait attiré à elle, fébrile, les yeux exorbités par l'attente. Déjà, ses mains avides le pétrissaient. Julien avait fermé les yeux. Finie la rage, oubliées les larmes rentrées. Une nausée le soulevait à présent, de l'estomac aux lèvres. Cela dura près d'une heure. Et, quelque artifice dont il usât, il n'était pas parvenu à s'abstraire de cette pourriture.

C'était fini. Elle lui glissait un billet dans la main, le repoussant sur le palier, refermant son peignoir, l'œil vague, rassasiée.

« Tu as été gentil... Tiens, si, si, prends, c'est

pour toi. Reviens quand tu veux... J'aime aider les jeunes comme toi. »

Elle jouait encore à l'émotion.

Son salaire. Il l'avait enfoui dans une poche de son blouson, obstiné dans son silence, sans remercier, la bouche mauvaise. Il était sûr qu'elle ne s'en formaliserait pas. Elle avait l'habitude et se doutait bien qu'il reviendrait...

La porte refermée, il avait appelé l'ascenseur, avec de longs tressaillements nerveux.

Il avait dix-sept ans.

En réalité, il n'avait jamais revu Madeleine Prévost. On l'avait trouvée morte huit jours plus tard, au pied de son divan, le visage violet, presque noir. De sales marbrures autour du cou. Un autre Julien, un autre lui-même, un frère inconnu, avait dû craquer nerveusement, allant jusqu'au bout de sa haine.

Six mois plus tard, Julien avait trouvé un emploi. Son premier chenil. Ses premiers fauves. Un an plus tard, il rencontrait Elyane et il l'avait aimée tout de suite, à sa façon. C'était bon, finalement, de savoir qu'elle existait là-bas, quelque part.

Julien rouvrit les yeux et regarda la plaque.

L'autre plaque.

Le soleil montait à l'horizon. Il ne s'était pas trompé. Il se trouvait bien devant la maison de Rossan, où tout le monde semblait dormir encore. Alors, il tira le petit mot qu'il avait griffonné à la hâte, le jeta dans la boîte aux lettres et repartit à grandes enjambées, comme un voleur.

VIII

CONFORTABLEMENT installé dans son vieux fauteuil écossais à oreilles, la tête bien rejetée en arrière, les yeux mi-clos, Rossan écoutait le *Ainsi parlait Zarathoustra* de Richard Strauss, diffusé par les petits hauts-parleurs de son vieil électrophone.

L'audition n'était pas parfaite, le son gratouillait un peu, mais il s'en moquait : cette musique fière de l'utopie finale, le vieux physicien la connaissait par cœur.

« Quel âge avais-je lorsqu'elle m'a bouleversé la première fois ? » se demanda-t-il. « Où l'ai-je entendue ? Et qui me l'a fait découvrir ? Mon père... Une jeune fille ? Mon Dieu, je ne me souviens de rien... »

Toutes ces questions sans réponses s'égaraient là-bas, très loin, aux franges obscures de son enfance.

Quatre heures de l'après-midi sonnèrent au coucou de la salle à manger.

Et cette jeune Allemande qui allait arriver, tout à l'heure... Est-ce qu'il n'avait pas été imprudent de la faire venir ici ? Depuis son dernier discours, dont aucun organe de presse n'avait rendu compte, mais qui avait dû provoquer certains remous, il devait être particulièrement surveillé, encore qu'il n'ait rien remarqué alentour. Mais cela ne signifiait rien. Ils étaient malins et bien équipés...

Lorsqu'elle l'avait appelé, le matin même, ils avaient parlé à mots innocents et bien couverts. Le plus naturellement du monde, elle lui avait proposé une édition de la *Britannica* qu'il recherchait, paraît-il, depuis longtemps. Et Rossan, sachant ce que cela voulait dire, avait deviné sans peine l'identité de sa correspondante... Susan Heynckes, la fugitive de Cologne, celle que toutes les polices d'Europe recherchaient depuis le samedi précédent... Comment, dès lors, lui dire non ? Même s'ils prenaient tous les deux un risque terrible...

Rossan ferma complètement les yeux pour mieux suivre, note par note, les méandres du rêve impossible de Strauss. Zarathoustra.. Le surhomme ? Quelle foutaise !

Le faible acquis de l'homme, amassé en quarante siècles contre vents et bûchers, se disloquait aujourd'hui dans une paranoïa générale. Et, à ce train-là, le triste bipède humain retournerait d'ici moins de vingt ans à une barbarie, sophistiquée sans doute, une barbarie de chrome et de confort, une barbarie d'incroyances et d'automatismes, mais une barbarie tout de même.

« A moins qu'une de leurs bombes ne leur pète dans la gueule avant, ce qui réglera une fois pour toutes la question de leur évolution... », murmura Rossan, amer, avant de retenir un geste d'exaspération.

Au premier étage, Marguerite devait s'atteler à faire les chambres. Il l'entendit allumer son aspirateur préhistorique et l'engin se mit à ronfler comme un Boeing, juste au-dessus de sa tête.

« A croire qu'elle le fait exprès! Pourquoi branche-t-elle ce foutu machin chaque fois que j'écoute un peu de musique? » maugréa-t-il dans ses dents, d'une totale mauvaise foi. Comme s'il ne savait pas, depuis quarante ans, que Marguerite était sourde comme un pot. Et, qu'à l'heure actuelle, la pauvre vieille, fixant interminablement le tapis, n'entendait rien de son aspirateur ni de la symphonie, heureuse de ressasser une fois encore son rêve d'amour pour le professeur, un rêve vieux de près d'un demi-siècle et à jamais inassouvi...

« Pourquoi ne l'ai-je pas baisée quand elle était jeune? » se surprit à penser Rossan, un instant égayé à cette idée.

Elle n'était pas si mal, Marguerite, à vingt-cinq ans. Pas grande, le cul un peu large, mais une paire de seins bien plantés qui auraient fait le bonheur de plus d'un honnête homme. Puis, en un second éclair, Rossan revit le regard muet, animal et doux de cette femme, et se renfrogna.

Ah! si c'était des imbécillités pareilles que lui suggérait la musique de Strauss, il y avait, en effet, de quoi désespérer de l'homme!

Et cette petite Allemande qui n'arrivait toujours pas. Il l'imaginait, pas très loin d'ici, terrifiée, baissant le regard chaque fois qu'elle croisait un passant, pensant et repensant sans cesse à la mort ignoble de son frère...

Après le fameux lever de soleil initial de la symphonie, les violoncelles et les bassons de Strauss mimaient l'effroi et la pièce résonnait à présent de ces accords étranges.

« Nous sommes vraiment trop bêtes, jura Rossan pour lui-même. Nous avions tout pour être heureux, voir nos enfants plus heureux encore et ainsi de suite ! Une route paisible et dorée où il aurait fait bon marcher... »

Mais tout s'en était mêlé. La religion d'abord, cette garce de religion. La première trahison de l'idée de Dieu. Pour Rossan, vieux libertaire anticlérical, il n'y avait aucun doute là-dessus, la merde avait commencé à ce moment-là.

Mais alors, pourquoi les hommes n'avaient-ils pas réagi dès le début ? Pourquoi s'étaient-ils laissés plonger dans la terreur, le fétichisme imbécile et la culpabilité ? Pourquoi n'avaient-ils pas simplement botté le cul à ces oiseaux de malheur ? Après, c'était trop tard. Le pli était pris : il fallait croire et obéir. Ce qui revenait au même. Et les hommes avaient fait des tueurs les maîtres de la terre...

Excédé par cette pensée, Rossan rouvrit grands les yeux, resserra le cordon de sa robe de chambre et se leva pour bourrer une pipe, avec des petits gestes secs et nerveux.

« Fichtre ! Quel foutu monde ! grommela-t-il, retournant à son fauteuil, en boitant un peu, sa jambe droite s'étant légèrement ankylosée. Mais nom de Dieu ! qu'est-ce qui leur avait pris à tous ces hommes, à toutes ces femmes d'être aussi lâches ? »

Et à présent, c'était les politicards, pire encore peut-être que les précédents, avec à leur tête ce nouveau Président. Tous courtiers de la haine et du fric. Marchands des quatre idées et des pauvres saisons.

Ah! mais ça ne s'arrêterait donc jamais? Ceux-là avaient bradé en moins de deux siècles les derniers espoirs, récupéré les dernières révoltes. Les salopards! Ah! non, vraiment, ceux-là ne méritaient aucune pitié! Et à la limite, lui, Rossan, le pacifiste, il avait pu comprendre la violence des Immatures, leur folie brutale.

Et cette Susan Heynckes, cette virago traquée, est-ce qu'il pouvait lui reprocher quelque chose? Bien sûr, on les accusait, elle et son frère, d'avoir supprimé une vie humaine, comme ça, froidement, en pleine rue. D'abord, rien n'était moins sûr. Mais de toute façon, la victime, ce Kensinger, était certainement une des plus belles ordures que la Bavière ait fournies au parlement d'Europe... même ses confrères l'évitaient comme la peste, disait-on, alors...

Face à ces monstres froids, la science avait besoin de voyants et d'hommes courageux. Et elle les avait eus avec Rossan et une poignée d'autres. La nouvelle alliance s'était scellée en deux temps, au IIIe symposium de Dallas puis au congrès géant de Novossibirsk. Ici et là donc, Rossan avait connu les cerveaux les plus brillants de son temps, mais aussi, parmi eux, et grâce à quelques apartés secrets, les premiers humanistes rebelles. Et, dès ce moment, leur religion s'était fixée; ils avaient professé le pacifisme universel avec une foi ardente, ayant fait don de leur personne à l'idée d'une réconciliation totale de l'Homme avec l'Humanité, réconciliation qui, dans leur esprit, devait assurer pain et survie aux enfants qui naissaient chaque jour de par le monde...

S'enhardissant peu à peu, ils n'avaient reculé devant rien. Giflant publiquement les mensonges de ces charognards, dénonçant bientôt leurs projets les plus terribles. Mais aujourd'hui, en écoutant la musique de Richard Strauss, Rossan se rendait bien compte qu'ils avaient échoué.

Gyorgy, le Nobel hongrois, qui avait posé la question : « Pourquoi l'homme se comporte-t-il comme un parfait imbécile? », Gyorgy qui avait appelé à la destruction du royaume des Cafards, Gyorgy, qui, un soir, à la télévision hollandaise avait froidement répété la parole de Babeuf : « Les gouvernements sont des conspirations de quelques-uns contre le plus grand nombre », Gyorgy, l'intelligence fulgurante, n'était plus là pour crier. Babeuf, de son temps, avait été décapité. Cornélius Gyorgy, lui, était mort broyé par un chauffard qui avait pris la fuite...

Daxel, le Norvégien, s'était noyé dans un fjord, près de Boda, en pêchant le saumon. Daxel qui aurait été capable, sans doute, de traverser le détroit de Jutland à la nage en plein hiver...

Begerov était tombé de cheval, et le laboratoire de Marino avait explosé en pleine nuit...

Autant de vies tranchées net, autant d'invraisemblances.

Depuis que la révolte des Immatures avait échoué, Rossan resté seul, avait gardé sa liberté de vieillard mais il avait perdu son langage d'homme. C'est rarement qu'on lui tolérait, de temps à autre, et de moins en moins, des discours comme celui de l'avant-veille, dans le froid de cette ancienne gare désaffectée.

Alors, dans sa petite maison de Saint-Germain-en-Laye, personne ne le voyait plus. Il végétait dans ses rêves, vivant simplement d'une petite rente que lui fournissaient ses ouvrages de vulgarisation. Et il se consolait de sa solitude en se disant que les hommes le croyaient malade.

Ils avaient perdu la partie, aucun doute là-dessus. La suprématie de la sottise, son triomphe quasi invariable sur l'intelligence, tout ceci, une fois de plus, s'était vérifié.

Et Rossan, vieux, isolé, ne se sentait plus la force de recommencer. Il se prenait à regretter jusqu'à son dernier discours; des mots terribles, des phrases vengeresses, mais pourquoi, pour qui? De nouveaux ennuis en perspective, sans doute, de nouvelles tracasseries administratives...

Brusquement Rossan eut froid. Il songea une seconde à demander à Marguerite qu'elle lui prépare une bonne bouillotte, puis, y ayant renoncé, il s'enfonça un peu plus dans le cuir rouge du fauteuil, ramenant frileusement les revers de sa robe de chambre vers son cou décharné.

Le disque de Strauss s'était tu, et il y eut le déclic du bras automatique arrivé en bout de course. Dans la salle à manger voisine, le coucou sonna le quart de quatre heures, d'un ton farceur.

Au premier étage, l'aspirateur avait cessé lui aussi.

Alors, réchauffé par le bain brûlant de ce silence, et renonçant à réfléchir plus avant aux conséquences de ses actes, Rossan laissa dériver ses pensées. Elles l'amenèrent insensiblement à l'étrange visite qu'il avait reçue la veille. Quel curieux garçon ce... comment s'appelait-il déjà ?... Ah ! oui, Mahé, Julien Mahé... Il l'avait presque oublié celui-là... Et pourtant quel drôle d'oiseau !

Un des thèmes-panique souvent avancés par Julien Mahé et ses camarades reposait sur l'hypothèse d'une régression mentale de l'homme, due selon eux à la culture sclérosée et aliénante proposée et encouragée par les différents gouvernements mondiaux. La télévision notamment, utilisée à des fins louches de massification, aurait été, toujours selon eux, l'instrument principal de cette décadence.

En fait, la régression a commencé, semble-t-il, bien des siècles auparavant. Mais le plus singulier, c'est que peu d'hommes s'en aperçurent.

Il nous reste, néanmoins, à l'appui de cette théorie révolucide, la formidable interrogation attribuée au début de ce siècle à un savant britannique du nom d'Hoxly : « Se peut-il que le niveau de l'intelligence soit plus bas qu'il y a trois cents ans ? »

(Commentaire de Wills, extrait de son ouvrage *Les Révolucides et le pessimisme européen.*)

Blouse à carreaux gris et noirs, châle de laine

violette à grosses mailles jeté comme un filet sur le buste maigre, avec, enfin, une drôle de petite coiffe blanche sur la tête, elle avait fini par entrouvrir la porte au carillonneur, et le regardait, pas contente.

Est-ce qu'on avait l'idée de sonner si fort et si longtemps ? Est-ce qu'on la croyait sourde ?

« Sourde, sans aucun doute tu l'es, vieille peau », se dit Julien intérieurement. Mais il estima plus prudent de se taire.

Alors, sans cesser de le dévisager par en dessous, d'un ton menu mais sans réplique, elle l'avait soumis à un questionnaire dont on pouvait se demander s'il était un interrogatoire ou un simple examen d'entrée.

Avait-il un rendez-vous ? Oui, hum... et à quel nom ? Mahé... Ah ! oui, Mahé, elle était au courant.

On la sentait s'adoucir, ayant cru un instant peut-être qu'il s'agissait d'un raseur. Ou pire encore, un de ces journaleux qui gagnent leur vie à perdre celle des autres. Sans oublier les voyous, car, depuis quelque temps, ce quartier de Saint-Germain-en-Laye, adossé à la forêt, et jadis paisible, n'était plus sûr.

Et celui-ci, avec sa tête dure et inquiète, ses épaules de déménageur et sa grosse veste kaki enfilée à même la peau, elle ne l'aurait pas laissé entrer en temps ordinaire. Dame non ! C'est qu'il lui faisait un peu peur, à elle, si minuscule, avec ce torse animal, sa vilaine cicatrice et ses deux grosses mains cachées qu'elle devinait serrées au fond des poches. En plus, il n'avait pas l'air dans son assiette...

Décidément, le professeur ne changerait jamais et se montrait bien imprudent de recevoir un inconnu pareil. Mais il avait été formel : primo, il attendait un visiteur; deux, le visiteur s'appelait Mahé. Et elle, Marguerite Feuillebois, gouvernante depuis plus de cinquante ans, était priée de sonner son maître dès qu'il arriverait. Elle le fit donc entrer au salon, en grommelant, à peine aimable :

« J'ai fait de la verveine pour le professeur, en voulez-vous ? »

Julien, retenant un sourire amusé, déclina. Puis il la regarda s'éloigner avec ce trottinement propre aux gens très âgés qui semblent retrouver dans la marche le plaisir de la danse.

Julien flairait un peu partout dans ce salon la tendresse passionnée et minutieuse d'une vieille femme, l'adoration presque contre nature d'une naine pour un géant. Chaque objet à sa place, les livres bien serrés sur leurs étagères, le plus modeste des bibelots naïvement mis en valeur, les tapis qui ne bouffent pas, les bois parfaitement cirés, chaque recoin impeccable, les vitres faites et pures, c'était elle. Mais pour lui. Pour lui seul.

Julien rêvassait lorsque son hôte entra. Visiblement Rossan sortait d'une sieste, le visage un peu congestionné, souriant quand même, en lui tendant une main sèche. Puis il s'assit en disant à demi-voix, négligemment :

« Alors, jeune homme, il paraît que vous vouliez me voir ?

– Eh bien...

– Eh bien quoi ? »

Julien se tut, décontenancé. La tête encore brûlante du discours entendu, il s'attendait en venant ici, sans trop savoir pourquoi, à une embrassade, à quelque chose de spontané. La chose lui eût paru naturelle. Au contraire, il sentait de la froideur chez son interlocuteur, de l'hostilité presque. Il décida de poursuivre, néanmoins.

« Monsieur, avoua-t-il, je ne connais pas le dixième de vos théories et je serais sans doute incapable d'en comprendre le centième, quand bien même vous me les expliqueriez... Non, si je suis venu vous voir, c'est que je vous ai entendu, l'autre soir, vous savez... Tous ces mots sur le pacifisme... le nouveau livre à écrire... le nouveau discours à inventer... Et je me suis rendu compte que tout cela, au fond, je l'avais toujours pensé... Et puis, ça va vous paraître bizarre...

– Si vous l'avez toujours pensé, pourquoi ne l'avez-vous pas dit ? Pourquoi ne l'avez-vous pas crié ? » le coupa sèchement Rossan en le regardant droit dans les yeux.

Julien pâlit un peu. Il ne comprenait plus. Il balbutia :

« C'est que... monsieur... il y a autre chose... vous ressemblez à quelqu'un que j'ai rencontré... » Il s'empêtrait dans ses mots, pataugeait lamentablement, incapable d'ordonner ses idées...

« Eh bien, monsieur Mahé, soyez clair : de quoi s'agit-il ? » reprit le vieux physicien en soulevant lentement ses paupières épaisses pour mieux le fixer à nouveau.

Brusquement, Julien comprit. Malgré sa jeunesse, son air perdu et sa tenue débraillée, Rossan se méfiait. N'importe quel provocateur, à la solde d'un parti ou d'un autre, n'importe quel flic déguisé aurait pu avoir son âge et les mêmes apparences. C'était trop bête...

Alors, reprenant courage, bien décidé à lever l'équivoque, il se jeta à l'eau. Un homme comme celui-là pouvait tout entendre. En courtes phrases, l'haleine coupée par une émotion inconnue, Julien se raconta.

Il disait son enfance d'animal sauvage, les efforts inutiles de son père, la misère des gens du pays de Somme, le suicide de sa mère, devenue folle, elle, la jeune putain tuée par l'amour et la vertu; il livrait pêle-mêle, son credo de violence, son obsession haineuse de la femme, et cette soif de justice ou de vengeance, il ne savait plus, qui lui tenaillait les tripes; lui, le colosse minable, ne connaissait pas grand-chose mais il aurait aimé apprendre pour abattre les monstres froids qui les asservissaient.

Est-ce qu'un espoir subsistait réellement pour des gens comme lui? Il fallait lutter, bien sûr, mais comment? Et puis, il se sentait si pauvre de pensées, depuis la mort de ses parents : comment expliquer cela?

Pourtant, lui, Julien Mahé, entendait gronder des forces dans sa poitrine, dans son ventre; des forces terribles, obscures encore; des forces qu'il ne parvenait pas à définir, et qu'il redoutait autant qu'il pouvait les espérer. Etait-ce déjà un crime d'avoir la sensation que l'on pouvait tuer n'importe qui, aussi facilement que d'arracher la tête d'un corbeau à coup de lance-pierres?

Des êtres comme lui naissaient-ils mauvais, avec du purin dans les veines, et la chose irait-elle en empirant ?

De temps à autre, Rossan, troublé, l'approuvait d'un hochement de tête, comme pour l'encourager à poursuivre. Jamais Julien n'avait déballé à personne, avec une telle franchise, ses souffrances et ses inquiétudes.

Et Julien parla aussi de ses visions, depuis quelques jours. Cela ne lui était jamais arrivé. Est-ce que les bêtes de somme rêvent, est-ce qu'elles en ont le temps ? Non, ce n'était pas des songes. Cela lui arrivait n'importe comment, n'importe où. Assis, debout, couché, immobile ou en marchant. Eveillé ou endormi. Et le pire, c'est qu'il se regardait lui-même, en ces moments-là... Il y avait deux Julien, face à face, ou plutôt l'un sur l'autre, superposés au millimètre. Sans décalage véritable mais profondément différents. Le premier, celui de l'enveloppe, celui de la peau et des os, regardait l'autre rêver une aventure qui ne lui appartenait pas, qu'il ne comprenait pas.

Comment une chose pareille était-elle possible ?

Rossan pouvait-il lui expliquer ce qui se passait ? Le rassurer ?

Julien parlait toujours...

Et, Rossan, fasciné à présent, l'écoutait, le cerveau fonctionnant à plein, ordonnant les milliers d'informations et de références du récit, analyse et synthèse simultanées, faisant la part de l'affectif blessé et du mental dérangé, une réflexion formidable à la mesure de son génie.

Ce Julien Mahé ne ressemblait à aucun des

autres jeunes garçons et filles qu'il avait pu rencontrer dans des réunions. Jamais, il n'avait senti une force sauvage aussi inquiétante chez un être humain, un tel dérèglement. Toutes remarques sur le pacifisme, l'humilité ou la non-violence nécessaire eussent paru dérisoires en face de ce fauve à moitié halluciné.

Et puis, il y avait ce regard qui se chargeait sans cesse, presque sans transition, de souffrance et d'un éclat magnétique et dur. Presque insoutenable. Comme si d'autres choses qu'il n'avait pas dites, ou qu'il ignorait encore, l'eussent transpercé comme des flèches de platine invisibles, pénétrant impitoyablement ce corps de géant, ne rencontrant aucune résistance, broyant les os, déchirant les chairs. Des flèches qui avaient trouvé leur cible et qui n'en démordaient plus.

Rossan essayait de réfléchir plus vite encore. Ce garçon était venu le voir, et avait besoin d'aide. A le voir parler ainsi, pâle, presque livide, on sentait qu'il ne supporterait plus longtemps une telle tension intérieure. « Que vais-je faire de lui? se demanda Rossan. A qui l'adresser? Je ne suis pas psychiatre! »

A ce moment, une question de Julien le fit sursauter.

« Où étiez-vous, monsieur, vendredi dernier?

– Moi? fit Rossan, un peu stupidement, pris au dépourvu.

– Oui, vous, s'entêta l'autre, où étiez-vous vendredi dernier? N'avez-vous pas été vous promener dans la Somme... dans un petit village... Epagnolles... si, n'est-ce pas?

– Non... non, je suis resté ici, à préparer mon discours... celui que vous avez entendu...

– Ce n'est pas possible...

– Qu'est-ce qui n'est pas possible, fit Rossan, interloqué cette fois.

– Ce n'est pas possible, reprit l'autre buté. Je vous ai vu... là-haut, sur le Chemin des Passés... Vous m'avez parlé... vous attendiez quelqu'un... un ami... ou plutôt non, quelqu'un que vous ne connaissiez pas... le Maître de Justice que vous disiez... Et après, vous m'avez récité une poésie... »

Et Rossan, sidéré, écouta Julien lui faire le récit de cette rencontre invraisemblable.

« Mon Dieu, se dit-il, c'est encore pire que ce que je pensais! Que vais-je faire de ce pauvre fou? »

Comme ses confrères les plus évolués, Rossan s'était intéressé un temps aux pouvoirs étranges de certains clairvoyants, et s'était rendu à l'évidence que tous n'étaient pas des falsificateurs et des charlatans.

Mais, autant qu'il s'en souvienne, la faculté paranormale de clairvoyance permettait d'accéder à une information ou à un événement passé, présent ou futur. Or, il était sûr de n'avoir jamais mis les pieds dans ce patelin et n'avait d'ailleurs aucune intention ni raison de s'y rendre un jour. Donc, se dit-il encore, ici pas de prémonition. Ce récit est une précognition impossible, il s'agit bien, soit d'un mensonge, d'invention pure, mais le garçon a l'air sincère, soit... Pas de doute, diagnostiqua-t-il, essayant de garder la tête froide, hallucination paranormale due à un dérangement cervo-moteur. Ce que ces cons de bigots appelaient, dans ma jeunesse, une apparition...

A partir de là, Julien s'était énervé. Il remuait sans cesse ses grosses mains, les froissait l'une contre l'autre, en bafouillant des mots presque incompréhensibles. Il voyait en Rossan le fondateur d'une doctrine nouvelle.

Rossan avait eu beau lever la main pour montrer qu'il ne voulait pas entendre pareille absurdité, rien n'y avait fait.

La voix de son visiteur vibrait toujours. Si, si, il y avait là une nouvelle grande pensée morale, dont les hommes comme lui avaient grandement besoin. Il fallait aller plus loin, secouer cette baraque pourrie. Très animé contre la société, Julien criait presque, répétant qu'il fallait être une ordure pour y réussir, avec la rancœur d'un homme qui n'a pas eu la brutalité chanceuse.

Violemment, étouffant sa voix entre ses dents serrées, Julien tranchait, retournait à ses visions, cherchait un sens à leur entrevue au Chemin des Passés, cédant à la colère.

Et Rossan, fatigué, s'efforçant de rester conciliant, niait encore la vérité de cette rencontre. Mais plus doucement, comme si lui-même eût fini par douter.

Et puis, Julien avait fini par se lever. Et tous deux, épuisés l'un par l'autre, s'étaient séparés avec une poignée de main et la vague promesse de se revoir.

Julien était reparti, marmonnant des mots sans suite, chevauchant son rêve.

Lui, Rossan, était resté, silencieux et pensif. Un

peu maheureux, fouaillé de sentiments contradictoires, se raccrochant à son diagnostic comme si, à son tour, il eût peur de perdre la raison. A nouveau seul...

Aujourd'hui, nous avons pris conscience que le futur, au sens où l'entendaient nos pères, ce futur-là n'existe pas. Pas plus que n'existe la terminologie illusoire et mortelle qui s'y attache. Les mondes peuvent se refroidir et les soleils s'éteindre, mais il s'agite au-dedans de nous, maintenant, quelque chose qui ne peut pas périr. C'est cela que nous lui devons.

(Déclaration de Michel Longine, prêtre catholique défroqué, à Henry Wills, citée dans son ouvrage *Les Révolucides et le pessimisme européen.*)

Là-haut, l'aspirateur de Marguerite avait repris son vol. Et son vacarme.

Avec la chute du jour qu'il devinait derrière les volets mi-clos, la pièce, doucement éclairée, apparut à Rossan comme son dernier refuge. Le coucou sonna quatre heures et demie.

Ce jeune fou avec ses drôles de vision, son désespoir à fleur de peau, et sa certitude aberrante de l'avoir rencontré, lui, Rossan, sur un chemin de traverse, en pleine campagne, tout cela l'avait entraîné loin et longtemps. Quel être singulier et quelle drôle d'histoire tout de même...

Le téléphone sonna, sur la petite table de noyer, juste à côté de lui. Rossan décrocha presque immédiatement.

« Allô... Allô... qui est à l'appareil ? Allô... », répéta-t-il vainement. Mais il n'y avait personne à l'autre bout du fil. Une erreur sans doute. Rien ne marchait plus sur ce foutu continent, le téléphone encore moins que le reste. Les ordinateurs de télécom, surchargés, trop vieux eux aussi, n'en pouvaient mais et cafouillaient à qui mieux mieux.

Mais de cela, aussi, tout le monde avait pris l'habitude.

Ayant raccroché en fulminant, et au milieu de la pénombre qui baignait à présent les objets familiers d'une lueur diffuse, Rossan décida simultanément de se débrouiller pour revoir ce Julien Mahé et de secourir au maximum cette Susan Heynckes si elle venait. Ce qui, d'ailleurs, semblait de plus en plus douteux...

La jeune Allemande avait maintenant près d'une heure de retard. S'était-elle perdue ? Avait-elle été simplement retardée... ou arrêtée en chemin ? Non, certainement pas. Il avait la certitude qu'elle était encore libre à cette heure, mais il aurait été incapable de dire pourquoi. Qu'elle vienne, qu'elle vienne donc, et il la protégerait.

Son angoisse avait disparu. Il se sentait prêt à tous les risques pour la tirer des griffes qui la menaçaient. Mahé aussi, il l'aiderait de toutes ses forces. Bien sûr, il avait l'air un peu foutraque celui-là, mais il sentait du bon, de l'authentique chez ce garçon et, finalement, ce n'était pas si courant.

« Qu'ai-je à perdre ? se dit Rossan. Rien, dans un cas comme dans l'autre, sinon ma peau et ma raison. Et je ne suis déjà plus très sûr de les posséder encore dans ce monde de dingues et d'esclaves.

« La lâcheté des autres suffit. Pourquoi y ajouter la mienne ? »

Rossan, rasséréné, s'arracha à son fauteuil, une fois encore pour changer le disque de face. Il voulait entendre la deuxième partie de Zarathoustra, la plus belle selon lui.

Il retournait s'asseoir, avec les premières notes, lorsque la sonnette de la porte d'entrée l'arrêta.

Susan Heynckes. C'était elle, enfin. Ce devait être elle.

A travers les persiennes, comme par réflexe, il jeta un rapide coup d'œil. La maison était située sur une petite butte, et la rue de Saint-Germain-en-Laye lui apparut tout entière, déserte. Bon cela ! preuve qu'elle n'avait pas été suivie.

Allons, voilà que ses craintes le reprenaient.

Au premier étage, Marguerite n'avait rien entendu, comme d'habitude. Pour une fois, tant mieux. Il préférait recevoir la jeune Allemande sans témoin. Non qu'il manquât de confiance dans la vieille. Elle se serait fait tuer pour lui, il le savait. Mais si Marguerite voyait ensuite ce visage à la télévision, avec avis de recherches, et peut-être même l'avait-elle déjà vu, elle reconnaîtrait la jeune fille et se tourmenterait encore un peu plus pour lui. Sourde mais pas aveugle. Et il lui donnait déjà bien assez de soucis comme cela.

Laissant courir les sonorités cuivrées de

Strauss, Rossan décida donc d'aller ouvrir lui-même.

Mais, parvenu dans le petit vestibule et ayant entrouvert la porte d'entrée, le physicien resta interdit, pétrifié autant par la déception que la surprise.

Sur le seuil, trois hommes, deux jeunes et un quinquagénaire, vêtus de combinaisons bleu clair, lui souriaient un peu gauchement, comme pour s'excuser de leur intrusion.

« Bonjour, monsieur, fit le plus âgé. J'espère que nous ne vous dérangeons pas.

— Pas du tout », grogna Rossan, sur un ton qui ne laissait aucun doute du contraire. Que venaient foutre ici ces ouvriers et d'où sortaient-ils ?

« Nous venons pour enlever les bouteilles vides », expliqua le plus vieux, d'une voix patiente, en montrant du doigt le badge cousu sur sa poitrine. Puis, brusquement, comme s'il eût craint une méprise : « C'était convenu, non... ? Vous êtes bien monsieur Rossan ?

— Les bouteilles vides... », répéta Rossan, d'un air stupide, ahuri par ce qu'il entendait. Ils avaient tous les trois le même badge, rouge et noir, sur lequel il pouvait lire : « Entreprise Boyer, débarras. » Les deux plus jeunes souriaient toujours, d'un air un peu bête. Nom de Dieu, c'était encore une initiative de Marguerite. Elle n'en faisait qu'à sa tête, cette vieille folle. Il attendait une fugitive, traquée par toutes les polices d'Europe, et à cause d'elle et de sa maniaquerie, il se retrouvait avec sur les bras trois crétins venus débarrasser des bouteilles vides.

« On nous a dit que c'était dans la cuisine », fit le plus vieux d'un ton aimable, en faisant un pas en avant.

« Vous pouvez nous montrer, monsieur ?... »

A présent, ils étaient tous les trois dans l'entrée, attendant visiblement son bon vouloir.

Bien que pestant encore mentalement contre Marguerite, Rossan essaya de masquer son agacement. Ce n'était pas de la faute de ces braves types. Ils faisaient leur boulot. Mais, tout de même, c'était bien sa veine. Enfin, maintenant qu'ils étaient là, autant s'en défaire le plus vite possible...

« Venez, c'est par ici... », grommela-t-il en les précédant. Puis il ajouta, s'en voulant un peu de son air maussade, essayant d'être aimable : « Vous boirez bien un verre, messieurs ?... »

Trottinant toujours, il entendit derrière lui deux grognements sans doute approbateurs, mais également une sorte de rire étouffé. « Pourquoi diable, se dit-il, l'un d'eux a-t-il trouvé comique mon invitation à boire ? »

Son attention s'égarait. La musique de Strauss lui parvenait encore, assourdie, mélangée aux vrombissements rageurs de l'aspirateur, là-haut. Une sorte d'inquiétude chassa la colère en lui. Marguerite aurait tout de même pu m'avertir de cette corvée, se redit-il, intérieurement. Est-elle devenue gâteuse à ce point ?

Soudain, il ralentit, freiné dans sa marche par une idée bizarre... Quelque chose, un détail, venait de fulgurer dans sa tête.

Bon sang, quelque chose clochait dans cette

histoire : il n'y avait aucun camion, aucune voiture commerciale dans la rue. Il avait pourtant bien regardé, trois minutes auparavant, lorsque la sonnette avait retenti. Mais, alors, comment étaient-ils venus ces trois-là ? A pied ? Et comment comptaient-ils enlever leurs vieilles bouteilles ? Aussitôt, craignant d'avoir compris, l'affolement le gagna.

Rossan voulut courir, hurler sa peur, mais trop tard.

Son hésitation l'avait trahi. Et les trois hommes qui avaient dû suivre son raisonnement ou deviner ses intentions ne lui en laissèrent pas le temps.

Le plus âgé, celui qui marchait juste derrière Rossan, empoigna de la main gauche le haut de la crinière blanche, tira la tête en arrière sans brutalité et, simultanément, lui appliqua de la main droite une large bande de sparadrap sur la bouche, collant le cri aux lèvres.

Un des jeunes, celui qui avait les cheveux châtains, venu d'un bond à la hauteur du physicien, lui rabattit dans le même temps les bras le long du corps, dans un garde-à-vous forcé et ridicule. Tandis que le troisième homme, avec un synchronisme parfait, bouclait vivement une longue courroie de caoutchouc dur autour de la taille et des bras, puis une autre, plus petite, de cuir noir celle-là, autour des chevilles...

L'action du trio s'était déroulée sans gestes inutiles, foudroyante. Et le tout n'avait pas duré dix secondes.

Affalé sur le carrelage, le vieux physicien n'était

plus qu'un paquet où, seuls, les yeux bougeaient encore, désespérément.

Une panique atroce avait submergé Rossan, secouant ses membres secs et son torse maigre de frissons moites. Ça lui dégoulinait de partout. Et puis, il avait beau sentir ses yeux rouler follement dans leurs orbites, il ne parvenait pas à maîtriser leur mouvement désordonné. *J'ai été trop loin avec ce discours... Qu'est-ce qu'ils vont me faire...*, pleurnicha-t-il mentalement.

Ils enfilèrent tous les trois des gants légers, d'une matière souple et brillante, bleutée, qui ressemblait à de la soie. Sans hâte à présent.

Se calmer. Il fallait qu'il se calme. Ne pas leur donner le plaisir de sa peur animale. Je suis Rossan, prix Nobel de physique. Je ne suis pas une bête. Je peux réfléchir, contrôler mes pensées...

L'un des jeunes le souleva comme un sac de viande – Dieu, qu'il devait paraître léger à cette brute – et, suivi par les deux autres, le porta jusqu'au salon. Là, il le bascula d'un geste souple dans le fauteuil où il écoutait de la musique, tranquillement, il y avait quelques minutes encore.

Le grand blond alla se poster au pied de l'escalier, indiquant de son pouce levé, la présence de la vieille Marguerite, toujours en plein ménage audessus. Les deux autres levèrent le regard une seconde, avant de sourire, complices. Ils connaissaient depuis longtemps l'infirmité dont était affligée la gouvernante...

Rossan comprit leurs mimiques et sentit sa peur grandir encore. La musique de Strauss lui parvenait toujours mais ce n'était plus qu'un bruit horrible, dépourvu de signification et de beauté. *Calme-toi, calme-toi... Raccroche-toi... Concentre-toi sur quelque chose, bon Dieu !*

Le plus vieux, celui qui avait parlé au début et qui l'avait bâillonné d'un tour de main, tira, cette fois, de la poche de sa combinaison un sachet translucide. Du bout des dents, il le cisailla, puis remit soigneusement le morceau arraché dans sa poche. Du sachet, il tira alors une petite seringue, pleine d'un liquide vert pâle, dont il enleva le capuchon de sécurité.

Ses gestes étaient calmes, d'une sûreté étonnante. Comme s'il les eût répétés des centaines de fois. Les deux autres le regardaient faire, sans impatience.

Rossan sut alors ce qui allait arriver et, bizarrement, il s'en trouva mieux. La peur reflua un peu en lui. Il s'était toujours demandé quelles étaient leurs méthodes.

« *Alors c'est ainsi qu'ils procèdent,* se dit-il avec un détachement dont il se serait cru incapable, quelques secondes plus tôt. *Voilà comment ils ont éliminé Daxel, Gyorgy, et sans doute Begerov...* »

Le vieux tueur fit un signe du menton à son complice qui, s'agenouillant, enleva la pantoufle gauche de Rossan avant de la déchausser complètement. L'autre, se penchant à son tour, piqua sans hésitation sous la plante du pied, là où il y avait un peu de corne. L'aiguille s'enfonça sans difficulté, légèrement en biais. Et le piston chassa doucement le liquide vert pâle du cylindre...

« Une minute », dit froidement le plus âgé, en

relevant la manche de son avant-bras gauche pour observer la trotteuse de sa montre.

Les deux autres le regardaient droit dans les yeux, tranquilles, sans haine. Dans l'œil du jeune blond, Rossan pouvait même lire une sorte de pitié bienveillante. De la sympathie, presque. Incroyable.

« Comment de pareils hommes peuvent-ils exister ? Où sont-ils nés ? Ont-ils eu une mère, un père, une enfance ? » se demanda-t-il mentalement avec un effroi mêlé d'horreur.

Les yeux à demi fermés maintenant, engourdi déjà, Rossan ne se débattait plus. *Se calmer, il fallait qu'il se calme.* Pour ne pas laisser la panique le submerger à nouveau, il se concentrait sur son dernier discours, celui qui avait provoqué sa perte. Inlassablement, il en cherchait des bribes. Et sa mémoire, pourtant fatiguée, lui renvoyait quelques échos de sa propre voix. « Dans ce monde d'esclaves, soyez libres, au moins par votre esprit... je suis vieux, et bientôt je ne serai plus parmi vous... Mais un autre viendra... dans ce monde d'esclaves, soyez libres, au moins par votre esprit... »

« Vingt secondes », annonça le tueur le plus âgé, en lui posant une main sur le front, près de la tempe, avec une délicatesse surprenante.

Il me reste quarante secondes à vivre.

Mais avec cette vie qui lui échappait, qu'on lui arrachait de force, un sale remords envahissait Rossan, gâtant sa folle envie de vivre. *Pacifisme, fraternité, non-violence, beaux discours, envolées généreuses...* Il avait trop cédé à son besoin de bonheur, à cette volupté d'aimer les hommes et de les voir plus dignes qu'ils n'étaient réellement. Un foutu idéalisme qu'il devait tenir de sa mère! Est-ce qu'on essayait de fraterniser avec un monde capable de produire des monstres comme ces trois-là, qui le faisaient crever comme une bête malade? Quel imbécile il avait été avec son air héroïque d'être à tout moment sur le point de partir en croisade, rayonnant du manteau de justice et monté sur un cheval à bascule! Les Immatures, dans leur rugissement de violence n'avaient-ils pas eu plus de maturité que lui?

Alors, je crie aux hommes de gauche et de droite, ne démissionnez plus, ne mentez plus : une guerre encore, et, spirituellement, ceux qui en réchapperaient seraient fichus. Ils ne seraient que les sous-produits de l'animal.

Des mots, toujours des mots, bien ronds, bien sucrés. Faits pour être applaudis. Des idées vieilles comme le monde, cent fois répétées et cent fois rejetées déjà par l'histoire. La fraîche odeur du sang répandu par cette jeunesse enragée ne valait-elle pas mieux que ses discours de vieux perroquet savant?

Tout ce qui doit être détruit afin de préparer la voie à ce qui va venir.

Voilà ce qu'il aurait dû montrer mieux, dénoncer avec plus de force encore, au lieu de s'écouter parler, de vouloir préserver tout à tout prix. Un bon sens médiocre qui interdit les grands égarements qui font l'histoire, voilà ce qu'il avait prôné, il s'en rendait bien compte, à présent.

Trop tard. Imbécile! Crétin! Lâche! Et tandis

que son esprit vacillait, Rossan s'insultait, devenait injuste avec lui, comme si le mépris dans lequel il se tenait tout d'un coup l'eût préservé des atteintes du poison qu'on lui avait injecté.

Et de grosses larmes coulèrent de ses yeux. Sous le regard compréhensif de ses assassins, comme si les trois hommes se fussent doutés des sentiments qui l'agitaient...

Rossan découvrait à présent un chemin bordé de noisetiers, dans une vallée paisible. En bas, c'était un océan de verts foncés, aux îles de tourbe noire, où roulaient, çà et là, comme des vagues, des haies d'un vert plus tendre. Un enfant, très beau, courait en riant vers son père... *Non, non, la violence, la terreur ne pouvaient pas être les bonnes voies.* Il faisait volte-face, rejetant son autopunition. Il était sûr d'avoir eu raison. L'espoir durait maintenant depuis des milliers d'années et le règne de la haine devait forcément finir un jour. Ici, en Europe, une férocité froide et silencieuse triomphait encore. Elle le tuait aujourd'hui. Mais ailleurs, c'était pire... Est-ce que l'amour des hommes ne valait plus d'être défendu ? S'il fallait déchanter un jour de cet espoir, alors la fin ne serait plus très loin...

Mais, à chaque temps sa parole. Et ce dont criait maintenant son être tout entier, blessé à mort, c'était de cet arrachement de la fraternité et de la justice.

« Rien n'est perdu... », se dit-il en frissonnant violemment, tandis qu'une sueur d'agonie trempait son corps décharné...

« Trente secondes », fit le quinquagénaire qui

lui faisait face, observant avec une curiosité soutenue chacune de ses réactions.

Rossan l'entendait encore, mais une douce paralysie le submergeait peu à peu. Comme un brouillard qui sourd de la terre, rampe un temps le long du sol avant de s'élever, masquant la vie. Mais, pour l'instant, la brume n'avait pas atteint ses yeux. Et Rossan vit l'un des meurtriers sortir une petite lime, et s'accroupir près de lui. Que faisait-il? Un léger frottement, incompréhensible, parvint à son cerveau. Cela aussi fut bref.

Sur la plante du pied, la corne légèrement limée recouvrait à présent parfaitement la trace de la piqûre. Et l'autre se redressa, satisfait...

Après moi, que vont devenir tous ces jeunes... tous ces garçons, toutes ces filles qui m'ont écouté, suivi avec confiance? se demanda-t-il. Il revivait, accélérée, son entrevue avec Julien Mahé, ce géant à demi fou d'angoisse. Comme si le film de cette rencontre, qui soudain l'obsédait, s'était mis à tourner sur des bobines, folles elles aussi sur leur axe. Malgré la brume qui montait en lui, Rossan jugeait encore la situation à venir avec une lucidité terrible. Ils les retrouveront un par un, une par une, s'imaginait-il en tremblant pour eux; tandis que le visage de Susan Heynckes, la jeune Allemande traquée, venait le hanter.

Une intelligence formidable, une réputation, et une existence tout entière consacrées à désarmer des êtres déjà faibles : est-ce cela que j'ai fait? Ses doutes le reprenaient. Et, défaillant, à l'idée de ce qui allait arriver par sa faute, une rage inhabituelle le secoua tout entier.

Levant avec difficulté ses paupières épaisses, il chercha la force de fixer quelques secondes ses meurtriers.

« Soyez maudits... soyez maudits... vous, vos semblables, vos maîtres, et votre descendance... », bafouilla-t-il silencieusement sous le bâillon. Et son œil fulgura d'une lueur étrange et dure en fouillant ses assassins.

Le jeune blond dut ressentir un obscur malaise qui serait chez lui, un jour lointain, l'ancêtre du remords. Et il tourna la tête, comme s'il avait compris tout ce que cet éclair recelait.

Les deux autres ne bronchèrent pas. Il y eut un petit claquement sec dans la pièce. Le disque de Strauss venait de s'arrêter et le bras, en bout de course, retournait sur son siège, automatiquement. Seul désormais, le bruit de l'aspirateur couvrait le silence des assassins.

« Encore vingt secondes », reprit le vieux tueur d'une voix changée, presque impatiente à présent.

Mais Rossan n'écoutait pas ou ne l'entendait plus. Il sentait seulement son cœur mollir, hésiter. Et, sa malédiction lancée, soulagé de sa peur, il s'était laissé reprendre par la voix haute qui avait guidé sa vie. Celle de la nouvelle alliance des hommes qui déferlait en lui avec l'entêtement d'une vague qui éclate, s'enroule, et revient. *« Dans ce monde d'esclaves, il faut être libre, au moins par l'esprit... »*

Un dernier enthousiasme le soulevait, repoussant encore l'échéance. *« Mon temps est accompli, certes... »*, se dit-il, apaisé. *« Mais d'autres viendront qui détruiront le livre de la Haine... Contre eux, personne ne pourra rien... Ils sauront mieux que moi faire ce qui doit être fait, et dire ce qui doit être dit...* » Oui, c'était cela le dernier espoir. Que le mélange confus des claires vues et des songes esquissés depuis six mille ans trouvent enfin leurs interprètes.

Et, tandis que le voile s'étendait en lui, ravageant les dernières cellules, une partie du cerveau de Rossan s'accrochait, haletant, à cette dernière vision. Cet ultime désir, le vieillard à moitié mort s'y obstinait avec l'ardeur d'un homme qui n'a jamais désarmé devant la laideur. Comme ces ouvriers têtus qui ne s'arrêtent qu'une fois l'ouvrage fait, et bien fait.

Son regard, tourné vers l'intérieur, s'égarait à présent sur les rives d'un étang aux eaux noires qu'il ne connaissait pas, qu'il n'avait jamais vu. Une lune paresseuse et glacée en argentait la surface par flaques inégales. « Quel endroit étrange... que fais-je ici...? » se dit-il. *Puis il sentit qu'il tombait. Un bref instant, il se raccrocha à une branche à moitié immergée. Là-bas, pas très loin, il voyait une barque avec deux pêcheurs. Il voulut appeler au secours mais un grand froid le saisit et il coula à pic. Et, tandis que l'eau s'engouffrait dans sa gorge, ce fut le passage du visible à l'invisible...*

Rossan qui étouffait voulut se jeter hors du fauteuil où les hommes l'avaient jeté, comme un colis. Puis, il retomba.

« C'est fini », fit le vieux tueur en lui tâtant le pouls. Avant d'ajouter, avec une sorte d'admiration dans sa voix cassée : « Mais, nom de Dieu, il a tenu plus de soixante-quinze secondes. Je n'ai jamais vu ça ! »

Sur un signe, les deux autres, toujours sans un mot, dénouèrent les lanières de caoutchouc et de cuir. Puis, ils vérifièrent avec soin qu'elles n'avaient laissé aucune ecchymose, tant sur les bras qu'aux chevilles. C'était rarissime, mais cela arrivait.

Convaincus cette fois de leur impunité, ils remirent au cadavre sa chaussette de laine et sa vieille pantoufle. Ensuite, ils enlevèrent le sparadrap qui ne retenait plus aucun cri de cette bouche béante...

Enfin, le blond, dont la main tremblait imperceptiblement, lava les lèvres, les joues et le bas du visage avec un peu d'éther, là où le sparadrap avait laissé quelques traces de colle blanchâtre. Peu probable que le médecin appelé à constater le décès s'inquiète de ce détail, mais dans ce genre d'élimination les ordres étaient formels : rien ne devait être laissé au hasard.

Et, après un dernier regard pour vérifier la bonne ordonnance des lieux et de leur mise en scène, ils sortirent en refermant doucement la porte derrière eux.

Au premier étage, l'aspirateur de la vieille Marguerite ronflait toujours.

IX

Julien Mahé apprit la nouvelle le soir même, assez tard, alors qu'il rentrait du chenil de Clamart.

Tout au long du chemin de la ligne de Sceaux, engoncé dans sa parka de couleur kaki qui le faisait paraître plus gigantesque encore, Julien avait pesté contre ces foutus chiens qui, inexplicablement, depuis la veille, refusaient tout combat.

Comment mater des fauves qui, brusquement, n'attaquaient plus le costume d'apache?

Comment dresser des bêtes qui reculaient sans cesse, en gémissant?

Couchon, le patron du chenil, était entré dans une de ces colères folles dont il avait le secret pour éprouver ses employés : Julien n'avait pas bronché. Etait-ce de sa faute à lui, Mahé? Il avait tout essayé pour provoquer les chiens, la trique, la claquette de jonc à trois branches... Deux heures durant. Merde! il connaissait son métier, non? Mais l'autre, un gros sanguin, n'avait rien voulu entendre. Il voulait, ce salopard. Il exigeait. Julien savait pourquoi : cette carne de Couchon n'aimait que le fric; et des chiens-loups craintifs ne valaient même plus pour lui leur poids de viande.

A la fin, Julien avait lu dans ses yeux striés de rage impuissante qu'il n'allait pas faire de vieux os dans ce chenil. S'il avait osé, Couchon l'aurait viré sur-le-champ, à coups de pied dans le cul. Comme les autres. Mais ce Mahé, avec ses épaules et ses mains comme des battoirs à linge... Mieux valait attendre. Le moindre prétexte serait bon, désormais, pour le renvoyer. Un chômeur de plus ou de moins...

Chercher un autre job, à la limite, Julien s'en foutait. En temps ordinaire, peut-être pas. Mais trop de choses l'avaient bouleversé ces derniers jours. Ce qui s'était passé sur l'étang d'Essennes, toutes ces visions qu'il ne s'expliquait pas et qui lui martelaient la tête. Et puis Rossan, le discours, la rencontre... Le fait d'être fichu à la porte lui apparaissait soudain dérisoire.

Non, ce qui le tarabustait, tassé sur sa banquette, c'était l'attitude des chiens, leur refus de mordre ce costume en jute matelassé qu'ils haïssaient habituellement... Jamais, chez un berger allemand et, à fortiori, chez plusieurs animaux de cette race, il n'avait constaté une perte aussi brutale de l'instinct.

Que s'était-il passé? Cette question l'obsédait.

En sortant de la gare, son regard accrocha les journaux du soir.

Il y avait, en grand format, le portrait d'une jeune Allemande, recherchée par la police : une jolie fille au visage triangulaire un peu dur. Une vague de froid s'annonçait. Le Parlement européen allait se réunir prochainement pour débattre de la nouvelle crise énergétique...

L'entrefilet, en première page, n'était pas grand. Quelques lignes, serrées, sur une colonne, en bas à droite. Pourtant, Julien le vit immédiatement.

MORT
DU PROFESSEUR
ROSSAN

Le professeur Bernard Rossan, prix Nobel de physique, est mort subitement aujourd'hui d'une crise cardiaque, à l'âge de 78 ans.

Gravement malade depuis plusieurs années, le professeur Rossan vivait pratiquement retiré dans sa propriété de Saint-Germain-en-Laye.

L'attaque a été foudroyante et, selon le médecin légiste, le vieux scientifique, orgueil de notre civilisation atlantique, n'a pas souffert. On lui doit...

Julien ne lisait plus l'encadré du journal, son esprit s'y refusait. Il restait planté là, sur le quai, à cligner des paupières, dans l'éclatement des tubes de lumière.

Rossan mort ?

Il serra les poings violemment, à s'écraser les paumes.

« Non... non... », gronda-t-il d'abord, d'une voix sourde.

Puis, tout haut, cédant à la secousse douloureuse, malade à l'idée de comprendre, il répéta :

« Non... non... pas lui, ce n'est pas possible... »

Des gens se retournèrent, effarés, sur ce géant

excentrique qui parlait tout seul, mais il les ignora.

Les paroles de Rossan, son sourire à la fois doux et amer, les inquiétudes de Rossan... Brave vieux bonhomme courageux, pétri de chaleur humaine... Jamais un être ne l'avait autant ému...

La bonté, la fraternité, la liberté n'étaient guère familières à Julien, encore qu'Elyane lui en ait souvent rebattu les oreilles, certains soirs, au nom d'une vague morale révolutionnaire. Il ne l'avait pas écoutée, tout à son mépris de la femme et à sa méfiance du peuple. Le peuple... quel peuple? Ce ramassis d'égoïsmes et de lâchetés, le triomphe du chacun pour soi : « Crève petit, crève, tu vois bien que tu gênes; puisqu'on te dit qu'y a pas de boulot... Ah! mais tu nous emmerdes avec tes parents morts; et nous, tu crois pas qu'on a des problèmes... » Et Elyane lui parlait de s'impliquer, de s'engager, de se battre pour défendre ces types-là, non mais ça n'allait pas dans sa tête!

Avec Rossan, pourtant, cet appel lui était apparu vivant, plausible, praticable. Pourquoi? Il n'en savait rien. Mais une donnée nouvelle perçait en lui : il n'était pas seul comme il l'avait cru trop longtemps. La chaîne ne s'était pas rompue ou alors quelque chose ou quelqu'un l'avait renouée. Et dans sa tête un mécanisme mystérieux venait de se remettre en branle...

Comme sur l'étang, quelques jours plus tôt avec François, ce fut l'explosion de l'obscur dans l'obscur. Plus brutale encore.

Frappé de plein fouet, Julien chancela, fit un pas en arrière, heurtant quelqu'un sans s'excuser.

Il ne voyait plus les hommes et les femmes sur le quai, les publicités mouvantes; il n'entendait plus le roulement feutré des trains qui arrivaient. Le kiosque à journaux avait disparu de son champ de vision.

Mais cette fois, ce n'était plus un vertige. Une onde, inconnue de Julien jusqu'à ce jour, jouait dans ses profondeurs, sondait son esprit... Le battement, lent et pénible, secouait ses tempes. Des lignes envoûtantes et floues élargissaient sa conscience.

Les couleurs et les sons qui couraient dans ses fibres se modifiaient peu à peu, plus précises maintenant. Que lui arrivait-il ? Voilà que son cerveau, pourtant dépassé, entrevoyait la possibilité d'emprunter plusieurs chemins à la fois. Il essaya mais une douleur atroce, quelque part dans sa tête, le fit immédiatement reculer. Pourtant, dans ce bref écartèlement, ses sens masqués avaient eu le temps de percevoir et d'absorber mille bruits rares, aux échos encore plus singuliers.

Qu'avait-il entendu exactement ?

D'abord, du moins le croyait-il, un milliard de cris d'enfants, aux ventres ballonnés, monstrueux, réclamant de la nourriture à des mères déjà mortes... Ensuite, tout se mélangeait : des coups de tonnerre rouge dans le ciel; les tressaillements muets et inutiles des torturés; des pleurnicheries de vieillards abandonnés; le sifflement de l'homme, thorax bloqué, face au taureau, qui ne sait pas, qui ne sait plus, dans les hurlements de la foule qui, de lui ou de l'autre, est la bête; les longs soupirs hypocrites de la haine; l'horreur de naître sans espoir; les plaintes d'une femme qu'on baise sans amour; la respiration oppressée des taudis de la peur; çà et là, des rires installés dans le cuir; et cette musique animale qui rampait et grimpait, comme une horde de crabes, sur les jambes de ceux qui étaient déjà tombés; oui, il avait entendu tout ça à la fois, en quelques secondes, avec encore le souffle des ventilateurs de la loi dissipant des fumées d'idéal, les flonflons d'une fête déjà lointaine, le carnaval quotidien des pauvres mecs comme lui, la drogue du tumulte, le tintement des verres courage, le tintement des verres oubli, la pisse de la peur, la pisse de la pause sur un mur où les enfants de ceux qui pissent écrivent des obscénités pour se convaincre qu'ils sont presque des hommes, la pisse, la merde, le désespoir de l'ennui, le clapotis des bassesses humaines, les derniers craquements de la terre...

« Ça ne va pas, monsieur? Vous ne voulez pas vous asseoir? »

Un homme s'était arrêté à la hauteur de ce colosse titubant dans sa parka kaki et, timidement, lui offrait ses services.

« Non, merci, tout va bien », dit Julien sans rouvrir les yeux. Et, soulagé, il entendit l'autre s'éloigner.

Le vacarme du monde en souffrance avait cessé, laissant la place à d'autres certitudes. Tout d'un coup, Julien voyait plus clair en lui et, dans le même temps, entre deux lignes du journal, il lisait sans voir la véritable tragédie de Rossan.

Un rocher de la liberté venait d'être fracassé. Et

les morceaux projetés volaient devant ses yeux, au ralenti, dans la luminescence d'un bleu laiteux qui l'habitait encore.

Le temps des assassins était revenu.

Et c'était ce temps-là qu'il lui fallait défier. S'oublier. Ne plus hésiter. Oser. *Pour qu'un enfant, un jour, puisse dire aux hommes les paroles de l'éternité.*

Toujours debout sur ce quai banal, Julien apprenait la géométrie des mots, l'existence d'un langage plan et d'un langage courbe. Aujourd'hui, le second triomphait. La folie incurvait le monde, tordait la beauté honnête. Et dans cette peur en spirale, entraînée sur une vis sans fin, le meurtre fraternisait avec la justice. Mais les assassins étaient aussi des magiciens. Ils avaient inventé des faux soleils. Et dans cette lumière qui glissait comme une ombre, dans cette stase aux mille gouttelettes hypnotiques, l'homme replié sur son ventre, à ne plus voir son sexe, s'endormait de plus en plus souvent en position de fœtus. Et ce sommeil-là ne précédait pas le jour, il annonçait la nuit.

Il fallait agir, dénoncer ce complot. Mais comment ? Avec qui ? Et ce qui avait été avec des hommes comme Rossan l'apanage de quelques-uns deviendrait-il, un jour, dans cette société bégayante et molle, la revendication d'une multitude ?

En lui la pulsation devint plus forte, plus insistante.

« Tu es né, dit la voix dans sa tête, et bientôt tu ne seras plus seul... »

Et cette réponse ne le surprit pas.

Il ne cheminerait plus, les genoux sur la terre, le regard égaré, embrouillé par les larmes... Il n'y aurait plus jamais de vieille femme en peignoir de soie jaune et noir pour le souiller... Plus d'humiliations... Personne ne le dégraderait plus... D'autres l'attendaient déjà pour l'aider à retrouver sa dignité, des jeunes filles vêtues de couleurs gaies... des camarades... des frères...

Devant le kiosque, Julien ne bougeait toujours pas, d'une immobilité de pierre, craignant de rompre l'envoûtement. Le sang circulait de plus en plus vite dans ses artères, gorgeant le corps entier d'une force nouvelle. Il savait maintenant pourquoi les chiens-loups avaient reculé devant lui, le matin même, refusant tout assaut, vaincus avant d'avoir pu mordre. Et d'autres reculeraient encore.

Comme pour l'encourager dans cet espoir, le rythme de l'onde s'accéléra encore, battant ses entrailles. Des visages, son père, sa mère, Elyane, François, Rossan, des morts et des vivants, et d'autres, qu'il ne connaissait pas, fusionnaient sur un ciel jaune tandis qu'un vol de cygnes noirs grimpait au zénith. Puis, un oiseau se sépara du groupe, redescendit, et vint se poser sur une longue roche plate qui ressemblait à un quai de gare. Et les autres cygnes continuèrent vers le soleil.

Tout avait concouru à la rigueur terrible de cette minute décisive. Et, quand Julien rouvrit les yeux, émergeant enfin de son intense excitation intérieure, il se sentit épuisé. Le vendeur de journaux le regardait d'un air bizarre.

Autour de lui coulaient toujours les mêmes figures maussades, crispées, presque agressives.

Une seconde, Julien eut envie de leur crier la vérité.

Rossan était mort. Le génie venait d'être, une fois encore, assassiné. Et dans ce meurtre d'une vie de justice et de bonté, il lui semblait qu'une partie du monde, qu'une partie d'eux-mêmes venait d'être détruite.

Mais il y renonça. C'était trop tôt.

Entre toute cette tristesse et son espoir nouveau, où se situerait demain encore, la réalité?

Il n'eut pas à se répondre.

Déjà, la pulsion l'avait repris et, dans sa tête, deux ères, deux signes se chevauchaient. Alors, Julien sut ce qu'il devait faire. C'était tellement simple.

Et il commença par desserrer les poings.

DEUXIÈME PARTIE

ESSENNES

I

« MESSIEURS, préserver la civilisation occidentale sera pour les Européens une tâche qu'ils devront s'employer à accomplir, par tous les moyens et tout au long de leur vie! » avait déclaré le Président, un soir, vers minuit. C'était au début de son mandat; il sortait de l'Opéra, visiblement très ému par ce qu'il venait d'entendre.

La poignée d'officiels qui l'accompagnaient sur le perron applaudirent chaleureusement à cette profession de foi.

« Bravo, monsieur le Président, c'est le genre de phrase que nos peuples attendent depuis trop longtemps! »

Le Président hochait la tête, apparemment très flatté.

« Vous croyez vraiment?

– Si, si, je vous assure. Cette phrase ira loin... »

On lui demanda même de répéter, ce qu'il fit de bonne grâce, sans changer un seul mot. Tous avaient été également bouleversés par cette petite soprano lyrique venue de Suède, et par les accents hardis qu'elle avait su donner à l'héroïne de

Wagner. Et la déclaration sensible et fière du nouveau Président arrivait à point pour couronner ce triomphe de l'art occidental et éternel. Tout cela augurait bien de l'avenir. C'est avec des mots simples et profonds comme ceux-là qu'un chef d'Etat sait se faire respecter et apprend à se faire aimer. Le nouveau Président saurait, sans nul doute. Et, l'esprit en feu, les visages enchantés, on s'en alla manger les énormes paniers d'huîtres qui attendaient, au palais, dans la glace, qu'on les dévore.

Malgré l'heure tardive, le souper « improvisé » fut parfait, comme d'habitude.

« Admirable! Admirable! » entendait-on à chaque siège, derrière chaque couvert rouge et or de Hongrie. Et, comme dans tous les dîners de ce genre, on but beaucoup, on mélangea les sujets, parfois sans s'en apercevoir. « Admirable! Admirable... », répétait chacun. Tant et si bien que personne ne savait plus, vers trois heures du matin, en rentrant chez soi, qui, du Président, de la chanteuse ou des huîtres l'avait été le plus.

La confusion ne dura pas.

Dès le lendemain, la petite phrase du Président, en faisant le tour de l'Europe, fit également sa fortune. Deux jours plus tard, en secret tout d'abord, puis au grand jour, le Président promulgua une loi rétablissant la peine de mort « pour lutter, avec la plus grande vigueur, contre le terrorisme crapuleux, politique, ou pseudo-religieux ». L'Europe, angoissée par tous ces actes de violence qu'elle venait de vivre depuis des années, depuis ce jour maudit où l'Italie, encore république indépendante, mais faible et pusillanime, avait cédé au chantage et au fanatisme, l'Europe rassérénée, soupira. Enfin, un homme à poigne. Et, de plus, un homme cultivé et fin, orgueilleux de ses racines. Ce n'était pas trop tôt!

L'intelligentsia qui, elle, sortait d'une bonne rougeole politique mais que les exécutions de vingt-trois Immatures venaient de guérir complètement, se déclara presque unanimement satisfaite. Après cinquante ans de contradictions et d'esprit irresponsable, c'était le moins qu'elle sache faire.

Une grosse polémique parvint néanmoins à se faire entendre concernant le rétablissement de la peine de mort pour ces cas exceptionnels de terrorisme. Non que l'on contestât le bien-fondé de cette décision. Mais le mode d'emploi, si l'on peut dire, déchaîna les passions les plus basses de l'opinion publique, et déclencha également chez les intellectuels une controverse assez inattendue sur le plan philosophique.

Qu'un criminel soit un criminel, d'accord, disaient-ils. Qu'il soit jugé et exécuté, toujours d'accord. Mais comment? La civilisation occidentale évoquée et rajeunie par le Président devait y réfléchir sérieusement. Fallait-il répondre à la barbarie par la barbarie? Fallait-il électrocuter? décapiter? étrangler? empoisonner? pendre? Pour cette cuisine infernale, chacun avait sa recette, et la défendait, sûr de son expérience et de son bon droit. Finalement, la tradition étant britannique, force lui resta et ce fut la pendaison. Mais la requête présentée au Parlement par un groupe de députés et demandant que, désormais, aux fins d'exemplarité, ces exécutions soient autorisées au public, fut rejetée, sans appel, par le Président.

Quant à la décision présidentielle, prise un an plus tard, de remplacer, notamment à la télévision, la profession de « journaliste », terme désuet, paperassier, vidé de son sens, par celle mieux évocatrice et plus officielle de « commentateur agréé », elle rencontra généralement bon accueil. Certes, on entendit bien un temps, çà et là, quelques bougons bougonner. Plusieurs crocodiles, à la peau épaisse, de la vieille école, allèrent même jusqu'à rouspéter ouvertement, invoquant le souci d'objectivité. Mais on ne leur prêta guère de crédit. Il y a toujours et partout des empêcheurs de parler en rond.

Parler de civilisation, préparer secrètement l'ignorance, tout en agissant avec assez de prudence dans le domaine du réarmement de la bêtise pour éviter toute réaction d'inquiétude susceptible d'être exploitée par des éléments étrangers, telle fut donc la tactique adoptée par le Président les deux premières années qui suivirent la révolte des Immatures.

Mais l'homme qui, tout à la fois, aimait les huîtres glacées, l'art lyrique, la peinture hollandaise et présidait aux destinées de l'Europe n'en resta pas là.

Peu de temps après son accession, il avait nommé inspecteur général des Polices d'Europe un sous-député obscur du Hanovre, Paul Walder, et, un peu plus tard, autre nomination surprise : il envoya au Parlement de Strasbourg un certain Roubier; ce dernier, inconnu lui aussi, était chargé en principe d'harmoniser les rapports de la Présidence avec cette noble institution, mais en réalité, il s'occupa plus particulièrement de la sécurité des élus du peuple, et d'autres petits détails comme le confort téléphonique de leurs conversations privées, veillant à ce que chacune d'elles fût parfaitement claire et audible...

Enfin, sur la proposition de Walder appuyé par Roubier – à moins que ce ne fût l'inverse, car sur ce point l'histoire se contredit – le Président de l'Europe libérale avait approuvé la formation d'un groupe d'intervention, composé d'un millier d'hommes sûrs et décidés, fournis par toutes les nations sœurs afin de ne froisser l'orgueil de personne, des individus parfaitement « atlantiques et occidentaux d'esprit » qu'un technocrate, non dénué d'humour, avait baptisés les « Frères de l'Ordre ».

Leur cible officielle demeurait le terrorisme qui, mauvaise surprise, n'avait pas diminué autant qu'on l'espérait avec le rétablissement de la peine capitale. Mais, leurs actions étant codées et secrètes la plupart du temps, et le fait qu'en outre leur entretien et leur entraînement fussent financés par une caisse spéciale, le grand public ne sut jamais que ces valeureux « Frères de l'Ordre » comptaient également à leur actif, en plus des terroristes abattus au cours d'assauts brefs et beaux comme des éclairs, quelques « accidents » de personnalités contestataires, le dernier en date s'appelant Bernard Rossan.

Rassuré par ce contrôle parfait de la situation intérieure, obtenu en moins de dix-huit mois, et tournant son regard vers l'étranger, et plus particulièrement vers la Méditerranée, le Président déclara dans un premier temps, qu'il n'y aurait plus de guerre, « que l'Europe, qui avait tant souffert par le passé, concevait plus vivement qu'aucun autre Etat l'étendue des maux causés par la guerre ». Et que les problèmes qui se posaient pour l'Europe, et qu'il avait pour charge de résoudre, ne sauraient être réglés par un conflit.

Dans toute l'Europe, et même au-delà, ce discours fit très grosse impression. La paix devint son cheval de bataille. Et, en toute occasion, le Président l'enfourchait.

« Non! Non! répétait-il, à chacune de ses apparitions télévisées, revenant obstinément sur ce thème, le sang versé sur le continent européen au cours des trois cents dernières années est hors de proportion avec les résultats qu'ont eu ces événements dans l'histoire des nations protagonistes. Si ces Etats avaient consacré une fraction seulement de leurs sacrifices à des buts plus raisonnables, ils auraient certainement obtenu des succès plus grands et plus durables. Cela doit nous servir de leçon. »

Puis il concluait, après une pause, armé d'un regard profond :

« L'Europe a besoin de paix, elle désire la paix! »

Ce qui ne l'empêcha nullement, dans le même temps, de faire poursuivre avec une énergie décuplée le programme neutronique. A l'entière satisfaction, ici encore, des militaires et de la majorité des Européens.

Et quand, au cours d'un voyage officiel à l'O.N.U., dans cette atmosphère d'optimisme et de bonne volonté, un délégué arabe lui demanda, un peu brutalement, pourquoi les places militaires de Gibraltar, de Corse et de Malte se voyaient sans cesse renforcées, le Président eut le geste vague et apaisant qui convenait. Certes, en Europe, le côté évasif de cette réponse inquiéta plus d'un parlementaire républicain, mais ce parti qui avait recueilli et réuni les débris des anciens partis de gauche, sévèrement malmenés après l'aventure des Immatures et l'accession à la supra-nationalité, était trop minoritaire à l'assemblée pour se faire réellement entendre. Moins de deux cents députés sur douze cents représentants du peuple, c'était vraiment peu!

Néanmoins, le Président, respectant la règle démocratique, avait eu la courtoisie de répondre à cette minorité d'inquiets. Et sur l'immense écran vidéo, quarante mètres de large sur vingt-six mètres de haut, en assemblée plénière, le Président avait répété, paisiblement, mais avec une conviction qui ne pouvait tromper personne, sa volonté de paix.

« Le gouvernement européen a la ferme intention d'établir et de conserver avec les peuples arabes, par le dialogue et des conversations bilatérales, des relations excluant définitivement la possibilité de voir renaître un jour ces terribles rivalités qui les opposèrent et les déchirèrent dans le passé. »

On fixa même une date pour l'ouverture de ces négociations amicales; mais, entre-temps, le Président ayant pris froid, les conversations furent remises à plus tard.

Et on en resta là.

Tant et si bien que le 4 décembre, cinq jours après la mort de Rossan, lorsque les deux chambres du Parlement de Strasbourg ouvrirent leur cent quatorzième séance plénière, grosse majorité et minuscule minorité s'interpellèrent de nouveau violemment sur une motion de politique étrangère souhaitée par le Président : elle concernait, une fois encore, de nouvelles restrictions sur les livraisons de pétrole brut, annoncées « à leur grand regret » par les jeunes Républiques arabes. Attitude considérée par certains, non seulement comme un formidable préjudice, mais aussi comme une véritable provocation.

Après soixante-quatorze heures de discussions retransmises en direct et par vidéo dans les quinze pays frères, le Parlement de la grande République européenne jura d'abord « de ne céder à aucune force ni pression qui voudrait l'empêcher de restaurer l'idéal de paix », mais, qu'en second lieu, « compte tenu de la tension économique internationale, une Conférence de Paix devait s'ouvrir immédiatement afin que l'on puisse établir, pour toujours, l'entente entre les peuples du monde, surtout avec nos voisins méditerranéens ».

Ce qui, pour les observateurs, signifiait, en clair, que la République des Mécréants et des Intérêts Obscurs aspirait secrètement à se battre, à envahir et à culbuter, une bonne fois pour toutes, culs par-dessus têtes ces basanés de maîtres chanteurs, mais qu'elle était convenue, dans le même temps, de décider qu'il ne fallait rien décider encore.

Mieux elle serait préparée, plus juteuse et plus terrible serait la revanche. Au bar du Parlement, la « buvette » comme on l'appelait toujours, c'est du moins l'explication que chacun voulut donner à son voisin, devant un double whisky bien tassé.

Un peu de repos pris par les élus, la séance recommença vers minuit. Et une autre demande du Président fut satisfaite, mais cette fois-là devant une assistance plus clairsemée.

Sur l'éidophore gigantesque apparut l'image du pape, exhortant les hommes à la paix et à la réconciliation.

« Celui qui allumera la torche de la guerre ne peut souhaiter autre chose que le chaos », commença le descendant de saint Pierre dans un anglais épouvantable.

Sur plusieurs bancs, on entendit plusieurs rires, à peine étouffés. Le vieux prélat mettait des accents toniques là où il n'y en avait pas, mouillant, en plus, tous les mots d'une sauce latine qui sentait l'ail et le chèvrefeuille.

« Ce vieux toqué pourrait tout de même prendre des cours de prononciation ! » murmura Walder à l'oreille de Roubier, ricanant déjà. Les deux hommes du Président étaient assis au premier rang de l'assemblée. Ne pouvant plus se contenir, Roubier pouffa dans sa main, l'œil allumé d'une joie mauvaise.

Bien que chacune des Républiques fédérées d'Europe ait gardé sa langue originelle, l'anglais était devenu assez vite langue officielle et administrative. Ce qui, dans certaines régions reculées, donnait lieu souvent à des dialogues de sourds particulièrement cocasses entre paysans et fonctionnaires.

Mais ici, avec ce pontife baragouinant son pauvre anglais, butant sur chaque phrase, le résultat avait quelque chose de pitoyable et d'indécent.

« Oui, celui-là ne peut souhaiter que le chaos, répétait le vieux pape, l'œil perdu, conscient semblait-il de son ridicule. Cependant, ajouta-t-il, nous demeurons fermement convaincus que notre temps verra s'accomplir non pas le déclin de l'Occident mais sa renaissance. Que l'Europe puisse apporter à cette grande œuvre une contribution impérissable, c'est là notre fier espoir et notre foi inébranlable. »

Croyant son enregistrement terminé, le vieillard en robe blanche s'était déjà levé puis, s'apercevant de sa méprise – on devait lui faire des signes – il essaya de se rasseoir, gauchement, mal à l'aise, regardant la caméra d'un œil rond et stupide...

Cette fois, sur les bancs, les rires éclatèrent franchement, certains se tenant les côtes. Seuls, paradoxalement, les députés républicains, réputés matérialistes et athées, gardèrent un visage fermé qui pouvait passer pour un soupçon de dignité.

Oh ! certes, le dernier homme appelé sur le trône de saint Pierre n'exerçait plus aucune influence réelle en Europe, hormis dans quelques provinces arriérées du Sud, d'un mysticisme incurable.

Et le fait qu'il fût visiblement gâteux – ne

l'avait-on pas surnommé « Pépé Gélatine » — et que, d'autre part, dans un passé récent, certains rebelles Immatures se soient réclamés, au moins en partie, de cette religion mourante, n'avait pas augmenté son crédit.

Partout, la croix du Christ ne dominait plus qu'un monceau de ruines mentales.

Mais le Président devait avoir une petite idée derrière la tête en faisant apparaître ainsi le pontife, de temps à autre, comme le magicien tire le lapin de son chapeau. Aussi, bien que de nombreux sièges fussent demeurés vides à cette occasion, on enregistra soigneusement à l'ordre du jour, sur les magnétoscopes, ce message débile et tremblotant qui présentait au moins le mérite d'être court.

Un peu plus tard, l'immense salle s'étant à nouveau remplie, la séance de nuit put reprendre. Cette fois, la triple inflation de l'Espagne, de l'Italie et du Portugal fut l'occasion d'une sévère bataille entre les députés sociaux-libéraux de la France et de l'Allemagne, géants parmi les nabots, s'opposant une nouvelle fois sur les méthodes de stratégie palliative.

D'abord, cela donna lieu, de chaque côté, à une longue énumération de chiffres et de statistiques auxquels personne, hormis peut-être les orateurs, ne comprenait rien.

Puis, très vite, le débat dégénéra.

Et les téléspectateurs européens, ravis de l'aubaine, purent même entendre des cris et des insultes nationalistes qu'on avait oubliés depuis longtemps.

L'Une fut accusée de monopoliser la force économique de façon déloyale et d'affamer ainsi le reste de l'Europe. Pêle-mêle, elle dut endosser, en moins d'une heure, par des parlementaires élégamment vêtus mais rouges d'une vertueuse colère, le torpillage de l'agriculture méditerranéenne, la hausse insensée de certains produits manufacturés, et une résurrection du chômage dans le Nord. On avançait déjà le chiffre de trois millions d'hommes et de femmes sans emploi.

« Avec votre automation délirante, vous êtes devenus des monstres froids ! Vous ne savez même plus ce qu'est un travailleur ! » hurlait un député de Touraine, qui n'avait jamais travaillé de sa vie, mais qui, debout sur un banc, furibond, menaçait du doigt le groupe germanique.

« Affameurs ! Affameurs ! » criaient ses amis, encore plus fort, pour l'encourager.

Le vacarme était épouvantable.

« Mensonges ! Mensonges ! » leur répondaient des voix gutturales et suraiguës.

« Vous n'êtes pas des Européens ! glapissait maintenant un petit vieux, blême de rage au troisième rang. Vous êtes et vous ne serez jamais que des Boches avides de pangermanisme ! »

Une huée furieuse lui répondit, gronda comme une vague avant d'éclater sur toute l'assemblée. Et ce fut la réplique, aboyée de partout par deux cents chiens en colère. D'abord une avalanche de soupçons à peine masqués, puis une série de questions haineuses sur une double force nucléaire et neutronique que l'Autre était seule à détenir et à développer.

« Car en fin de compte, cria l'un d'eux, un Berlinois au corps épais, à l'encolure massive, en regardant le groupe français droit dans les yeux, on peut se demander quelle sorte de chantage vous comptez exercer un jour sur vos propres partenaires ! »

Cette fois, c'en était trop. Les vieilles méfiances renaissaient, ignorantes de la raison, bousculaient des alliances encore fragiles. Tout le monde parlait à la fois, hurlant pour se faire entendre, saturant les micros d'effets bizarres et de sifflements insupportables.

Là-haut, sur son estrade, le président de l'assemblée, dépassé, le visage convulsé de rage, pressait désespérément sur le bouton placé devant lui, déclenchant, toutes les dix secondes, la sonnerie de rappel au calme. En vain. Et ce bruit de trompette cassée, habituellement impératif et formidable, s'ajoutait aux cris, augmentant le tumulte au lieu d'obtenir l'effet recherché.

Et l'on vit ce spectacle incroyable d'hommes et de femmes, diplômés par les plus hautes universités d'Europe, en venir presque aux mains.

« Chacals ! vociférait le premier groupe.

– Mörder ! braillaient les autres.

– Pourris !

– Schweine ! »

Là-bas, tout en haut, deux gros députés avaient fini par s'empoigner, l'œil injecté de sang, et, ayant roulé dans une travée, ils continuaient à se battre. Autour d'eux, les insultes répondaient toujours aux injures, le mépris aux malédictions, sur un rythme qui s'accélérait sans cesse, d'un chœur à l'autre, comme dans une tragédie grecque dont les héros eussent été des palefreniers.

Une ombre, qui n'était pas celle de la nuit, s'étalait peu à peu sur ces bancs. Celle d'une Europe illusoire, geignarde, violente, incapable de s'organiser, et d'oublier ses différences.

Deux fois, la séance dut être interrompue.

Deux fois, sur un ordre du Président venu de l'extérieur, la controverse reprit, oubliant la triple inflation latine, le sujet du départ, pour patauger immédiatement dans la querelle, la boue et la jalousie.

Il fallut que le Président intervienne, cette fois, directement, pour rétablir un silence relatif, vers trois heures trente du matin.

Sur l'écran, son image gigantesque apparut, longtemps muette, écrasant tous les excités de sa colère froide.

Des cheveux bruns tendant à se faire rares encadraient un visage mince et noble, où l'ourlet des lèvres un peu grosses donnait à la bouche une expression sensuelle. La caméra électronique le cadrant assez large, assis devant son bureau, chacun pouvait voir habituellement le mouvement continuel de ses mains annonçant une grande vie intérieure, jointe à un remarquable optimisme. Mais, ce matin-là, les lèvres durcies avaient perdu de leur pulpe et les doigts qui pianotaient nerveusement le bois marquaient plutôt le mécontentement.

Seul, le regard d'un noir métallique ne trahissait rien de ses pensées, lorsque le Président commença à parler.

« Mesdames, messieurs, le spectacle que vous venez de donner aux Européens, vos électeurs, vos frères, est affligeant. Je vous ai fait réunir aujourd'hui afin de convenir des mesures à prendre pour résoudre cette nouvelle crise. Pour travailler à un devenir meilleur de notre vieux continent, récemment uni. Pour accomplir pleinement le rêve de nos pères... »

On entendit dans la salle les premiers murmures de remords. Tête baissée, comme écrasé de honte et de douleur, le Président attendit patiemment que le silence se rétablisse. Il reprit alors, plantant son regard sur eux, d'une voix pleine de reproches :

« Or, que voyons-nous ? Que vois-je ? Les représentants du plus grand peuple du monde, celui dont l'histoire fait encore pâlir d'envie nos plus rudes adversaires, se laisser emporter par des passions archaïques. Qu'entendons-nous ? Des chamailleries dépassées et imbéciles, des insultes. Vous avez entre les mains notre honneur et vous vous diffamez les uns les autres. Vous avez entre les mains le sort de plusieurs centaines de millions d'individus et ces mains qu'en faites-vous ? Vous les ouvrez pour mieux vous menacer, laissant échapper ainsi, par un manque singulier de rigueur politique, le but même de votre présence ici.

« Ceci est inadmissible et je vous préviens que les peuples d'Europe ne le toléreront pas.

« Mieux que quiconque, vous le savez pourtant, des ennemis guettent nos moindres défaillances. »

Puis, d'une voix profonde et sourde, encore étranglée par une émotion coléreuse, il conclut,

sans qu'aucun muscle de son visage bougeât :
« Hommes du Parlement européen, vous êtes liés par un serment sacré. Celui que nous avons appelé, il y a deux ans, la " Nécessité de survie ". Ce sont des mots graves, inestimables, qui font bouger le cœur de ceux qui vous regardent cette nuit. Ces mots répondent à la condition même du cycle humain, qui est de vaincre ou de périr. Dans l'intérêt des droits essentiels de nos peuples à la sécurité de nos frontières, dans l'intérêt de chaque habitant de ce continent et pour l'avenir meilleur de ses enfants, vous devez vous unir pour vous battre, et vous battre pour vaincre. Voilà votre devoir, messieurs, oui, voilà votre devoir absolu et sans restriction ! »

Alors, à ce moment, encore étourdis par la semonce, chacun jetant de brefs regards confus à son voisin, les mille membres de la majorité socio-libérale, les petits, les grands, les hommes et les femmes, tous se levèrent d'un bond, comme des automates, pour se figer ensuite dans une sorte de garde-à-vous maladroit et servile, en regardant là-bas, avec des yeux fanatiques, la grande image disparaître.

Puis, l'écran éteint, un long moment s'écoula avant que ne s'apaisent les vivats.

Et c'est dans un esprit d'embrassade que le Parlement termina l'ordre du jour en votant, à l'unanimité cette fois, des obsèques européennes, honneur suprême, au savant Bernard Rossan, prix Nobel de physique, récemment décédé.

Douze membres furent ensuite désignés, par tirage au sort électronique, pour représenter l'assemblée atlantique aux funérailles. Et le hasard voulut, en cette nuit pas comme les autres, que Walder et Roubier comptassent parmi les élus.

Faisant contre mauvaise fortune bon cœur pour ce dérangement, la mine aussi grave que celle de leurs confrères innocents, les deux assassins suivirent donc le cortège grandiose de celui qu'ils avaient condamné à une mort horrible cinq jours plus tôt.

L'ombre d'un remords ne les effleura même pas. Seul, le froid de Paris les gêna un peu. Roubier surtout, qui s'avouait volontiers frileux, et qui tapait de la semelle pour se réchauffer chaque fois que le cortège s'arrêtait.

Pour Roubier et Walder, leur présence à cet enterrement relevait d'une pure coïncidence. Certes, et ils en souriaient intérieurement, la main du destin leur avait joué un mauvais tour. Mais ils n'avaient aucune raison de s'en inquiéter. La passivité des millions d'hommes qu'ils contrôlaient en coulisse leur avait appris, depuis longtemps déjà, que dans le sillage d'un tel Président, ils étaient les maîtres de toutes destinées, y compris de la leur.

Nul ne croyait plus au Jugement dernier. La superstition appartenait à d'autres âges. Et il était peu probable, se disaient-ils en tenant les cordons du poêle, qu'un fou vînt, un jour, leur demander des comptes.

En blasphémant contre l'Etat souverain, ce vieux singe de Rossan avait amplement mérité sa mort. Et cela seul suffisait à leur logique de tuer.

Et à leur raison de vivre.

II

Et ce fut le 11 décembre.

La vague de froid durait maintenant depuis quinze jours, plus terrible encore qu'on ne l'avait annoncée.

Ici, à Essennes, en pleine campagne picarde, avec ces bourrasques tournoyantes et glaciales qui s'engouffraient par la baie de Somme, les étangs avaient gelé épais. Et il fallait remonter, disait-on, au fameux hiver de 1963 pour se souvenir d'une telle couche de glace sur les eaux dormantes. Seules, aux emplacements des sources souterraines, les eaux perlaient encore, formant en surface comme des taches étranges, d'un gris-bleu et tendre, au milieu de tout ce blanc métallique.

En entrant, comme chaque matin, pour lui apporter du lait et un pain chaud, la mère Houdin vit que Julien était déjà levé.

Dans le jour naissant, ovulaire, elle le distinguait là-bas, près de la fenêtre, massif, carré, énorme, avec sa tête de jeune fauve blessé. Elle ferma vivement la porte pour garder la chaleur et s'approcha.

Il ne bougeait pas. L'avait-il seulement entendue? Les traits tirés, à croire qu'il n'avait pas fermé l'œil, il fixait la petite prairie, droit devant lui.

« Bonjour, Julien!

– Bonjour, madame Houdin! » répondit-il, doucement.

Le connaissant mieux à présent, elle décida de le laisser tranquille et mit le lait à chauffer, à feu doux. Puis, elle moulut le café, essuya la table de cuisine, rangea les bancs, fit le peu de vaisselle qu'il y avait, et alluma la radio, cherchant de la musique. Tout de suite, la pièce parut plus chaude, plus gaie.

Elle l'observait de temps à autre, à la dérobée.

Quel curieux garçon! Gentil, mais secret; toujours serviable, il faisait tout avec une espèce de détachement, de transparence, comme si rien d'autre que ses pensées n'eût compté. Au début, cette curieuse absence l'avait un peu désorientée. Elle avait fait toutes les suppositions, bâti un roman. Elle avait cru, un temps, à une histoire d'amour qui aurait mal fini. Aujourd'hui, elle n'était plus très sûre d'avoir deviné le secret de son hôte. Mais, bien que mourant de curiosité, elle n'avait jamais osé lui demander quoi que ce fût à ce sujet...

« Voilà, c'est prêt, monsieur Julien! reprit-elle en souriant, avant d'enchaîner, familière : Buvez-moi tout cela pendant que c'est chaud. Et croyez-moi, ça ne sera pas du luxe, ça pique sec dehors... »

Il la remerciait d'un sourire lorsqu'elle ajouta :

« Vous pourrez nous couper un peu de bois ? Il n'y en a presque plus... » Et comme il acquiesçait, toujours silencieux, elle lança : « Bon, eh bien, à tout à l'heure... »

Mais elle ne se décidait pas à partir, lui jetant toujours des regards furtifs maintenant qu'il était retombé dans sa rêverie. En deux semaines, à peine, elle s'était attachée à ce garçon. Oh ! rien de trouble là-dedans ! Il y avait belle lurette que son ventre n'avait plus frissonné pour un homme. Et ce n'étaient pas ces cochons du village, toujours fin soûls, qui auraient pu la faire changer d'avis. De vraies bêtes ceux-là, brutaux et violents quand ils avaient bu. La femme Houdin vivant seule, deux ou trois avaient bien essayé de venir tenter leur chance, un soir, en sortant du café, gonflés de genièvre. Prêts au viol, s'il le fallait. Mais quelques bons coups de fusil de chasse les en avaient dissuadés, et ils étaient repartis, queue basse.

L'un d'eux, un propre à rien, Carroux qu'il s'appelait, et dont la seule occupation connue consistait à braconner des anguilles pour fournir les restaurants d'Amiens, avait même pris la décharge de plombs en pleine gueule, heureusement à bonne distance. On l'avait surnommé « le grêlé » pendant un bon mois, et tout le monde avait ri de sa mésaventure.

Depuis, on foutait la paix à la mère Houdin qui, décidément, malgré ses formes encore appétissantes, n'était pas une femelle à laquelle il faisait bon se frotter.

Avec Julien, c'était différent. Elle l'aimait bien. Un peu comme ce fils qu'elle n'avait jamais eu. Et elle montrait avec lui, sans même s'en rendre compte, des attentions et des pudeurs de mère. Certes, l'air grave et toujours mélancolique du colosse l'intimidait un peu. Mais, de savoir un homme jeune pas loin d'elle, qui la dominait de deux têtes, ça lui chauffait le cœur dans la journée, et ça la rassurait la nuit. Et, au fond, elle n'en demandait pas plus pour être heureuse.

Un seul point l'inquiétait encore et lui faisait parfois douter de leur avenir commun : ce regard pâle, presque opaque, traversé de pleurs retenus que Julien posait sur les choses. Depuis son arrivée, il semblait attendre quelque chose ou quelqu'un qui le débarrasserait de cette douleur. Sans marquer d'impatience ni de nervosité. Sûr de son fait.

Et aujourd'hui, dévorée par sa tendresse, elle se prenait égoïstement à redouter que cette chose-là n'arrive. Car alors, se disait-elle, il partira, me laissant à nouveau seule, dans ce pays de brutes.

Encore troublée par cette pensée, elle tira la porte derrière elle.

Quand elle fut partie, Julien quitta son poste de méditation et, toujours debout, se versa un bol de lait chaud. Puis, tirant un banc, il s'assit pour prendre les informations, le dos à l'âtre. Encore qu'il sût à l'avance ce qu'il allait entendre, il s'obligeait chaque matin à les écouter. Ses résolutions, fraîches encore, exigeaient ce genre de nourriture pour mieux se transformer en certitudes...

Les nouvelles n'étaient pas bonnes : la terre, pour des raisons que l'on s'expliquait mal encore, refusait un peu plus chaque année de jouer son rôle de nourricière. Les prochaines récoltes s'annonçaient diablement mauvaises, les fruits manqueraient. Il fallait que chacun en prenne conscience afin d'accepter de nouveaux sacrifices.

Et, à l'unisson de cette nature implacable, émergée d'un long sommeil, les hommes jouaient à se menacer, la haine au cœur et la peur au ventre. Le speaker, d'une voix flûtée, commentait sans sourciller le discours très dur prononcé la veille par le Président. Puis, avec des intonations de chatte gourmande, le même commentateur agréé proposait à ses auditeurs la confiserie suprême, le bonbon qui faisait frissonner : un extrait de cette allocution historique. Il y eut un chuintement tandis que le bobineau se mettait à tourner, puis la voix retentit, auguste, sereine, admirable de fermeté et sûre de son bon droit :

« Pleinement conscient de l'importance d'une telle démarche, mais aussi de mes responsabilités, j'ai estimé qu'il était de mon devoir de demander avec insistance que la Ligue des pays arabes renonce à son intention de résoudre la question économique par cette position égoïste et dangereuse...

« Mon amour de la paix et ma longanimité infinie ne doivent pas être confondus avec la faiblesse et, à plus forte raison, avec la lâcheté.

« Je ne puis déceler chez les gouvernements arabes aucun désir d'engager avec nous, Européens, des pourparlers vraiment sérieux.

« Je me suis donc résolu à employer maintenant, vis-à-vis du monde arabe et de ceux qui les soutiennent secrètement, le langage même que,

depuis des mois, les Arabes et leurs alliés secrets emploient vis-à-vis de nous... »

« Ainsi, se dit Julien calmement en trempant un peu de pain dans son lait sucré, ça y est, voilà ce qu'ils ont trouvé. Pour justifier une agression préméditée depuis cinq ans contre la Ligue, ils inventent la menace d'un blocus alors que les Arabes eux-mêmes n'ont parlé que de simples restrictions... »

Rossan avait vu juste : les hommes tournaient les dernières pages du livre de la Haine. Ils en étaient aux dernières sommations, aux ultimes mensonges. On courait vers le dénouement...

Combien de temps lui restait-il?

Julien éteignit la radio, enfila des gants, sa grosse parka verte, et sortit, un morceau de pain à la main.

La mère Houdin avait dit vrai : le froid piquait durement. Ça devait geler à moins douze, au minimum. Et rien ne laissait prévoir une remontée du thermomètre. Au contraire : les nuages qui, la veille encore, s'enchevêtraient dans le ciel, avaient disparu pendant la nuit, chassés par un vent glacial de nord-est, cette fois.

Insensible à cette morsure, Julien contemplait le bout de terre où allait se jouer la partie la plus importante de son existence. Il ne l'avait pas choisi; seul le destin en avait décidé. Et cela était mieux ainsi.

Après le meurtre de Rossan, il n'avait pas revu Elyane. Rentrer à la maison lui était apparu plus qu'inutile, dérisoire. Un temps, il avait pensé à téléphoner à François pour l'avertir de ce qui se passait en lui, mais il y avait renoncé. A quoi bon ? Il ne comprendrait rien à sa décision et Julien, lui-même, n'était pas très sûr de pouvoir s'en expliquer clairement. Quant au chenil où il travaillait, inutile d'appeler pour donner son congé : Couchon, le patron, serait ravi de ne pas avoir à le virer.

Et tandis que l'étrange pulsation s'accélérait en lui, une seule obsession l'avait envahi : quitter cette ville de meurtres et de violence, déserter le camp des victimes et des hommes oxydés. Ah ! partir, partir sans perdre une heure, vivre au bout de la terre, retrouver la nature, regagner la matière dans la douleur mêlée de cette exaltation nouvelle qu'il ressentait.

Là-bas, quelque part, à la source des eaux et de toutes choses, il travaillerait à comprendre les voix étranges qu'il entendait résonner en lui; au bon air, loin des fumées et des mensonges, il s'expliquerait mieux ces visions qui le transperçaient, laissant en lui comme l'écho d'un appel incompris; et, saignant de sa misère et de ses troubles étranges, il s'était sauvé, traversant Paris d'une traite, regardant les lumières des hommes s'éteindre peu à peu.

A quatre heures du matin, un maraîcher grassouillet et jovial, le type même du bon garçon, l'avait pris dans son camion, porte de la Chapelle, et l'avait emporté jusqu'à Beauvais. Là, un autre inconnu, puis un autre... Une véritable fuite. Mais une fuite teintée de délivrance que, seul, gâchait un peu le souvenir d'Elyane abandonnée, sans une lettre, sans le moindre petit mot d'explication.

Bah ! il lui écrirait plus tard et elle comprendrait...

A peine débarqué à Essennes, il avait cherché un logement. Un toit, n'importe lequel, même une baraque abandonnée. Et, tout de suite, on lui avait indiqué la femme Houdin qui, sur la hauteur, au bout du pays, habitait un ancien moulin; un ensemble de bâtiments trop grands pour une femme seule et où elle faisait de la truite d'élevage.

Mme Houdin se disait veuve, mais personne n'avait connu son mari. Elle venait on ne savait d'où, et elle paraissait avoir toujours eu la quarantaine, avec sa voix de forte femme, habituée à maîtriser la vie.

Leur première rencontre avait été brève, sans paroles inutiles. Julien avait l'air sobre, honnête, et un gaillard comme celui-là pouvait l'aider dans sa tâche. Ne serait-ce que pour surveiller le travailleur immigré qu'elle avait dû engager, faute de mieux, et qui, selon elle, ne fichait rien de la journée, attendant le soir pour rentrer et se soûler...

En contrepartie, elle prêterait à Julien une de ses deux maisons, une bâtisse immense, inoccupée, avec quatre chambres au premier étage et trois grandes pièces en bas. A cinquante ou soixante mètres de chez elle, à peine.

L'affaire conclue, Julien n'occupa que le rez-de-chaussée, abandonnant le haut aux souris et aux mulots. La femme Houdin l'aida à s'installer, lui prêta des assiettes, des casseroles, et tout un petit nécessaire de cuisine. Elle nettoya toutes les vitres. Le deuxième jour, avec une avance sur son salaire, Julien alla s'acheter un poste de radio assez perfectionné et, une fois rentré, alluma dans la cheminée un grand feu qui mit des heures à mourir...

Et, dès cet instant, il se sentit chez lui, en paix, comme cela ne lui était jamais arrivé depuis la mort de ses parents.

Une ou deux fois par jour – c'était désormais son travail –, il contrôlait le débit des eaux, vérifiait le taux d'oxygénation ou bien encore transvasait les bacs de culture, tournant sans effort l'énorme roue dentée sous l'œil ahuri de Mustapha, le petit travailleur algérien. En général, le matériel n'était pas très moderne, mais la femme Houdin possédait un camion aménagé spécialement pour le transport des truites et, à deux reprises, il alla livrer des sociétés piscicoles de haute Normandie.

Le reste du temps, il jouissait d'une liberté totale, alternant de longues périodes de réflexion et l'écoute des programmes radio, avec des promenades en pleine campagne.

Et le soir, de temps à autre, elle l'invitait à partager son dîner. C'étaient alors des heures tranquilles et muettes, l'un comme l'autre préférant se sourire en silence. Elle, parfois, s'enhardissait, d'une voix gentille :

« Vous n'avez plus vos parents, Julien ?

– Non, madame, je les ai perdus il y a longtemps...

– Vous n'avez ni frère, ni sœur ?

– Non, personne, madame...

– Mais alors, vous êtes seul, complètement seul...

– Pas tout à fait, madame... Je me suis choisi une autre famille », disait-il alors d'une voix lente, avec un sourire singulier. Et elle aussi lui souriait, sans bien comprendre, mais heureuse malgré tout de cette complicité.

Si l'affection visible de cette veuve, encore jeune, touchait profondément Julien, elle n'éveillait en lui aucune arrière-pensée.

Bien que privé de femelle depuis bientôt deux semaines, il n'en ressentait aucun malaise. Le souvenir d'Elyane s'estompait lentement, s'adoucissant un peu dans sa mémoire. En d'autres temps, pas si éloignés, la veuve Houdin aurait pu faire l'affaire. Et, en cas de résistance, pour un colosse comme lui, la prendre de force eût été un jeu.

Mais cet appétit animal ne le tourmentait plus et cette pensée ne l'effleura même pas. Les formes géométriques et lumineuses qui jaillissaient en lui, *le réveil brutal de son intelligence,* et les messages qu'il lui fallait sans cesse déchiffrer, tout cela suffisait à son besoin d'extase.

Rejetant la sexualité violente et désordonnée propre aux Mahé depuis plusieurs générations, Julien, troublé, se surprenait à découvrir qu'une femme pouvait, aussi, être un simple regard, une ouverture sur l'amitié. Et ce comportement, nouveau pour lui, le conduisait à penser qu'il était sur la bonne voie...

Dans un coin de son cerveau, quelque chose avait bougé, une détermination insoupçonnable, assoupie depuis longtemps : ne plus être un animal. Et, mue par cette volonté, la mutation s'opérait en lui, peu à peu. Physiquement, il avait également changé. Certes, c'était toujours le même corps musculeux mais si terriblement aminci qu'il paraissait plus grand encore. Le vert des yeux avait pâli un peu plus et un début de barbe lui mangeait le visage, cachant la vilaine cicatrice au-dessous du menton.

« Dites au revoir au passé, sans esprit de retour, enjambez le présent qui ne contient rien d'extraordinaire susceptible de vous retenir, et entrez tout de suite dans l'avenir... »

C'était la voix de Rossan qui venait de retentir en lui, nette, précise, amicale; mais Julien ne s'en émut pas. Ce phénomène, apparemment inexplicable, lui était devenu familier, et il ne cherchait plus à comprendre comment une telle chose pouvait se produire.

Que le discours tout entier, des milliers et des milliers de mots se soient inscrits en lui, parfaitement articulés dans sa mémoire, ne le troublait plus. Seul, le sens du message comptait : enjamber le présent et entrer tout de suite dans l'avenir.

Et quelque... quelque chose lui disait, en regardant cette campagne vitrifiée par le froid, que l'avenir commençait ici...

D'ailleurs, ce que disait la parole du savant assassiné, l'autre voix qui bougeait en lui, plus sourde et bien que souvent confuse encore, semblait le confirmer.

Et lorsqu'il se prenait à douter qu'ici, dans ce bled perdu, deux époques se chevauchaient déjà et que de leur étreinte viendrait la métamorphose, alors, immédiatement, les prismes luminescents qui dansaient dans sa tête le ramenaient vers cette conviction, inexorables.

Certes, rien ne s'était encore produit. Et, en apparence, la matière de cet endroit n'avait rien d'anormal. Mais la désillusion restait sans prise. En courant la campagne, aux alentours, sa rétine, ses oreilles et la paume de ses mains emmagasinaient des milliers d'informations qu'il saurait utiliser le moment venu.

Au début, les gens du coin avaient regardé avec méfiance les balades de ce grand sauvage dont personne ne savait rien. Puis, ils s'y étaient habitués, allant jusqu'à échanger quelques mots avec lui, au hasard des rencontres. Avec une certaine hostilité d'abord, puis avec curiosité.

« Dites donc, monsieur Julien, finit par lui dire l'un d'eux, les yeux mi-clos, tandis qu'il le scrutait, qu'est-ce que vous êtes venu chercher chez nous, hein ? »

Julien se voyait mal expliquant ce qui se passait dans sa tête à ce bouseux soupçonneux.

« J'observe la nature! dit-il en hâte, sur la défensive.

– La nature? Cette saloperie qui nous fait à peine vivre... mais pourquoi ? »

Les yeux du paysan s'étaient écarquillés à l'idée de cette démarche saugrenue. Alors Julien avait fini par lâcher, avant de pivoter sur les talons, laissant l'autre ahuri :

« C'est au cas où elle viendrait à mourir... j'aimerais témoigner pour elle... »

Dans un brouillard de méditation, Julien se dirigea lentement vers le tas de bois, de grosses bûches rondes coupées aux beaux jours et mélangées aux rayons de bois, plus maigres, d'une ancienne roue de charrette, complètement désossée.

« L'année nouvelle sera dure à supporter pour tous les êtres; mais les nations au ventre mou seront les plus menacées... »

La voix était revenue.

Le vent souffla plus fort et il resserra le col de sa parka, sans même s'en rendre compte.

Quelque... quelque chose va se passer ici, se redit-il. Et il plongea ses yeux qui étaient des mares de feu vert, des yeux emplis d'interrogation, sur tout ce qui l'entourait.

A gauche de la maison qu'il habitait, le sol se relevait un peu, couvert de feuilles pourries et de petites branches mortes. Partout sur cette bosse qui cachait l'ouest, des arbres gris, dénudés, défeuillés. Seuls de minces serpents de lierre couraient encore sur quelques troncs.

Et la voix poursuivait en lui, inlassable :

« La grande ère de paix où les rescapés entreront et cette impression de sensibilité mélancolique qu'éprouvent les âmes après une trop longue période de révolution feront naître, de toutes parts, des espérances illimitées... »

Julien, enregistrant toujours, tourna son regard droit devant lui.

L'énorme rouleau d'acier d'un ancien compresseur gisait au milieu de quelques dalles brisées. A quel monument, ou à quelle sépulture avaient appartenu ces pierres plates et moussues? Une impression de désolation le saisit, fugitive. Sur l'herbe, durcie, presque violâtre, le gel avait éclaté en traînées blanches et inégales. Quelques vieux chiffons souillés traînaient, en boules, au pied des pommiers, comme des fruits étranges. Plus loin, la maison de la mère Houdin, une demeure carrée et massive, au crépi taché par l'humidité, qu'enlaidissait encore une pauvre véranda de verre disloquée par endroits. Là aussi, le gel avait envahi les tuiles brunes.

« Ceci est le vieil esprit... il faut qu'il disparaisse. Ceci est le vieil esprit... il faut... qu'il disparaisse », répétait la voix.

Toujours planté à côté du tas de bois, le regard de Julien accrocha la petite rivière qui traversait le domaine. Des eaux folles, étroites, trop vives pour avoir été saisies par le froid. C'était l'endroit qu'il préférait. Il en émanait un parfum violent de liberté inaliénable. De perpétuité aussi. Noire dans les trous, bleutée et glaciale ailleurs, l'eau dingue bruissait inlassable, gargouillait dans les virages, craquait çà et là sur de petits rochers, en éclaboussures d'un blanc argent.

Et, juste au-dessus de la rivière, une haie d'arbres hauts, des thuyas violets, presque noirs, lui cachaient la route...

« Si ma tête est confuse, elle est pleine de toi. A défaut de te comprendre, je sais que je t'aime vraiment. Et si, parfois, je te fais mal, c'est que j'ai mal aussi. J'ai envie que tu me caresses dans tes yeux. Je voudrais faire l'amour avec toi, avec l'impudeur du désir et la timidité de l'amour... Pour être à la fois un chien et un enfant. J'ai besoin de dépendre de ton corps et je te sens en moi... Je t'aime et je t'embrasse. »

C'était le dernier message d'Elyane, le dernier cri perçu qui resurgissait en lui. Elyane... Pourquoi diable pensait-il à elle, brusquement ? Et qu'était-elle devenue ?

Mais l'autre voix le pressait déjà, chassant le remords.

« *Tout ce qui doit être détruit afin de préparer la voie à ce qui va venir...* »

Et ce soleil qui n'en finissait pas de percer un brouillard peu épais mais persistant...

Le fil de ses pensées fut coupé par la voix de la veuve Houdin qui, là-bas, près des bacs d'élevage, houspillait le jeune Arabe qui venait d'arriver au travail avec près d'une heure de retard.

« Elle est trop dure avec ce garçon, se surprit-il à penser, il faudra que je lui parle... »

Sur la route, une voiture klaxonna. Deux coups très brefs. Furieux. Mais, en un millième de seconde, et il n'aurait su dire comment, Julien décela de l'angoisse dans ces sons rageurs. Puis, tout de suite après, il y eut un choc terrible, un fracas de métal froissé...

Après un sursaut, il réprima la première impulsion qui le poussait à courir à toutes jambes vers l'accident, comme le faisaient au même moment la femme Houdin et Mustapha. *Il savait qu'aucune démarche ne servirait plus à rien.*

« Bientôt, ceux qui vivront encore envieront peut-être ceux qui sont morts », lui avait dit Rossan, la veille d'être assassiné.

Qui étaient-ils ces deux-là, qui avaient choisi un matin d'hiver pour se déchiqueter ?

La réponse ne vint pas, mais le souvenir de ce

qui venait de se passer sur la route pesa sur son cerveau. Là-bas, encastrés dans les tôles, chair contre boulons, deux êtres souffraient à mourir. Et la douleur des autres pénétra ses ténèbres mentales et physiques. Quelques secondes, une minute peut-être, il eut très mal. Puis, dans le soulagement qui suivit, Julien posa, debout sur le billot, une bûche où, par un caprice de la nature, les nœuds avaient dessiné dans le bois comme une tête humaine.

Il se pencha pour prendre la hache, mais dut arrêter son geste.

Son esprit se refusait à accepter la beauté que voyaient ses yeux : le soleil, vertigineux, était apparu et les thuyas violets s'empourpraient d'une mousse orange. Avec le gel sous la semelle de ses bottes, il lui sembla qu'il percevait à la fois l'hiver et le printemps, qu'il chevauchait deux époques, l'une rugueuse, encore, l'autre déjà tendre.

Là-bas, la femme Houdin, revenue de la route, l'appelait avec de grands gestes, sans doute pour lui parler de l'accident. Mais il fit semblant de ne pas entendre. A quoi bon, une fois encore?

Il savait.

Et ce savoir terrible appartenait déjà à un présent passé qu'il fallait enjamber.

Alors, seulement, il releva la hache vers le ciel où elle resta une seconde, suspendue, hésitante, avant de s'abattre, fracassant la grosse bûche a tête d'homme.

Puis, repoussant du pied les débris qui avaient éclaté, il en prit une autre.

Il était temps de se mettre au travail.

III

« TOUT est fini », se dit-elle.

Ses jambes ne la portaient plus. A vouloir couper ainsi à travers champs, chaque pas lui coûtait. Elle trébuchait sur les mottes inégales qui roulaient sous ses pieds et, en moins de cinq minutes, à deux ou trois reprises, elle s'était étalée de tout son long.

Revenant vers la route, elle ralentit d'abord sa marche puis se laissa glisser, épuisée, sur l'herbe gelée du talus. Les yeux égarés dans cette campagne blanche et dure.

Toutes sortes d'idées bourdonnaient dans sa tête. Elle se sentait faible, petite, délabrée par la fièvre. Un rire bref, triste à crever, lui échappa : la révolution allait perdre un de ses meilleurs éléments par broncho-pneumonie. Quelle fin glorieuse ! Mais cette fois, sa décision était prise. Elle ne ferait pas un pas de plus. Elle les attendrait ici, en grelottant. Et, dans le meilleur des cas, le froid terrible, qui la pénétrait peu à peu, lui épargnerait peut-être les interrogatoires et l'échafaud.

« Tout est fini », se répéta-t-elle mollement, en dodelinant de la tête, le regard vague.

Elle eut une brève pensée pour Werner, son frère, qu'elle allait bientôt rejoindre. Il était le seul être qu'elle eût vraiment aimé, et une bouffée de tendresse l'envahit, la réchauffant un peu.

A marcher ainsi, la nuit, vers le nord, dormant cachée le jour, cherchant au petit matin de quoi se nourrir dans les poubelles, elle avait espéré atteindre la Hollande. Là-bas, des camarades lui feraient quitter l'Europe.

Mais elle avait présumé de ses forces, de son endurance. Et ce froid épouvantable qui, depuis des jours et des jours, n'en finissait pas de la déchirer ! Elle se rendait compte à présent que sans argent, sans aide, sans un peu de vrai repos et de nourriture chaude, elle n'y arriverait jamais. Et, bizarrement, au lieu de l'attrister définitivement, cette constatation la soulagea.

Des champs glacés, des routes désertes sous la lune, personne à qui parler, de la merde à bouffer, des faux sommeils, agités, entrecoupés de cauchemars, de tout cela, elle en avait marre ! Il fallait en finir d'une manière ou d'une autre.

De toute façon, rien n'était plus comme avant. Et peut-être même s'était-elle fait des illusions sur l'assistance qu'elle avait escomptée en Hollande. La quasi-totalité des circuits terroristes avait été démantelée par les polices du nouveau Président. Et chez les camarades restés à leur poste, on pouvait trouver sans doute autant d'indicateurs que de profiteurs. Les premiers vous dénonçaient ! Les seconds, plus subtils, vous vendaient souvent à un prix exorbitant, le moyen de sauver votre peau, d'embarquer à Rotterdam pour l'Amsud, par exemple. Avant, parfois, de vous trahir à leur tour pour doubler les bénéfices. Comment reconnaître les purs, les parfaits, parmi tous ces chiens galeux!

En fait, c'était devenu pratiquement impossible.

A Strasbourg, à Paris un peu plus tard, elle n'avait échappé deux fois que de justesse à des trahisons de ce genre, la seconde au cours d'une poursuite effrénée qui l'avait rejetée vers les forêts de l'est de la capitale, l'empêchant d'aller à son rendez-vous avec Rossan. Rossan, ce vieux con, apôtre de la non-violence, n'était pas des leurs, à proprement parler. Tous les jeunes un peu révoltés, Immatures ou non, le connaissaient bien en Allemagne; c'était plutôt le style brave type, grosse tête et cœur d'or rongé par l'utopie humaniste, une autre imbécillité, ça aussi! Mais il l'aurait aidée, sans aucun doute, en lui donnant un peu d'argent pour fuir, peut-être même asile quelques jours. Mais là encore, le destin s'en était mêlé, Rossan était mort d'une crise cardiaque...

Partir loin, ne serait-ce que pour changer de peau. Quitte à revenir plus tard. Pour reprendre la lutte, secouer par la terreur divine ce peuple d'imbéciles et de lâches.

Maintenant, c'était trop tard. Et le regard embrouillé qu'elle posa sur les choses de la terre ne la rassura pas.

Il devait être quatre ou cinq heures du matin.

Le jour tarderait encore à poindre, avec sa clarté implacable; et cette terreur, malgré son déguisement parfait, d'être reconnue et prise.

Etouffant sa peur et sa haine, elle essayait déjà de réfléchir à ce qu'elle pourrait avouer sous les coups. A Munich, on disait que pour torturer les jeunes femmes Immatures, pour obtenir la liste de leurs complices, certains policiers de Walder s'amusaient à enfoncer un gros morceau de bois dur dans le vagin de celles qu'ils interrogeaient, et qu'ils le tournaient férocement à deux mains, comme une baratte, jusqu'à ce que le sang coule...

Elle frissonna encore un peu plus à cette évocation. Elle-même ignorait la pitié pour ses ennemis. Remords, compassion, charité, clémence, autant de mots pourtant chrétiens, qu'elle avait rayés de son vocabulaire de chrétienne fanatique. Mais, au fond, comme nombre de ses camarades, elle n'avait jamais compris, jamais admis que ces « Frères de l'Ordre » aient répondu à leurs violences par une violence plus grande encore. Au meurtre par l'assassinat. A leurs parodies de jugements par de rapides exécutions sommaires...

Très haut, un bruit d'ailes sec et cassant lui fit lever les yeux et regarder le ciel.

Vers minuit, alors qu'elle dépassait Amiens sur la gauche, un vent violent avait soufflé sur la plaine rase, chassant les nuages et les dernières langues de chat.

Et, à présent, elle y voyait presque comme en plein jour. Partout, des champs d'une même culture, dessinés bien droits. La rectitude d'une infinie tristesse. Ce devait être des betteraves à sucre. Elle se releva péniblement, mais le corps trop engourdi et les muscles trop faibles, elle eut un mal fou à en arracher une. C'était dur, plein de terre, immangeable. Elle en mangea pourtant, des larmes de rage aux yeux.

Tout était fini.

Elle avait vingt-cinq ans, pas de mari, pas d'amant, pas d'enfant pour l'aimer. Et elle avait tué deux hommes de sang-froid, parfaitement sûre de son bon droit.

Si la justice, vendue au fric des trusts, ne condamnait plus les salauds, il fallait bien que quelqu'un s'en chargeât.

En fait, au départ, rien ne la destinait comme tant d'autres à devenir une meurtrière. Protégée par le milieu familial, elle n'avait même pas participé à la grande révolte des Immatures. Mais, les vingt-trois pendaisons, dix-huit garçons et cinq filles de dix-sept ans, l'avaient brutalement écœurée. Comme beaucoup d'autres, sans doute, en Europe. Mais ceux-là n'avaient rien dit, rien fait, pour que cesse cette abomination qui déshonorait l'Occident.

Alors, sans réfléchir, mais a-t-on vraiment besoin de réfléchir pour prendre ces décisions-là, elle était entrée dans la bagarre, au pire moment, en pleine répression. Du jour au lendemain, une brillante étudiante en troisième année de sociologie de l'université catholique de Bavière avait pris le maquis.

ON lui avait appris à se servir d'une arme, d'une charge de plastic, d'un détonateur. Elle était vite devenue tireur d'élite au pistolet, la meilleure de sa promotion, lui disait-ON sans rire. Tout juste si ON ne lui avait pas accroché une croix d'honneur sur la poitrine, comme à l'école, quand elle était petite. Pour ses progrès en combat de corps à corps, ON l'avait encore félicitée. Puis, ON lui avait précisé les objectifs de cette guerre impitoyable, la tactique, la stratégie, l'attaque, le repli. Dieu avec elle. Dieu avec ON.

ON, ON... Qui ON ?

Au fond, elle ne l'avait jamais su. La presse officielle socio-libérale affirmait un jour que les Immatures étaient manipulés par une puissance étrangère de l'Est, et le lendemain par des éléments fascistes qui cherchaient ainsi à provoquer le chaos pour mieux asseoir l'exigence de leur autorité future. A bien y réfléchir, les deux hypothèses étaient plausibles. Mais cela n'avait rien changé à ses résolutions.

Manipulée ou non, quelle importance? Seul le but comptait à ses yeux; délivrer ses frères de ce fascisme sans larmes, de ce fascisme souriant et raisonnable, hypocrite et sournois, qui condamnait à mort et broyait les vertèbres cervicales de ceux qui n'étaient pas de son avis. Que les armes utilisées viennent de Tchécoslovaquie, qu'elles soient payées par de gros industriels allemands et français, rêvant dans leur château au retour d'un nazisme pur et dur, elle s'en moquait éperdument. Les balles qu'elles pouvaient tirer sur des salopards en pardessus de vigogne n'avaient pas d'odeur.

Elle avait fini par entraîner Werner, son frère adoré, dans le même combat. Ensemble – et quelle équipe ils avaient faite – ils avaient entrepris, après tant d'autres, de saper cette société pourrie, d'abattre les leaders, sans distinction ni discernement, afin de faire prendre conscience aux millions d'autres qu'il existait quelque part, caché certes mais bien vivant, un petit groupe d'hommes et de femmes qui n'abdiquait pas.

Et, à sa vingt-deuxième mission, elle avait tué le conseiller Kensinger.

Il se rendait, paraît-il, une fois par mois, vers six heures du soir, chez une veuve de Munich qui lui prostituait sa fille âgée de treize ans à peine. Comment les Immatures bavarois avaient-ils eu cette information? Elle n'en savait rien, aujourd'hui encore.

Mais, assise sur l'herbe glacée et crissante du talus, indifférente aux étoiles qui dansaient dans le ciel, elle se souvenait parfaitement, en revanche, de l'opération qu'ils avaient montée. Minutieusement, car l'occasion ne se représenterait peut-être pas de sitôt.

Deux semaines de travail sans relâche. Du beau boulot.

Et, dans cette nuit de l'hiver picard, elle revivait sans remords chaque détail de la scène, comme dans un film projeté au ralenti.

La journée avait été superbe sur Munich. Et une chaleur douce montait encore des rues. Tendrement enlacée avec son frère, comme deux amoureux, à quelques mètres seulement du porche où la veuve, en robe noire et col blanc très stricts, attendait le « client » de sa petite fille, la longue Mercedes noire à six fenêtres, tendues de rideaux bleu pâle, avait stoppé, dans un chuintement soyeux. Susan se souvenait en avoir frissonné de joie...

Le chauffeur et le garde du corps – elle revoyait encore sa gueule d'abruti à celui-là – étaient descendus les premiers, et inspectaient les alentours d'un œil exercé.

Le jour tombait doucement. Il n'y avait qu'elle et Werner sur le trottoir, à se peloter. Et les deux hommes les avaient observés longuement, sans en avoir l'air, avec une attention de professionnels.

Ils se méfiaient.

Sentant le danger, Werner, riant silencieusement de ses protestations, s'était mis à lui pétrir furieusement les seins, pour faire plus vrai. Susan avait fini par rire, elle aussi, et c'est peut-être ce qui les avait sauvés. Rassurés par une scène qui s'inscrivait bien dans la logique des mœurs du temps, Kensinger s'était enfin décidé à sortir de la limousine officielle, petit, ignoble de graisse et de suffisance. Pour lui ouvrir la porte, le chauffeur leur tournait le dos.

C'était le moment.

Appuyant son arme à canon long, qu'ils ne pouvaient voir, sur la hanche gauche de son frère, elle avait ouvert le feu, comme à l'entraînement. Un chargeur entier en moins de sept secondes. Le garde du corps avait tournoyé le premier avant de s'effondrer sur le capot, impeccablement luisant. Kensinger, lui, bouté en arrière par les formidables projectiles était retombé au pied de la banquette de cuir, la poitrine déchiquetée, déjà d'un joli rouge vif. Dans le même temps, pivotant sur la droite avec la promptitude d'un serpent, Werner avait abattu le chauffeur qui, se retournant, s'apprêtait lui aussi à dégainer. Et sur le seuil, la vieille maquerelle qui hurlait, les regardant s'enfuir sans les voir...

ON avait raison; utiliser un silencieux pour ce genre d'exécution, en pleine rue, eût été une faute. Car le vacarme des coups de feu avait généralement pour effet de paralyser et de troubler les témoins au point qu'ils ne se souvenaient plus jamais de rien...

Mais aujourd'hui encore, en mâchonnant toujours son morceau de betterave gelée qu'elle n'en finissait pas de déglutir, elle se demandait pourquoi elle n'avait pas abattu cette vieille garce qui, à l'image d'un monde, prostituait son enfance...

Puis étaient venus l'arrestation – une autre trahison sans doute –, le jugement où on les avait conduits, drogués jusqu'aux yeux, incapables d'expliquer aux juges le pourquoi de leur meurtre. Les promesses et les mensonges dans les pièces retirées du palais de justice de Cologne. Les piqûres du matin et les passages à tabac du soir. Enfin, leur évasion insensée, le corps de Werner coupé en deux comme une grenouille par le ciseau de la mitraille.

Et cette fuite interminable qui ne l'avait menée nulle part.

Toujours adossée au talus glacé, les jambes de plus en plus gourdes, elle ne se demandait pas si elle avait eu tort ou raison. Elle ne regrettait rien que Werner, son aîné, qui l'avait toujours suivie dans leurs jeux d'enfants, même les plus stupides, – et qui l'avait suivie une fois de trop. C'était son unique douleur, la seule responsabilité qu'elle acceptait d'endosser devant Dieu.

« Notre Père qui êtes aux cieux, que votre Nom soit sanctifié, que votre règne arrive, que votre volonté soit faite... »

Elle priait, avec sa fureur coutumière...

La terre et ses peuples étaient gouvernés, exploités, vampirisés par des salauds, et ces salauds-là devaient mourir les uns après les autres. Là, une fois encore, s'arrêtait son raisonnement.

L'horreur et la réprobation des braves gens, des innocents, ou des hommes de bonne volonté, comme Rossan, l'indifféraient totalement. Mieux, la terreur qu'elle et ses semblables avaient inspirée à l'Europe tout entière lui apparaissait éminemment salutaire pour l'avenir.

Et dans cette croyance farouche de femme, au milieu de cet entêtement funeste, il n'y avait aucune place pour la réflexion et la pitié.

Toute autre voie de changement lui apparaissait dérisoire. A la bourse des langages, les mots ne valaient plus rien, les messages généreux avaient fait long feu, et la seule communication qui leur restait était la violence. Et plus encore, mille fois répétée, jusqu'à l'hallucination collective, l'image de la violence libératrice, l'évidence d'un modèle hier encore impensable.

Peu lui importait aujourd'hui, dans cette nuit glaciale, sur le point d'être prise, que les portes et les visages de ceux qu'elle aimait se soient fermés. Peu lui importait l'indignation publique de cette famille qu'elle chérissait encore deux ans auparavant. Peu lui importaient le mépris glacé de son père et l'œil horrifié de sa mère, dans la salle du tribunal; l'anathème jeté par son propre clergé et le regard incrédule des voisins qui l'avaient vue, petite fille, jouer au ballon ou à la marelle devant leur porte.

Comble de forfaiture et de dérision, le procureur, un grand diable sec, à tête d'imbécile, avait jeté dans le prétoire, pour mieux les abattre, et obtenir leur tête, la phrase terrible du poète qu'elle connaissait par cœur, mais citée hors de son contexte, à contresens. Elle l'entendait encore, ce païen pourri !

« On ne fait pas marcher un peuple par surprise plus vite qu'il ne veut, avait-il tonné du haut de son cagibi de mort. Malheur à qui tente de lui forcer la main. Un peuple ne se laisse pas faire. Alors il abandonne l'insurrection à elle-même. Les insurgés deviennent des pestiférés. Une maison est un escarpement, une porte est un refus, une façade est un mur. Ce mur voit, entend, et ne veut pas. Il pourrait s'entrouvrir et vous sauver. NON. Ce mur, c'est un juge. Il vous regarde et vous condamne. »

Tous s'étaient refusés à comprendre, mais tous comprendraient un jour.

Le pouvoir lui-même n'entendait rien à leurs méthodes et était encore à cent lieues de se douter de toutes leurs techniques d'entraînement. « Dans ce domaine, nous avons atteint une sorte de perfection », se dit-elle. Cette idée dissipait sa peur, la soulevait d'orgueil. Oui, tout cela valait la peine d'avoir été vécu. Car le même poète révolutionnaire avait écrit aussi que des gens comme elle iraient du faux au vrai, de l'injuste au juste, du mal au bien, de la nuit au jour, de la pourriture à la vie... C'était une question de temps. Devant la gueule béante de la révolution de Dieu, les ordures finiraient par reculer, laissant le champ libre aux hommes de bien... « Je ne serai plus là pour le voir, mais ce jour sera superbe... », murmura-t-elle pour elle seule.

Elle délirait un peu à présent, sans y prendre garde, tout entière gagnée par une fièvre qui lui marbrait le visage de plaques rouges.

« Ils ne m'ont pas encore », gloussa-t-elle, un peu bêtement, les yeux brûlants.

Chaque Immature poursuivi savait à l'avance ce qu'il devait faire, dans l'heure qui suivait sa traque.

Il y avait des instructions formelles, apprises par cœur et cent fois répétées. Combien y en avait-il déjà ? Douze ? Treize ? En tout cas, elle les avait suivies dans l'ordre... Mais quel ordre ? Elle n'aurait plus su le dire... Une « passe » avec un routier père de famille lui avait rapporté d'abord la somme exacte d'argent dont elle avait besoin pour sa métamorphose. Il était plutôt gentil ce type... Après lui avoir fait l'amour, sur des cartons, à l'arrière du camion, il avait pris un air honteux... C'était lui qui était gêné... Comment s'appelait-il déjà ? Georges ? Roger ?

Moins de deux heures après son évasion, avant même que son signalement fût communiqué, elle s'était rendue méconnaissable. Cheveux coupés comme un garçon, et teints en noir. Poitrine écrasée par une bande tandis qu'un autre bandage, plus épais, effaçait la minceur de la taille jusqu'aux hanches. Deux tampons, enfoncés entre les maxillaires et la joue lui avaient affaissé le visage. Sans oublier les verres de contact qui, désormais, lui faisaient les yeux marron. Chez un fripier juif du sud de la ville, elle avait échangé ses vêtements contre une veste et un pantalon de velours brun, dépareillés. Elle avait eu la sensation, quelques secondes interminables, qu'il l'avait reconnue. Elle détestait les Juifs, mais celui-là ne l'avait pas dénoncée. D'ailleurs, s'il avait essayé, elle l'aurait tué, lui aussi, avec la grosse paire de ciseaux qu'elle avait déjà remarquée, posée sur la table. Enfin, un foulard de laine, très épais avait caché la minceur du cou.

Tout l'argent du camionneur y était passé, mais la jeune fanatique bavaroise, la blonde aux yeux verts recherchée pour le meurtre d'un parlementaire, était devenue par étapes successives et ultra-rapides un adolescent brun, au visage un peu bouffi qui avait traversé la moitié de la France sans problème, sans faillir, jour après nuit, mais qui, à présent, grelottant de fièvre, mourant de faim, était prêt à se rendre.

Il était loin le temps des charges de police, des reculades, des volées de pavés, du claquement des lacrymogènes et toute cette drôle de révolution où l'on pouvait ensuite rentrer chez soi pour se laver, se reposer un peu avant l'assaut du lendemain. Elle avait lu cela dans un livre, quelque part, en souriant.

Quel chemin parcouru entre ce combat-là et le sien, cette empoignade sauvage qui l'avait jetée comme une bête devant les chasseurs et qui allait la faire mourir...

Elle avait dû rêver longtemps, peut-être même s'assoupir car, là-bas, le soleil paraissait sur l'horizon, d'un jaune blafard, et les premières lueurs de l'aube rasaient tristement la campagne.

Un bruit la tira de sa torpeur.

Un camion venait d'apparaître, à trois cents mètres, tous ses phares allumés, roulant à faible allure sur la route verglacée.

Alors, brusquement, elle se leva. Elle n'attendrait pas la mort ici. C'était trop bête, trop lâche. Mieux valait se livrer à la prochaine ville, entière, avec encore un peu d'orgueil au ventre. Pour avoir la force de leur cracher dans la gueule une dernière fois.

Elle fit quelques mouvements pour se réchauffer, franchit le fossé et, plantée sur le bord de la route, le visage livide, son corps déformé et tremblant sous la veste et la culotte d'homme, elle se jeta sur la chaussée pour obliger le camion à s'arrêter...

IV

On atteignait la mi-décembre.

De sa brève rencontre avec Uranus, Pluton sortit vainqueur et, si le ciel des pulsars, ces astres étranges, s'en trouva impassible, la terre tomba malade.

Sans avoir proféré une plainte, après une incubation trop longue, trop silencieuse pour avoir été perçue, brusquement d'effroyables convulsions tendaient sa peau, gonflaient son ventre, au point de les faire éclater en plusieurs endroits.

Le Japon, le sud de la Californie, l'ancien paradis des Caraïbes, furent particulièrement touchés. Et aussi, et surtout, le bassin méditerranéen oriental, où des volcans, éteints depuis des millénaires, étaient redevenus actifs. De violentes secousses sismiques avaient disloqué les côtes, en Sicile, en Yougoslavie, en Albanie, et jusqu'aux murs de Smyrne.

Dans le même temps, un cyclone, monstrueux comme une bête, venu on ne sait d'où, avait basculé la Crète, rasé Rhodes aux souvenirs blancs, soufflant son haleine folle jusqu'à Izmir.

Le temps se cassait, la terre se brisait. Partout ce n'était qu'effondrement...

Et dans cette gigantesque fosse commune que l'homme, pour une fois, n'avait pas creusée, les survivants entassaient les morts et parfois même les mourants par milliers, de crainte des épidémies.

Dans ce bassin méditerranéen où tant de cris de guerre s'étaient élevés, en appelant aux dieux, chacun n'entendait plus que les rafales hurlantes d'une nature prise de rage. Branlée par une main énorme, étouffée dans des bras invisibles, la mer grise et glaciale bandait de fureur, et éjaculait des geysers de flammes inconnues et de vapeurs roses.

Jamais de souvenir d'homme, jamais de mémoire d'archives ou d'ordinateur, des tremblements de terre d'une telle durée et d'une telle amplitude n'avaient été enregistrés dans cette région du globe. Les aiguilles rouges des sismographes, figées sur la force maximale, s'abutaient au point de non-retour, et refusèrent trois jours et trois nuits de revenir en arrière. Et de cette fracture ouverte, béante, là où la veille encore le soleil éternel adoucissait les mœurs, on tira deux cent vingt mille morts et plus d'un million de sans-abri, jetés par la mer sur les plages et les routes, comme autant d'épaves noires désormais inutiles.

L'Europe informée s'affola beaucoup, s'apitoya un peu. Certaines scènes filmées, trop horribles pour être vues, paraît-il, furent censurées. On disait même que cinq îles grecques avaient été totalement englouties, mais cette information ne fut pas confirmée.

Finalement, à la demande du Président, toujours attentif à la santé mentale de ses concitoyens, plusieurs scientifiques agréés vinrent expliquer tranquillement aux peuples d'Europe qu'il ne s'agissait là que d'un incident naturel, regrettable certes, mais assez rarissime pour être souligné et dont l'importance, de toute façon, avait été exagérée, dans la panique, par certains témoignages. Suivait un long commentaire théorique bourré de nombres, et parfaitement incompréhensible à quatre-vingt-dix-neuf pour cent de l'espèce européenne — ce qui était le but recherché — mais dont la musique chiffrée et mystérieuse sonnait pour tout le monde de façon rassurante. Apaisé par ces harmonies mathématiques, chacun soupira de soulagement et s'en retourna à ses occupations personnelles, oubliant déjà, neuf fois sur dix, que, sur le coup de l'émotion et de la peur, il s'était promis d'envoyer une couverture de laine ou un colis de nourriture aux centaines de milliers de sinistrés. On ne pouvait pas penser à tout. Et puis, si l'affaire n'était pas si grave, à quoi bon !...

Là-bas, la mer s'étalait de nouveau, bleu d'émail, et d'un calme aussi étrange que l'avait été sa violence.

Mais quand, trois jours plus tard, sur le canal vidéo numéro sept, plusieurs photographies de la terre prises par les deux satellites ATT montrèrent le visage de la planète apaisée, personne ne crut devoir remarquer qu'une couleur d'un jaune terreux voilait à présent la laiteur turquoise habituelle de l'atmosphère.

Et l'Europe, rassérénée et superbement inconsciente, préféra se tourner vers des sujets autrement urgents. En vrac, sur les ondes et dans les esprits, ce fut encore la préparation des Jeux Olympiques et l'utilisation autorisée pour la première fois de certaines drogues dopantes sous contrôle médical, naturellement : tous les records risquaient d'être battus ! On parla ensuite des problèmes du jeune géant australien, étouffé par ses propres richesses, et qui annonçait un « Plan de rigueur et de salut public », assez inhabituel chez lui; enfin, les échos, réels ou exagérés, d'une véritable bataille où s'affrontaient, à l'autre bout du monde et pour la première fois à visage ouvert, les frères communistes soviétiques et chinois, excitèrent l'opinion publique.

A cause peut-être du tremblement de terre méditerranéen, et comme pour respecter une trêve exigée par la décence, la querelle politico-énergétique entre Européens et Arabes perdit, elle, en revanche, un peu de son acidité, chacun sachant bien que ce n'était que partie remise, et qu'à peine tombeaux et plaies refermés, tout recommencerait de plus belle.

Mais la vedette de l'information revint de nouveau à Susan Heynckes, cette jeune Immature allemande en cavale depuis près d'un mois, et qui, on ne savait trop comment, parvenait à déjouer tous les filets et toutes les souricières de la police.

Chaque foyer se passionna. Dans les usines, dans les bureaux, dans les entreprises, on discutait de ses chances de s'en sortir, puis on se prit à parier sur sa survie, de l'argent, de bons déjeuners, des bouteilles de champagne...

L'aurait-on? L'aurait-on pas? Cela devint comme un jeu national, avec ses règles et ses cases de couleur. Où se cachait-elle? On la croyait toujours en France mais, finalement, dans quel pays allait-on l'arrêter? Son visage triangulaire aux longs cheveux blonds était maintenant connu de tous. On le voyait à la fin de chaque journal télévisé, pendant quinze secondes. C'était toujours le même portrait. Sur cette photo, prise au moment de son premier jugement à Cologne, la meurtrière souriait, avec un petit air hautain et méprisant qui lui durcissait les mâchoires. « Un beau gibier », selon les hommes. « Une belle tête de salope », selon les femmes. Telles étaient les opinions les plus généralement répandues.

Et la chasse continuait, quatre cent mille hommes, en uniforme et en civil, contre une fille de vingt-cinq ans aux yeux verts...

A Essennes, loin de tout ce tumulte, la vie continuait, laborieuse et calme.

Julien trimait dur, et Mme Houdin se félicitait, un peu plus chaque matin, d'avoir recueilli et engagé ce colosse insensible à la fatigue, au vent, au froid, indifférent enfin à tout ce qui n'était pas son travail. En réalité, sans cesser de mouvoir ses muscles, Julien poursuivait sa course intérieure. Avec de notables progrès. Il était parvenu à se débarrasser de quelques scories mentales qui obscurcissaient ses pensées et le gênaient au début, tel son désir de venger Rossan d'une façon ou d'une autre.

Quand il travaillait seul ou avec Mustapha, immergé jusqu'aux cuisses dans les eaux glaciales des bassins de stabilisation, sa bouche ne vomissait plus d'injures et, le soir venu, le soleil ne se couchait plus sur sa colère.

Julien entrevoyait désormais une justice surpassant celle des lois, qui avait fini par éteindre en lui, définitivement, la mèche d'une revanche brutale.

Certes, la mort de Rossan et son odeur insupportable l'envahissaient encore pleinement, de temps à autre. Mais il savait désormais qu'un regard trop avide de vengeance voit tout et ne voit rien.

Et il essayait de poser un œil simple sur chaque chose, se remplissant d'elle, se nourrissant de sa substance, au lieu de faire éclater ses aigreurs.

Ainsi armé, il se sentait presque de taille, certains jours, à précipiter les montagnes dans la mer, à peupler les déserts, à convertir le monde à son exigence de fraternité.

« *Une glace parfaitement nette, un or parfaitement affiné, un diamant sans aucune tache, une fontaine parfaitement claire, n'égalent pas la beauté et la netteté d'un cœur pur* », lui disait son cerveau, tandis que les prismes lumineux et la stase bleu pâle l'envahissaient des pieds à la tête.

« *Voilà ce vers quoi tu dois tendre, voilà ce que tu dois obtenir. Devenu miroir, les autres se reconnaîtront en toi. Devenu miroir, les rayons du soleil qui te pénétreront réfléchiront l'énergie cosmique qui leur manque...* »

Julien enregistrait chacun de ces messages au fond de sa mémoire, bien décidé à les utiliser un jour; troublé certes par cette pensée, mais ayant renoncé depuis longtemps à comprendre d'où elle venait, et par quels moyens miraculeux elle parvenait à s'inscrire en lui.

Etait-elle un simple produit de son imagination enfin débridée ?

Ou bien, au contraire, lui était-elle absolument étrangère ?

Il ne savait pas et, d'ailleurs, le saurait-il jamais ? De ce phénomène inexplicable et inexpliqué, il ne voulait retenir que ses aspects positifs et surtout le fait que, sous l'accélération brutale de cette vibration inconnue, il avait émergé du long brouillard mental provoqué par la mort de ses parents, le jour de ses quinze ans.

Julien pouvait repenser aujourd'hui, sans frissonner de terreur rétrospective, au corps de sa mère, flottant dans la rivière où elle était allée mourir, par amour, avec ses longs cheveux noirs emmêlés à une touffe de potamots, l'une de ses jambes nues enfoncée dans la vase.

Et si Julien percevait encore facilement le hurlement de gosse qu'il avait poussé, pendant plusieurs minutes, en la découvrant ainsi au petit matin, blême, enlaidie, déjà gonflée, couverte de ces mille détritus indéfinissables que charrient les plus petites rivières, s'il percevait encore le bruit et la douleur de ce qui avait craqué à ce moment-là, derrière sa tête, au bas de sa nuque d'adolescent, obscurcissant pour de longues années le ciel et les choses de la terre, Julien n'en frémissait plus, comme cela avait été le cas trop longtemps, de dégoût et de terreur.

« *Laisse les morts à leur voyage. Accepte*

d'avoir été frappé ainsi et n'en veuille plus à personne car personne n'est responsable. Il ne sert à rien de haïr pour ceux qui sont morts. Détends-toi, ouvre-toi pour ceux qui vivent. Songe aux pauvres, aux internés, aux torturés, aux estropiés du corps et de l'esprit, aux boiteux, aux faibles et aux aveugles. Détends-toi... Non, pas ainsi, tu vois bien, tu es encore crispé. Voilà, comme ça, c'est mieux. Des torrents d'eau vive coulent éternellement sous les déserts. Sers-toi de ta force physique pour creuser et les faire jaillir. Acquiers la force mentale pour étancher ces milliers de soifs. Car tout le but de l'homme est plaisir. »

Cette force nouvelle, Julien la sentait se lever en lui, encore trop timide certes pour son goût, mais déjà vigoureuse dans sa germination obscure.

Le matin où les deux automobilistes s'étaient tués sur la route, derrière la haie de thuyas noirs, alors qu'il coupait du bois pour Mme Houdin, il avait parfaitement saisi, dans un éclair bref mais intense, la douleur, l'angoisse, et la peur de ces hommes, broyés par les tôles, blessés à mort. Et lorsque cette double bouffée de pensées et de sentiments avait disparu, aussi brutalement qu'elle l'avait envahi, Julien avait compris que ces deux hommes avaient passé.

Depuis lors, à une ou deux reprises encore, il avait pu appréhender, de façon tout aussi inexplicable, des émotions de ce genre.

La première fois, au marché d'Amiens, où il avait accompagné la veuve Houdin pour lui porter ses paquets; en le voyant ainsi, deux têtes au-dessus de la foule, portant avec aisance une charge qui eût fait plier une paire d'hommes ordinaires, « la patronne », comme l'appelaient Julien et Mustapha avec plus d'affection que de déférence, avait été prise pour la première fois d'un désir violent du jeune colosse; et plusieurs images folles de leurs corps enchevêtrés avaient rongé quelques secondes, son âme de femme sage et douce.

Julien avait tout *vu* mais, bien que gêné, il était demeuré impassible pour ne pas la troubler encore plus. Et un peu plus tard, dans le camion, sur le chemin du retour, il l'avait embrassée tendrement sur la joue, apaisant les dernières convulsions secrètes de ce corps trop longtemps délaissé. Alors, la veuve l'avait embrassé aussi, souriant bravement, désireuse d'oublier au plus vite cette folie.

Une autre fois, c'était au café d'Essennes, un vendredi soir, avec Mustapha. Ils venaient ainsi, chaque fin de semaine, prendre un verre tranquillement, tous les deux, se mêlant parfois aux autres pour faire une partie de tarots. Un incident bénin, stupide, avait tout déclenché. Mustapha, dont les mains se révélaient parfois trop petites pour garder toutes ces cartes longues et épaisses, avait laissé échapper son jeu, laissant à ses adversaires tout le loisir de voir ses atouts. Son partenaire, qui n'était autre que Carroux le braconnier, était entré dans une colère violente, disproportionnée avec l'incident. L'homme avait beaucoup bu, comme les autres. Après s'être excusé, Mustapha se défendait maintenant comme un beau diable, disant que cela pouvait arriver à tout le monde.

« Sale petit con ! Je suis sûr que tu l'as fait exprès ! s'écriait Carroux, hors de lui, à demi levé de sa chaise, les yeux injectés de sang.

– Mais non, je vous assure, m'sieur Carroux ! »

Le ton montait, s'envenimait dans la fumée.

A cet instant, Julien avait ouvert son esprit à l'onde; il avait embrassé alors, à une vitesse vertigineuse, et sans la moindre difficulté de pénétration, les pensées et les sentiments de tous ceux qui se trouvaient dans l'arrière-salle, une douzaine de personnes en tout. La vague de racisme haineux qui les habitait le prit de court, le submergea un instant.

Stupéfait, Julien lut même dans certains esprits embrumés par l'alcool un violent désir de meurtre, une volonté de frapper à coups de poing et de pied, d'écraser os et cartilages, d'écrabouiller enfin sous leurs chaussures cloutées cette salle petite gueule d'Arabe.

Seuls, là-bas, cachés dans un coin pour mieux se tenir la main, un jeune garçon et sa petite amie réprouvaient secrètement l'attitude forcenée de Carroux, mais Julien lut aussi, chez eux, la crainte d'intervenir, de se faire ainsi mal voir des gens du village. L'éternelle peur des autres...

Et Julien comprit que l'incident allait dégénérer et peut-être mal finir.

« Ça suffit, Carroux ! Laisse Mustapha tranquille ! Allons, il n'y a pas de quoi en faire un plat ! Te voilà bien tatillon sur les règles pour un braco ! Je propose qu'on redonne les cartes, et que Mustapha offre une tournée générale... »

Le tutoiement de Julien, ironique et paisible,

avait brisé la hargne des autres, car chacun devinait, derrière l'offre de réconciliation, le grondement d'un fauve prêt à mordre. Férocement.

Carroux, bougonnant, n'avait pas insisté, bien que fin soûl. Et Julien avait *vu* refluer promptement la haine des autres, une haine où il disséquait plus de peur que de méchanceté réelle, un bon droit vacillant, et surtout une formidable dose d'ignorance.

Un peu plus tard, en rentrant, Julien avait senti contre lui le corps de Mustapha qui tremblait encore de rage et de peur...

Julien comprenait parfaitement ce que le jeune travailleur immigré pouvait ressentir. Comme Mustapha, longtemps – pour d'autres raisons sans doute mais avec un résultat identique – il avait vécu ainsi, aux aguets, bousculé, toujours inquiet du lendemain, suspendu en l'air à la merci des autres, sur le point de tomber à chaque minute.

Une existence pitoyable qui vous mettait les nerfs à vif, et vous démolissait un homme, avec son train d'amertumes et d'esprit de revanche. Mais il fallait déraciner cet esprit-là. Et, posant son bras sur l'épaule de l'autre, Julien lâcha, dans la nuit, d'une voix bourrée d'affection, qu'il ne se connaissait pas :

« Calme-toi, mon frère... C'est fini. Tout ira bien, à présent. »

Puis, comme il voyait l'autre au bord des larmes, il ajouta avec une volonté farouche, mêlant sa voix rauque et sourde au bruit clair de leurs godasses sur le bitume :

« Allons, ne t'en fais pas, Moumousse... Tu verras : un temps viendra où l'homme sera délivré de la haine, de l'humiliation, de la méchanceté, comme il sera délivré de la maladie, de la douleur et de la mort. »

Bien que n'ayant pas très bien compris ce que l'autre voulait lui dire, mais rassuré par la pression de main de ce géant qui se proclamait en pleine rue, à minuit, son égal et son frère, Mustapha, ravalant ses larmes et la grosse boule nerveuse qui bloquait sa gorge, se surprit à sourire, dans l'obscurité. Il avait un ami.

Dès le lendemain, Julien eut une longue conversation avec Mme Houdin au sujet de Mustapha. Obsédé par ses propres interrogations, il avait déjà trop longtemps tardé à lui parler. Car elle aussi, malgré sa bonté et sa droiture, s'était montrée souvent incisive, dure, parfois même injuste avec le jeune émigré.

Un peu crispée au début, visiblement sur la défensive, la veuve se détendit à mesure sous l'emprise de ce regard vert et profond qui ne la lâchait pas; et elle finit par l'écouter, avec une attention teintée de surprise.

A l'origine, lui expliquait Julien, lorsqu'ils émergèrent des eaux primordiales, tous les hommes étaient semblables, nus et mouillés, bons et mauvais à la fois. L'un valait l'autre et l'autre valait l'un. Eh bien, il fallait retrouver cet état-là, contre vents et marées, contre lois et morales. Ne pas juger son voisin car chacun d'entre nous jugeait sans pouvoir. Telle était la voie d'une justice élémentaire, conclut-il : ne pas faire peser sur l'autre le poids de nos habitudes ou de nos convictions.

Abasourdie par ces propos étranges, Mme Houdin, qui brusquement ne reconnaissait plus le géant docile, travailleur et un brin renfermé auquel elle s'était habituée, finit par se rendre avec simplicité à une double évidence : Julien n'était plus tout à fait celui qu'elle croyait et, d'autre part, elle avait eu des torts envers Mustapha.

De ce jour, leurs rapports furent changés. Ils se rapprochèrent un peu plus les uns des autres, et Mustapha fut invité à dormir, dorénavant, à la pisciculture, au lieu de s'en retourner seul, par le car, comme chaque soir, dans son taudis près d'Amiens.

Ils étaient trois, désormais.

Et quand, deux jours plus tard, en pleine campagne, Julien parti en livraison freina brusquement sur la route gelée, au risque de foutre le véhicule en travers, et ouvrit la cabine de son camion à cette pauvre chose grelottante et terrorisée qui avait été Susan Heynckes, ils furent quatre.

V

Décembre finissait.

Julien avait diminué peu à peu son temps de sommeil pour le réduire finalement à quatre heures. Et, chaque nuit, après avoir dîné tôt et s'être refait d'un repos lourd et sans rêve, enveloppé dans son immense parka verte, un gros foulard de laine autour du cou, il ressortait malgré le froid intense. Minuit passé, le thermomètre descendait parfois à quinze degrés en dessous de zéro.

La maison à peine quittée, le vent fouettait son visage comme une lanière glacée, la cicatrice de son menton rougissait douloureusement dans le noir, il suffoquait presque, une bourrasque plus folle que les autres venant, toutes les dix secondes, lui ôter la respiration.

Mais rien ne l'arrêtait. Rien n'aurait pu le faire changer d'avis. L'homme ne lui suffisait déjà plus. Il lui fallait savoir, ailleurs... Et les informations dont il avait besoin étaient là, toutes proches, tapies dans la forêt, au bord des étangs gelés, sur les berges du vieux fleuve qui charriait, lui aussi, depuis plusieurs jours des plaques de glace minces et tranchantes comme des lames. Et comme il me l'écrivit plus tard, avec un émerveillement d'enfant, Julien apprit à *s'imprégner* de l'ensemble sous une nuit pleine de dieux et de signes...

Si sa pensée ne l'y avait pas encouragé, il n'aurait jamais cru une telle chose possible. Ce fut d'ailleurs, il me l'a avoué, autrement difficile qu'avec les hommes. De plus, contrairement à son approche mentale des autres, exercice qu'il maîtrisait parfaitement désormais, cette nouvelle perception de la matière n'était pas permanente. Elle surgissait en lui, dans un éclair aveugle, comme la lumière d'un flash, et après une première secousse qui faisait chaque fois trembler tous ses membres, Julien avalait littéralement pendant dix secondes, vingt peut-être, tout ce qui l'entourait.

Plus tard, Ensor a essayé d'expliquer scientifiquement à Julien ce qui s'était passé en lui, ces nuits-là; mais à l'époque, la première fois qu'il y parvint, ce phénomène avait plongé Julien dans un étonnement indicible qui avait duré plusieurs jours...

Puis, il s'y était habitué. Et lorsqu'il surprenait, certaines nuits, des oiseaux à rêver leur faim, il savait, désormais, mêler aussitôt ses encouragements à leurs plaintes. Il parvenait à dégager, par sa simple volonté, l'odeur des résines emmurées dans le gel, et leurs parfums, libérés, venaient jusqu'à lui. Près de la route, la haie de thuyas récitait aux pierres la litanie du vent du nord; là-bas, plus loin, des saules aux membres grêles pris dans la glace miaulaient comme des chats.

Dans ces moments-là, son corps et son esprit

entiers vibraient follement, à l'unisson du milieu. Et Julien, disponible, ouvert comme une plaie, rajustait, consolait, réparait ce qui pouvait l'être...

Ça ne marchait pas toujours, mais réussite ou échec, il y réfléchissait longuement. Sans orgueil ni impatience.

Arraché à la lumière chaude des hommes, enfoui dans les ténèbres de la forêt, isolé des vivants par sa veille, Julien, dans cette formidable réflexion, se recouvrait du manteau de l'obscur, et revêtait ainsi, un peu plus chaque nuit, le caractère de l'homme.

Il lui arrivait de marcher jusqu'à la Vieille Somme, de décrocher un canot dans un bruit de ferraille. Sur chaque berge, la paroi verticale des arbres tremblait sur son passage, dérangée par cette expédition. Au-dessus de lui, dans un ciel indigo, presque noir, quelques étoiles froides et dures jetaient des clartés inégales. Par moments, au bord des larmes, il ne respirait plus. Toutes ces beautés vierges de l'homme lui coupaient le souffle.

Alors, seul au monde avec sa pensée, Julien se laissait dériver jusqu'au matin, quand sa barque de nuit devenait la barque du jour.

De ces promenades nocturnes, de cette communication étrange avec des forces ignorées, Julien rapportait chaque fois la nourriture indispensable à la vibration qui bougeait en lui depuis la mort de Rossan, impérieuse, exigeante.

Certes, il faisait encore des choses et en digérait les données sans en comprendre vraiment le sens profond. Mais cela lui importait peu. Sa barque pouvait dériver, heurter les plaques de glace. L'invisible rayon conducteur de sa vie nouvelle le menait là où il devait aller, lui ouvrait la bouche et les yeux, lui enseignait dans la splendeur cruelle de cette nature blessée, l'espoir et les mauvais souffles...

Parvenus à un certain degré d'amplitude, ces états seconds l'inquiétèrent. Etait-il, comme le lui avait dit François, sur leur barque de pêche, en train de devenir fou ? Etait-ce folie que d'entendre ce que les autres ne perçoivent plus ? Son trouble dura deux longs jours. Jusqu'à l'obsession. Et son travail s'en ressentit, Mustapha devant, le plus souvent, mettre les bouchées doubles, pour pallier les rêveries maussades de son compagnon. Mais, le troisième soir, en regardant le plafond bleu acier du ciel d'où lui parvenaient les échos d'un banquet, à la fois populaire et céleste, et auquel sa pensée lui promettait de participer un jour, Julien se rassura, et reprit ses équipées nocturnes.

Avec plus de rage encore.

Et dans ces nuits d'émail coulé dans le froid, d'une intensité sans pareille, sous cette lune de nacre, au milieu de cette matière polychrome, éclairée comme en plein jour, Julien se gorgea de semence comme il n'avait jamais osé le faire jusqu'à présent...

Son heure approchait, il le sentait bien.

Le matin, Julien posait les rames, bien à plat, comme il les avait trouvées, amarrait le canot, et repartait à pied vers sa maison. Et, tandis que les premières flammes du soleil éclairaient d'une étrange lumière rasante les marais embrumés et les tuiles brunes du village endormi, Julien rentrait pour se mettre au travail, rassasié.

Le jour était venu.

Nanti d'une mémoire nouvelle, Julien pouvait désormais, dans la clarté du matin et par de longs couloirs imaginaires creusés dans un roc veiné de calcite, descendre jusqu'au seuil de la compréhension de ses frères, les hommes.

Les hommes, ses frères ? Hier encore une formidable illusion, la tarte à la crème des demeurés, le mensonge des mensonges qui lui aurait fait hausser les épaules. Aujourd'hui, et il ne s'en défendait plus, cette proposition donnait un sens à sa vie. Et elle le réchauffait.

Le jour était venu.

Mme Houdin, Susan, Moumousse dormaient encore, ignorant qu'un autre, tout proche, les aimait mieux qu'ils n'avaient jamais été aimés. Et Julien eut encore une pensée pour Elyane et François qu'il retrouverait, un jour ou l'autre...

Le jour était venu et, là-bas, Mme Houdin réveillée allumait son feu, une fumée sèche et timide venant se mêler aux dernières brumes humides de la nuit.

« Au nom de quoi avait-on interdit la beauté ? se demanda Julien, un matin. Et quand cette opération avait-elle commencé ? Tout pour l'utile, tout pour l'efficacité, tout pour la gagne. Et l'art ? Pas l'art précieux et con réservé à l'élite des élites. Pas l'art gourmand, sucré, celui des coffres-forts et des banques, pas celui des sonneries d'alarme, non l'autre. Le vrai. L'organisation du monde au niveau de l'émotion. Cette vibration organique que chaque homme, riche ou pauvre, était en droit d'exiger au même titre que la respiration. Malheur à ceux qui leur avaient arraché les yeux pour ne plus voir, les oreilles pour ne plus entendre, et qui, avant l'an deux mille, leur arracheraient le cerveau s'ils se laissaient faire! »

Le jour était venu et, là-bas, le petit Mustapha, sorti du lit, pissait contre un mur, les yeux mi-clos, en frissonnant, encore tout à son sommeil. Malheur aussi à tous ces sociologues de rien, de l'abstrait, de l'indifférence, à tous ces technocrates de merde qui avaient voulu ignorer dans leurs calculs savants l'inconscient des désirs, cette formidable somme d'espoirs...

Le jour était venu et Susan renaissait, peu à peu. La veille, la radio l'avait signalée dans un port de Hollande, sur un bateau en partance pour l'Amsud. Méprise avec une autre personne? Erreur de la police? Ruse des Frères de l'Ordre pour la faire sortir de son trou? De toute façon, il semblait naturel à Julien de la cacher à ses poursuivants. Elle ne valait peut-être pas mieux qu'eux, mais valait-elle moins? A son retour de tournée, il l'avait présentée comme une ancienne amie, retrouvée par hasard. Elle grelottait de froid et de faim... Elle resterait quelques jours... La générosité aveugle de la femme Houdin avait fait le reste.

Bien que Susan parlât peu, Julien, à force de patience, avait fini par avoir une explication avec elle. Le raisonnement de la jeune Allemande, terriblement passionné et teinté de mysticisme violent, tenait en trois points; une proposition, une question et une réponse, cette dernière débouchant sur le meurtre.

Pour raconter sa lutte, Susan s'était assise sur le sol. Julien l'y rejoignit et l'écouta jusqu'au bout, avant de l'interrompre.

D'abord, disait-elle, l'individu et la société n'étaient pas fondamentalement antinomiques. Ils apparaissaient comme les deux manches d'une pince prête à saisir le bonheur. Mais voilà, il y avait un hic; une société progressiste, rigoureuse et consciente d'elle-même, aurait dû savoir que, pour être efficace, elle éliminerait un certain nombre de sens, d'interrogations, d'options et de valeurs latentes comme l'amour, le désir, les croyances intimes et le rêve...

Julien hochait la tête, attentif, et déjà Susan reprenait. Selon elle, la société et son arme favorite, le progrès, ne réglaient pas ces questions-là. Pouvait-on le leur reprocher ? Non, sans doute... mais alors, pourquoi avoir guillotiné la réponse ? demandait-elle. A toute évolution saine et réelle, il fallait une dissémination poétique de l'homme, l'infiltration radicale dans les champs délaissés par l'expérience sociale. D'un côté, la vigueur et l'avidité d'un monde lancé comme un express vers les secrets du cosmos; de l'autre, l'homme, la femme et l'enfant, autant de spiritualités vivantes, affamées, autant d'humbles matérialités, d'idéaux personnels, de gestes simples, de sentiments intimes, « tous, tu m'entends ! elle criait presque, tous chaque jour un peu plus bafoués, broyés, castrés ! ».

Société, individu, les deux poignées d'une pince dont l'une aurait bloqué l'autre.

L'absurdité suprême! La connerie élevée au rang d'idéal!

Alors, dans toute cette folie, une articulation entre ces deux démarches était-elle encore possible? Pouvait-on les réconcilier avant qu'il ne fût trop tard?

« Oui, répondait-elle d'une voix redevenue farouche. Il suffit objectivement, guidé par Dieu, d'éliminer les quelques salopards responsables à travers le monde de tout ce bordel inhumain, de nettoyer l'impureté! »

A l'entendre, il aurait fallu abattre un par un tous ces politiciens qui portaient en eux le germe alcoolisé de la guerre et du massacre.

L'Immature catholique et violente se rallumait en elle, empourprant son visage triangulaire et pâle...

« Non, Susan. »

Julien l'avait coupée, doucement. Et il essaya à son tour, de lui expliquer sa position, après un silence prolongé.

A se promener ainsi, la nuit, alors que tout s'était renfermé dans la terre gelée, dans sa bouche où s'engouffrait le vent froid, mordant ses gencives, et par ses yeux et ses oreilles, il avait entendu sourdre mille rumeurs, celles des racines, qui toutes proclamaient la vie tandis que s'apaisaient les bruits furieux et mortels que font les hommes. La vie. Rien que la vie!

Susan l'avait écouté, sidérée. Elle ne comprenait pas.

« Sous le ciel, poursuivait-il néanmoins, j'ai appris qu'il existait des eaux profondes mais, aussi, défiant toutes les lois de la physique objective, des eaux sans fond. »

Qu'était le pouvoir d'un Président et de ses commis assassins à côté de l'importance de ces fleuves qui roulent les galaxies ?

Rien, ou pas grand-chose. Une goutte d'eau... Non, c'était le fleuve entier qu'il fallait détourner !

Ce jour-là, elle ne répondit plus, évitant de le regarder en face, butée dans cette violence qui avait pourtant failli la faire mourir. Et Julien n'insista pas.

Depuis, il avait repris sa route, pénétrant toujours plus avant dans le monde intérieur, tout au fond des espoirs lactés.

Avec sa pensée qui le guidait, il apprit à connaître les quatre lumières, dont la lumière dure et invisible du magnétisme.

Un nouveau voile se déchira.

Au-delà de ce monde pétrifié qui déjà lui parlait, l'espoir de la matière... Et dans cet immense sarcophage cosmique, dans ces vents où remontaient les morts et les vivants, sa pensée lui criait, couvrant le fracas des branches arrachées et des roseaux hurleurs : « Il faut rallumer la flamme parfois impure des dieux qui font les hommes; il faut nourrir ce souffle et alors, peut-être, un enfant retrouvera-t-il le sable fin de la vallée des hommes... »

Julien la brute, fils des Mahé insensibles et bornés, Julien des fauves, allaité d'ignorance, Julien de l'indifférence et de l'égoïsme, sans tendresse ni pitié qu'avait connu Elyane, Julien des yeux cousus et de la mémoire bloquée, ce Julien-là s'effaçait, disparaissait, laissant place à un autre.

Un autre homme, vieillard de lui-même et nouveau-né de celui-là.

Un autre homme, insomniaque sans fatigue, qui, dans le fabuleux grouillement des nuits, appréhendait la matière, tentait de déceler la brisure d'un cercle qui n'aurait dû avoir ni commencement ni fin, marquait ici et là ses repères, et cherchait à savoir, enfin, qui était comptable des mouvements, des espaces, des formes, des signes, des nombres et des hommes.

Le jour était venu.

Et tandis que Moumousse courait vers la maison, prêt au travail, les yeux déjà rieurs, réclamant à manger et à boire, tandis que la femme Houdin grillait les tartines et chauffait le café pour « ses hommes », comme elle les appelait maintenant, Julien n'entrait pas tout de suite et demeurait encore un instant, sur le seuil de la porte, colossal dans son immobilité et dans sa gloire matinale d'homme.

VI

Bizarre, notre rencontre? Sans doute, mais dans toute cette histoire, il y a eu beaucoup d'autres choses qui n'étaient pas claires. Alors...

Je revenais d'une exposition que le musée d'art moderne du Havre avait décidé de me consacrer. Le conservateur en chef, une femme remarquable à bien des égards, m'avait offert ses salles immenses pour m'exprimer. Public nombreux, presse assez flatteuse, tout avait bien marché.

Dans mon vieux break, chargé à ras bord, je ramenais une quinzaine de tableaux dont j'avais un besoin urgent, un Hollandais ayant proposé de m'acheter le lot entier. Loin du mythe stupide de l'artiste maudit, qui veut qu'on ne crée bien que le ventre creux, cette vente pouvait m'assurer un an de travail en toute tranquillité. Pour toutes ces raisons, je courais vers mon mécène aux tulipes en chantant à tue-tête dans la voiture.

Néanmoins, pour rentrer, j'avais décidé de faire un détour et de passer par la baie de Somme que je ne connaissais pas, et dont plusieurs amis m'avaient vanté les beautés sauvages.

Je ne fus pas déçu, loin de là. Mais, sur le chemin du retour, une panne stupide – d'ailleurs, elles le sont toutes pour un homme comme moi qui n'entends rien à la mécanique – une panne, donc, m'immobilisa brutalement dans un petit village picard, si petit qu'aucune carte ne lui accordait la moindre inscription. Il y avait bien un atelier, plutôt spécialisé d'ailleurs dans les machines agricoles, mais il fallait faire venir les pièces d'Amiens.

J'avais la journée devant moi.

Faisant contre mauvaise fortune bon cœur, je décidai de me balader dans la campagne environnante, malgré le froid terrible qui régnait. Je m'équipai le plus chaudement possible, emportai un copieux casse-croûte, une Thermos de café chaud, et partis à l'aventure. Chez moi, c'est un vice. J'adore faire ce genre de randonnée, sans but précis, pour le simple plaisir de marcher. Il m'arrive même d'y trouver une idée pour mon travail.

Là encore, je ne fus pas déçu. Des marécages plus mystérieux les uns que les autres, des étangs durcis à perte de vue... Le paysage était vraiment étrange et beau.

Mais, vers trois heures et demie de l'après-midi, le vent venant du nord se mit à souffler en tempête. Brusquement. Un quart d'heure plus tard, chargé de neige, il frappa l'endroit où je me trouvais. En l'espace de quelques minutes, les rares toits que j'apercevais encore disparurent à ma vue. Sous cette charge furieuse, le jour s'affaissait plus tôt que prévu. J'essayai de marcher mais, au bout de quelques mètres, je plongeai dans une obscurité blanche où n'existaient plus que les hurlements du vent déchaîné. Je tentai alors de percer cette muraille mouvante et glacée qui m'enveloppait tout entier. En vain. J'étais bel et bien perdu, et je dus me résoudre à crier, sans grande conviction d'ailleurs, tout en continuant à avancer droit devant moi, au hasard.

Deux fois, à cause de marécages, je dus faire demi-tour.

La fatigue commençait à me gagner et, à la colère de m'être embarqué aussi légèrement dans cette galère, succéda bientôt l'inquiétude. Je n'allais tout de même pas crever ici de froid, comme un chien ! C'était trop bête ! Qu'est-ce que c'était que ce pays de fous, bon Dieu ! Je jurais, tempêtais pour moi seul, de la neige jusque dans la bouche, les jambes molles, lançant de temps à autre un nouvel appel à l'aide.

C'est au moment où je désespérais le plus qu'un homme surgit devant moi, dans la tempête.

Il se tenait debout, insensible aux rafales.

C'était un géant et, dans les hurlements du vent, cette apparition était réellement impressionnante.

Il me regarda quelques secondes, immobile, et si la bouche ne disait rien, le regard vert pâle semblait sourire. A ce moment, un grondement terrifiant éclata au-dessus de nos têtes et je le vis s'avancer vers moi...

Après, je dus m'évanouir, car je ne me souviens plus de rien, sinon de m'être réveillé dans une chambre inconnue où l'on avait allumé un énorme feu de bois. Près de la cheminée, mes vêtements séchaient en fumant.

Le colosse était là, assis dans un coin de la pièce, qui me regardait toujours. Un peu bizarrement. A présent, et je m'en souviens encore comme si c'était hier, je lui trouvais les yeux non plus verts mais jaunes...

Mais, je n'étais pas au bout de mes surprises.

Une fille entra, le visage fermé, avec un gros bol fumant. Je la reconnus immédiatement : malgré quelques modifications, la couleur des yeux notamment, c'était Susan Heynckes, l'Immature en cavale, que toutes les polices avaient recherchée pendant des semaines. J'essayai de réprimer mon sursaut, mais je vis bien qu'ils avaient senti que j'avais deviné. Cela n'eut pas l'air, d'ailleurs, de les inquiéter le moins du monde.

« Buvez pendant que c'est chaud, dit la fille un peu sèchement.

– Merci », répondis-je en me soulevant un peu sur l'oreiller.

J'avais du mal à parler à cause de mes lèvres gelées.

La fille disparut comme elle était venue, froide, silencieuse, presque hostile.

« Je m'appelle Stanislas Miezko, repris-je après avoir avalé plusieurs gorgées brûlantes.

– Je suis Julien Mahé », répondit le jeune colosse en souriant.

Celui-là avait l'air aimable, au moins.

« J'ai eu chaud, je crois... », grommelai-je d'une voix un peu éteinte.

Puis, me rendant compte de la bêtise que je venais de dire, compte tenu des circonstances glaciales de l'extérieur, je me mis à rire.

Et l'autre éclata lui aussi d'un rire joyeux, tonitruant. Je n'avais jamais entendu un son pareil. Il avait l'air vraiment heureux de me voir vivant.

« Comment m'avez-vous retrouvé ? » finis-je par demander. « Tiens, c'est vrai, ça, ajoutai-je intérieurement, comment a-t-il pu m'entendre ou me voir dans une pareille tempête ? »

Il se leva et s'approcha du lit. Je le voyais mieux maintenant, en pleine lumière.

Il ne riait plus.

« Je savais que vous étiez là... », répondit-il avec un sourire énigmatique, un peu moqueur. Puis, sans plus s'expliquer, il ajouta : « Allons, dormez maintenant... je préviendrai le garagiste... »

« Comment sait-il que je suis en voiture et en panne ? » me demandai-je encore, de plus en plus surpris. Mais les efforts violents que j'avais dû fournir eurent raison de ma curiosité. Je m'endormis.

Les pièces de rechange pour mon break arrivèrent, naturellement, avec du retard. Le mécano pataugeait. La réparation s'éternisait. Finalement, je restai deux jours...

Quarante-huit heures pendant lesquelles, hormis Susan Heynckes qui semblait m'éviter, je fis la connaissance de Julien et des deux autres personnes qui composaient cette étrange communauté piscicole, retirée du monde. La femme Houdin me parut brave, mais d'une intelligence limitée. Le petit travailleur arabe, au contraire, me surprit par son esprit éveillé et sa joie de vivre. Pour me distraire autant que pour l'amuser, je fis plusieurs croquis de lui.

Enfin, Julien. Julien de la tempête...

Je lui dis que j'étais peintre. Il ne savait rien de la peinture, mais ce qu'il m'en dit bientôt me sidéra. Il avait une vision de l'art assez proche de la mienne, somme toute; mais j'avais trente ans de métier, et lui n'avait sans doute jamais vu un pinceau de sa vie!

Nous allâmes au garage et je sortis quelques tableaux du break pour les lui montrer.

Je n'entrerai pas ici dans les détails de mon travail – ils s'inscrivent aujourd'hui dans tous les livres d'art contemporain. Si la chose vous intéresse, vous pourrez faire un saut au musée d'art moderne de Paris, et examiner à votre aise.

Revenons plutôt à Julien. Il réfléchit longuement avant de me donner son avis, en fixant intensément les tableaux, comme s'il eût voulu s'imprégner de la matière peinte. Mais, une fois lancé, il ne s'arrêta plus. Il paraissait sincèrement troublé par ma peinture. Une tension vibrante s'emparait de moi. Mon pouls se mit à battre lourdement.

Julien parlait toujours. A un moment, j'eus l'impression étrange qu'*il pouvait parler ainsi pendent des heures de choses qu'il ne connaissait pas cinq minutes auparavant,* suppléant un manque de culture apparemment total par une approche, à la fois mentale et viscérale, que je n'avais rencontrée chez aucun homme...

Pendant ces deux jours, sauf pour les joyeuses séances de dessin avec Mustapha, nous ne nous quittâmes pratiquement pas. Il ne m'intéressait pas, il me fascinait. Il occupait ses moments de loisir à l'étude d'une pierre ou d'une feuille gelée, puis, sans transition, il évoquait la situation dans le monde ou les craquements sinistres de la Méditerranée. J'observais ses gestes, prêtais une oreille attentive à ses moindres remarques. Peu à peu, je gagnai sa confiance. Il me raconta son enfance, la mort de ses parents, sa rencontre avec Rossan, Elyane et François, sa décision de s'isoler pour mieux réfléchir au devenir de l'homme et de la matière...

Etait-il un peu fou ? Sans doute, me dis-je au début. Car je n'avais jamais entendu un langage pareil. Il lui arrivait même, me semblait-il, d'employer des mots pour d'autres. Mais, finalement, à bien y réfléchir, je me rendis compte que ses écarts de vocabulaire correspondaient, en fait, à quelque chose de très précis dans sa tête et que ce décalage, au lieu de me gêner, me permettait au contraire de mieux saisir sa pensée.

En gros, sa position d'alors qui a peu varié par la suite, était la suivante : à force de dire n'importe comment, nous avons fini par dire n'importe quoi. Riches ou pauvres, nous avons perdu le fil de notre propre histoire. Rien ne veut plus rien dire, et cela aucun homme ne peut indéfiniment le supporter. Nous sommes paumés et, pour échapper à ce malaise, à cette angoisse, il nous faut retrouver, et vite, de vrais repères...

Je partis à regret, au bout de deux jours, ayant complètement oublié mon mécène hollandais, en laissant mon adresse à Julien, qu'il accepta après plusieurs réticences. Convaincu, au fond, que ce garçon étrange ne m'écrirait pas et que je ne le reverrais jamais.

J'avais tort, comme on le sait déjà. Et, aujourd'hui, quand je relis ses lettres, avec en arrière-plan ce regard qui passait sans cesse du vert au jaune, je me dis que j'aurais dû me douter de ce qui allait se passer...

Ali Ben Youssef, alors âgé de cinquante et un ans, était – tous ceux qui l'ont connu seront de cet avis – un érudit musulman de vieille souche, aux manières raffinées, et il lui semblait tout naturel de commencer l'entretien par un couplet aimable sur la vue magnifique, le beau temps froid et sec qu'il faisait ce jour-là, et quelques paroles flatteuses sur la pièce où il se trouvait et qui avait vu, sans nul doute, se dérouler un grand nombre de conversations décisives.

A côté de lui, légèrement en retrait, son « témoin » comme l'exige la loi coranique, approuvait discrètement ce préambule.

Mais le Président lui coupa froidement la parole, étouffant sa voix entre ses dents serrées :

« Monsieur, nous ne sommes pas ici pour admirer le panorama ou parler du temps qu'il fait. »

Puis la tempête éclata.

Comme l'a relaté, par la suite, Ali Ben Youssef, « la conversation fut en grande partie unilatérale pendant les deux heures qui suivirent ».

« Vous avez tout fait pour empêcher une politique amicale, fulmina le Président. L'histoire de la Ligue des pays arabes n'est, depuis sa naissance, qu'un acte ininterrompu de trahison et de chantage ! Il en fut ainsi dans le passé et ce n'est pas mieux aujourd'hui... Ce paradoxe historique doit maintenant parvenir à son terme, qui devrait être depuis longtemps échu... Et, je puis vous l'affirmer ici, monsieur Ben Youssef, et vous le répéterez à qui de droit : je suis absolument résolu à ce que cela cesse ! La République européenne s'affirme comme l'une des grandes puissances du monde moderne, et personne n'osera élever la voix si elle décide de régler le problème à sa manière... »

Choqué par cette algarade, l'ambassadeur des pays arabes, calme et réservé de nature, chercha à demeurer conciliant sans toutefois lâcher prise. Il ne partageait pas, dit-il, l'opinion de son hôte illustre sur le rôle joué par les pays arabes dans le développement difficile de l'Occident.

« La position des pays arabes producteurs de pétrole est une position de sagesse pour tous : nos réserves, en effet, ne sont pas inépuisables, ajouta-t-il de sa voix désolée. Et il est temps que chacun en prenne conscience et agisse en conséquence et au mieux de ses intérêts...

– Qui croyez-vous tromper ainsi ? En fait, tout ceci relève d'un esprit revanchard : vous nous faites payer trop cher un colonialisme lointain dont nous ne sommes pas responsables. A dire vrai, et je le répète, je considère l'attitude de ceux que vous représentez comme un véritable sabotage !

– Cependant, monsieur le Président, affirma désespérément l'autre, vous ne pouvez, en toute logique, nous reprocher votre production insensée, votre société de surconsommation. Nous avons toujours essayé, dans la mesure...

— Non, monsieur l'ambassadeur, non ! Je vous dis que cela ne peut plus continuer ainsi. Je suis chargé d'une mission historique et cette mission, je la remplirai... J'ai choisi la route la plus difficile qu'ait jamais prise un Européen ! Et non par la violence, remarquez-le. Je suis porté par l'amour de mon peuple...

— Je suis tout prêt à le croire, monsieur le Président...

— Je vous donne soixante jours, pas un de plus, pour réfléchir... »

Cette fois, Ali Ben Youssef fut ébranlé par l'énormité même de la menace et se tut. Son compagnon, pâlissant, ne cessait de regarder autour de lui.

A la suite de quoi, le Président se lança dans une nouvelle et longue tirade contre les pays arabes, les accusant de fortifier leur richesse pour, finalement, mettre le monde à genoux, ce que Ali Ben Youssef nia faiblement, désemparé, les tempes chauffées par les incroyables accusations qu'il venait d'entendre.

Puis le Président lui rappela sèchement que les pays arabes étaient isolés dans le bassin méditerranéen et, par conséquent, impuissants.

« N'allez pas croire un seul instant, dit-il, qu'il se trouvera quelqu'un au monde pour se mettre en travers de ma décision. L'Union soviétique ? Vos chefs religieux ont chassé ses représentants et, de plus, ses problèmes actuels lui suffisent... Les Etats-Unis ? Ils voient les choses du même œil que moi... L'Organisation africaine ? Vous l'avez humiliée il y a deux ans et elle ne lèvera pas un doigt en votre faveur... »

Finalement, le Président déclara, d'une voix radoucie, mais encore ferme :

« Je vous donne une fois de plus l'occasion, mais c'est la dernière, d'en venir à un accord. Ou bien nous allons trouver une solution dans les deux mois qui viennent, ou bien les événements vont suivre leur cours... Réfléchissez-y, monsieur Ben Youssef, réfléchissez bien... »

Déclinant l'invitation du Président qui les priait de rester à dîner avec deux de ses ministres, Ali Ben Youssef et son témoin redescendirent vers l'aéroport. La nuit d'hiver était tombée, grise et brumeuse. Walder, le conseiller du Président, qui semblait être toujours partout, les accompagna jusqu'au pied de l'avion, un peu gêné par le silence oppressant qui avait régné dans la voiture. Il ne put s'empêcher de le rompre, avec sa jovialité un peu vulgaire.

« Eh bien, s'écria-t-il, vous avez vu comment peut être le Président. Mais la prochaine fois, je suis sûr que ce sera tout différent. Vous savez, il lui arrive de se montrer tout à fait charmant ! »

Le même soir, vers vingt-trois heures, le Président approuvait l'ordre donné par le chef d'état-major d'exercer, au plus vite, une pression militaire sur la Ligue :

« Répandre nouvelles fausses mais parfaitement plausibles, relatives à des préparatifs militaires contre la Ligue des pays arabes. »

L'Europe et le monde entier apprirent, dès le lendemain matin, par satellite, ce qui s'était passé, écarts de langage en moins. La trêve tacite et décente due au formidable tremblement de terre en Méditerranée était bien terminée. Durcissant le ton comme il ne l'avait jamais osé, le Président avait donc accordé un délai de deux mois – jusqu'au 20 février très exactement – aux pays arabes pour lui envoyer « la réponse définitive » par laquelle ils s'engageraient à réviser leur position sur les livraisons de pétrole brut à l'Occident.

Si, pour des oreilles étrangères, ces déclarations ne semblaient ni logiques, ni honnêtes, elles firent grande impression sur les Européens. D'un coup, tous les problèmes de politique intérieure furent relégués au second rang. Et quand le Président, arrivé à la péroraison de son discours au Parlement de Strasbourg, implora d'une voix brisée par l'émotion : « Peuples européens, accordez-moi encore une année pour que je puisse faire fructifier l'union accomplie pour le bonheur de tous... », il fut l'objet d'une ovation si formidable qu'elle dépassait toute comparaison avec ses précédents triomphes à la même tribune.

Le compte à rebours était commencé.

Et tandis que s'amoncelaient les premiers nuages de la guerre qui auraient pu faire naître, à juste titre, une angoisse légitime, un autre élément joua en faveur du chef de l'Etat. En effet, chacun put constater qu'il avait vu juste concernant l'attitude internationale. Bluff ou réalité, peu de nations se montraient ouvertement hostiles à la position dure prise par l'Europe. Pour on ne sait quelles raisons, la réunion du Conseil de Sécurité de l'O.N.U. ne parvenait pas à se faire... Et, il se disait même, qu'en coulisses, plusieurs grandes puissances s'étaient déjà mises d'accord pour exploiter ensemble le pétrole arabe, une fois l'invasion terminée. Mais, à cette époque, que ne disait-on pas...

D'où venaient ces forces qui agitaient les titans destructeurs ? Quelles étaient-elles ? Quels buts secrets poursuivaient-elles avec cette croisade insensée dont personne, peut-être, ne connaîtrait jamais le vainqueur ? Et pouvait-on les combattre ?

Julien interrogeait, sans ouvrir les lèvres, tandis que ses narines s'emplissaient de la froideur glaciale des vents du nord. La stase bleue l'habitait, mais la voix ne répondait pas. Peut-être existait-il encore, sous la coquille de l'œuf cosmique, au ventre du galet, jusqu'à la dernière marche de l'escalier, des questions sans réponses ?

En dépit de son inquiétude grandissante, les derniers jours de l'année s'écoulèrent, tranquilles.

A l'approche des fêtes, le travail de la pisciculture s'était ralenti considérablement. Et, la vague de froid ne démordant pas, chacun resta beaucoup au coin du feu; Susan à lire l'Evangile, Moumousse à réparer des filets endommagés, Mme Houdin à faire ses comptes, et Julien à réfléchir. Tous se retrouvant pourtant, le soir, pour regarder les programmes vidéo qui, en cette période, s'amélioraient chaque jour.

C'était du moins l'opinion la plus généralement répandue.

Au cours de l'une de ces soirées, Julien se prit, par jeu, à faire l'analyse d'une émission de variétés particulièrement brillante, annoncée d'ailleurs comme le plus grand show musical de l'année. Il avait coûté, disait-on, plus d'un demi-milliard de francs, et les Américains eux-mêmes n'avaient jamais atteint ces sommets...

Après un léger effort de concentration, et tandis que Mme Houdin et Mustapha regardaient bouche bée cette formidable débauche de sons et de couleurs – Susan, elle, s'était assoupie sur le divan –, le cerveau de Julien se mit à emmagasiner à une vitesse folle, tel un compteur, toutes les données visibles et invisibles de ce spectacle.

Immédiatement, le voile se déchira.

Fautes chromatiques, erreurs plastiques, pauvreté des mélodies, infantilisme des paroles, enchaînements d'un présentateur à l'air matois, absence totale de poésie et de créativité à tous les niveaux : les informations s'inscrivaient en lui, sans difficulté, s'ordonnaient quelque part derrière son crâne, avant de se superposer en des centaines d'équations lumineuses et sensibles.

Le résulat final le sidéra au point qu'il refit deux fois ses calculs pour s'en convaincre définitivement : *l'âge mental recherché et obtenu dans cette émission de prestige correspondait très exactement à la compréhension d'un enfant moyen de neuf ans...*

Quelqu'un, quelque part, un groupe d'hommes peut-être, voulait abêtir les autres hommes.

Ainsi, on en était arrivé là...

Julien se leva pour se verser une tasse de café.

Qu'avait dit Rossan à ce sujet ? Ah ! oui, il se souvenait à présent. Rossan lui avait cité une phrase d'un savant britannique du début du siècle – ou était-ce un philosophe ? – et la phrase disait à peu près ceci : « Se peut-il que le niveau de l'intelligence humaine, en Occident, soit plus bas qu'il y a trois cents ans ?... »

Lorsque Julien, un peu plus tard, fit part de cette réflexion à Susan – il essayait de nouer toujours des liens plus étroits avec la jeune Allemande –, elle ne lui répondit pas, se contentant de ricaner d'un air de mépris.

Il savait ce qu'elle pensait mais elle ne pouvait pas avoir raison. Et Julien alla se coucher, déçu et malheureux.

Le soir de Noël et la nuit du Premier de l'An, ils réveillonnèrent ensemble. Les deux soupers, très gais, se prolongèrent tard dans la nuit. La veuve Houdin avait bien fait les choses : de la dinde à Noël, un gros morceau de sanglier au Jour de l'An. Des entrées, des fruits frais, plusieurs desserts et même quelques bouteilles de vin fin; une belle nappe toute blanche, le service de table des grandes occasions, de longues bougies rouges et roses, bref, petits plats dans les grands, tout concourait au plaisir de la petite communauté.

Mustapha, un peu ivre, racontait des histoires de chamelier de son pays, s'esclaffant encore plus fort qu'à l'accoutumée; Julien et les deux femmes riaient aussi, gagnés par cette bonne humeur contagieuse. Puis vint le moment des cadeaux. Mme Houdin reçut un collier, Susan des boucles d'oreilles très joliment ciselées, que Julien et Mustapha étaient allés acheter en cachette au marché d'Amiens. L'expédition des deux hommes avait d'ailleurs failli mal tourner, quatre individus, des maraîchers du Nord, visiblement excités par la propagande anti-arabe qui envahissait les ondes depuis plusieurs jours, avaient pris à partie le jeune travailleur émigré. Un peu comme une répétition de ce qui s'était déjà passé avec le braconnier Carroux, au café. Il avait fallu, une fois encore, l'ombre formidable de Julien sur leurs visages empourprés par la fureur, cette paire d'épaules d'une largeur inimaginable et la menace de deux poings épais et larges comme des battoirs à linge pour les ramener à un calme prudent...

La menace du lynchage était aujourd'hui oubliée, mais Mustapha, sur les conseils de Julien, ne quittait plus Essennes...

Julien, pour sa part, reçut ce soir-là un merveilleux bâton de promenade, d'un beau bois doré et dur, incrusté de mille signes mystérieux qu'un artiste anonyme avait gravés en spirale, de bas en haut. Mais si Mme Houdin eut envie de pleurer, si Susan, pour une fois sourit toute la soirée, Mustapha, lui, faillit devenir positivement fou de joie, les autres s'étant cotisés pour lui offrir un magnifique vélo, flambant de chromes, couleur vert amande, son rêve, et qu'on alla chercher en chantant dans la grange où Julien l'avait caché sous la paille. Mustapha, déchaîné, voulut absolument embrasser sa patronne et celle-ci, après un premier recul de femme solitaire et méfiante de l'homme, finit par y consentir, avec un sourire embarrassé.

Un peu plus tard, Susan vint rejoindre Julien dans sa chambre et lui proposa de faire l'amour.

Elle était à moitié ivre, au bord de la crise de nerfs. Sans un mot, Julien la coucha près de lui, dans son lit, où elle s'endormit presque aussitôt. Dans la nuit, il l'entendit pleurer. Il caressa son visage et ses cheveux, doucement, comme on caresse les boucles d'une petite fille et elle se rendormit. Au matin, elle n'était plus là et Julien la vit, par la fenêtre, aider Mme Houdin à ranger le cellier...

C'est vers cette époque qu'un fait se produisit, un événement lourd de conséquences pour la destinée de Julien Mahé.

On arrivait à la mi-janvier. Le froid piquait toujours durement et la plupart des routes du département étaient encore verglacées. Mais, en vue de la prochaine ouverture de pêche du printemps, les sociétés piscicoles du Nord et de Normandie recommençaient à s'agiter, réclamant leurs livraisons à cor et à cri. Du matin au soir, le téléphone n'arrêtait plus, Susan prenant commande sur commande.

Alors Julien dut reprendre le volant du camion, parfois sous la neige.

Et ce fut la rencontre avec François, au café d'Essennes, qui buvait, seul à une table, un énorme grog pour se réchauffer. Dehors, Julien qui revenait de Péronne avait reconnu immédiatement la voiture de son ancien ami, mais il entra sans hésiter :

Tout de suite, les deux hommes tombèrent dans les bras l'un de l'autre.

« Qu'est-ce que tu fais dans le coin ?

– Je savais que tu étais ici... L'autre jour, la

mère Cogez, tu te souviens, l'aubergiste de Longpré quand nous allions à la pêche ensemble ? Eh bien, elle passait dans ton patelin et elle t'a reconnu; moi, je l'ai vue huit jours plus tard, par hasard, et elle m'a tout raconté...

— Ah... »

Et Julien sourit avec un geste vague.

« Après, ça n'a pas été très difficile... Tu ne passes pas inaperçu, tu sais... »

François paya et ils sortirent. Abandonnant leurs véhicules, ils se promenèrent, prenant la route de l'ouest. De ce côté du village, les maisons devenaient vite rares. Longtemps, ils allèrent ainsi, sans une parole. Le clocher venait de sonner quatre heures. S'ils ne se parlaient pas, c'est qu'ils s'entendaient penser, dans leur amitié déchirée. Elyane... Ils ne pensaient qu'à elle mais, pour des raisons différentes, aucun des deux n'osait prononcer son prénom le premier.

François, à présent, montrait la pâleur confuse, le regard furtif du lâche qui voit approcher l'explication qu'il redoutait... Mais, tout à l'heure, au téléphone, il avait promis à Elyane de tout dire...

Julien ouvrit son esprit à l'onde et comprit. Il fallait en finir.

« Elle va bien ?

— Oui... oui... Je l'ai déjà prévenue que je t'avais retrouvé... Tu veux que je la fasse venir ?

— Non, pas pour l'instant », murmura Julien, après un bref tressaillement.

Le silence retomba et dix pas plus loin seulement, Julien reprit, d'une voix plus tranquille :

« Depuis combien de temps êtes-vous ensemble ?

– Mais... comment as-tu dev... » Il n'acheva pas, et après une sorte de gémissement étouffé, il avoua, d'une voix blanche : « Trois semaines environ... Je ne pourrais même pas te dire comment c'est arrivé... elle était seule... Nous n'arrêtions pas de parler de toi... Et puis, un soir, je l'ai emmenée dans une boîte, pour la détendre... Nous avons beaucoup bu, sans doute... J'étais à moitié soûl, elle aussi... Alors, en rentrant... »

Et tous deux redevinrent muets, marchant au ralenti.

Enfin, Julien sourit, comme si un nouveau brouillard s'en était allé de ses paupières. Auprès d'un tas de bois, construit au bord de la route, ils s'étaient arrêtés, immobiles, les yeux de l'un cherchant les yeux de l'autre, dans une tension de tout leur être. Maintenant Julien murmurait :

« Ça ne fait rien, François... C'est peut-être mieux ainsi... Tu l'aimes, au moins ? » Il n'attendit pas la réponse, et poursuivit presque furieusement : « Ecoute, mon vieux, il s'est passé des tas de choses depuis que nous nous sommes vus, la dernières fois. Je ne suis plus le même... Je ne suis même plus sûr de savoir qui j'ai été... Il y a deux mois, je t'aurais sans doute fracassé la gueule pour un coup pareil... Et, aujourd'hui... »

François eut un sanglot étouffé de honte et répéta, d'un ton presque stupide :

« Je ne voulais pas cela, Julien... Je ne voulais pas...

– Je te dis que ça n'a plus d'importance !... »

Puis, plus doucement, il laissa tomber : « François, je me fous de vos histoires de coucheries... Je suis en train de pénétrer l'homme et la matière, simultanément. »

Julien avait lâché les derniers mots, d'un coup, sans transition, et François le regarda, stupéfait.

« Tu te souviens de notre dernière partie de pêche, dans la barque... Eh bien, ça a commencé là, je crois... Appelle ça comme tu veux – il hésitait sur les mots – de la télépathie, de la voyance, encore que je sais que ce n'est pas cela... En tout cas, j'arrive à saisir les émotions des hommes et de la nature.

– Les émotions de la na... nature, bégaya François.

– Oui... Je descends de plus en plus facilement dans leurs couches superposées... Une sorte de spéléologie mentale, si tu préfères, et j'apprends et je vois des choses qui peuvent servir à l'homme... »

Entre Julien et François, la gêne avait disparu à propos d'Elyane. Mais c'était l'invraisemblable, l'irrationnel qui, maintenant, mettait entre eux un malaise, un mur infranchissable.

« Tu quoi ? s'effara encore François, incrédule.

– Ecoute... Tu es la première personne à qui j'en parle... Pour l'instant, les autres qui vivent avec moi ne se doutent de rien. Alors, essaie de comprendre : je ne suis pas la réincarnation de Mme Soleil et ces phénomènes n'ont, en eux que peu d'importance... Je n'ai pas l'intention de m'établir dans une roulotte pour tirer les cartes ou faire bouger les tables... Ce qui compte, c'est à quoi tout cela pourrait servir, tu comprends ? » Il marqua une légère pause, puis reprit, martelant ses mots avec une sorte de fureur douloureuse. « Ce monde est pourri, François, complètement pourri... Il va à la dérive... Savais-tu que Rossan, le physicien, avait été assassiné ? (François sursauta encore mais ne dit rien.) Sais-tu que ton Président bluffe avec les Arabes mais qu'il ignore lui-même, à l'heure actuelle, les conséquences de ce bluff ? Sais-tu que tu travailles pour une télévision qui est en train, scientifiquement, d'abrutir les hommes ? Sais-tu ce que ressentent les femmes de chômeurs qui ont défilé l'autre jour avec leurs enfants dans les bras ? De la colère ? Non, pire François, pire que tout ce que tu peux imaginer ! Sais-tu que vous fabriquez des meurtriers et des meurtrières de vingt ans aussi sûrement que si vous les aviez assemblés pièce par pièce, comme des machines à tuer ? Sais-tu que si la terre craque un peu partout comme elle n'a jamais craqué, ce n'est pas un hasard et ce n'est pas fini ? Sais-tu, enfin, la tempête de haine que vous avez semée, les uns et les autres ? Eh bien, moi, je le sais. Je l'ai appris à une drôle d'école, mais je sais très exactement ce que vous valez... »

François, pourtant désemparé par ce torrent, fut pris d'un mouvement de colère.

« Qui ça, nous ? Qu'est-ce que tu racontes ?

– Oui, vous... Vous tous... Toi et les autres... Ou les autres et toi, si tu préfères. Vous vous branlez à longueur d'année, à longueur de vie, avec des mots et des idées, et vous avez foutu une merde que vous ne soupçonnez même pas... Il existait quelque part un accord fondamental entre l'homme et la matière, une succession de repères vitaux. Et cet accord, vous l'avez rompu, bousillé! Sauf ici, mais ne me demande pas pourquoi, je l'ignore... »

Et, d'un geste large, Julien indiqua la nature entière, les champs, les marécages, le fleuve qu'on apercevait, toute la vaste campagne. Oui, par là, quelque part, bougeait un espoir étrange...

Puis, tandis que François faisait des petits cercles devant lui, tête basse, songeur, il continua d'une voix étranglée :

« Oh! je t'en prie, François, il faut me croire. Je ne suis pas dingue, jamais je ne me suis senti aussi bien. Tu as une position sociale importante, tu peux m'aider. Passe quelques jours ici, fais venir Elyane si tu veux... Tiens, jusqu'à demain seulement, et je t'apporterai la preuve de tout ça. »

Il suppliait presque...

Un long instant, François resta devant lui, dos tourné. Etait-ce possible? s'entendait-il répéter. Un pas à gauche, un pas à droite. Les yeux de Julien le suivaient partout. « Impossible! Impossible! » Il essayait, en vain, d'ordonner les idées dans sa tête. Julien bouleversait en lui trop d'idées reçues. Où se cachait la faille? Vibrer avec la matière? Est-ce qu'un simple type, à moitié inculte, pouvait faire des choses pareilles? Alors, pour échapper au regard vert qu'il sentait sur lui, François s'éloigna de quelques pas, laissant l'autre planté, immobile.

« Est-ce possible? » se répéta-t-il pour la vingtième fois. Il tapa du pied, rageusement, dans une vieille boîte de conserve qui traînait là. « Non ! Non ! »

Mais lorsqu'il retourna vers Julien, bien décidé à lui foutre son paquet, il se heurta aux yeux de l'autre. Alors, ayant haussé les épaules, il laissa son regard se perdre dans ce regard fixe... Les minutes s'écoulèrent. Julien ne bougeait pas. Et François s'étonna de s'entendre dire tout haut :

« D'accord ! je reste jusqu'à demain... »

Dès lors, la chose étant réglée, certaine, sa nervosité tomba, il fut très calme. « Il faut que je sache... il a besoin de moi », se dit-il, tandis que Julien enroulait son bras autour de son épaule.

Ils firent demi-tour. Le soleil courait vers l'horizon, derrière une colline couverte de peupliers; lorsqu'ils rentrèrent dans le village, une tiède averse d'or tombait dans l'air froid.

Et il sembla à François qu'ils ne marchaient plus, qu'une force étrange les portait au ras du sol.

TROISIÈME PARTIE

PATRICIA

I

Plus de zigzags, plus de volutes ni d'entrelacs. Finis les colonnades, les ogives, les frises, les balcons fleuris et autres roucoulades de pierre. Ici, l'homme avait retrouvé les lignes pures et dures de l'âge de bronze. Et la flèche de verre et de béton perforait le ciel à une hauteur inimaginable, déchirant la voûte.

Complices de ce viol, la tour et la nuit. La tour s'épaulait à la nuit, la nuit s'arrimait à la tour. Chacune y trouvant son compte.

Plus bas, sur les flancs lisses du gigantesque building, là où l'œil humain percevait encore, un millier de vitres opaques, apparaissant comme autant d'écailles, luisaient faiblement.

Au sol, par une volonté sans doute artistique, une vingtaine de gros projecteurs inondaient d'une lumière crue les pieds de cette chose déjà terrible.

C'était la Tour de l'Atlantique, le dernier fleuron de l'architecture populaire européenne. Erigée sur les taudis d'avant-hier, on y avait logé, disait-on, plus de deux mille personnes. Une petite ville à elle seule, en érection permanente. Et, chaque soir, les dernières fourmis à rentrer chez elles n'osaient même plus lever les yeux sur cette monstruosité, mal à l'aise à l'idée d'y grimper, honteuses de leur vertige.

Au trente-quatrième étage, vers dix heures du soir, Patricia alluma la télévision, de mauvaise humeur : en fin d'après-midi, elle s'était endormie sur le divan, soûle de marijuana, et venait de se réveiller, frissonnante et maussade.

Dans le salon, pas un bruit, que des ombres.

Le rire de Maya lui manquait. On eût dit une maison morte. Dans la pièce à côté, Olivier devait travailler, silencieux et calme devant sa table à dessin. Est-ce qu'il avait dîné? En pensant au réfrigérateur, toujours bourré de saloperies prêtes en un clin d'œil comme disait la publicité, elle haussa les épaules... Après tout, s'il avait eu faim, il y avait de quoi manger, et puis, elle n'était pas sa bonne!

Cette dernière réflexion, parfaitement injuste, elle le savait, la rendit de plus méchante humeur encore.

La vérité, c'est qu'Olivier méritait mieux qu'elle. Et cette pensée l'exaspéra un peu plus.

A la télévision, un type parlait. « Pour ne pas changer », se dit-elle agacée. Enfin, pour une fois, ce n'était pas un vieux radoteur. Avec la commande à distance, elle augmenta le son, sans raison précise, d'un geste mou et désœuvré.

La voix rude et grave, dépourvue d'élégance, la surprit tout de suite, l'obligeant à tendre l'oreille.

« ... dans lequel vous vivez est glacé, solitaire, impitoyable. Tout le monde le sait et beaucoup d'entre vous en souffrent. Pourtant, vous l'acceptez. Pire, vous ne souhaitez même plus le changer. Pourquoi ? »

La voix de l'homme avait grondé, pleine de colère, pour interpeller les téléspectateurs. Pourtant, curieusement, aucun mépris ne perçait dans ses paroles. On y sentait plutôt une sorte de tendresse contenue.

« Pourquoi ? Une fois, une seule fois dans votre vie, essayez de vous demander pourquoi. Essayez, voilà ce que je vous demande... », répéta-t-il comme une prière.

Intriguée, Patricia augmenta encore le son.

« Qui est ce type ? se demanda-t-elle. Qu'est-ce qui lui prend ? De quoi parle-t-il ? Et qui a bien pu permettre à un zozo pareil de s'exprimer ? »

Les questions se succédaient dans sa tête, à toute vitesse. Et elle allait se lever pour feuilleter le programme hebdomadaire, retrouver l'émission, le nom des participants lorsque le synthétiseur fit apparaître au bas de l'écran, en lettres capitales blanches et scintillantes, le nom de l'inconnu : JULIEN MAHE...

« Votre attitude n'est pas de l'indifférence, votre attitude n'est plus de l'égoïsme, continuait l'autre, imperturbable. C'est de la lâcheté, de la lâcheté triplée de bêtise et d'inconscience. Il ne s'agit même plus, comme hier, de vivre chacun pour soi, sans se demander si l'on pourrait mieux vivre. Non, je vous le dis, c'est pire et plus absurde encore... Il s'agit de savoir, cette fois, si vous allez accepter de crever. Car, ce n'est plus de votre vie qu'il s'agit mais de votre mort... »

« Mais il est fou », se dit-elle, sidérée à présent.

« Olivier ! viens voir ! cria-t-elle sans tourner la tête, y'a un dingue à la télé... Olivier ! tu viens, bon sang ?

– Je m'en fous, j'ai du travail... Fais-moi plutôt du thé et baisse ce putain de son, nom de Dieu ! » l'entendit-elle répondre, de l'autre pièce.

En face d'elle, sur l'écran, cadré gros sur sa tête osseuse et laide, l'autre avait déjà repris, de la même voix rude et posée.

« Vous vous dites en m'écoutant que j'exagère. Et que, de toute façon, ce n'est pas votre partie. Chacun son boulot. Je travaille, ma femme aussi, pour joindre les deux bouts, etc. Vous vous rassurez en vous disant qu'il y a des gens pour cela, des gens choisis, des gens élus, des gens plus intelligents que vous, des gens payés pour... Et, en avançant " ces gens ", dans votre esprit vous pensez aux politiciens, aux intellectuels, aux prêtres, aux savants, aux riches, et je ne sais quoi encore... Erreur ! Mensonge ! »

Il avait dit ces deux derniers mots sans s'énerver, mais avec une telle vibration dans la voix que les micros avaient tremblé.

« En réalité, reprit-il immédiatement, ce ne sont que des hommes. Et souvent des hommes paumés, comme vous et moi, qui n'ont jamais su offrir que des mirages consolateurs. Qui vous font croire qu'ils peuvent, qui vous font croire qu'ils savent, qui vous font croire qu'ils possèdent, mais qui ne peuvent, ne savent, et ne possèdent rien. Sinon préserver le plus longtemps possible l'illusion d'avoirs, de savoirs et de pouvoirs que vous leur avez donnés... »

« Patricia ! Tu me le fais ce thé, oui ou merde ? » cria Olivier toujours invisible.

Mais elle restait assise, effarée, sans répondre. Les yeux tout grands ouverts à présent.

« Comment s'appelle-t-il déjà ? se surprit-elle à penser. Ah ! oui... Mahé, Julien Mahé ! » D'où venait-il ? Que se passait-il, ce soir ? Elle s'énervait toute seule, malade de ne pas comprendre.

Comment le gouvernement fédéral, habituellement si soupçonneux en matière de mass media, avait-il pu laisser parler un tel homme à la télévision ? Et la commission de précensure, que faisait-elle ? Si elle dormait, c'était bien la première fois depuis longtemps !

Non, ce n'était pas possible. Il avait dû y avoir quelque part une erreur, une paille dans le métal... Dans ce cas, elle pouvait imaginer la pagaille en ce moment même : des coups de téléphone tous azimuts, des ordres, des contrordres, des excuses, des questions impatientes sans réponses...

Et si... Prise d'une inspiration subite, Patricia quitta un instant l'image, actionna le vérificateur automatique, et fit apparaître sur le côté droit de l'appareil deux majuscules suivies d'un chiffre, un sigle connu de tous : T.V.1.

Ce n'était pas croyable... Un vertige la saisit : l'inconnu au langage incendiaire s'exprimait en toute liberté sur le canal européen ! Il engueulait un continent tout entier sur la seule chaîne qui fût relayée et traduite simultanément dans les quinze pays de la Confédération...

Et l'homme parlait toujours d'une voix paisible, inconscient semblait-il de ce privilège extravagant, et sans qu'aucun « incident technique » ne vînt l'interrompre. Ce dernier point n'étant pas le moins troublant.

« On vous dit : fais ceci parce que c'est bien, mange et bois ceci parce que c'est bon, crois et dis ceci parce que c'est vrai. Mais, qu'est-ce qui est bien ? Qu'est-ce qui est bon ? Qu'est-ce qui est vrai ?

« Qui peut prétendre à connaître vos pulsions, vos instincts, vos estomacs, vos cerveaux et vos rêves ?

« Qui peut décider pour vous, si différents les uns des autres, de ce qui est bien, bon et vrai ? Qui ? Sinon vous. »

Là-bas, Olivier s'impatientait de plus en plus et réclamait son thé pour la troisième fois.

« Mais qu'est-ce que tu regardes ? l'entendait-elle gémir. Hé ! tu m'écoutes ? »

Patricia ne répondait pas. Elle ne pouvait pas. Le cou tendu, elle regardait toujours, avec des yeux agrandis par la surprise, cet homme jailli d'un néant inimaginable. Un homme qui semblait ignorer le monde des grandes tours oxydées. Ce qui la frappait aussi, c'était sa façon de s'exprimer : un langage naturel, sans aucune emphase ni componction, des mots simples dont tout le monde avait perdu l'habitude et le souvenir.

« Il y a une dizaine d'années, reprenait-il tranquillement, une femme de bonne volonté a écrit que nous vivions dans un monde qui se taisait, qui gémissait, qui complotait, qui pleurait, et qui finirait par exploser dans un dernier éclat de stupeur...

« Moi, je vous dis, ne vous taisez plus; parlez, à votre voisin, à votre frère, à vos enfants. Ne complotez plus : fraternisez, car l'homme ne peut pas être l'ennemi de l'homme. Ne pleurez plus : riez. Et si vous ne faites pas tout cela pour vous, en pensant qu'il est trop tard ou que vous êtes trop vieux, songez qu'un enfant naît toutes les deux secondes dans le monde, et faites-le pour lui... »

Dans sa chemise de coutil bleu pâle, très propre, et même visiblement repassée de fraîche date, avec ses cheveux coupés court et son bon sourire, l'homme ressemblait plus à un ouvrier en congé qu'à un révolté professionnel. Patricia le devinait très grand, massif, avec des muscles ronds et lourds. Une force de la nature qu'un regard troublant de douceur exagérait encore.

« Quel âge peut-il avoir? se demanda-t-elle. Vingt-huit, trente ans peut-être... peut-être moins. »

Aux deux coins de la bouche, deux plis profonds lui donnaient un air grave et chaleureux à la fois, surtout lorsqu'il martelait ses mots comme maintenant.

« On vous dit que nous sommes entourés d'ennemis qui nous cernent, qui nous privent, qui nous guettent, qui veulent détruire notre économie et notre culture. Quels ennemis? Pourquoi ne les nomme-t-on pas clairement? Comme si l'on voulait que notre peur et que notre haine s'étendent à toute la terre. Où sont les menaces ? Qui les a entendues de ses propres oreilles ? Et de quelle économie, et de quelle culture nous parle-t-on ? La vérité est que nous sommes gavés de tout et de rien. Mais nous avons perdu le goût de manger, le plaisir de boire, la curiosité de regarder ailleurs.

« Je viens de la terre, je suis costaud, bien planté sur mes jambes, et j'ai cru longtemps à la force physique. Aujourd'hui encore, je sais qu'elle peut servir. Mais, à l'échelon du conflit qu'on nous propose, il faut qu'on nous prenne pour des demeurés ou des fous. »

Il marqua une pause, et sa voix s'étrangla légèrement lorsqu'il poursuivit.

« Un vieil homme, savant et bon, et qui m'a beaucoup appris, disait souvent ceci : les guerres de demain ne verront ni vainqueurs ni vaincus, mais simplement des êtres étonnés de ne plus comprendre les raisons pour lesquelles ils sont nés. Voilà ce qu'il a dit et je sais qu'il a dit vrai. Alors, est-ce cela que vous voulez pour vous et vos enfants ? Vous me regardez et vous ne pouvez pas me répondre. Mais je vous demande d'y réfléchir, sérieusement, très sérieusement... Et je vous dis tout cela parce que je vous aime... »

Insensé ! Un homme disait aux autres hommes qu'il les aimait, qu'eux seuls pouvaient se sauver, et il n'avait pas l'air ridicule. On le sentait convaincu, habité, solide au poste qu'il s'était choisi.

Cela dépassait tout ce que Patricia avait pu imaginer dans ses rêveries les plus audacieuses. Et elle se surprit à trembler d'excitation, ne distinguant même plus les autres détails du salon où le téléviseur jetait des blancheurs vagues. Ce type n'était vraiment pas croyable. Et elle laissa, sans s'en défendre, une buée flotter devant ses yeux, pareille à des perles douloureuses, tandis que le sable du désert tourbillonnait, s'engouffrait en elle, revenait et disparaissait, laissant au fond de son ventre un vertige brûlant.

« Je rêve, je rêve, répétait-elle, ce n'est pas possible... »

Mais non. De nouveau le synthétiseur a écrit le nom de l'inconnu en lettres brillantes. Et l'homme appelé Mahé poursuivit, sans tourner la tête d'un pouce, face à la caméra, comme s'il avait fait cela toute sa vie.

« On m'a invité pour parler et je suis venu pour dire ce qui doit être dit. Je n'appartiens à aucun groupe connu ou inconnu, je ne représente personne. Ce que je dis ce soir, d'autres l'ont dit avant moi. Je ne suis qu'un homme comme vous. Mais, savez-vous encore ce que c'est qu'un homme? Peut-être l'avez-vous oublié? Oh!... », il eut un pauvre sourire avant d'enchaîner d'une voix sourde, « c'est à la fois simple et étrange un homme...

« Un homme, ça croit à l'amitié et à l'amour. Un homme, ça prétend que les enfants ne sont pas faits pour être irradiés. Ça croit à la parole donnée et reçue, ça croit à la justice, à la différence, et à la tolérance des autres. Un homme, ça pense; ça se sert de sa tête autant que de ses bras et de ses jambes, mais ça ne croit pas que l'idée, la sienne bien sûr, justifie les méthodes, parce que ça sait, au fond, un homme, que les méthodes finissent toujours par inspirer les idées. Enfin, quand rien ne va plus, quand le brevet de pourriture devient le brevet social, quand il voit les autres s'accroupir au lieu de se tenir debout et qu'il sent qu'il ne va pas tarder à les imiter, car c'est une maladie contagieuse que la lâcheté, alors un homme ça gueule, même dans le désert. »

Patricia respirait avec peine, au bord du vertige : il y avait dans le salon, depuis tout à l'heure, comme un souffle chaud qui modifiait imperceptiblement les formes et les sensations.

Les murs bougèrent, s'éloignèrent et, dans le même temps, il lui sembla que l'écran se rapprochait d'elle. Elle voyait mieux maintenant l'œil vert et tranquille de l'homme; elle en étouffait presque d'émotion, secouée par de brefs frissons. Et ce regard, en face d'elle, tout près, qui n'en finissait pas de l'envelopper. Oh! ce regard!... Dans l'ombre de la pièce, ce fut un emportement, presque un rapt.

Bouleversée, les bras ballants, apparemment inerte, elle ne bougeait plus, assommée par cette tendresse énorme qui la percutait de plein fouet.

« Alors, levez-vous, disait-il. Mordez à même votre mémoire et attaquez la mort qu'on vous propose, les yeux grands ouverts. Détruisez-la avant qu'elle ne vous détruise. Moi, je ne peux rien pour vous. Mais vous, si.

« Tombez les armes, brûlez-les. Nous ne ferons plus de feux aux déesses d'ici-bas car les dieux se sont entre-tués et leurs veuves ne méritent pas un sacrifice pareil. Debout! »

Son « Debout ! » sonna à toute volée, comme un carillon joyeux dans la tête de Patricia.

« Debout, répéta-t-il, et défendez-vous, mes camarades. Ne regagnez plus le ventre de votre mère car, désormais, vous n'habiterez plus jamais que vous-même... »

Son image disparut, c'était fini. Patricia éteignit la télévision d'un geste machinal, la gorge serrée, sans quitter des yeux l'écran vide sur lequel elle venait de voir...

Assise dans le noir, elle écoutait encore le raz de marée. Elle revivait toujours l'écume et la vague. A crier.

Mais est-il fou cet homme qui parle avec mon corps, qui donne un visage à mes mots, qui allume la pupille de ma colère, et réveille mon amour de la vie, du monde et des autres ?

« Qui es-tu ? murmura-t-elle, l'œil égaré.

« Qui es-tu, toi qui parles comme je vis ? Qui bouges comme je sens ? Qui cries comme mes silences ? Qui es-tu, toi qui certifies mes colères et les hallucinations les plus folles ? Je n'attendais plus rien. A l'entrée de la clairière, je humais les vents, presque tranquille. Et voilà que tout a basculé, en silence. De ces silences qui trouent la mémoire et portent en eux le hurlement des roches qui éclatent, la nuit, dans le désert et qui, cependant, au petit matin, se dressent entières, hurlantes et effilées d'orgueil. »

Dans ce désert-là, il y avait désormais, elle le sentait, un corps étranger qui se frayait un chemin, qui poussait, bousculait, écartait, et balayait les tracés d'hier.

La main sur son ventre, devant l'écran vide, Patricia voit encore s'avancer cet homme qu'elle ne connaît pas et qui la brûle d'exister. Gratitude, oh oui ! Enthousiasme et frayeur aussi. Déchirement. Explosion. Il est venu dans son désert. Mais, que veut-il ?...

« Que veux-tu, Julien Mahé ? » lâcha-t-elle d'une voix assourdie par l'anxiété.

« Alors, bébé, tu parles toute seule maintenant ? »

Olivier était derrière elle, goguenard. Elle ne l'avait pas entendu s'approcher, sourde à tout ce qui se passait ici, et mit un temps à se retourner.

« Mais, qu'est-ce que tu as dit ? Qu'est-ce que tu as ? demanda-t-il soudain inquiet. Tu pleures ?

– Excuse-moi, ce n'est rien; je vais te faire du thé », chuchota-t-elle dans un murmure un peu rauque, en se dirigeant vers la cuisine, comme une automate.

« Oh ! Julien !... Au nom de quoi as-tu fait cela ? Mon Dieu, ma mère, mon enfant, mon amour, l'orchidée de mon ventre, ma mémoire de femme, mes élans, ma quête d'absolu, le miroir traversé, mon ours en peluche encagé, le cri d'horreur de mes quinze ans, la boue de mes yeux... »

Patricia regardait autour d'elle, passant d'un objet à l'autre, l'appartement de cette tour sinistre où elle avait pourtant connu l'amour et où, à présent, les ombres semblaient se faire plus grises.

« Oh ! Julien !... murmura-t-elle encore, si tu savais... Quelque part, encore, rencontre-moi... »

II

« Excellent », dit simplement le Président, toujours bref et sobre dans ses appréciations lorsqu'il se trouvait en petit comité. Et son regard dériva vers le trio qui lui faisait face.

Il avait des yeux très grands, très noirs, où l'on ne lisait rien.

« Vraiment excellent », répéta-t-il, en souriant à présent, de ce sourire pincé, un peu froid, que les Européens connaissaient bien et derrière lequel on voyait comme un vide.

Les trois conseillers, assis de l'autre côté de l'immense bureau, ne firent aucun commentaire; mais leurs visages crispés ne laissaient aucun doute sur leur propre désaccord.

Indifférent à cette désapprobation muette, le Président eut un geste vague et l'un d'eux se leva, docile, pour éteindre le grand appareil vidéo encastré dans le mur. Un temps, entre les quatre hommes, le silence retomba, à peine troublé par le ronronnement feutré d'une tapisserie, actionnée électroniquement, et qui, avec une lenteur irréelle, recouvrait peu à peu l'écran géant.

Dans le bureau, tout était à l'avenant, luxe et modernisme, le tout d'une insolence inouïe, bien propre à écraser le visiteur. Sur les murs, d'un gris pâle et tendre, et comme pour affirmer encore cette démesure, on avait accroché dans un désordre savant, quelques chefs-d'œuvre de la peinture ancienne et contemporaine, « empruntés » aux musées européens, malgré les dénégations indignées de certains conservateurs trop conservateurs.

Le Président souriait toujours. Il rêvait à la déclaration télévisée de ce jeune homme dont il venait de revoir l'enregistrement... Comment s'appelait-il déjà ? Il défroissa un papier posé devant lui : Ah ! oui. Mahé ! Julien Mahé !...

C'était une idée à lui, une de ces initiatives personnelles, inattendues, auxquelles son entourage n'avait jamais pu s'habituer. Parmi eux, certains voyaient assez juste, mais court, trop court. Lui regardait loin, beaucoup plus loin. Et ce n'était que justice.

N'était-il pas la plus belle intelligence de son temps ?

« Une logique minérale, un fabuleux esprit de synthèse, un sens de l'histoire aiguisé au plus haut point », disait-on volontiers parmi ses proches. Certes, quelques opposants affirmaient bien sous le manteau, il le savait, qu'il s'agissait plutôt d'une intelligence perdue, d'un solitaire maniaque. Mais cela ne le troublait guère.

Sa destinée à lui chevauchait déjà deux époques, l'une présente, l'autre à venir, se dit-il en fixant plus intensément les conseillers qui, là-bas, s'agitaient nerveusement sur leurs sièges. Au fond, il méprisait les hommes qui, comme ceux-ci, jouaient ses propres cartes, prêts à tout pour lui conserver le pouvoir. Des médiocres, des brutes masquées qui ne reculeraient devant rien pour protéger ce qu'ils appelaient avec emphase, depuis qu'il avait employé, un jour, dans un discours, cette expression lui-même, « la civilisation atlantique occidentale »...

« Ne regagnez pas le ventre de votre mère car, désormais, vous n'habiterez plus jamais que vous-même... », avait dit le jeune Mahé tout à l'heure. Le garçon avait du courage et lui aussi voyait juste et loin. Dommage qu'ils ne regardassent pas dans la même direction.

Le Président soupira, repensant à sa propre jeunesse, gâchée par son acharnement à régner sur les autres. Il s'était inventé et, le premier, avait cru lui-même à sa propre invention. Il était devenu quelque chose comme son rêve et, si les jouissances de la fonction suprême le ravissaient encore secrètement, son propre mythe d'homme implacable le troublait parfois.

Certes, en retour, il exigeait beaucoup de lui-même, travaillant jusqu'à l'épuisement, dormant dans le petit salon attenant au bureau, ayant rayé une fois pour toutes de son vocabulaire l'expression « vie privée ». La Présidente, une femme sèche et sans grâce, épousée très jeune, lui avait fait trois enfants sans plaisir. Depuis il ne la voyait plus guère en dehors des cérémonies officielles, et la rotation de trois ou quatre call-girls, choisies pour leur discrétion, suffisait à sa détente.

Un toussotement poli l'arracha à ses pensées. Les trois conseillers le regardaient toujours avec une inquiétude grandissante. Il ne leur devait aucune explication, mais choisit pourtant de leur en donner une, au moins partielle.

« Messieurs, reprit-il après ce long silence, vous vous demandez, je le sais, pourquoi j'ai autorisé ou, mieux, pourquoi j'ai favorisé la prestation de ce jeune homme à la dent si dure... »

Ils bouillaient depuis trop longtemps et parlèrent tous les trois presque à la fois.

« C'est un fou ! s'écria l'un, les yeux brillants de rage.

– Un illuminé ! renchérit l'autre, avec une moue de mépris.

– Monsieur le Président, protesta le dernier d'un air fin, je persiste à penser que cette initiative était dangereuse, car qui peut en savoir, demain, les retombées ?

– Moi ! » dit le Président, assez sèchement. Ce mot coupa court et ils se turent à nouveau, brusquement gênés de leur propre audace.

D'abord, le Président retomba dans sa rêverie, comme à cent lieues de ce qu'il venait de dire et d'entendre. Il s'était renversé, les bras croisés, et sa figure très blanche, dont le nez aquilin trahissait la volonté de puissance, ne montrait rien. Puis, il reprit, avec une certaine impatience dans la voix.

« Voyez-vous, messieurs, si notre situation extérieure est beaucoup plus favorable que nous ne le laissons croire aux peuples d'Europe – je suis convaincu, par exemple, que nos amis arabes vont céder –, notre situation intérieure, en revanche, se dégrade... »

Il fit semblant de ne pas remarquer leurs mouvements de surprise et enchaîna aussitôt : « Cette décomposition morale nous a servis, un temps, et nous l'avons donc encouragée... mais, ces dernières semaines, elle nous a valu quelques mouvements hostiles, encore larvés je vous l'accorde, peut-être même inconscients, mais dangereux à une certaine échéance. »

Il marqua une nouvelle pause, puis reprit d'une voix songeuse assez inhabituelle chez lui : « J'ai relu récemment quelques textes et autres déclarations des Immatures que nous avons fait condamner il y a quelques années. L'un d'eux a particulièrement retenu mon attention. Il disait à peu près ceci : *Nous allons mourir et les rêves s'envoleront. Mais ne vous réjouissez pas, car la confusion au lieu de s'éclaircir deviendra intolérable...* Eh bien, messieurs, ce temps est venu... »

Il y eut un nouveau silence. Les trois hommes, adossés à leurs fauteuils, levaient le nez, tâchant de comprendre où le Président voulait en venir.

« Notre commission de contrôle est dirigée par des imbéciles, dépourvus de toute intelligence politique et de la psychologie la plus élémentaire, avait déjà repris le Président, d'un ton dégoûté. J'ai laissé faire, sous prétexte que ces hommes-là nous avaient aidés, dans le passé, à prendre le pouvoir, et j'ai eu tort. Nous allons muter tous ces idiots et les remplacer par des hommes neufs. Mais nous reviendrons là-dessus. Je vous ferai simplement remarquer qu'à force de serrer un écrou, à lui donner tour après tour, on finit par le briser. Et je ne vous apprendrai rien en vous disant qu'un homme privé de rêve ne dormirait plus et deviendrait fou. Et c'est justement ce que je veux éviter...

– Mais, que craignez-vous, monsieur le Président, des émeutes ? N'avons-nous pas l'armée et la police avec nous ? demanda naïvement l'un des conseillers.

– Walder, vous êtes un imbécile à double titre ! D'abord, parce que l'Europe que je veux bâtir ne se fait pas avec des flics et des généraux. Ensuite, parce qu'il y a toujours quelque chose de plus grave qu'une révolte armée, c'est une idée. Une idée nouvelle. Et contre cela, vos flics et vos généraux ne pourront jamais rien ! »

Visiblement, les autres ne comprenaient rien. Tout ceci les dépassait, et le Président eut un geste agacé.

« Tenez, finit-il par dire, dévoilant mieux sa pensée, l'intervention de ce jeune homme que vous considérez, je reprends vos propres termes, comme un fou et un illuminé – et soit dit en passant, je le trouve, moi, parfaitement sain d'esprit et en accord avec sa propre logique –, eh bien, ce jeune homme « invité » à manifester son mécontentement, sert nos intérêts futurs. Nos vrais intérêts. » Il avait eu un sourire singulier en prononçant le mot « invité ». « Et il faudra désormais donner la parole, de temps à autre, selon une cadence à définir, à des garçons et à des filles comme lui. Et je veux, Roubier, que vous me prépariez un projet en ce sens... »

L'autre acquiesça avec une expression maussade sur sa tête de fouine. Si ça n'avait tenu qu'à lui ! Roubier était de ceux qui avaient préparé minutieusement, après plusieurs autres, la liquidation du physicien Rossan; et ce que l'on avait fait avec un vieillard honorable certes, mais lucide et trop bavard, on pouvait très bien, selon lui, le réussir avec ce jeune inconnu.

Mais déjà le Président reprenait...

« Pour ce projet, je veux des gens jeunes, au langage brutal et franc comme celui de ce soir. Des gens trop brutaux et trop francs, des malades de la vérité. Des gens qui disent vrai mais dont chaque téléspectateur, pourtant, percevra les excès, les contradictions, les utopies. Bref, je veux des marchands de rêve, mais de rêves impossibles. Pas d'intellectuels bien habillés, ennuyeux et logiques, qui pourraient impressionner favorablement l'opinion. Non, mais des hommes, vêtus simplement ou de façon baroque. Tenez, j'y pense, il y aura sans doute un maquillage spécial à étudier pour eux, songez à cela aussi. Travaillez sur la bouche et les yeux, rendez-les inquiétants et marginaux, enfin je veux dire inadmissibles à ceux qu'ils font rêver. Voilà, travaillez dans cette direction et faites vite : je veux ce dossier dans une semaine, jour pour jour. »

Roubier ouvrit les lèvres mais, voyant que le Président allait poursuivre, il se tut.

« Autre chose, réclamait-il, je veux dès demain soir sur mon bureau un sondage, code S, sur les personnes qui ont vu l'émission de ce soir. Et pas un petit truc fait à la va-vite. Un sondage européen. Ville et campagne. Toutes les classes sociales. Je veux connaître les réactions, les préjugés, les réticences, les emballements, bref savoir comment ce joli discours de fraternité a été perçu. Voilà, messieurs. Et n'oubliez pas de féliciter par la voie officielle le jeune avocat qui nous a amené ce Mahé... Proposez-lui un siège dans la future commission de contrôle, et dites-lui que je le recevrai prochainement. »

Puis, comme les autres se disposaient à partir, il les rappela d'une voix plus douce mais où perçait, à présent, la menace d'une volonté de fer.

« Attendez, une seconde encore : j'exige qu'aucune procédure ni action d'aucune sorte ne soit engagée contre ce Mahé. Vous m'entendez, Roubier ? Et vous aussi, Walder ? »

Il s'arrêta, comme pour mieux peser ses mots.

« Qu'on le laisse en paix, puisque c'est la paix qu'il cherche... »

Walder et Roubier baissèrent le nez, visiblement déçus de voir cette proie leur échapper.

Cette paire de rapaces, symboles tous les deux, sous deux aspects différents, d'une caste politique nouvelle et redoutable, étaient sortis de terre une dizaine d'années plus tôt; personne ne sachant trop ni comment, ni pourquoi, ils s'étaient révélés aussi vite indispensables aux plus hauts échelons de la hiérarchie.

Seul, le Président savait.

Mais, au fond, il ne détestait rien tant que la violence.

Certes, grâce à celle des Immatures et à la faveur de l'incroyable panique que ces fous avaient déclenchée sur tout le territoire, il s'était emparé du pouvoir, le plus démocratiquement du monde. « Le plébiscite de la peur », avaient dit quelques commentateurs étrangers.

Certes encore, il avait fallu éliminer radicalement quelques trublions, une poignée d'opposants aussi. Et tous ces scientifiques contestataires, race maudite d'utopistes, indifférents à des notions aussi simples que l'économie ou la sécurité supranationales, et qui ne pouvaient toucher à une éprouvette sans parler de morale, d'écologie, d'exigences de l'âme et autres bondieuseries. Gyorgy avait été tué; Begerov avait été tué; Marino tué aussi et d'autres encore. Criblés de coups, déchiquetés dans leurs véhicules, noyés, explosés dans leur laboratoire. Selon les cas et les circonstances. Plus quelques disparitions et autres accidents.

Mais le Président se défendait d'avoir jamais voulu patauger dans cette mare de sang. Et des hommes comme Roubier et Walder, qu'il soupçonnait de sadisme, le dégoûtaient intérieurement, même si la raison d'Etat l'empêchait d'en laisser rien voir. Et puis, dotés par lui de pouvoirs exceptionnels, ces deux-là en prenaient à leur aise. Encouragés par son silence ils allaient parfois trop loin.

En ce sens, le meurtre de Rossan qu'il n'avait pas vraiment commandé, lui apparaissait déjà comme une erreur, à ne plus répéter si possible. Malgré la perfection du camouflage, on avait jasé dans quelques usines et universités. Et le Président, traversé par une intuition, se méfiait depuis peu des éventuels martyrs comme de la peste...

« Oui, qu'on le laisse en paix puisque c'est la paix qu'il cherche », répéta-t-il avec un sourire amusé, ravi de sa formule, autant pour les autres que pour lui-même.

« Merci, messieurs, cette fois j'ai vraiment terminé », conclut-il enfin.

Resté seul, le Président alluma une cigarette puis il appuya sur un bouton placé à sa droite.

Apparemment rien ne bougea mais il se sentit mieux : désormais, jusqu'au lendemain, en plus de la compagnie de parachuchistes finlandais qui assuraient sa garde personnelle, vingt portes blindées, verrouillées électroniquement de l'intérieur, le séparaient de la vie des autres et de sa propre mort.

Alors, mais alors seulement, sûr de ne pas être dérangé, le Président de la Confédération européenne ouvrit un tiroir, en tira la feuille manuscrite qu'il avait reçue deux heures plus tôt, comme chaque soir, et commença à lire attentivement son horoscope pour le lendemain.

Et, durant plusieurs minutes, il y eut dans la pièce pourtant parfaitement close, comme un courant d'air, léger et tiède.

La crédulité possède un souffle étrange. Et les frémissements d'une âme superstitieuse ressemblent souvent aux frémissements des feuilles lorsqu'elles vont tomber de l'arbre, emportées par le vent nouveau.

L'émission terminée, à peine démaquillé, une hôtesse était venue le chercher pour l'accompagner, en le regardant par en dessous, d'un air bizarre. Puis, après quelques dernières indications pour trouver la sortie, elle l'avait laissé se débrouiller seul dans cette maison immense. Un peu partout, il entendait des téléphones sonner, interminablement, mais il ne rencontra personne.

Quiconque a traversé ce genre d'édifices, à une heure avancée de la nuit, croit avoir traversé un songe. Maintenant Julien se sentait perdu. Epuisé nerveusement, incapable d'aller plus loin.

Julien était seul. Seul dans ce long couloir désert dont la rectitude s'amollissait dans une nuit qui se faisait plus obscure avec la distance. Tout à coup, un grondement rauque lui fit lever la tête.

Presque au-dessus de lui, mais hors de portée de son bras, un énorme chien noir l'observait, tapi sur une sorte d'échafaudage, prêt à bondir. Et ses yeux jaunes étaient comme des mares de feu liquide.

En largeur, le couloir n'excédait pas deux mètres cinquante. Ce ne pouvait être une issue, il avait dû se tromper d'ascenseur. Ou descendre au mauvais étage.

Tout au long des murs, tendus d'un élégant velours beige, Julien discernait çà et là des taches sombres. Sans quitter le chien du regard, il palpa les plus proches et tressaillit. D'autres que lui avaient dû emprunter ce couloir...

Julien fit quelques pas en avant, pivotant sur lui-même afin de ne pas perdre des yeux le chien noir.

A présent, sur sa gauche, une porte entrebâillée

s'ouvrait sur un studio gigantesque, d'une hauteur de plafond colossale, dont il ne distinguait même pas les limites tant, ici, la pénombre s'épaississait. Il buta en jurant contre les débris d'un décor abandonné. Plus loin, là où les caméras dormaient sur un pied, comme des échassiers, le bec tourné vers le sol, c'était l'ombre. Plus loin encore, c'était la nuit.

Des ténèbres lourdes de ce silence affreux qui, plus que celui de l'absence, est celui qu'on prête à la mort. Où était-il ? Il ne se souvenait plus. Il y avait là des murs qui lui rappelaient quelque chose; il y avait là des fantômes qu'il connaissait. Et pourtant, ces murs, il ne les avait jamais vus; ces ombres, il ne les reconnaissait pas. Que voulait dire tout ceci ?

Un frisson désagréable le parcourut et il se surprit, hâtant le pas, pour regagner le couloir et la zone de lumière. Le chien n'avait pas bougé.

En lui, une peur venait de se substituer à l'incompréhension, la peur au premier stade, celle qu'on raisonne quand bien même la raison vous manque, et dont on est encore le maître.

Cette pauvre défense ne dura pas. Tout concourait à l'ébranler plus encore; ces sonneries sans réponses, les ascenseurs qui n'étaient pas là où ils auraient dû se trouver, ces visions incompréhensibles, l'immobilité de toute cette technologie sophistiquée et mystérieuse, le souffle brûlant des démagogues passés par là, cette vérité de demain, et puis, ces studios vides, ces couloirs vides, ces bureaux vides. C'était trop.

Aux questions qui se pressaient en foule dans

son crâne, il n'en était plus aucune à laquelle il pût répondre désormais. Il ne pouvait plus dire où il se trouvait. Moins encore pourquoi. Le comment même avait déserté sa mémoire.

Brusquement, il trembla. Des voix l'envahissaient. Une rumeur sourde, parce que lointaine et diffuse. Comme si des milliers et des milliers de conversations lui fussent parvenues, enchevêtrées, brouillées, confuses. Tous ces hommes, toutes ces femmes parlaient de lui.

Dans ce chaos de sentiments et de passions qu'il percevait, il y avait de la colère et de l'étonnement; il sentait aussi de l'enthousiasme et de la peur; et surtout des bouffées d'espoir. Dans sa tête, le tumulte s'enflait, progressivement, de plus en plus incohérent. Une cacophonie douloureuse.

La seule donnée tangible qu'il pût retenir, c'était ce couloir aux extrémités invisibles, aux murs tendus de velours beige où des taches de sang séchaient encore par endroits...

Et ce chien qui le guettait.

François devait l'attendre quelque part, dehors. Il fallait retourner à Essennes, retrouver Elyane, Susan, la femme Houdin, Moumousse et les autres. Mais alors qu'est-ce qu'il fichait là, bon sang? Et pourquoi ne partait-il pas?

Les yeux toujours fixés sur le fauve, Julien se laissa glisser lentement sur le sol et s'assit, la tête calée dans ses paumes. Et puis ce fut un nom, un simple nom, qu'il s'obstina à répéter longtemps, comme le font certains ivrognes.

« Rossan... Rossan... Rossan... »

Cette fièvre qui reprenait le dessus, ces images

folles qui tourbillonnaient çà et là devant ses yeux, et toutes ces voix jaillies de profondeurs inconnues, tout cet ensemble le bouleversait, lui ôtant le courage de se lever et de partir.

Deux larmes de rage et d'impuissance vacillèrent au bord de ses paupières et roulèrent sur ses joues mates.

Julien pleurait pour la première fois de sa vie.

Cette houle le submergea. Et il s'abandonna à ses vagues amères qui le roulèrent comme une épave.

Il y eut un bruit de pas. Un technicien qui passait, les bras chargés de grosses bandes magnétiques, s'arrêta net devant lui, béant, interloqué.

« Hé ! vous, qu'est-ce que vous foutez ici ? Et qui êtes-vous d'abord ? »

Puis, plus doucement.

« Qu'est-ce qu'il y a ? Répondez, bon Dieu, vous êtes malade ou quoi ? »

Toujours assis dans la même posture grotesque, tassé comme un énorme paquet contre le mur de ce couloir désert, Julien fit d'abord un simple signe de tête affirmatif. Puis, il voulut parler, mais la crise le roula sur le sol.

Cela dura cinq secondes, dix peut-être. Et déjà le chaos s'apaisait en lui, dans une sorte de torpeur bienfaisante. C'est à peine maintenant s'il entendait, au loin, un vague murmure, les cris de l'homme aux bobines qui courait vers la sortie.

Patricia n'avait pas envie de dormir. Debout, près de la fenêtre du salon, elle gardait une main sur son ventre, sa mémoire de femme. Ce qu'elle portait depuis des millénaires jaillissait de là.

Lèvres ouvertes, yeux clos, sans bouger, elle respirait les bruits sourds et dangereux qui montaient de la ville. Et sa pensée, mal définie, empruntait aux ombres de la nuit des méandres inattendus.

Elle frissonna. Moins de froid que d'une inexplicable crainte. Quelque chose, tout à l'heure, l'avait enveloppée, recouverte; quelque chose de très fort, d'intense, prêt à éclater au moindre signe. Oui, mais à quel signe?

Une heure s'était écoulée, et il ne lui restait que la certitude puissante d'avoir touché du doigt un espoir invisible. La sensation, aussi, que le moment était venu de...

De faire quoi?

De traverser le désert où nous sommes. Mais comment? Et où poser le premier pas? Y avait-il une piste, un chemin à emprunter quelque part?

La réponse jaillit, presque instantanée.

D'un bond, sans même l'avoir vraiment décidé, Patricia fut près du téléphone, composa rapidement le numéro, obtint la communication et les renseignements désirés.

Puis, ayant enfourné un bloc de papier dans la poche de son imperméable, elle sortit, tirant la porte derrière, sans écouter les exclamations inquiètes d'Olivier.

Elle allait écrire à Julien Mahé; mais pas ici, chez elle. Pas dans cette tour dégueulasse d'ennui. Il y avait un petit café, tout près, dans un îlot à démolir, qui ne fermait jamais avant deux heures du matin. L'ascenseur la déposa promptement en bas où les projecteurs s'étaient éteints.

« Qu'est-ce que tu vas faire? Tu es folle, ça ne servira à rien. Il ne te répondra même pas. A l'heure actuelle, ils l'ont peut-être déjà arrêté. »

Dans la rue aux ombres indécises, ses craintes passées lui revinrent un moment, mais elle parvint à les chasser, redoublant son désir.

Il avait plu, mais, comme toujours, la terre bétonnée refusait de boire. Une cloche, qui avait l'air d'appeler, sonna au loin. Mais elle n'y prêta aucune attention. Elle s'en voulait un peu de cette fuite; Olivier allait encore s'inquiéter. Décidément, elle ne lui faisait que des soucis.

« Je t'aime, Olivier », murmura-t-elle pour elle seule, courant presque vers la lumière jaune du bistrot. Derrière le comptoir, le patron lisait et ne leva pas les yeux.

Elle serait bien ici. Il n'y avait qu'un vieux clochard qui somnolait près de la porte d'entrée, le dos calé au radiateur. Elle s'installa dans l'arrière-salle et commanda un chocolat. Le serveur, un garçon à la face terreuse, exigea, avec quelle rudesse, d'être réglé sur-le-champ. Sans prêter autrement attention à l'incident, Patricia balbutia une réponse vague, paya sans regarder sa monnaie, prit son bloc de papier, et but un peu de chocolat à petites gorgées comme pour réfléchir plus longuement à ce qu'elle allait écrire...

« Renaissance – bonjour Julien, je m'appelle Patricia, et je t'ai vu ce soir, et j'ai envie de danser. C'est que j'aime danser, jaillir de la musique, me déposséder de la pesanteur, envoyer mon corps dans l'espace. Chacun va sa route, la danse est une gestuelle de fauve en guerre parmi d'autres... on traverse ainsi des cieux et des abîmes sans parfois en avoir la très vitale conscience...

« Tu as parlé dans le désert, mais l'oasis, Julien Mahé, je voudrais la planter avec toi. Je suis de ton désert et tu es de mon cri.

« Nous ne pouvons rien l'un pour l'autre, ni nous aider, ni nous sauver, tu as raison. Mais ensemble, cependant, nous pouvons tout... Ils auront peur demain. Et moi, ce soir, je n'ai plus peur. Notre révolte a des bras et des jambes; demain, elle aura aussi des yeux. Des yeux par milliers, des yeux pour sentir, pour comprendre et choisir, gommer, bâtir, rêver, interroger, toucher, aimer... »

Patricia hésita un instant puis continua d'une main décidée. Maintenant, elle repoussait la réalité du monde, la vérité de ce café crasseux que l'on démolirait bientôt, et elle jetait sur la feuille de papier toute une guirlande d'images extravagantes et superbes.

« Julien Mahé, je veux vivre, je veux vivre au soleil, me battre, aimer et rire. Je veux aller libre contre le vent. Je veux me donner l'insolence. Je le veux, moi qui porte la mémoire de mon enfant sans avoir jamais connu celle d'une mère, écartelée par ma naissance. Je le veux pour Maya, l'enfant que j'ai fait et qui n'est pas près de moi... »

Levant les yeux, elle se vit dans la plus grande glace du café et se regarda quelques secondes, étonnée de sa propre franchise. Comme c'était simple, une fois commencé. Comme les mots coulaient bien.

« Je veux danser nue avec ma fille sur les plus beaux sables mouillés de l'océan et, avec elle, voir le soleil se lever. Je le veux pour moi. Est-ce là l'égoïsme? On n'arrache jamais la vie que pour soi seul, même si l'on choisit ensuite de l'offrir et de la partager.

« Je veux faire éclater l'énergie dans le moindre de mes mouvements et aimer, aimer intensément, impulsivement, immensément, jusqu'à ce que les brouillards tristes viennent autour de mes tempes... »

Patricia employait des mots qu'elle avait oubliés, dont elle n'usait jamais dans la vie quotidienne. C'était comme une fête.

Et, peu à peu, reprise par son excitation, elle reperdait la tête, ne sachant plus trop ce qu'elle écrivait, impatiente de soulager son angoisse. Elle n'éprouvait qu'un désir, inconnu de sa peau, étranger à sa mémoire : celui de lui parler d'elle, de ses rêves et de ses défaites.

Dire la vérité, pouvoir dire la vérité à quelqu'un, raconter, se perdre dans cette confession nocturne lui faisait un bien étrange, et chaque aveu devenait une jouissance qui lui mouillait les yeux de plaisir.

Alors, sans reprendre haleine, laissant refroidir sa tasse, elle écrivait toujours.

« Julien Mahé, je veux donner ma vie, sans sacrifice et sans saccage. Je veux la donner à tout ce qui bouge sous le soleil, à tout ce qui hurle d'amour, à tout ce qui exige de l'homme. Je veux du soleil dans mon sang, et ma pupille vive au crépuscule. Je veux me souvenir de l'odeur de l'herbe et de la morsure de la mer. Je veux me souvenir de mes six ans, et de ma dent de lait dans la main de ma presque mère...

« Je veux des gerbes de marguerites dans ma maison, et Maya parmi les fleurs... »

En relisant ces deux dernières lignes, elle se prit à sourire à l'image de sa petite fille, jouant avec les pétales blancs, avant de poursuivre, presque gaiement.

« Je veux la force de ton combat et le bonheur de mon amour. Je veux me prendre et qu'on me prenne, me donner, arracher, recevoir, faire jaillir des semences inconnues, mettre ma mémoire à nu et m'obstiner dans ma jouissance. Oui, Julien, je veux le droit au délire, à l'exaspération, au dialogue, au cri, au refus. Je veux le droit de me conduire comme une louve si on touche à mon enfant...

« Julien, pourquoi a-t-on touché à mes soleils et à mes vents ? »

A écrire ainsi, d'une façon presque automatique, comme une folle, Patricia sentait sa tête tourner. Ses doigts s'épuisaient, déjà, la réaction se faisait sentir. L'approche trop brutale de cette vie nouvelle qu'elle entrevoyait sur un chemin où, depuis longtemps, elle promenait son corps en aveugle, tout cela lui brûlait les yeux. Et une envie de pleurer la prenait tout d'un coup.

« Que te dire encore, Julien Mahé que je ne connais pas ? J'aime un homme; il s'appelle Olivier. Je cherche l'absolu; lui aussi, à sa façon. Mais je n'ai pas donné de mère à Maya, l'enfant que j'ai faite de ma chair de femme... Pourquoi ? Oh ! c'est compliqué. Elle a six ans, aujourd'hui. Quand elle est venue, j'étais folle; folle de passion, de gratitude; touchée de grâce, émerveillée, rayonnante d'un bonheur antérieur à ma mémoire... Mais après, oh ! après, très vite, trop vite, tout a basculé. Elle me dévorait, Julien, tu entends, elle me dévorait. Tant il est naturel pour un enfant de vouloir et d'avoir... Et moi, je voulais trop ailleurs, tu comprends ? C'était elle ou moi. Et depuis, elle vit avec sa grand-mère... Maya me manque... Je ne voudrais perdre ni son enfance ni ma mémoire de femme... Et je ne sais plus ce que je dois faire...

« Julien Mahé, je veux te voir puisque tu m'as rencontrée. Je veux te voir bouger, marcher, poser tes deux pieds sur le même sol que celui où je pose les miens. Je veux connaître tes amis et toucher les murs où tu vis. Je ne veux plus rester sur le seuil, mais que la porte s'ouvre complètement; oui, je veux te connaître... »

Le connaître, le connaître... c'était cette pensée-là qui exaltait Patricia, réveillait en elle la révolte endormie, et nourrissait le songe.

Elle leva la tête, dérangée par un vacarme.

Là-bas, dans la première salle, le vieux clochard, monté sur une chaise avait commencé une chanson aussi paillarde qu'incohérente, et le garçon de café, exaspéré, le faisait descendre brutalement à coups de pied dans le cul. Impavide, le patron lisait toujours, après avoir jeté tout juste un bref regard à la scène.

« Julien, je sais que tu souris en ce moment

même, en me lisant. Pour toi, les choses semblent être tellement simples. Voilà mon adresse, j'attendrai ta réponse, tous les jours... »

Patricia reposa son stylo.

Maintenant qu'elle s'est livrée, d'inlassables souvenirs déferlent derrière son front. Des souvenirs habillés de parfums, de caresses et de déchirures. L'odeur de son enfant, lorsqu'elle se blotissait contre elle, mouillant son cou de baisers, l'envahit.

Et elle ? Elle ? Patricia, lui criait-on, ce n'est plus le temps des cerises. Range ta dent de lait et essuie le sang qui perle à tes oreilles. Souffre pour être belle, et tu enfanteras dans la douleur. Pourquoi dans la douleur ? Ne mets pas la main dans ta bouche, Patricia; tu ne vomiras pas, tu entends, Patricia ?

Oh ! mon amour, ma mère, ma fille, je me sens perdue.

Ce n'est rien, Patricia, les psychiatres vont venir. Sois bien sage et tu guériras. Et après, tu seras comme les autres...

Non.

Je ne suis pas comme les autres.

Maya n'est pas comme les autres.

Mon enfant est né d'absolu et sa mémoire est blanche.

J'ai dansé le jour où elle est entrée dans la maison, vêtue de satin blanc; j'ai dansé jusqu'à ce qu'elle s'endorme, emmitouflée de mon image. J'ai refusé de lui transmettre l'horreur.

« Oui, la mémoire de Maya est blanche », se dit Patricia en quittant le café.

Rue, clochard qui saigne là-bas, nuit, ascenseur, la porte qu'on pousse.

« Mais, où étais-tu passée? » lui demanda Olivier, d'un air plus surpris que méfiant.

Alors, Patricia raconta son histoire depuis le début, sans l'enjoliver.

Un type inconnu, à la télévision, entendu par hasard, et qui disait aux autres : je vous aime. Jamais pareille secousse ne l'avait remuée. Et elle n'en revenait pas d'avoir écrit une lettre aussi folle à un inconnu. Elle lui disait tout, il écoutait.

Quand elle répéta, de mémoire, plusieurs phrases de Julien Mahé, Olivier ouvrit grand les yeux, incrédule.

« Hein ? Quoi ? Et tu dis qu'il a parlé comme ça pendant plus de cinq minutes sans être interrompu ?

– Mais, puisque je te le dis !

– Hum... tu es sûre que tu n'exagères pas un peu ?

– Mais, non, je t'assure, affirmait-elle avec conviction.

– Mais alors, pourquoi pleurais-tu, tout à l'heure ?

– J'avais mal... C'était trop beau, tu comprends... Peut-être d'avoir trop attendu...

– Et maintenant ?

– Je ne sais pas... je ne sais plus.

– Incroyable !... Et tu lui as écrit ? Mais à quelle adresse ?

– J'ai téléphoné à la télévision, dit-elle d'une voix subitement éteinte, comme si elle se prenait à douter de ce qu'elle venait de vivre et du résultat de sa démarche. Ils m'ont dit de leur envoyer ma lettre et qu'ils transmettraient...

– Ce n'était peut-être pas très prudent, tu ne crois pas ? »

Et comme elle restait silencieuse, les yeux bas, butée dans son rêve.

« Eh bien, je crois que tu as bien fait, dit Olivier après avoir réfléchi, le premier mouvement d'inquiétude passé. Et maintenant, ajouta-t-il, en souriant, viens te coucher, j'ai envie de toi... »

Lorsque l'aube se leva sur la Tour de l'Atlantique, avec des senteurs fétides, Olivier dormait encore. La veille au soir, il l'avait besognée longuement, comme il aimait, elle couchée sur le ventre, lui le souffle sur sa nuque. Elle avait laissé faire, indifférente à sa douleur, heureuse de son plaisir.

Et à présent, Patricia qui n'avait pas fermé l'œil de la nuit regardait le jour se lever, plus troublée encore que la veille. Elle songeait aux grands oiseaux qui, comme Julien, s'élancent des banquises et passent devant le soleil, proches à s'y brûler.

III

Walder, Roubier et les autres avaient travaillé rapidement, suivant les ordres reçus, et le Président fut le premier informé de la nouvelle; le discours de Julien Mahé avait eu un impact inattendu, étonnant même si l'on tenait compte de l'heure relativement tardive de sa diffusion.

Le sondage européen, code S – aucune agence de presse continentale ou étrangère ne bénéficierait donc de sa teneur – étalé sur le bureau présidentiel était formel : trente-sept pour cent d'écoute. Cent six millions quatre cent trente mille téléspectateurs l'avaient donc entendu, également répartis dans les villes et les campagnes, ce qui était déjà en soi une deuxième surprise. Mais il y en avait d'autres.

S'il en croyait les courbes dessinées, page après page, comme autant de volutes mystérieuses et dont il arrachait le secret d'un seul regard aigu, le paramètre d'intérêt, par exemple, n'était jamais descendu au-dessous de la cote 16 – il ne faisait pas mieux lui-même lors de ses allocutions officielles – et, plus remarquable encore, l'indice de curiosité des Européens sur ce Julien Mahé, hier encore inconnu de tous, avait plafonné à dix-neuf virgule vingt-sept, chiffre prodigieux qu'aucun chef d'Etat, y compris lui-même, n'avait jamais atteint.

Les chiffres parlaient d'eux-mêmes.

Seuls les imbéciles et quelques intellectuels attardés – ce qui, dans l'esprit du Président revenait au même – jetaient encore de longs regards ironiques ou méfiants sur ces vérités mathématiques.

Certes, à deux ou trois reprises, le Président avait utilisé ce style de sondage à ses propres fins, donnant çà et là quelques légers coups de pouce à des nombres susceptibles de gêner sa politique. Mais, bizarrement, il y répugnait, accordant aux chiffres une estime presque sacrée, alors que les mots et les idées lui apparaissaient, depuis toujours, comme autant de hochets qu'il est bon de secouer dans tous les sens si l'on veut éveiller le regard des enfants...

Troublé, plus sans doute qu'il ne voulait l'admettre, le Président relut le sondage de A à Z.

Il s'agissait d'un travail sérieux, complet, précis, comme il l'avait expressément demandé. Pas une erreur ne s'y était glissée et aucun doute ne subsistait plus dans son esprit : le jeune Julien Mahé, avec sa tête carrée, ses épaules de débardeur et son sourire doux de grand gosse inspiré avait fait, comme l'on dit, un « triomphe », plus de deux millions de personnes de tous âges et de toutes conditions, ayant téléphoné pendant ou après l'émission, qui pour l'insulter – mais c'était une minorité –, qui pour demander son adresse et lui écrire.

Les standards avaient été bloqués jusqu'à une heure du matin, et la même avidité frénétique de savoir qui était ce Julien Mahé, d'où il venait, où il habitait, etc., avait repris dès l'aube, deux équipes supplémentaires et de nouvelles lignes téléphoniques ayant dû être affectées à cette tâche, afin d'éviter la saturation.

Depuis son accession au pouvoir suprême, le Président très intrigué ne se souvenait pas d'avoir assisté à un tel phénomène.

Aussi, annulant au dernier moment la visite de courtoisie d'un diplomate du bloc soviétique, avec cette vivacité d'esprit à réagir qu'il ne confondait jamais avec une hâte imprudente, avec, aussi, cette formidable intuition qui ne l'avait jamais trahi dans le passé, le Président resta près de trois quarts d'heure à réfléchir sur cette situation nouvelle, à en mesurer les angles de rencontre et de fuite, à en diaphragmer les éclairages et les possibilités d'un œil sûr, avant de prendre, peu avant midi, plusieurs décisions et mettre la machine en branle...

Sa pensée, qu'il expliqua un peu plus tard à Walder et à Roubier, une fois encore éberlués par un tel laxisme, se résumait à peu près à ceci : il lui fallait cet homme-là à ses côtés, d'une façon ou d'une autre; et vite.

Mais il ne s'agissait, en aucun cas, de lui demander de changer son langage et ses idées. Au contraire. Un homme doué d'un tel charisme pourrait se révéler précieux dans un avenir proche. Qu'on lui redonne l'antenne, une ou deux fois encore, et non plus en fin de soirée mais à l'heure de la plus grande écoute.

Autre point : la marginalité invraisemblable de ce Julien Mahé devait être rapidement « starisée ». Que les agences de presse soient chargées de cela dans les plus brefs délais, et qu'en outre, parallèlement, Walder et Roubier lui fournissent un dossier complet sur cet homme pas tout à fait comme les autres. Son ami, le jeune avocat François de Caumont, qui paraissait avoir les dents longues, les y aiderait certainement, en échange de quelque promotion.

Le Président, très excité, et qui s'impatientait déjà, voulait tout savoir, tout connaître : les ancêtres de Mahé, ses parents, professions, âges, religion, situations actuelles, les fréquentations de Julien, celles d'hier et d'aujourd'hui, ses études, s'il en avait fait, les endroits où il avait travaillé, ses passions, ses hobbies, ses vices, ses qualités et ses défauts. Ses faiblesses aussi, il devait en avoir...

« Puisque j'en ai bien, moi », conclut-il, sans rire, avec une fausse naïveté admirable qui faillit tromper ses deux complices, prenant des notes, au garde-à-vous devant le bureau présidentiel.

Et lorsqu'ils sortirent, presque en courant, si grande fût son intelligence, si perçante fût son acuité de la chose publique, le Président ne se douta pas une seconde qu'en agissant ainsi, avec l'espoir secret d'utiliser Julien Mahé, il venait d'accomplir le premier acte d'une longue histoire qui dépasserait en importance, dans les comptes rendus futurs, tous les petits discours creux et les grands gestes malins qui avaient fait de lui le plus grand, le plus brillant et le plus admirable démagogue de la fin du XXe siècle...

Car le « Phénomène J », comme l'avaient promptement baptisé certains commentateurs agréés, aussi friands que leurs ancêtres les journalistes de ce genre d'expression à l'emporte-pièce, bien propre à frapper les imaginations les plus bornées, ce « Phénomène J » donc, inexplicable et aujourd'hui encore mal expliqué, dépassa rapidement les prévisions les plus optimistes.

Sans parler des rumeurs qui agitaient les étudiants dans les universités et surexcitaient l'esprit des écoliers à l'intérieur des lycées et des collèges – mais de cela on avait l'habitude, ceux-ci se mettant en transe pour un rien –, les gens du travail, jeunes et adultes, ouvriers et paysans, furent particulièrement touchés.

Pour la première fois depuis longtemps, un homme qui ne leur parlait pas d'augmentations de salaires, de conditions d'emprunt, ou de caisse de retraite, avait réussi à émouvoir plus de cent millions d'hommes et de femmes.

On peut, aujourd'hui encore, s'interroger sur les causes de ce brutal engouement ! Et beaucoup l'ont fait, dont l'historien Wills dans son très remarquable ouvrage *Les Révolucides et le pessimisme européen* que j'ai déjà cité, donnant les uns et les autres mille réponses, parfois totalement contradictoires. Mais, de toute façon, ces mille réponses-là n'expliquaient pas tout. On a dit souvent, sous forme de boutade, que la guerre était une chose trop sérieuse pour être confiée à des militaires. Je pourrais ajouter ici, en la parodiant, que certaines formes d'intelligence sont trop graves, trop sensibles, trop mouvantes pour être parfaitement comprises par des intellectuels.

Je m'en tiendrai donc aux faits.

Il s'était passé, entre-temps, et ce à la vitesse d'un éclair de lumière, un phénomène désormais bien connu de nos sociétés médiatisées par l'audiovisuel.

Ceux qui avaient entendu Julien la veille au soir, en parlèrent, dès le lendemain matin, dans les ateliers, les bureaux, les magasins, les cantines, avec ceux qui ne l'avaient pas vu. Tant il est vrai que pour un orateur, même de fortune, l'auditoire idéal se doit d'être ignorant.

Et ceux qui ne l'avaient pas vu, se reposant sur le bien-fondé de cette idée moderne qui veut que toute chose n'existe qu'une fois présentée en vidéo-couleurs et que, hors ce cadre de l'écran, il n'est point de crédit et de salut possibles, bref, pour une fois, cette religion imbécile de l'image servant la vérité, tous ceux qui n'avaient pas vu Julien – et ils étaient encore la majorité – purent affirmer de toute bonne foi, dans l'après-midi même, qu'un type étonnant était né la veille au soir à la télévision, un homme pas beau mais costaud, habillé modestement, pas un prétentieux donc, qui disait aux hommes qu'il les aimait et qui, enfin, par extraordinaire, avait l'air de croire ce qu'il disait.

Le nom de Julien Mahé courut sur toutes les lèvres, et y resta.

La majorité politique n'y comprenait plus rien. Mais dûment instruite par les soins du Président, elle ne fit ouvertement aucune observation malveillante et trouva même, en fin de compte, un plaisir nouveau à se faire ainsi traîner dans la boue par un gamin de vingt-cinq ans à moitié illettré...

Quant à la gauche républicaine, minoritaire certes, mais qui aurait pu donner son opinion sans que personne, sur un sujet aussi exotique, y trouvât à redire, elle ne dit rien. Je suis un homme de gauche, je l'ai dit, et cette absence de réaction m'intrigua à l'époque. En y réfléchissant bien, j'y vois, aujourd'hui, deux raisons.

La première était que nombre de paroles de ce Julien Mahé recoupaient quelques-unes de nos anciennes théories, du siècle précédent ou du début de celui-ci, et qui avaient été abandonnées, une vingtaine d'années plus tôt, au nom d'un poujadisme de la pensée socialiste, qui, outre un échec total, aujourd'hui encore incompréhensible sur le plan électoral, avait fini, tout en mettant en péril l'économie européenne à trois reprises, par ennuyer, pour ne pas dire emmerder ceux-là mêmes dont nous voulions défendre les intérêts et qui, le temps s'écoulant, réclamaient secrètement pour leurs enfants autre chose que des grèves et des sous...

La seconde raison à ce silence a tenu, je crois, au fait que nous autres, hommes de gauche, sommes et serons toujours méfiants des hommes providentiels et, plus encore, désemparés lorsqu'ils apparaissent.

Mais rien n'y fit.

Partout, donc, dans les usines et les tours-bureaux, le visage de Julien devint familier aux plus humbles. On parlait de lui tout autant que des vedettes du « hard-football », jeu nouveau où chacun avait la possibilité – avantage considérable pour le spectacle sur le jeu précédent qui l'avait inspiré – de casser la jambe de son adversaire.

Et la deuxième déclaration télévisée, treize jours plus tard, à vingt heures trente, sur le canal européen, recueillit soixante-sept pour cent d'écoute, soit près de cent quatre-vingt-dix millions d'auditeurs.

La plus grande résistance au « Phénomène J », voire la plus vive animosité, vint de la bourgeoisie d'affaires, moraliste et réactionnaire par comportement, sceptique par définition, et méfiante de tout ce qui ne s'inscrivait pas dans la logique du profit.

Or, l'estime des uns ne s'expliquait pas mieux que la colère indignée des autres. Julien Mahé disait des mots déjà prononcés par d'autres avant lui et citait volontiers des phrases rangées depuis longtemps par tout le monde au placard à balais des illusions. Y compris par ceux du monde exsangue des utopies religieuses. Et si Julien existait désormais pour des millions d'hommes, et le fait en lui-même n'était plus niable, nul n'eût pu vraiment dire pourquoi.

Ce qui, dans toute cette histoire, n'était pas le moins troublant...

IV

Ce bonheur durait déjà depuis cinq minutes, peut-être dix, Patricia ne savait plus. Car le temps, ici, ne lui semblait pas s'écouler de façon normale, régulière.

Si Patricia levait les yeux et les maintenait ainsi, fixés sur une portion de bleu, le temps ralentissait sa cadence; au contraire, il lui suffisait d'embrasser le sol du regard pour qu'il s'accélère... Curieuse impression que celle-là, où le ciel et la terre paraissaient décidés à ne plus vivre au même rythme.

Etourdie, Patricia cligna des yeux plusieurs fois. C'est à peine si, maintenant, elle distinguait une tache blanche et blonde, de ce blond propre à l'enfance qui zigzaguait devant elle, Maya qui galopait et faisait la folle, se retournant tous les dix mètres pour rire aux éclats.

« Viens... viens avec Elle », avait simplement répondu Julien Mahé à sa lettre. Suivaient l'adresse et un plan de l'itinéraire, une fois arrivées à la gare.

Et à présent, elle était là, se demandant encore

pourquoi Julien avec écrit Elle, en parlant de Maya, avec une lettre majuscule.

Un petit Algérien d'une vingtaine d'années, à l'air plutôt gentil, les avait accueillies. Julien faisait une promenade avec des amis, mais il n'allait pas tarder, avait-il expliqué d'une voix zézayante. Puis il avait conseillé, toujours avec le même sourire effarouché, d'aller faire un petit tour dans la campagne. C'était la première belle journée, autant en profiter. Qu'elles reviennent dans une demi-heure, Julien serait là, sans aucun doute.

Encore vingt minutes avant de le voir, de lui parler.

« Debout! avait-il dit à la télévision. Ne regagnez plus le ventre de votre mère, car désormais vous n'habiterez plus jamais que vous-même. »

Cette phrase étrange la poursuivait encore.

Patricia s'appliquait à marcher à pas légers sur la terre encore mouillée et un peu grasse qui la portait. Une sensation délicieuse, nouvelle ou plutôt oubliée l'avait envahie dès les premiers pas. Maya courait toujours, cueillait des fleurs sauvages, puis les jetait en l'air par brassées; et les fleurs retombaient sur la tête et sur les épaules de la petite fille en guirlandes multicolores et désunies.

« Je n'appartiens à aucun groupe, je ne représente personne, avait encore dit Julien. Je ne suis qu'un homme comme vous. Mais sait-on encore ce qu'est un homme? Peut-être l'avez-vous oublié?... »

Patricia leva les yeux. Un avion, un petit avion de plaisance ronronnait à présent dans le bleu du ciel. Et, par association, le souvenir lui vint du chien qu'elle avait vu tout à l'heure, allongé dans le seul carré de soleil de la cour et qui ronronnait doucement, lui aussi, la pupille tranquille.

Qui étaient ces gens qui accompagnaient Julien en promenade? Sa petite amie, sans doute, mais les autres?

Patricia rêvait, le corps un peu engourdi. Et sa peau sentait le vent léger et doux comme un voile.

Au fond, se dit-elle en pouffant, je ne suis qu'une petite campagnarde déracinée. Une vraie bécassine de retour au bercail... Elle se moquait d'elle-même, de ses rêveries, de sa poésie à quatre sous.

Mais pourquoi s'en cacher?

La campagne et ses bruits ouatés la ravissaient à nouveau. Un cop furibard, des chants d'oiseaux qui se répondaient, des froissements d'herbe, du bruit dans les feuilles, une poule folle qui, là-bas, caquetait à ne plus s'arrêter, des trilles de séduction, des sons roulants et allègres, des souffles de douceur, des cris de protestation inconnus, le tournoiement des premières abeilles dans leurs fourneaux bourdonnants, un son de cloche fêlée auquel venait de répondre, non moins faussement, le coassement d'une grenouille, toutes ces choses simples à pleurer la rendaient heureuse.

« C'est comme si j'avais encore quinze ans », murmura-t-elle pour elle seule, ne trouvant rien d'autre pour dire son émotion.

Et une satisfaction un peu bête la clouait sur place, la gorge serrée d'une explosion silencieuse, au milieu de cette humidité qui montait de la terre.

Quinze ans... dix ans plus tard.

Patricia sentit tout à coup ses propres jambes courir dans de petits souliers, ses chaussettes descendre sur ses chevilles. Elle s'agenouillait à présent, tirant sur sa jupe avec une pudeur inconsciente de petite fille, pour mieux gratter sa jambe nue qu'un insecte venait d'agacer. Un souffle venu des buissons remonta le long de ses cuisses, flatta une ou deux secondes son ventre humide de sueur, et elle ressentit un autre bien-être. Pourquoi avait-elle abandonné tout cela ?

La Tour de l'Atlantique où elle habitait encore la veille, là-bas, très loin, lui apparut ici plus monstrueuse encore. Comment avait-elle pu vivre, entassée avec deux mille autres fous, dans ce clapier de soixante étages, cerné par la lumière crue des projecteurs ? Ici, la lumière pénétrait jusqu'au bout d'elle-même, diffuse et tendre, éveillant en elle des voluptés oubliées, des souvenirs tout neufs.

« Mordez à même votre mémoire, avait crié Julien ce soir-là, et attaquez la mort lente qu'on vous propose. Détruisez-la avant qu'elle ne vous détruise... »

Patricia respira doucement, puisant longuement cet air tiède qui la troublait, sans doute plus qu'il n'aurait fallu. Un quart de seconde, elle eut envie de s'allonger, de se dissimuler au regard du monde, hantée par un plaisir qui lui chauffait les reins. Puis elle y renonça aussi vite; pour Maya qui jouait tout près d'elle et qui pouvait revenir d'un instant à l'autre; et dans une pensée plus absurde, pour ne pas souiller d'un cri ce grand calme qui finissait par l'impressionner.

« Maman, maman ! Où es-tu ? » criait Maya, tout près, mais encore invisible.

Patricia ne répondit pas tout de suite. Le dos plaqué contre un arbre, elle ne bougeait pas, toujours silencieuse. Maya appela encore et Patricia jouit de cette demande où elle percevait déjà une inquiétude, mêlée à un besoin d'amour.

« Oh ! Maya, comme je t'aime, en ce moment, murmura-t-elle, les yeux mi-clos. J'aime que tu aies besoin de moi... »

Patricia se revoyait, petite elle aussi, cachée derrière le puits, retenant son souffle pour qu'on ne la retrouve pas, jusqu'au soir. Elle se revoyait, gosse et libre, roulant dans l'herbe, des coquelicots dans les mains, jouant dans des éclats de rire avec son jeune chien, pataud, malhabile, qui dévalait en couinant de peur les pentes herbues, comme elle. Roulant, comme elle. Comme elle...

C'était encore le temps des cerises. Sa mémoire ne portait pas d'hiver et, confiante alors, faisait provision d'été.

D'où venait cette envie qu'avaient les adultes de saccager l'enfance ? De changer les cabanes secrètes où l'on se cache, où l'on se découvre, en autant de maisons bétonnées et d'autels mortuaires où l'on s'immole ?

Depuis qu'un homme et une femme avaient mêlé leur conscience et leur salive jusqu'à l'éclatement, depuis qu'ils s'étaient fondus jusqu'à ne plus savoir quel était leur propre corps, depuis que la Femme avait fait l'Enfant, pourquoi le monde s'acharnait-il à rouler celui-ci vers ses souvenirs les plus bas, les plus immondes, comme pour se décharger un peu sur l'innocence de ses propres ténèbres...

« Maman, qu'est-ce que tu fais ?... Pourquoi tu me réponds pas ? Regarde ce que j'ai ramené... »

Patricia ouvrit les yeux. Elle les avait tenus fermés si fort, si longtemps, que tout lui apparaissait maintenant bleuté de lumière. Avec dans sa rétine, de petits cercles imparfaits, noirs et or, qui dansaient encore.

Maya était là, à demi couchée dans l'herbe haute, appuyée sur les coudes, le corps et le cou tendus vers le regard vert, immobile, d'un chat magnifique, à la fourrure gris perle. L'enfant lui parlait tout bas à présent, trop bas pour que Patricia puisse entendre; et le chat ne bougeait pas, fixant tour à tour, sans hâte, sur la mère et sa fille, un regard à la fois présent et lointain. Puis, comme Maya cessait de lui parler, il s'étira, fit demi-tour et disparut dans un ondoiement étrange et dédaigneux.

Maya avait toujours rêvé d'avoir un chat.

« Maya ? dit Patricia doucement.

– Quoi ? répondit l'enfant avec impatience, déçue d'avoir vu son rêve s'évanouir trop vite dans les herbes.

– Je t'aime. »

Maya se mit à rire, le chat déjà oublié; puis d'un bond elle se mit à courir en cercle autour de sa mère, battant des mains devant et derrière elle, en hurlant d'une voix de fausset.

« Coccinelle... demoiselle... bête à bon Dieu... »

Puis s'arrêtant de nouveau, comme prise d'une grosse et soudaine inquiétude :

« Maman, c'est quand les cerises ?

– Bientôt...

– C'est quand bientôt ? »

Patricia hésita, avant de répondre, en souriant de son mensonge.

« Pas demain... Le jour après. » Puis, elle ajouta, sous le coup d'une impulsion subite, comme pour effacer cette nouvelle déception : « Julien te donnera des cerises, plein de cerises, plein tes petites mains...

– C'est vrai ? dit Maya, sautillant de joie.

– Oui, c'est vrai. Allez maintenant, viens, on va voir Julien. Il doit être rentré... »

Sur le chemin du retour, Maya, cessant de caracoler en tête, se laissa enfin prendre la main, le visage pensif à présent. Durant tout le trajet, dans le train, elle n'avait cessé de poser des questions sur ce Julien chez qui on allait. Où est-ce qu'il habitait ? Est-ce qu'il y avait un chat ? Des poules ? Qu'est-ce qu'il faisait ?

Embarrassée, Patricia avait répondu de son mieux, inventant avec un peu de remords une formidable basse-cour, des chiens, des chats, toute une ménagerie qui avait fait briller les yeux de la petite fille. Et lorsqu'elle avait ajouté que Julien « passait à la télévision » – après tout, ce n'était qu'un demi-mensonge –, Maya qui adorait la télévision et qui aurait passé le plus clair de son temps devant le petit écran si sa mère, de temps à autre, n'était pas venue l'en arracher, Maya, cette fois, était restée béate d'admiration. Ce qui avait présenté, dans le compartiment, l'avantage d'un très long silence où, après une nouvelle aussi formidable, l'enfant avait cru devoir se plonger.

« Attends... maman... » Elle s'arrachait à la main maternelle, poussée par un nouveau désir.

« Qu'est-ce que tu fais ? »

Mais Maya était déjà partie, courant, disparaissant derrière la rangée d'arbres, puis revenant en moins de trois minutes, les bras débordant de fleurs des champs; des rouges, des jaunes, des bleues, et même des fleurs inconnues de Patricia, aux pétales d'un étrange vert pâle piquetés de taches mauves.

« On va lui donner ça, hein, au monsieur de la télé ? »

Patricia sourit, essayant de deviner à l'avance la tête de Julien devant cette déclaration d'amour. Elles approchaient. Et Patricia se raidit un peu en revoyant l'allée de thuyas, les deux grandes bâtisses, la cour complètement ensoleillée à présent, le chien qui ronronnait toujours. Maya, qui commençait à être fatiguée, traînait un peu la jambe et se laissait tirer.

Tout à coup, Patricia le vit, le reconnut.

Debout, là-bas, sur le perron de la maison, Julien les attendait, immense.

Devant cet homme gigantesque, au visage taillé à coups de serpe, l'enfant eut un geste de recul et se plaça derrière sa mère, laissant filtrer un simple regard, derrière la jupe.

« C'est vrai qu'il est laid », se dit Patricia, sentant la main de sa fille se contracter dans la sienne.

Puis Julien s'avança, prit la main de Patricia, feignant d'ignorer la présence de la petite fille, en regardant la jeune femme droit dans les yeux.

« C'est bien que tu sois venue avec elle... » dit-il enfin, souriant à présent.

Patricia, encore plus émue qu'elle n'avait pu l'imaginer, ne put qu'acquiescer de la tête. Il y eut un silence. Julien montrait de la main, d'un geste ample qui balayait tout, la forêt proche, les champs, les taches ardoisées et brillantes des étangs au loin, le soleil encore haut.

« C'est beau, non ? » dit-il.

Il fallait qu'elle fasse quelque chose. Elle n'allait pas rester comme cela, plantée, le cœur battant, pendant des heures, comme une gourde.

« Maya chérie, dit-elle enfin en tirant un peu l'enfant, voilà Julien...

– Tiens, monsieur, dit Maya d'un ton boudeur et faussement détaché, c'est maman qui les a cueillies pour toi... »

Patricia éclata de rire, libérée par ce mensonge de gamine intimidée par l'homme.

« Voyons, Maya, tu sais bien que... »

Mais déjà Julien, pas dupe, avait soulevé la petite fille de terre, la faisant monter très haut, au bout de ses bras, sans aucun effort.

« Oh ! maman, c'est très haut ! » s'écria Maya, partagée entre le ravissement et l'inquiétude.

Alors Julien rit, et la reposa en souplesse.

« Dis donc ! fit Maya, admirative. Ce que t'es fort ! » A moitié conquise maintenant, l'enfant ne détachait plus ses yeux du géant. Elle sentait encore sur sa taille comme une petite brûlure, là où les deux mains énormes l'avaient saisie avec une force tranquille. C'était son premier émoi de petite bonne femme, un trouble inconscient et pur qu'elle oublierait jusqu'au jour où un autre, plus tard, beaucoup plus tard, viendrait la reprendre.

« Maman, je peux jouer avec le chien ?

– Laisse-le tranquille, il dort.

– Il a assez dormi ! » dit Maya péremptoire, puis voyant qu'elle avait eu gain de cause, et que personne ne s'opposait plus à son projet, elle s'éloigna en courant, faisant voleter sa robe blanche.

Patricia et Julien s'étaient assis en plein air. Devant la maison, il y avait une table longue et des bancs, avec des verres tournés, un grand pot d'orangeade et un autre d'eau fraîche. Jusqu'ici, Patricia n'avait vu personne d'autre. Même le petit Algérien avait disparu. Qu'étaient devenus les autres, ceux qui avaient accompagné Julien dans sa promenade ? Où étaient-ils ?

« Tu veux boire quelque chose ? » demanda Julien.

Elle dit oui et il lui versa un peu d'orangeade, en la regardant. Patricia se mordit la lèvre, sourit timidement, baissa la tête vers le bas, et, très vite, tendit sa main à plat, vers lui. Il la prit, avec un regard interrogateur et tendre, et elle se sentit soulagée.

« Ta lettre était belle, Patricia, tu sais ! Sois la bienvenue à Essennes...

– Eh bien, balbutia-t-elle en rougissant un peu,

je suis contente de te rencontrer, Julien Mahé... »

Il y eut un nouveau silence et elle détourna le regard, là-bas, vers l'allée de thuyas violets, presque noirs. Un oiseau planait au-dessus, très haut. Il semblait flotter, dériver, libre des vents, seigneur d'un royaume peut-être sans limites.

« Le ciel ou le désert, c'est pareil », affirma Julien d'un ton paisible qui n'attendait pas de réponse.

« Pourquoi ? demanda-t-elle cependant.

— Parce que c'est propre. »

Elle ramena son attention à la table, le regard toujours un peu bas, posé sur le bois.

Julien avait de longues mains, des drôles de mains, maigres mais musclées et puissantes, à son image. Ses yeux verts étaient-ils grands ou petits ? Elle n'aurait su l'affirmer tant son regard était immense. Mais ce qu'elle préférait peut-être, c'était sa voix, un long frémissement rauque et doux à la fois, une virilité presque excessive si l'on n'avait perçu, entre les syllabes, une sorte de détachement. Quant au visage, avec cette longue cicatrice sous le cou, il lui apparaissait moins laid que tout à l'heure. En fait, elle ne l'avait pas imaginé aussi physique, aussi impressionnant de force tranquille. Elle se sentait un peu comme une petite fille devant le moloch qui va la dévorer; et elle comprenait mieux à présent le recul de sa fille il y avait un instant, puis son vertige une fois portée à bout de bras.

Patricia jeta un regard vers Maya qui jouait à parler au chien. D'instinct, la gamine se retourna et sourit.

Alors, rassurée, Patricia parla à son tour.

« Julien, je suis venue parce que je ne voulais plus attendre, parce que j'ai senti qu'il fallait faire quelque chose avec toi. Quoi? Je ne sais pas encore. Mais j'aimerais tout désirer, tout vivre... Quand tu as parlé l'autre soir, à la télévision, j'ai compris qu'il fallait que je te donne la preuve de mon existence. Je n'avais jamais entendu des choses pareilles. Et il fallait que tes questions reçoivent une réponse, quelque part... »

Julien la regardait toujours, sans répondre, le visage un peu plus sérieux maintenant. Comprenait-il seulement ce qu'elle disait? Est-ce que tous ces mots voulaient dire quelque chose pour lui? Etait-ce cela qu'il avait attendu? Il paraissait si lointain, soudain.

« Avec toi, je voudrais sauver le rire de Maya, reprit-elle pourtant, trébuchant sur certains mots, un peu inquiète de son mutisme; je voudrais que ma fille connaisse les champs d'ici et d'ailleurs et qu'elle ignore à tout jamais les cimetières. Et si un jour, d'autres que moi, d'autres que nous, lui en montrent un, je veux qu'elle réponde : « Emmenez-moi dans les champs et laissez-moi « courir... »

Cette fois, Julien sourit, un tantinet moqueur.

« Et toi, Patricia, tu as encore envie de courir dans les champs?

– Oui », répondit-elle en riant, elle aussi, gagnée par cette bonne humeur, se maudissant d'avoir été aussi grave et pompeuse dans ses déclarations. Avec un homme comme celui-là, tout devenait simple et gai.

« On reparlera de tout cela. On a tout le temps, reprit Julien, lâchant sa main et commençant à se lever. Combien de jours peux-tu rester ?

– Je n'en sais rien, répondit-elle, abrupte, transpercée par une pensée soudaine, inquiète d'Olivier brusquement.

– Tu veux voir la maison ? reprit-il sans paraître autrement remarquer son trouble. Elyane a préparé votre chambre.

– Qui est Elyane ?

– Tu l'aimeras », répondit-il simplement, en se dirigeant vers la maison.

Plus tard, Patricia était allée jusqu'à la porte de la chambre; elle l'entrouvrit doucement puis, rassurée par un souffle paisible, elle la referma avec mille précautions, pour éviter tout grincement.

« Maman, on ira à la rivière ?... » avait demandé Maya, une heure plus tôt, en regardant sa mère défaire les deux sacs de voyage. Allongée sur le lit, elle suçait son pouce; puis, brusquement, elle avait fermé les yeux.

« Maman, je dors ? » avait-elle encore demandé d'une petite voix soumise.

Patricia, laissant les bagages, était venue caresser sa joue et avait repoussé les longs cheveux blonds, loin derrière l'oreille, afin qu'elle respire mieux, dégageant l'attache du cou, fragile et rose.

« Oui, Maya, dors un peu... »

Et l'enfant s'était endormie, immédiatement.

Maintenant, Patricia s'arrêtait, indécise, en haut de l'escalier. Par la fenêtre du couloir, elle aperçut

Julien, près du petit pont. Elle mourait d'envie de croiser à nouveau son regard démesuré. Mais, dans le même temps, saisie d'une crainte obscure, elle appréhendait ce tête-à-tête.

Elle descendit les dernières marches. Dans la cuisine, Elyane lui dit avec un sourire d'encouragement.

« Il t'attend... »

Le dos tourné à la forêt, le regard fixé sur la route invisible, cachée par l'allée de thuyas, Julien entendit Patricia s'approcher et s'asseoir sur le petit parapet de pierres grises. Voyant qu'elle demeurait silencieuse, il se tut d'abord, comprenant son silence. Il y avait tant à dire.

Enfin, il se retourna en souriant, puis avec un geste vague il déclara :

« Tu sais, quand j'ai reçu ta lettre, je l'ai trouvée tellement belle que je l'ai lue aux autres...

– Quels autres?... » répliqua-t-elle un peu agressive. Les autres avaient lu sa lettre et elle se sentait violée quelque part.

« Eh bien, Elyane, François, Susan...

– Qui est Susan?... »

Il prit un temps avant de répondre, sérieux tout d'un coup.

« Elle vient de très loin, et c'est elle qui est arrivée la première ici. En tout cas, tout le monde est tombé d'accord pour que tu viennes et que tu viennes avec ta fille. Et voilà, maintenant tu es là.

– Que veux-tu savoir de moi?

– Oh! je ne sais pas. Qui tu es, d'où tu viens, plein de trucs sans importance au fond... L'âge de ta grand-mère, ton tour de taille... »

Il se moquait d'elle gentiment.

Patricia se mit à rire, un peu plus détendue. Au fond, elle mourait d'envie de se raconter.

« J'aime bien quand tu ris, dit-il, soulagé de la voir ainsi.

– Je ne me souviens pas de mes rires d'enfant, commença-t-elle. Je me souviens de l'amour d'une femme que j'appelais maman et qui, parfois, me serrait et m'embrassait avec tellement de force que mon nez s'écrasait sur sa joue... Je me souviens aussi des dimanches d'hiver où, debout près de la fenêtre, pendant des heures, j'attendais. Alors, elle m'appelait doucement, me prenait dans ses bras, et me disait : « Allons Patricia, tu ferais « mieux de jouer au lieu de rester plantée là... » Puis elle me laissait. Mais très vite, je plaquais à nouveau mon nez contre le carreau, tout contre les rideaux blancs. Et je l'entendais chuchoter alors : « Elle attend sa mère, la pauvre, mais elle « ne viendra pas. » Les grands rentraient de la messe. On mettait beaucoup d'assiettes, j'avalais un feuilleté bien doré en retenant mes larmes. Alors, Bernard, un de mes frères de lait, mon préféré, me montrait sous la table l'insecte qu'il avait capturé et enfermé pour moi dans une grosse boîte d'allumettes. Il me faisait un " chut " discret, exigeant le secret. J'étais heureuse... »

Patricia leva les yeux vers Mahé. Pourquoi lui raconter tout cela ?

Aussi, elle ajouta immédiatement, un peu gênée, avec une sorte de petit rire d'excuse.

« Tu ne peux pas savoir comme j'ai envie, tout à coup, de parler de mon enfance...

– Si, répondit Julien sans hésiter, je comprends, je t'assure. Continue... »

Patricia se mordit la lèvre.

« Tu sais, Julien, je n'en parle jamais. Mais je n'ai rien oublié des bras qui me serraient, des odeurs. Je me souviens de tout, du jardin de mon enfance, de mon lit de bois, de l'ours en peluche qui récoltait les baisers que je ne donnais pas à ma mère absente, de ma queue de cheval au ruban rouge, ou jaune, ou bleu; de la " maison " aussi qui était un appentis près de la cabane où l'on rangeait les outils du jardin et qui était la nôtre pour jouer à être grands... »

Elle s'arrêta encore, essoufflée par sa tirade, surprise elle-même de la fidélité de sa mémoire. Depuis combien d'années ne s'était-elle pas livrée ainsi ?

Fallait-il parler aussi des bordures de myosotis, des poiriers en espalier, de la grille verte qui interdisait la rue, des grosses pivoines qui s'avançaient dans l'allée courant derrière la ligne sobre des glaïeuls, des touffes de marguerites, des larges feuilles de rhubarbe près du puits, du pêcher au petit tronc sec dont elle adorait les feuilles roses, des fraises qu'elle allait cueillir en cachette, et de tous ces pommiers dont elle associait l'odeur à celle de la compote à la vanille. Devait-elle parler de cela aussi ? Sans doute aurait-elle dû. L'enfance d'une femme est ainsi faite de milliers de fleurs odorantes, de desserts et de gourmandises.

Julien, toujours debout, attendait qu'elle reprît, sans impatience. Et son corps immense emplissait le regard de Patricia.

« Oui, Julien, j'avais tout pour être heureuse. Un grand jardin, un vélo, des jouets, des bons goûters, des devoirs à faire sur la nappe à carreaux, des frères et des sœurs de lait plus vieux que moi et qui me gâtaient. J'étais la chouchoutée. Tiens ! je me rappelle ! si l'une de mes dents tombait, une petite surprise, au matin, l'avait remplacée dans mon mouchoir. Avec des tas de baisers en plus. Et puis, un jour... »

Elle s'arrêta une nouvelle fois, la voix brisée.

« Oui ? » dit-il tout de suite, affectueusement.

Elle prit sur elle-même pour continuer.

« J'avais neuf ans. La nourrice m'a serrée dans ses bras, en mordant ses poings, le visage plein de larmes. On m'a emmenée. Je ne savais même pas pourquoi la valise était si grosse. Je croyais à des vacances. J'ai appris à prendre le train toute seule, puis l'autobus. A faire chauffer des conserves. A être seule. Seule dans ce nouvel appartement, seule dans ma chambre, seule dans mes jeux, seule sur mes devoirs...

« Ma vraie mère, qui m'avait reprise, n'était jamais là. Alors je me suis inventé des amis invisibles. Je leur parlais tout haut. Mon ours avait vieilli mais il était là, dans une armoire, et quand on ne me voyait pas, je le sortais et je l'asseyais près de moi. Les odeurs avaient changé. J'étais dans la ville. Et les rideaux aux fenêtres, où je continuais de poser mon front, avaient d'autres couleurs... »

Julien restait muet à ces nouveaux détails. Elle avait pris un ton peiné, baissant la voix pour faire revivre cette plaie secrète de son enfance. C'est avec une violence crispée qu'elle acheva.

« Je disais " maman " à un mythe, à un courant d'air. Les vacances auxquelles je croyais avaient passé. Et le jour où j'ai compris que la compote sur la nappe à carreaux, il ne fallait plus l'attendre, qu'elle ne reviendrait jamais... j'ai eu mal, mal, tu ne peux imaginer, Julien, ce que j'ai eu mal... »

Elle semblait réellement bouleversée, au bord du malaise. Ses lèvres tremblaient, impressionnantes, terribles, tant il est vrai qu'un chagrin de petite fille n'est jamais aussi pénible que sur un masque de femme.

« Tu n'es pas obligée de me dire tout ça maintenant. Nous avons le temps, tu sais... » C'est lui, à présent, qui essayait de l'arrêter, sentant cette souffrance encore vive, mise à nu comme ça, d'un seul coup, trop brutalement, comme on arrache un pansement. Il n'avait pas voulu cela.

Mais Patricia, sur sa lancée, continuait.

« Si... si..., disait-elle. Je préfère en parler maintenant. Parce que tu vois, Julien, c'est ce qui m'a déboussolée. Comment peut-on vivre, à dix ans, avec déjà au cœur le souvenir de son enfance. Avec les souvenirs de ce qui est bon ?... Comment peut-on vivre, à dix ans, avec déjà des regrets ?... hein, je te le demande ? L'enfance, c'est ce qui est bon, non ? Les gronderies et les pleurs, les colères qu'on oublie aussi vite qu'elles sont venues... L'enfance, c'est l'école, la peur de la rivière et pourtant le désir d'aller nager avec les autres. L'enfance, c'est le mercurochrome qui pique, la mère, la vraie ou la fausse, qu'importe du moment qu'elle est là, en tout cas, la mère qui gronde et qui embrasse en même temps le genou blessé, qui souffle sur le coude meurtri. Et le plus incroyable, c'est que la douleur disparaît. L'enfance, c'est courir loin de la maison, loin des adultes avec son jeune chien, mais c'est aussi, en sens inverse, courir à perdre haleine pour que des bras vous fassent monter au ciel, comme tu l'as fait tout à l'heure avec Maya... pour qu'une voix imite l'oiseau, le mouton, le loup; pour qu'un corsage ou une chemise s'entrouvre pour qu'on y mette sa joue au chaud. On m'a volé tout ça, trop tôt, trop vite, tu comprends?... »

Julien, toujours debout, l'écoutait. Et sa silhouette puissante, découpée dans la lumière qui baissait peu à peu vers l'horizon, apaisait Patricia comme aucun homme n'y avait jamais réussi. Certes, elle se sentait un peu vidée de sa substance, mais mieux, beaucoup mieux.

Et il lui parlait à son tour, d'une voix tendre, calme, légère, attentive.

Il ne cachait rien de ce qu'il avait été, de sa misère, de son existence de brute. Il évoquait avec un maximum de clarté possible les premiers troubles qui l'avaient ébranlé, jusqu'à cette dernière crise dans les couloirs de la Maison de la Télévision et dont il avait mis plusieurs jours à guérir, malgré les soins attentifs de toute la petite communauté. Sa formidable constitution, la paix des champs avaient fait le reste. Et maintenant il en avait la certitude, tout irait bien.

Patricia l'écoutait, très émue. Ce géant massif et

laid qui se racontait comme un enfant, sans détour, à une femme qu'il connaissait à peine, cette voix rauque, tendre, aux sonorités prodigieuses, la troublait. « Il est beau quelque part », se dit-elle.

Julien répétait pour elle le discours de Rossan qui vivait encore en lui, comme un animal de combat. Il retrouvait pour cela les intonations du vieux savant assassiné, sa vigueur farouche de brave homme. Et puis venait la fuite insensée, l'abandon d'Elyane qui, depuis, vivait avec François, l'accueil de la femme Houdin, pourquoi et comment il était passé ce soir-là à la télévision grâce à François. Il avait reçu plus de cinq mille lettres, par sacs entiers, qu'ils avaient dépouillées, tous ensemble, pendant plusieurs jours. Pourquoi avait-il répondu à Patricia? en priorité? Il n'en savait rien. Comme ça, une intuition, qu'il ne pouvait toujours pas s'expliquer.

Un combat formidable venait de s'engager. Et cent questions de Patricia évoquaient en lui cent nouvelles raisons de se battre.

Puis vinrent de longs silences où ils se regardaient, immobiles. Mais ni l'un ni l'autre n'en concevait de gêne. Aucune ambiguïté ne subsistait plus dans leurs rapports, et il avait fallu pour cela moins de deux heures. Plus d'homme, plus de femme, mais deux âmes simples en révolte, réunies aux franges d'un absolu encore obscur.

Julien la fixait droit dans les yeux, longuement. Elle, sans ciller, soutenait ce regard vert qui l'aspirait. Sans qu'elle s'en rende vraiment compte, il allait en elle, loin, tout de suite. Sans méfiance, elle ouvrait d'elle-même toutes les portes internes qu'elle se connaissait. Et lui, sans heurt, la pupille infiniment fixe, tâtonnait, palpait les méandres de cette âme blessée qui s'offrait comme un corps. Il ne voyait plus depuis longtemps le visage jeune et avenant de Patricia, ses lèvres un peu trop charnues qui lui donnaient un air naturellement boudeur, ses cheveux noirs et épais séparés par unc raie médiane, sa poitrine large aux seins lourds qui bougeaient sous l'étoffe. Il sentait, en la pénétrant ainsi, d'autres chaleurs, douces. Ils étaient si près l'un de l'autre, maintenant, que les cheveux de la jeune femme frôlaient sa joue. Mais d'autres caresses l'appelaient ailleurs.

Bientôt les idées de Patricia se brouillèrent encore davantage. Sans lutter, elle s'abandonnait à ces frôlements impalpables qu'elle ne comprenait pas. Toujours assise sur le parapet, elle haletait un peu sans s'en rendre compte, la bouche légèrement entrouverte, les doigts crispés sur les bords de la pierre. Quelque chose passa dans sa nuque, laissant une traînée étrange. Elle respirait de plus en plus fort, les yeux toujours fixes, les épaules secouées d'imperceptibles spasmes. En elle, quelque part, quelque chose frémit. Puis, peu à peu, les vagues se calmèrent. La surface de ses pensées devint plus plane, à peine agitée maintenant par quelques risées. Elle rouvrit les yeux. En face d'elle, l'œil de Julien était devenu brume et, laissant promener son regard, elle trouva la campagne étrange. Se sentant à la fois un peu faible et merveilleusement apaisée, elle essaya d'éclaircir son regard mais n'y parvint pas totalement. Ce qui la surprit un peu.

« Ce voyage en train avec Maya m'a épuisée, se dit-elle. J'aurais dû faire une sieste moi aussi... »

Julien avait tourné la tête, rompant le charme. Et elle se ressaisit aussitôt, passant machinalement une main sur son front.

« Je suis fatiguée, Julien », dit-elle d'une voix encore un peu molle.

Il lui sourit pour répondre.

« On dort bien ici, tu verras... »

Le soleil s'en allait, il faisait moins chaud. Là-bas, une porte claqua.

Elyane arrivait portant Maya dans ses bras, les yeux encore gros de sommeil. Et ils restèrent ainsi jusqu'au soir, tous les trois, à bavarder, en regardant l'enfant qui jouait dans la lumière tombante.

« Maman, regarde ! »

Maya avait attrapé une poulette grise et blanche qui roulait des yeux mais ne se débattait plus. Maya caressait ses plumes avec application.

« Il bat très vite son cœur, maman, sens... »

Patricia glissa à son tour une main sous le ventre. C'était chaud, et le cœur cognait d'un mouvement précipité.

« Elle a peur, Maya... »

L'enfant regarda Julien pour répondre.

« Mais je ne vais pas lui faire de mal...

– Hum..., dit Julien en souriant. Tu te plais ici ?...

– Tu sais, je m'amuse bien... », s'écria Maya. Puis, sans plus se soucier d'eux, elle avait entrepris de rassurer la poule. Elle lui parlait, joue contre plumage. Mais profitant d'un instant d'inattention, la poule se dégagea, vola sur deux mètres, et Maya se mit à courir après elle en riant.

« Un jour, Maya aura quinze ans, comme toi, Patricia... Elle a besoin de toi. Il ne faut plus que tu la quittes... », dit Elyane, gentiment.

Patricia leva la tête, son regard se butait. On la sentait nerveuse, brusquement.

« Maya est ma fille, parce que, entre toutes, je reconnaîtrais son odeur. Mais, sa destinée ne m'appartient pas... je le sens. Elle vit ses propres images, et c'est bien ainsi, même si parfois je suis obligée de faire des choix qui l'impliquent directement.

– Pourquoi dis-tu cela? demanda Elyane, décontenancée, sur un ton de reproche.

– Parce que l'idée de sacrifice me fait horreur. Parce que Maya est trop forte, trop avide. Parce qu'elle me dévore. Je veux aller à fond dans mon engagement personnel et, avec elle, toute ma vie serait faussée... »

Elyane se taisait maintenant, troublée, muette de réprobation. Elle ne comprenait pas. Julien, pensif, lui non plus, ne disait rien, ne quittant pas des yeux l'enfant, là-bas, qui avait fini par rattraper la poule, et qui lui parlait encore...

Elle a besoin de toi, pensait Patricia, mi-furieuse, mi-touchée. Toujours le même refrain. Combien de fois lui avait-on hurlé cela en plein ventre? Ils ricanaient, contents de la coincer. Mais moi qui l'ai touchée alors que nous étions encore reliées l'une à l'autre, est-ce que je n'ai pas besoin d'elle, vitalement, férocement, de la façon la plus tendre et la plus hurlante. Mais était-ce cela vivre ? Toujours avoir besoin de quelqu'un d'autre. Non, vivre pour elle, c'était être suffisamment forte pour se donner, s'offrir, se partager, se multiplier et se retrouver malgré tout. Ne pas donner la force à Maya, mais faire en sorte qu'elle la trouve elle-même. Qu'elle se sente libre demain, là où Patricia, elle, se sentait encore entravée. Ne pas donner de modèles à l'enfant mais lui laisser les découvrir, les modeler à sa façon. Que l'enfant voie par ses propres yeux le plus de choses possible afin que personne plus tard ne puisse la tromper. C'est parfois si long de remonter ses yeux vers le soleil lorsque l'on cloue votre enfance dans les cercueils du mensonge et des idées toutes faites. Patricia avait trop méprisé ce gâchis. Elle-même s'était sentie trop prisonnière des normes adultes qui cassaient ses rêves, lui interdisaient l'impossible ou le défendu, la menaçaient de lui apprendre à vivre selon leurs lois, et, devant son refus, avaient juré mille fois de la mater. Patricia ! Quitte tes rêves immédiatement ! Tu entends ! nous avons dit immédiatement, Patricia ! La demande se faisait toujours ordre puis menace.

Oui, Maya aurait un jour quinze ans, mais ce jour-là elle connaîtrait la terre qui la portait. Apprendre ne serait pas souffrir ? Etait-ce donc si mal de penser ainsi pour sa fille ?

A quinze ans, gorgée d'enfance, pleine d'énergie réelle, Maya ne se paierait pas, comme elle, des frousses magistrales.

« Maman, j'ai faim... » Maya protestait, debout devant eux.

La nuit était tombée, ils rentrèrent, croisant une femme au visage plein, aimable, qui leur souhaita un bon appétit.

« C'est Mme Houdin... », dit simplement Julien.

A l'intérieur, une jeune fille très mince, presque masculine, s'affairait dans les placards. Il y avait aussi un autre garçon, assez beau, qui mettait la table.

« Susan... François... Mustapha... Patricia... et Maya... »

Mais Maya se moquait des présentations. Elle s'était déjà assise à la table, une grande serviette autour du cou que Julien acheva de lui nouer.

Tout de suite, le repas fut joyeux.

Maya, enhardie par le fait de se sentir au centre de l'intérêt général se déchaîna. Elle riait aux éclats en répétant aux autres tout ce qu'elle avait raconté à la poulette grise. Une histoire terrible où un énorme chat gris guettait le pauvre volatile, prêt à fondre sur sa proie. Heureusement, Maya était là et, tel un Zoro en barboteuse, se promettait de délivrer l'infortunée à plumes. Elle et Maya avaient donc conclu un pacte. Maya défendrait la poule mais celle-ci avait dû promettre que tous ses œufs à venir seraient pour l'enfant.

Autour de la table, tout le monde rit beaucoup à cette future épopée. L'enfance était revenue parmi eux. Et chacun se mit à raconter avec mille détails des choses légères et furtives, des anecdotes de sa propre jeunesse. On inventait, on enjolivait, on mentait même. Mais tout le monde avait l'air heureux.

Seule, Maya, maintenant se frottait longuement les yeux. La tête lourde d'odeurs, de voix nouvelles et de formes lointaines, elle finit par pousser son assiette de côté et posa son front sur son bras replié, en suçant son pouce. Il était tard.

« Tu veux aller dormir, Maya ?

– Attends, juste cinq minutes... »

Derrière les vitres, silence et nuit noire. Le repos du temps. Elyane se leva pour apporter le dessert, des pommes rouges, brillantes et superbes.

« Je ferai sourire d'amour l'homme que j'aime », songea Patricia. Comme si François avait suivi du doigt la pensée de Patricia, il demanda :

« Tu vis seule, Patricia ? Je veux dire... »

Mais déjà elle avait répondu.

« Non, dit-elle, il s'appelle Olivier...

– C'est le père de Maya ?...

– Non...

– Il y a longtemps que... »

Les autres voulaient tout savoir d'elle. Et elle se sentait fatiguée. Pourtant, être ainsi acceptée la rendait heureuse. Alors, elle raconta comment, à quinze ans, entêtée d'un ailleurs de beauté, farouche à vivre, étoilée à vif ciel, elle avait commencé à danser au-dessus du vide, sachant bien que le filet tendu sous ses utopies ne la sauverait pas. Absolu devenait un mot corrosif qui lui brûlait les lèvres et les yeux. Elle s'était lancée dans toutes les aventures, dans toutes les impasses. Elle avait rencontré d'autres garçons, d'autres filles, qui cherchaient eux aussi. Ah ! elle s'en souvenait encore de ce moment-là ! Alors elle n'était pas la seule ? Alors elle n'était pas folle ? Le monde avait changé. Il y avait eu des amitiés fulgurantes, des enthousiasmes collectifs, des grandes fièvres, de grands projets. Des gens se rencontraient, discutaient, échangeaient.

L'un d'eux avait été le père de Maya. Il s'appelait Paul.

Très jeunes, ils avaient découvert l'amour comme un jeu tout neuf, à la fois simple et très compliqué. Un jeu cruel. Ensemble, ils faisaient le voyage de l'adolescence rejetée du monde et où il faut se battre pour protéger ses rêves et trouver la force de les bâtir.

« Parfois tout s'écroulait, mais toujours l'un de nous savait réconforter l'autre. Paul parlait de choses folles, mais je l'encourageais, inconsciente des loups. Et lentement, progressivement, nous avions laissé derrière nous les gros ennuis, les douleurs sourdes, les trahisons, la malchance. Notre enthousiasme ne reculait plus devant rien, nous étions sûrs de tous les combats. Et, à ses côtés, je n'en démordais plus, rayonnante d'une joie de vivre toute nouvelle, prête à tous les risques, à toutes les audaces pour avancer dans l'absolu. Et c'est persuadée de cet ailleurs possible, frappée d'espoir blanc, orgueilleuse de m'obstiner ainsi à toucher l'éternité de ma mémoire, faite magicienne par passion, dotée enfin de tous les pouvoirs puisque de toutes les volontés, que j'ai fait un enfant. Maya. Un enfant bâti d'homme vulnérable et royal, fragile dieu de mes années vierges, que je vénérais aveuglément.

– Mais, Paul, qu'est-il devenu ? demanda Elyane.

– C'était un leader Immature... »

Tout le monde avait compris, personne n'ignorant plus, en Europe, le sort réservé à ceux qui avaient voulu bâtir dans le sang et la colère ce royaume touché de grâce de la pure liberté. Au bout de la table, Susan eut un sourire amer...

Paul exécuté, la famille, les autres étaient revenus à la charge.

« Ecoute Patricia, ça suffit, assez de délire. Tu as une enfant maintenant. Arrête les caprices et les originalités. Vis un peu dans la réalité. » Ils visaient bien. Elle avait volé en éclats, en larmes d'épuisement. Mais elle s'était débattue. Elle avait voyagé pour se retrouver, toucher son front à deux mains, son ventre, sa nuque, ses yeux. Voir la mer, sentir le vent, marcher seule sur une plage, oublier de manger, tout ignorer des horaires. Et puis, elle était revenue vers l'odeur de son petit, se croyant perdue. Elle avait essayé comme elle avait pu de transformer malgré tout le quotidien, d'en recréer un autre, de faire silence en elle, de s'adapter, de se plier. Jusqu'au jour où il avait fallu faire ce voyage au bord de la mer, avec toute la famille. Elle ne voulait pas, elle n'en pouvait plus. Elle ne désirait que dormir, dormir là où elle était. Mais il avait fallu partir.

« Epuisée, je suis allée sur la plage. Je n'ai pas vu la mer. Je n'ai pas vu le ciel. Je n'ai pas vu les oiseaux. Je n'ai pas vu les vagues. Tout à coup mon corps était brûlant. Mes mains l'ont parcouru. Il était nu, doux et chaud. Et la mémoire m'est revenue... violente. Et je me répétais, consternée, mon Dieu, j'ai oublié ce qu'était le soleil...

« Patricia, qu'est-ce que tu fais, tu es folle », criaient-ils. Je suis partie en courant.

« Dépression nerveuse, ont dit les psychiatres. On m'a soignée. Et puis j'ai rencontré Olivier avec qui je vis maintenant. Et Maya et moi, nous avons commencé à nous croiser, à nous apercevoir entre deux voyages, à nous espérer réunies, à nous séparer, à nous appeler, à nous retrouver... »

Tous les regards se posèrent sur Maya qui n'avait pu lutter longtemps contre le sommeil et qui dormait profondément, la tête sur la table, le pouce à la lisière des lèvres, la bouche légèrement entrouverte...

« Elle est vraiment belle cette gosse, dit Julien.

– Ne t'en fais pas. Tu seras bien ici, Patricia, enchaîna Elyane. Tu verras, c'est calme, tu pourras te reposer autant que tu voudras...

– Mais je ne peux pas rester longtemps... Olivier m'attend. »

Julien secoua la tête et sourit pour dire :

« Bon. Nous reparlerons de tout cela demain. Allons dormir. »

Puis il ajouta pour lui-même, tout en soulevant la petite fille dans ses bras pour la monter au premier, sans la réveiller :

« Il va falloir s'agrandir. Car, maintenant, les autres vont arriver... »

QUATRIÈME PARTIE

STANI

Ici, je voudrais ouvrir une parenthèse : il s'agit des lettres que Julien m'a envoyées entre le 7 janvier et le 17 juin.

Certaines sont donc contemporaines des épisodes précédents; d'autres, au contraire, chevauchent la période à venir, avec ses fureurs et ses pitiés et dont, naturellement, je n'ai pas encore dit mot. Mais qu'on me permette cette entorse au récit car, à mon avis, ces lettres ne troublent en rien, ainsi proposées. l'ordonnance et le sens de l'histoire.

Elles sont, à ma connaissance, les seules que Julien ait jamais écrites. Si elles n'apportent pas grand-chose, j'en conviens, au niveau de l'anecdote, elles n'en éclairent pas moins quelques points obscurs de cette aventure. Au début, les doutes terribles puis certains mobiles de Julien y apparaissent plus précisément. Plus tard, elles confirment, bien qu'écrites dans un langage assez délirant, le rôle important et singulier joué par Maya, la petite fille de Patricia, au sein de la communauté des Révolucides.

Enfin, puisque, aujourd'hui, une poignée d'historiographes s'entêtent à vouloir refabriquer Julien Mahé sous les traits d'une sorte de messie fumeux, ces lettres, étranges je vous l'accorde, n'en fournissent pas moins la preuve irréfragable du contraire.

Et, là, il faut que certaines choses soient dites. Je m'explique.

Je suis peintre, je l'ai dit, fondamentalement peintre, vivant et travaillant avec les lois de la peinture. Or, à force de rigueur et de recherches et par-delà les apparences multiples de ma toile et de ma feuille de papier, j'ai eu l'impression, à plusieurs reprises — et ce, bien avant de connaître Julien Mahé — d'entrer en contact avec une force inconnue, monstrueuse, avec laquelle j'allais devoir, simultanément, me battre et, pire encore, tendre à m'identifier...

C'était la matière.

Elle m'apparaissait confusément, parfois dans mon sommeil, comme un de ces gâteaux appelés millefeuilles; comme un énorme oignon aux mille peaux différentes que nul ne s'était soucié de peler; comme une tranche de montagne stratifiée qui trépidait sous mon corps et sous mes doigts. J'ai été convaincu, dès lors, qu'il existait non pas une mais des millions de matières en rapport étroit les unes avec les autres; un labyrinthe souterrain où j'entrevoyais brusquement des gouffres, des tremblements, des fractures, des excroissances... Et tout ceci bougeait, glissait, se dérobait sous l'histoire des hommes qui, elle, se déroulait en surface.

Conscient et même complice de cette histoire, lié au combat des autres hommes pour transformer ce monde, je l'étais, je l'ai dit, résolument.

Mais il y avait là une possibilité d'approfondir. Aussi, dès cet instant, une pensée m'obséda; laisser tomber mon trépan sur ces couches inférieures de la réalité. Et descendre, m'engloutir...

Descendre, un jour, jusqu'à ce qu'un vieux maître avait déjà appelé « les assises du monde »... Là se situe ma « vraie » rencontre avec Julien Mahé.

Il m'invitait sans cesse dans sa retraite et j'étais allé passer quelques jours à Essennes. Un matin, il vint vers moi, les yeux brillants.

« Stani, veux-tu peindre pour moi ? Avec moi ? »

Le souvenir de cette matinée est toujours clair et précis dans ma mémoire.

Déjà, mes mains sont sur la toile.

Rythmes, vitesse, matières... A certains moments, mes gestes se font trop vifs. Ce n'est plus de l'art, c'est un duel. Je ne peins plus, je me bats. Et je commence à avoir peur.

Julien sourit.

« Calme-toi », dit-il.

Je m'enfonce. Sous la pression de mes doigts, les espaces cèdent les uns après les autres. Entre chaque palier, les points de soudure explosent. Vides successifs, découvertes successives, émerveillements, aveuglements, premières douleurs...

« Plus vite, me souffle Julien, plus vite... »

Je sens mon corps effrayé sursauter puis se raidir. Mais j'obéis et je plonge à une vitesse de plus en plus incroyable. La vitesse noire. Impossible d'en exprimer le coefficient d'accélération. Chaque étage jusqu'à l'infini et ma toile, ma pauvre toile où je m'agrippe, comme seul repère. J'ai mal partout. C'est effroyable...

« Calme-toi », répète encore Julien, plus doucement.

Dans ses yeux, au bord de ce vertige, il réinvente pour moi une nouvelle tendresse.

Et cette chute qui me rend aveugle, qui annihile mes sens et ma dimension pour me réduire à la proportion d'un point.

La souffrance grandit, grandit.

Tout ce qui faisait ma sécurité depuis des milliers d'années, mes bras, ma tête, ma colonne vertébrale, mon ventre, mon sexe raidi, ma verticalité, tout cet enchantement trouble du jour et de la nuit, tout cela est pulvérisé. Où est Julien ? Dans moi ? Suis-je devenu Julien ?

La pente où je chute s'adoucit un peu. Et voilà qu'un nouveau phénomène se produit, que mon acte de peindre se démultiplie. A présent, quand je fais un geste, le même geste se répète mille et mille fois aux différentes couches de la matière. Je peins ici, là, et plus loin encore. Je peins dans cette chambre, dans le cosmos et dans la pluralité des mondes. Je ne peins plus, je voyage. L'histoire ignorée se renverse et m'apparaît. Je suis à la fois l'homme de Lascaux et le Michel-Ange des empires futurs. Quelques secondes, je suis hier et demain...

Plus tard, lentement, j'ai repris conscience du cadre où je me trouvais. Je tournai la tête vers la table qui m'avait servi de chevalet et où je m'activais quelques instants auparavant. Sur la toile, des angles et des courbes inconnus m'apparurent comme autant de nourritures. Quel tableau étrange j'avais peint là ! Enfin, mon regard, encore voilé par le choc de l'étonnement, se dirigea vers Julien, et se posa sur lui assez longtemps pour comprendre que j'avais dû perdre connaissance et qu'il m'avait allongé sur un lit.

« Tâche de m'expliquer, lui dis-je. C'était moi, une projection ?

– Non, c'était toi... » Il parut se détendre, presque s'amuser : « Je t'ai un peu aidé, mais tu es doué... »

Je me sentais déjà mieux.

« Est-ce qu'il y a une limite ? »

Julien hocha la tête sans répondre.

« Je n'en sais rien. Je n'ai pas, moi-même, assez d'expérience...

– Non, je veux dire, crois-tu qu'existe une limite qu'on puisse atteindre sans devenir fou ?

– D'autres, dans le passé, ont dû descendre beaucoup plus profond... Mais ça ne répond pas vraiment à ta question, hein ? »

Il paraissait gêné, à présent. Mais je ne le lâchais pas.

« Et aujourd'hui ? D'autres en sont-ils capables ? Comme toi ? Mieux que toi ? »

Julien resta un moment sans me répondre, comme ne sachant si cela valait la peine de dépenser une parole; puis il lâcha, avec une étrange brusquerie :

« C'est possible !

– Quelqu'un que je connais ? »

Dans le silence qui suivit, Julien se retourna. Malgré la clarté régnante, je ne voyais plus son visage. Je sentais qu'il mentait, qu'il me cachait quelque chose ou quelqu'un.

La scène avait été très rapide. Mais je me souviens parfaitement de ce malaise. Je me souviens même d'avoir répété ma dernière question :

« Quelqu'un que je connais, Julien ?... »

Sans plus de résultat que la première fois. Julien ne disait toujours rien et le silence dura.

Je me levai et fis quelques pas dans la pièce, avant de reprendre, songeur.

« S'il est vrai que l'esprit naît à un certain degré de la matière, alors, il y aurait là... à descendre ainsi... l'espoir d'une pensée complètement nouvelle, n'est-ce pas ? »

Soulagé du changement de sujet, il me répondit tout de suite, me faisant face à nouveau. Un peu rogne :

« Pensée... pensée... ce n'est pas si simple ! La matière ne dit jamais tout de suite ce qu'elle veut. Il y a de tout dans ce gouffre, même de l'hésitation, même de la méfiance... Elle avance et recule, elle propose et se dédit, elle fait semblant de menacer les forts et tout d'un coup, sans prévenir, elle frappe les faibles... C'est une garce, mais une garce qui sait tout, qui connaît la réponse à toutes nos questions ! »

Je regardai fixement Julien. L'énervement gagnait ce visage déjà farouche, rougissait la cicatrice du cou. Elyane avait raison de dire qu'il avait un peu un regard de tigre, par moments surtout. Au fond, sa vieille nature ne démordait pas. Et, à l'intérieur, ce devait être un combat unique entre ce barbare et cette connaissance toute neuve...

« Une garce ! Une garce ! » répéta-t-il encore d'une voix rauque et sauvage.

Quelque part, en bas, une voix de femme cria qu'il fallait descendre, que c'était l'heure du déjeuner. Une autre voix plus sereine, ce devait être Elyane, lui répondit de nous fiche la paix. Puis le silence revint.

Au bout d'un moment, Julien reprit, plus calme, une note méditative dans la voix.

« Tout à l'heure, tu parlais d'une pensée nouvelle... Non, ce n'est pas ça... Mais comment te dire ? Ah ! ce n'est pas facile ! C'est autre chose, une sorte de jouissance, de plaisir incroyable, comme si l'être tout entier retrouvait... » Il s'arrêta en route dans son explication, préférant me donner un exemple plus imagé : « Tu vois, reprit-il, je pense que cela doit ressembler à ce que ressent un poisson un instant jeté sur la berge., qui commence à s'asphyxier, et qu'on remet à l'eau... la volupté au bout de la peur, une joie surréelle de vivre ! Un sentiment qu'on avait cru oublié, un état très ancien qu'on avait cru perdu à jamais, plus qu'une pensée nouvelle. Je dis cela aussi parce que les penseurs oublient souvent d'aimer... »

Ce jour-là, Julien ne descendit pas manger. Après que Mme Houdin nous eut monté deux verres et une bouteille de vin violet glacé, presque noir, en guise d'apéritif, il resta toute la journée dans la pièce d'en haut, à rêver, devant la fenêtre, sa physionomie rude accentuée par un regard un peu vide.

En évoquant, aujourd'hui, ces forces cachées de .a matière, cette énergie universelle vers laquelle, .oin des idées de sectes et des superstitions, *toute la démarche de Julien tendait*, des tas de mots me montent à la tête mais ce ne sont que des mots, des phrases tronquées, sans lien entre elles. Il y a, malheureusement, des interstices, des pauses, des ruptures inutiles dans mon discours.

Je pourrais dire, pour essayer d'être clair, que ce que nous appelons souvent le sentiment de la nature doit être, à un degré très faible, le premier pressentiment de cette joie que Julien cherchait rageusement. Quand, dans un endroit sauvage et beau, au milieu d'une forêt, sur la mer, au sommet d'une montagne ou au détour d'un chemin de campagne, nous nous arrêtons, saisis, presque interdits par tant de beauté et de silence, quand brusquement dans ces cas-là nous nous sentons différents, quand certains soucis nous apparaissent soudain lointains, gommés, dérisoires, quand des idées aussi incertaines qu'étranges laissent alors des traînées dans nos têtes et que nous envisageons la vie comme la rêvent parfois les enfants, je pense qu'il s'agit là d'un premier pas, oh! modeste, certes, mais qui peut donner une idée du formidable vertige qui s'était emparé de Julien à cette époque.

Si l'on admet, dès lors, l'hypothèse qu'il existe bien un germe de joie fondamentale enfoui dans les profondeurs de la matière comme un grain de blé l'est dans le sein de la terre, quelle sorte de regard fallait-il donc pour le trouver ? Je vais vous le dire. Il fallait un regard à la fois doux et pyromagique, de feu et de folie fraternelle, intense, intolérable. Plus qu'un œil d'art, un œil dard capable de transpercer les choses et de les replacer, immédiatement fulgurées, au plus haut degré de la connaissance utile.

Julien, lui, y parvenait peu à peu. Non seulement à reconnaître cette semence souterraine, mais encore à la récupérer, à la réinventer. Par quel accident biologique, par quel détournement de son système nerveux avait-il acquis ce pouvoir particulier ? Ensor me l'a dit, plus tard, mais je n'ai pas tout compris tant il est vrai, parfois, que dans ses explications la science complique plus qu'elle n'éclaircit.

Comment Julien, à s'enfoncer ainsi, parvenait-il à vivre ces existences superposées comme autant de couches successives ? Comment supportait-il la souffrance que lui infligeaient les vigueurs mystérieuses d'un monde inférieur brusquement dérangé ? La décharge infligée devait être effroyable. Et pourtant, j'en suis témoin, ce que j'avais vécu douloureusement quelques minutes en peignant près de lui, sous son influence, il l'a enduré plusieurs mois et rares furent ses défaillances.

Julien, un messie fumeux ? Un vulgaire spirite ? Allons donc !

Celui qui, à vivre ainsi, quotidiennement, aux frontières de la folie, s'opposa seul au pouvoir politique, celui qui dénonça l'aberration des sectes pullulantes, celui qui condamna haut et fort le terrorisme des idées et la misère du plaisir, celui qui viola un temps nos habitudes de merde, nos horreurs et nos vice, celui, enfin, que nos lâchetés superstitieuses mettaient au supplice plus sauvagement que mille haches, celui-là doit nous apparaître aujourd'hui comme le plus grand voyant matérialiste de l'histoire.

Voici donc les lettres dont je parlais tout à l'heure, dans l'ordre chronologique où je les ai reçues et – comme je le disais au début de ce livre – rangées sur une armoire, dans mon atelier, avant de les ranger dans mon cœur.

PREMIÈRE LETTRE

3 janvier

Mon cher Stani,

Il arrive quelquefois que, même contre l'espérance, même contre la fraternité, la charité et le désintéressement, même contre la vertu, même contre l'amour d'un homme pour les autres hommes, du fond de notre cerveau, de notre dénuement, de nos ténèbres, vienne un vent froid qui balaie tout cela et, alors, l'angoisse livre bataille au rêve.

Ce matin, sur ce pays du crépuscule, un brouillard noir et glacé passe en grosses boules. Hier, près de la route, un arbre encore jeune est mort. Je te raconte cela parce que Mme Houdin m'a dit qu'il résistait déjà depuis trois hivers consécutifs. Et cette année, il a cessé de lutter, dans un dernier craquement qui nous a réveillés.

C'est un signe.

Le nez en l'air, à longueur d'année, nous observons le ciel et les branches, et ce sont les racines qui nous lâchent.

Pourtant, il reste un espoir, je crois.

Toute âme écorchée peut réclamer la puissance des effets.

Ainsi qu'un malade attend d'être soigné, les pensionnaires de cette planète psychiatrique qu'est devenue la terre demanderont bientôt l'Universel. Car, ils en sont l'envers...

Non, Stani, je ne rêve pas.

Il n'y a pas d'universalité qui ne soit désirée, car elle finit toujours par apparaître là où se tient l'étalage des manques. Et n'existe pas autrement.

Et personne ne peut s'empêcher de souffrir comme une bête à l'idée que je détiens, peut-être, l'amorce d'une solution et que je ne la vois pas.

Pour la première fois depuis la mort de Rossan, je suis découragé par mon impuissance à retenir la vérité. J'essaie tout, férocement, mais rien ne réussit.

Tout est si fragile, si précaire, que les hommes sont souvent incapables de voir où ils commencent vraiment.

Mais ai-je seulement commencé ?

A quoi bon tout ce qui se passe dans mon cerveau, à quoi bon apprendre, à quoi sert d'explorer, en observant les règles d'une telle exploration, si les réponses viennent toujours par d'autres chemins ?

Chaque nuit, à palper ainsi, mentalement, la nature et les hommes confirment ma nullité, ma pauvreté, mon insolence. C'est terrible, Stani, de recevoir ainsi ces milliers d'informations et de ne pas les comprendre.

Je suis comme une femme qui saigne.

Et dans ces menstruations de l'énergie, dans ces

couloirs prodigieux qui vous emportent soudain dans de multiples élans et de multiples états, sans vous prévenir de la qualité réelle de l'épicentre, eh bien, je crève.

Tout ce délire pour te dire que je me sens triste comme une pipe sans tabac. En attendant de te lire,

fraternellement

Julien.

DEUXIÈME LETTRE

13 janvier

Cher vieux Stani,

Je me fous de ce qu'il faut penser ou ne pas penser, faire ou ne pas faire, j'ai à voir bien ailleurs. Aussi dirai-je aux hommes de ce continent, si l'occasion m'en est donnée, que je les aime...

Je le dirai avec des mots et des images, et des brassées de fleurs de tendresse; je le dirai sans pudeur puisque, de toute manière, je suis le solliciteur.

Je les aime parce que je suis neuf.

C'est ma nature, désormais.

Julien.

P.-S. : Sais-tu que j'ai retrouvé, par hasard, ce François dont je t'avais parlé et qui travaille comme avocat à la télévision ? Il dit qu'il va m'aider... Mais j'ai beau le sonder, je ne parviens pas à savoir ce qui le motive le plus : un désir réel et sincère de m'assister dans mon combat ou, plus simplement, le remords de m'avoir pris la femme que j'aimais ? Bah ! nous verrons bien.

TROISIÈME LETTRE

14 janvier

Mon cher Stani,

Partout où l'homme ignore et désespère, partout où une élite tue pour conserver son pouvoir, partout où la femme se vend pour faire bouffer ses gosses, partout où l'amour souffre de ne plus trouver d'échos, partout où le laid triomphe du beau, un homme se dresse et crie : Non ! Avec ses poings, son ventre ou sa gorge profonde. Il en a toujours été ainsi. Et c'est bon. Quant à l'issue, souvent fatale, de ces patriotes de l'humanité, elle n'efface jamais complètement leurs traces. Et c'est juste.

La veille, Vincent peignit encore un corbeau noir sur champ d'azur. Le 26 juillet, il quitta l'auberge du père Ravoux comme à l'accoutumée. A un détail près : sous son bras, il n'emportait aucune toile vierge, ni même ébauchée. Pour sa dernière œuvre, son corps lui servirait de support.

A la croisée d'un chemin, un paysan qui le saluait l'entendit grommeler, en guise de réponse : « C'est impossible... impossible. »

Parvenu seul à son champ préféré, que fit-il ? Une prière à son dieu protestant ? Se prit-il à gueuler comme un possédé, dernières imprécations à ce soleil qui l'avait brisé, lui, ce Nordique à la peau trop blanche ? Ou bien caressa-t-il, une dernière fois, de sa grosse main, les blés gorgés du pain futur ?

Un peu plus tard, il revint à l'auberge. A pied, mais sanglant. La poitrine déchiquetée. Cette toile écarlate, il voulait la montrer au monde... On le coucha. Un médecin d'urgence. Les témoins dirent qu'ils ne l'avaient jamais vu aussi calme. Presque heureux. L'agonie fut paisible et dura deux jours.

Et dans sa tête un peu fêlée, l'astre d'or rouge cessa de tournoyer. Et les corbeaux noirs s'incrustèrent sur l'azur. A toujours.

Vois-tu, Stani, le 29 juillet devrait être la fête supranationale de l'Europe. Nous devrions bâtir quelque part un arc de triomphe au Créateur inconnu. Je vais peut-être choquer en toi le citoyen socialiste qui roupille, mais je me fous de votre fête européenne. Ce n'est pas la fête des hommes mais celle des casernes. Des avions de chasse glacés, des blindés verdâtres, des suppositoires de mort, quel manège horrible et grotesque. Et tout cela pour célébrer bruyamment, au nom d'une vague et très ancienne révolution, la victoire de quelques boutiquiers. En fait, un simple changement de propriétaire. Une fermeture de la liberté pour travaux.

Je suis allée à Auvers, l'autre jour, en voiture avec Elyane et François. Il n'y avait personne. Vincent, patriote de l'humanité, ne fait pas recette. Et c'est comme cela toute l'année, nous a dit le gardien d'une voix désespérée.

A Auvers, nous avons vu pourtant une poignée

de garçons et de filles, débarqués depuis l'aurore. Ils venaient du Nord, je crois. Ils sont restés là, comme nous, tout le jour, silencieux, mâchonnant de l'herbe, accroupis près de la tombe du Grand Frère. C'est ainsi, m'a dit Elyane, qu'ils appelaient Vincent.

Personne ne nous a dérangés. Et lorsqu'ils ont disparu, le soir, avec leurs balluchons, leur démarche hésitait sur la terre...

Si j'ai commencé à te parler de Vincent, c'est parce que je vais de plus en plus mal. De sales pensées me traversent, et ma tête pèse de plus en plus lourd. Sans doute, est-ce de ma faute ? Un goût de la démesure, d'une réalité atomisée qui fout le camp sans cesse et dont je ne parviens pas à faire la synthèse.

Mon cerveau est malade. Trop plein ou mal fait, je n'en sais plus rien. J'exprime toujours ce que je perçois, mais il m'est de plus en plus difficile de percevoir ce que j'exprime. Est-ce cela que ressentait Van Gogh en quittant l'auberge, ce matin-là ? *Cette impossibilité, en fin de compte, de ne plus voir soi-même ce que l'on espérait rendre visible aux autres ?*

Je voudrais que tu viennes quelques jours ! Nous t'installerons un atelier au premier : tu sais qu'il y a de grandes fenêtres et la lumière est belle, ici, quand le brouillard se lève. Tu viendras, dis ?

Bon, il faut que je te quitte. Mme Houdin a besoin de moi et François vient d'arriver, très excité. Il a une proposition à me faire, paraît-il. Pour passer à la télé ou un truc de ce genre...

écoute, je ne comprends rien à ce qu'il m'explique pendant que je t'écris. Je te raconterai cela plus tranquillement la prochaine fois.

Ici, tout le monde t'embrasse,

je t'attends

Julien.

QUATRIÈME LETTRE

25 janvier

Cher vieux Stani,

L'autre soir, à la télévision, j'ai opéré, pour cent millions d'hommes, je ne sais quelle étrange chose. En tous les cas, ce dont je suis sûr, c'est qu'elle arrive de loin.

Mais, toutes les rencontres, dans la vie de l'individu, devraient, par l'exigence de ce dernier, faire de celles-ci des événements toujours plus grands dans le seul but d'accéder à l'amour.

Or, à lire ici et là les premières réactions, je ne partage pas ton enthousiasme. UN REGARD INCONNU QUI A BOULEVERSÉ L'EUROPE... AU NOM DE QUELLE PROVIDENCE PARLE-T-IL?... UNE LEÇON DE FRATERNITÉ... L'HOMME MAHÉ EST-IL UN MUTANT?... L'ŒIL ET LA VOIX DE JULIEN MAHÉ : DEUX ÉPÉES TRANQUILLES...

A quoi mènent toutes ces singeries ? Hein, dis-le-moi.

Il ne sert à rien de plaire, il ne sert à rien de fasciner, il ne sert à rien de se distinguer, il ne sert à rien de s'imposer, car c'est encore accepter, implicitement, les règles d'un jeu sans appel.

Trop de privilégiés, trop d'illuminés l'ont fait. Et je ne trouve rien de magique à devenir l'idole d'un mensonge ou d'une équivoque.

Au fond, la terre n'est plus aujourd'hui qu'un pauvre repère où la télévision, s'appropriant des charniers de paroles, établit pour eux des rythmes d'étalement si bien que, dans la mesure de cette habitude, l'homme perd le sens au bénéfice de la cadence.

L'individu-foule considéré comme normal appartient au groupe des « mesures » alors que l'individu-homme, lui, relève du groupe des « silences ».

C'est pourquoi la mesure prend un sens, seulement, lorsque le silence l'appelle...

Ceci est l'espoir.

Mais ai-je vraiment *su appeler*, l'autre soir ?

Julien.

CINQUIÈME LETTRE

27 janvier

Stani,

La volonté de perfection installe toujours une compétition entre le corps et l'âme, et chacun, dans cette perspective, pèse alors le même poids, si bien qu'on ne les distingue plus.

Tout est illusoire, et nos souffrances sont absurdes parce que la vie moderne est ridicule à un point qu'on n'imagine pas.

Ainsi les rêves sociaux – qui te sont chers, je sais – voient-ils leur anéantissement par rythmies inévitables, car le peuple est d'abord un bloc de chair, et qu'il y aura toujours antagonisme profond entre son destin et sa peau.

Il en résulte trop souvent un fascisme malheureux qui se borne à étouffer ses propres meurtres, mais rien ne change, car les hommes croient toujours mourir astucieusement.

Te verrons-nous bientôt ?

ton ami

Julien.

SIXIÈME LETTRE

30 janvier

Cher Stani,

Qu'est-ce que tu fous ? Je sais bien que tu prépares une exposition importante, mais ne peux-tu débarquer ici au moins pour trois ou quatre jours ?

J'ai retrouvé un disque très étrange dans le grenier de Mme Houdin. Comment ce disque est-il arrivé là ? Elle n'en sait rien elle-même. Qui chante ? Nous l'ignorons. Il n'y a plus de pochette et les étiquettes centrales ont été arrachées. Pourquoi ? Encore un mystère.

Ce disque doit dater de bien avant la révolte des Immatures. Il se présente comme un petit opéra de science-fiction. La voix du type est grave – pas comme celle des eunuques dont on nous rebat les oreilles aujourd'hui –, rauque et chaude à la fois. L'écouter, c'est comme une morsure...

A peu près au début, il dit :

« J'ai encore en mémoire ce poète chilien,
Qui chantait pour la gloire et la liberté des siens.
Pour l'en empêcher, des monstres, des chiens,
Au milieu d'un stade lui ont coupé les deux mains... »

Et encore, un peu plus loin :

« Liberté, ce mot que sans cesse,
Au fond de leur cage, aujourd'hui, ils répètent...
Ce mot qui les fait rayonner,
Ce mot magique, Liberté... »

Puis il reprend, et ça, j'aurais pu le dire, l'autre soir à la télévision, tant ces mots sont les miens :

« Et ces hommes, et ces femmes, dans leurs cages dorées,
D'avoir entendu le MOT se mirent à chanter
Un chant pur comme le vent qui descend des montagnes,
Un chant de printemps, un chant de nomades...

— Pourquoi vous plaignez-vous? s'énervaient les geôliers,
Vous avez de quoi bouffer, vous êtes soignés...
— On va essayer de vous expliquer
Ce qu'elle est, pour nous, la liberté... »

Ah! Stani, j'aurais vraiment aimé connaître ce type. Si tu pouvais entendre comment il prononce le mot « liberté ». Ça te fout des frissons partout. Il y croit, il en veut, il en crève. C'est rude, profond. Oh! pas une prière, non, mais plutôt un chant de guerre douloureux.

Bon, je continue, comme cela, tu auras le texte presque entier.

« La liberté, dit-il, je pourrais la chanter mais je n'ai plus de voix,
Je pourrais la raconter mais j'ai peur d'être maladroit,
Je pourrais la dessiner mais je n'ai plus de crayon,
Et je n'ai plus l'illusion que quelqu'un, quelque part, me comprenne... »

Il dit encore qu'il pourrait la chercher dans une autre vie, qu'il pourrait se réfugier dans ses rêves, ses nostalgies; qu'il a trop de souvenirs sans avoir de passé, qu'à trop rêver la vie, elle perd sa réalité, et qu'il est fatigué, et seul, avec ses conneries comme il dit, et ses rêves foirés.

Seul.

Seul, comme moi, Stani,

qui t'attends

Julien.

SEPTIÈME LETTRE

9 février

Cher Stani,

Impossible de t'expliquer avec des mots ce qui s'est passé depuis ton départ. Une seule peut le comprendre, elle s'appelle Maya, et ce n'est qu'une petite enfant de six ans...

D'où vient-elle ? Tout ce que je sais, c'est qu'elle est la fille de Patricia, que tu ne connais pas encore, et d'un des chefs Immatures qui ont été pendus après le procès de Lyon.

La *chose* est arrivée avant-hier et, depuis, il n'y a plus de brouillard.

Je suis heureux, apaisé. Je n'ai plus faim ni soif.

Encore merci de ta visite. Nous avons accroché la toile que tu as peinte ici dans la pièce du bas, au-dessus de la cheminée (Moumousse qui sait tout faire de ses dix doigts est en train de fabriquer un cadre). Superbe !

Tu es un grand peintre

et je t'aime

Julien.

HUITIÈME LETTRE

18 février

Stani,

Cette fois, je suis d'accord avec toi; ma troisième « apparition télévisée », pour reprendre tes propres termes, a été de loin la meilleure. Et j'en sais la raison.

Le langage est ascendant par essence, il monte par ivresse, et ce que nous pouvons saisir au départ n'est qu'un viol timide que nous opérons, car l'essentiel de ce que dit l'homme ne passe jamais sous notre barbe, s'élevant bien plus vite que le reste, et c'est lorsque nous entendons qu'il est déjà trop tard.

Dès lors, un langage qui en appelle à l'écho et à la compréhension des autres doit savoir ici se dessoûler, et là se ralentir; le vertige délicieux des mots de celui qui parle dût-il en souffrir...

Avec Maya, je réapprends à parler.

Une enfant de six ans connaît les fatras inutiles, les beautés creuses. Elle sait instinctivement ce qui embarrasse et ce qui égare. Par cent questions anodines qui sont autant de pièges, et par ce mot terrible qui revient sans cesse et auquel il est si difficile de répondre, « Pourquoi ? Pourquoi ? », elle n'accepte aucun acquis, réfute le mot « inébranlable », rejette le « parce que » qui nous semblait suffisant et, en fin de compte, conteste une langue qui n'est pas encore la sienne.

J'ai beaucoup appris avec Maya. Et puis, il y a

quelque chose qui fait que, lorsqu'on l'a regardée, la ligne de son sourire apparaît ensuite sur tout ce que l'on voit.

Amitiés

Julien.

P.-S. : J'allais oublier; un industriel du Nord, M. Magnin, met à notre disposition une immense propriété qu'il possède à la sortie d'Essennes (tu sais, cette grande bâtisse qu'on aperçoit depuis la route quand on va vers Abbeville). Le château est à moitié délabré mais le parc et la forêt qui couvrent plus de trente hectares sont magnifiques. Il y a là de quoi accueillir au moins dix mille personnes. Je te tiendrai au courant.

NEUVIÈME LETTRE

21 février

Cher Stani,

J'ai reçu, ce matin, enfouie au milieu des mille autres quotidiennes, une lettre d'amour. Sa ferveur m'a rappelé brutalement tout ce que j'avais abandonné, Elyane, sa tendresse, nos enchevêtrements farouches, l'enfant qu'elle voulait de moi. Et je me suis demandé quelques secondes, troublé, si la mutilation que je m'étais imposée était bien nécessaire.

Voici la lettre de cette inconnue. Je voudrais la partager avec toi.

« Julien,

« Donnez-moi votre main que je la garde afin d'en reconnaître toujours bien l'espèce; donnez-moi votre ventre et votre bouche ensemble que j'en accorde les rythmes...

« J'aimerais, avec vous, faire de belles choses; vous prendre sur mon cœur et vous y faire glisser, vous caresser le sexe et la peau et les embrasser jusqu'à ce qu'ils étonnent...

« J'aimerais encore, par vous, être embrassée avec la gorge entière déployée, afin qu'en vous y regardant, vous y tombiez dans le plus grand désordre.

« J'aimerais aussi être projetée contre vous, puis enroulée, déroulée et enroulée encore, pour exciter nos pouls car, lorsque vous aurez atteint le fond de mon être, vous pourrez y toucher l'esprit secret des choses qui n'apparaît que par la disposition des tensions héroïques.

« Alors, mais alors seulement, vous me prendrez le sein, vous me l'écorcherez un peu, vous l'échaufferez, le fatiguerez lentement en le massant de votre langue jusqu'à ce que je rougisse tout entière...

« Il est très estimable pour une fille toute rouge de rencontrer, dans le temps, un homme qui ait les yeux verts. Car c'est dans l'ordre de la perfection. »

Je sais, tu vas me dire que cette gonzesse est folle! Que trop de fous nous rejoignent chaque jour à Essennes, que, dans la population, la sympathie des premiers temps va en diminuant, que mon crédit rapetisse, que les gens jasent, que les journaux s'en mêlent, que tout cela va mal finir, bref, que tu es inquiet.

Mais, Stani, ce que j'ai eu dessein de faire, ce n'était pas de retrouver l'amour d'une certaine catégorie d'hommes et de femmes, tous sains d'esprit et particulièrement méritants. Dans ce climat où le pire devenait possible, je n'ai jamais dit mon intention de rallier les meilleurs. Je n'ai pas choisi. Ce n'était pas la moralité ou la santé éclatante, et toujours facile, et toujours fragile, de tel ou tel groupe qui m'intéressait. Dans mon misérable plaidoyer, je n'ai pas déclaré que l'un valait mieux que l'autre, je n'ai pas défendu celui-ci contre celui-là. Je les voulais, tous Révolucides, c'est-à-dire assemblés et pourtant conscients de leurs différences.

Qu'y puis-je si, aujourd'hui et demain, des fous viennent parmi les premiers prendre ma main afin, comme le dit cette femme, d'« en reconnaître toujours bien l'espèce » ?

Qu'y puis-je si des schizophrènes, par groupes entiers se précipitent vers Essennes, afin, comme elle le dit encore, « de faire avec moi de belles choses » ?...

Qu'y puis-je si, chez les autres, les raisonnables, la misère de l'esprit habite un gouffre que la griffe d'aucun cœur ne blesse, et qu'il en résulte des caresses qui ne se rencontreront jamais ?

J'ai parlé d'amour. Je veux l'amour. Je suis l'amour.

Si l'on considère l'amour comme une folie alors n'est-il pas légitime, en fin de compte, que tout dément en puissance ou en fait s'adresse à l'amour et ne s'adresse qu'à lui.

Amitiés

Julien.

P.-S. : Ainsi, les Arabes ont cédé à « notre » ultimatum. Que pouvaient-ils faire d'autre ? Mais est-ce leur dernier mot ? Je ne le crois pas. De toute façon, j'ai vu à la télévision, à l'annonce de cette « victoire », des scènes de rue parfaitement grotesques. Combien de temps va durer encore ce carnaval imbécile au dieu énergie ? Si je suis dingue comme certains ne ne gênent pas pour le dire maintenant, si je suis entouré de timbrés comme on l'écrit un peu partout, que sont-ils, eux ?

DIXIÈME LETTRE

25 février

J'ai pris avec moi toute la fraternité gaspillée de la terre.

J'en ai fait une boule et je l'ai mise à cuire.

Je l'ai débarrassée ensuite de ses mauvaises tumeurs concernant les hasards malheureux, qui font que le bonheur n'a, pour se réaliser au monde, que de maigres combines.

Il est resté, alors, quelque chose de beau que personne, il va sans dire, n'a jamais vu encore, cette extravagance infinie des choses indissociées soudain, qui fait qu'en la suivant, Stani, j'arrive jusqu'à toi...

La vie est urgente, voyons-nous.

Julien.

ONZIÈME LETTRE

15 avril

Cher vieux Stani,

Ils sont mille à présent et invoquent, trop souvent pour mes pauvres forces, mille raisons que je leur parle. Cela se passe généralement en fin d'après-midi. Les Révolucides forment alors sur la prairie une tache immense et multicolore, comme un parterre de fleurs vivantes.

Mais il m'arrive de rester assez longtemps devant eux sans savoir quoi leur dire... Puis, la chose vient généralement dans un moment de précapitulation. C'est sournois ces affaires-là, ça vous vient par le cœur quand vous en voulez de la tête, ça vous pousse, vous triture; ça se tient dans les coins parce que c'est timide, mais ça se tient aussi debout, sauvagement, avec de la colère et du défi, comme un boyard auquel on aurait coupé la moitié de la barbe pendant son sommeil.

Maya est toujours assise près de moi, et m'aide du regard.

Il y a dans cette situation, où je peux être là et ailleurs (toi, tu sais comment...), des moments étrangers à la prairie qui me suivent encore. Il y a ceux où ils participent, et ceux où ils ne participent pas; suivant les circonstances par lesquelles apparaissent mes mots. Mais une chose est sûre, c'est que ces moments à mes mots ajoutés, et quels qu'en soient la race et le type, appartiennent toujours à d'intimes paroles vieilles de mille espèces, lourdes et farouches, dont le cumul s'est fait quelque part, au sein de la matière, pour leur faire un cadeau.

Alors, quand je les vois sourire, battre des mains, poser des questions, essayer de comprendre et même chahuter de plaisir, quand je vois Maya qui se lève et qui se mêle à eux, je voudrais les regarder sans fin, les entendre à jamais, les ravir et les divertir, les entendresser par toutes mesures, les enfanter, les multiplier, leur manquer et leur remanquer, les espérer toujours, les retrouver sans cesse puisque, voilà des milliers d'années, ils portaient mon empreinte et je portais la leur.

Le présent est ancien mais le message est neuf.

Je t'embrasse.

Julien.

DOUZIÈME LETTRE

2 mai

Stani,

Lise, trente ans, était enregistrée sous plusieurs pathologies. On la mettait, globalement parlant, dans la catégorie des schizoparanoïdes. Et, naturellement, elle était profondément hystérique.

Lise est belle, et c'est un paradoxe ironique qui veut qu'après dix années d'internements successifs, sa destruction ait grandi en même temps que sa beauté.

Elle avait, dans ses luttes foudroyantes, la force suffisante des blessés de vocation qui fit qu'on la craignait tant, qu'on voulut l'achever.

Et c'est ce qui, avant-hier, a failli arriver.

Auparavant, Lise avait volé les carnets de rendez-vous de tous les médecins de l'hôpital de jour, puis sectionné les fils du téléphone. L'affaire devint mauvaise. On décida de réinterner Lise mais, cette fois, à temps complet avec électrochocs de classe, dans un hôpital mieux pourvu à ces effets, c'est-à-dire plus carcéral encore.

Une jeune infirmière avait avec elle un dialogue secret qu'elle savait bien être seule à tenir, puisque les malades dits mentaux se reconnaissent toujours en ceux qui proposent à tous risques et périls d'amour, leurs accrocs comme des diamants. Lise était riche encore des jugements d'exception, des regards de supplique, des violences affirmées.

L'infirmière, elle, savait qu'on la détruirait doucement car les médecins sont habiles à la chose, les plaies parfois sont si jolies qu'on ne peut que les agrandir, c'est de l'ordre du voyeurisme.

Lise et son infirmière se sont enfuies en pleine nuit.

Arrivées ici, à Essennes, elles se sont fondues avec les deux mille autres et vivent, enfin, leur amour impossible.

Loin de ces sectionneurs avisés, admirables de

foi en leur pouvoir séparateur et pourtant fabriqués dans l'indécence, loin de ces barbares pourfendeurs de céleste, bouchers ou fous à lier, et pourtant grands professionnels qui ont de l'humanité une idée toute stratégique, elles ont trouvé le respect.

Amitiés

Julien.

TREIZIÈME LETTRE

13 mai

Bravo, Stani !

On parle un peu partout du succès de ton exposition au Grand Musée d'Art moderne, qui « formidable rétrospective, qui « enfin, le peintre de notre temps », qui encore « un génie de la peinture atlantique ». Les critiques retournent leurs vestes et leurs porte-plume, les marchands et le business de l'art l'ont dans le cul. Triomphe sur toute la ligne; contre la peinture officielle et les modes, le braconnier a gagné !

Tu peux imaginer combien nous nous réjouissons tous ici.

Et voilà que tu m'écris, triste au lieu d'être gai, plein d'inquiétudes de toutes sortes; aujourd'hui et demain ? La mort et l'amour ?

Quoi te répondre ? Je te répéterai simplement ce que j'ai dit, avant-hier soir, dans la prairie, à ceux qui m'entourent.

L'amour entre deux êtres? La mort de l'individu?

L'être possède tant de sexualités différentes, en son esprit et en son corps, qu'il est malaisé de savoir laquelle nous occupe à l'instant choisi. Il faut souvent se battre pour la discerner, pour la capter et, enfin, la transmettre.

Aussi, *l'amour n'est-il que de l'héroïsme et c'est pourquoi il vit...*

L'individu, en naissant, résulte d'une infinité de rencontres de corps toujours plus rencontrables, infinité qu'il projette en changeant de nature. Il est donc, tout à la fois, une multitude d'identités qu'il ne peut percevoir, puisqu'elles sont des événements auxquels il est impossible de se référer.

Et c'est pourquoi il meurt.

J'espère que cette réponse te satisfera. Un peu compliquée, peut-être? Bah! rien n'est simple dans ce domaine.

Ils sont maintenant plus de mille cinq cents à vivre dans la propriété que nous a offerte le vieux Magnin. Moi, je suis resté avec Elyane, Patricia, Maya et quelques autres dans la maison que m'a prêtée la veuve Houdin le premier jour. Je m'y sens plus à l'aise.

Au fait, as-tu entendu parler de ce projet d'une très grande émission aux « Dossiers du Temps », consacrée à la révolte dans notre société? François dit que j'en serai l'invité principal. Mais Elyane est résolument contre, elle affirme que c'est un piège...

Stani, te revoir serait un bonheur.

Julien.

QUATORZIÈME LETTRE

2 juin

Stani,

Maya m'a longuement parlé hier, au bord de l'étang où nous allons nous baigner. Quand je dis qu'elle m'a *parlé*, c'est que je ne trouve pas d'autre verbe pour dire la façon particulière dont nous dialoguons, elle et moi.

J'ai conscience, désormais, que mon existence ne sert qu'à montrer tout le sang versé depuis des millénaires.

Ce sang est devenu ma propriété, et je dois, par lui, connaître la somme et le poids des blessures qui l'ont propulsé entre ciel et terre.

C'est la raison qui m'a fait naître.

Et à la double question « D'où vient l'homme? Où va l'homme? », c'est d'ailleurs la même, j'aurai bientôt réponse parmi celles qui n'ont jamais été formulées.

C'est une affaire de quelques semaines, car j'ai accepté de passer aux « Dossiers du Temps »...

Chacune de mes dernières lettres est pour moi une occasion de te dire toujours la même chose, par astuces successives, à savoir que le dénouement approche et que j'ai peur.

Julien.

P.-S. : Ils ont arrêté Susan, hier soir, et je n'ai rien fait pour les en empêcher.

16 juin

Renaissance – bonjour Stani,

J'espère que le jour d'aujourd'hui t'est beau, intense et fou,

Il faut qu'il soit ainsi. Car, au milieu de ta peinture mouvante, décivilisée à l'extrême, incisive et traversée d'émotions hurlantes, où l'amour absolu de la vie passe par des lignes et des formes, je viens te dire adieu.

Je t'imagine dans ton atelier, marchant de long en large, concentré. Il est tôt et je parie que tu n'es pas encore rasé. Quelqu'un te tend ma lettre, tu la prends en bougonnant, hein, vieux râleur ?

Je te dérange ? Tu as un tableau en chantier ? Alors, ne pose pas tes pinceaux et finis-le. Ce que j'ai à te dire peut attendre quelques heures...

Voilà, tu y es ? Bon.

Je vais partir tout à l'heure.

Un hélicoptère officiel m'attend. Et, avec lui et son équipage, je ferai la première partie du trajet qui me conduira à l'Emission...

Le pilote, un grand blond assez sympa, inconscient de ce qui se passe et toujours au bord du fou rire, est parti se promener avec Patricia, au bord des étangs. Ils vont faire l'amour, mais, ce qui est merveilleux, c'est qu'ils l'ignorent encore.

L'autre, « celui qui sait, l'accompagnateur, ne desserre pas les lèvres. Je le vois par la fenêtre, assis, tout raide devant la maison, avec des regards obliques vers la porte, comme s'il craignait que je me rende invisible et que je m'échappe.

Il y a eu dans ses yeux, tout à l'heure, quand il m'a regardé pour la première fois en face, comme une pauvre terreur superstitieuse. Et je suis certain qu'au même instant, derrière son dos, il a croisé ses doigts.

Là-bas, François me l'a expliqué au moins dix fois, ils m'attendent. Oh! ils ne me veulent pas forcément du mal. Tout dépend de moi. Ou, plus exactement, comme l'a souligné François avec un petit air gêné, de ce que je dirai.

Ils voudraient que je mette des voiles autour de mes soleils.

Comme si c'était facile. Comme si cela pouvait changer quelque chose.

Je n'ai combattu ni le quotidien ni l'Eternel. En tout cas, pas au sens où ils l'entendent. L'acquis et ses lassitudes valent-ils la peine d'être vécus? Sans doute. L'automne et l'hiver aussi. Mais comment nier l'appel du printemps?

Chut! Taisez-vous! Ne parlez pas des feuilles vertes, des oiseaux, des peaux et des caresses...

« De quoi faut-il parler, alors?

– Eh bien, le Président souhaiterait que vous parliez de l'amour, même de la fraternité si vous voulez. Mais évitez de parler de cette matière cosmique qui nous porte, de l'homme-dieu assassiné, de toutes ces choses un peu folles... Alors, qu'est-ce que vous en dites, hein?

– Mais la matière est amour, non? Et l'amour est oiseau, fleur, peau, feuille, cri. L'amour a des ailes, l'amour a des feuilles. Parlez d'amour n'est rien, c'est lui qui doit parler !

– Ah ! vous voyez bien que vous compliquez tout, monsieur Mahé », m'a dit l'accompagnateur, il y a un instant, avec un sourire torve.

Je complique, Stani ? Peut-être... Mais comment faire autrement ? Simplifier, ne serait-ce pas mentir encore ?

Les oiseaux traversent le ciel d'un vol effréné, vers le chaud, vers la nourriture, vers l'enfant qu'ils portent déjà. Puis-je parler du vol et de sa frénésie sans parler des oiseaux ? Et si, quand bien même, on me permettait de parler des oiseaux ? faudrait-il que j'oublie le ciel ? Et les nuages, et le vent qui les porte ? Et l'orage qui freine le bonheur d'être neuf ?

Non ! Je dirai ce qui doit être dit. Même si secrètement, au fond, c'est exactement cela qu'ils désirent.

Stani, j'ai donné hier ta nouvelle adresse à Elyane. Ne m'en veux pas, mais elle aura besoin de toi, je pense. Elle a rompu avec François et c'est la plus vulnérable de notre groupe. Ce que cette femme a pu m'aimer dépasse mon propre entendement. Quelle soif et elle a bu si peu ! Ses lèvres sont sèches, soudées, et ce n'est pas juste. Moi, je ne peux plus rien pour elle. Donc, c'est entendu, tu la verras. Tu t'occuperas d'elle.

Et ne commence pas à radoter avec tes histoires de différence d'âge, de vieux et de jeune, de ferme et de flétri, d'appétits et de manques. Les plus grandes amours se nourrissent de ces contradictions. Le beau va vers l'ingrat, le parfait vers l'imparfait, et c'est bien ainsi.

Si tu veux en savoir plus sur la fin de cette histoire, et je n'en doute pas connaissant ta curiosité, contacte le docteur Ensor quand tout sera terminé. Elyane le connaît un peu, en tout cas elle sait où il habite à Paris.

L'accompagnateur commence à s'impatienter. Il va falloir que je te quitte. Là-haut, au sommet de la petite colline qui cache les étangs, je viens de voir apparaître, en levant le nez, Patricia et son pilote. Ils ont l'air apaisés. Comme je les envie de se contenter de joies aussi simples.

Depuis cette fameuse nuit sur l'étang, avec François, depuis que ma tête a tremblé comme tremble parfois la terre sous des poussées obscures, j'ai pris tous les risques. J'ai oublié ma chair. Je me suis rebâti d'un alliage inconnu, fait d'espoir et de rêverie farouche.

J'avais un but.

Et pourtant, envoyer son corps redéfinir ses propres limites dans l'espace, jaillir de la musique des mots, se déposséder de la pesanteur, faire le cantonnier pour ceux qui marcheront demain, quel vertige certains jours ! Quand on ne perd pas les pédales, c'est l'orgueil qui vous guette. Ah ! ces tâtonnements d'aveugle, ces appréhensions, ces hasards légers et pourtant si lourds, ces folies brutales et tendres qui vous font accepter le don total de soi, j'en ai souffert Stani. Mais aujourd'hui, c'est pire. Car, à toi je peux bien le dire, j'avais cru ailleurs, j'avais rêvé d'autre chose. Oui, c'est vrai, j'avais fini par espérer mieux.

De quoi s'agissait-il donc ? De sauver les hommes ? Moi tout seul ?

Oui et non.

Dans ce carnaval qui a suivi la révolte des Immatures, dans cette farandole unique de millions de nains volubiles, excités et hurleurs, parmi tous ces gens qui couraient, dansaient, gesticulaient, j'ai dû perdre la tête, moi aussi. La ronde se formait en guirlandes humaines, plus loin elle se cassait en grappes monstrueuses. Mais je les voulais avec moi. En leur parlant, je me suis mêlé à eux. A ma façon, j'ai dansé comme tu peins. J'ai d'abord dessiné une épaule puis une hanche. J'ai balayé le sol du bout de mes cheveux. Géant au milieu des nains, mais géant étourdi, j'ai dit : « Viens » et j'ai reçu; j'ai crié « Prenez » et certains ont pris. Quel vacarme alentour! Ma tête tournait mais le corps restait bien droit.

Voici pour le oui.

Mais, dans la jungle des sons, derrière tous ces masques, au milieu des serpents qui roulent et rampent, se faufilent et se glissent, n'ai-je pas toujours su qu'il y avait un « après » et que, sur le fil de la crête, là où la vie explose et se joue, toute d'ambiguïtés, de luttes et de sentiments sauvages, je ne resterais qu'un instant. Que, la musique finie, il faudrait redescendre. Ainsi j'ai traversé les hommes et les abîmes, partagé entre un espoir ascendant pour les autres et, enfouie quelque part, la crainte de retomber moi-même. De là, peut-être, quelques erreurs...

Depuis, le rêve s'est brisé. Il a suffi de quelques mots.

De cette architecture mouvante et nouvelle, j'ai su définitivement, il y a quelques jours, que je n'en serais pas l'architecte. Qu'un rôle d'ouvrier, de compagnon, à la rigueur de modeste artisan, m'était dévolu. Que les disponibilités les plus étranges d'un garçon de mon âge ne sont jamais que des disponibilités. Enfin que ma fièvre et mon enthousiasme n'avaient été que les reflets, pâles et prémonitoires, d'une volonté plus définitive à venir...

Voilà pour le non.

L'accompagnateur trépigne, tousse, se mouche nerveusement, agite un peu partout ses fesses en goutte d'huile. Mais il n'ose pas trop faire de remarques désobligeantes, sachant qu'il est venu sans escorte — discrétion oblige — et qu'il y a, non loin, plusieurs centaines de garçons et de filles prêts à l'écharper.

Elyane vient de rentrer de promenade, elle a mauvaise mine. Mais, Dieu, Stani, ce qu'elle est belle...

Maya est déjà couchée. *Elle a décidé d'avoir la fièvre. C'est mieux ainsi. Ne pas la voir. Ne pas rencontrer son regard où tout est inscrit.*

Stani, la république logique, peureuse et sans génie, a fini par tout balayer... Je suis un des derniers témoins d'un monde qui meurt et, si je me suis trompé sur Maya, tout à l'heure, nous serons dans la nuit... Les fenêtres sont grandes ouvertes.

Je pars maintenant —
ciel presque bleu, la vie ruisselle de toutes parts —
je ne suis plus triste.
Chacun va sa route. Je vais.

Julien.

CINQUIÈME PARTIE

LES RÉVOLUCIDES

I

Au village, les horloges sonnèrent onze heures du matin.

Enveloppé dans une grande cape noire, l'homme dépassa les dernières maisons, en traînant la patte.

Il était venu à pied de la petite gare située à plus de trois kilomètres et où un train du Nord l'avait débarqué après deux changements interminables et plusieurs heures passées dans des wagons mal chauffés.

C'était une journée d'avril froide et claire.

Le ciel était d'un bleu dur, mais derrière cette limpidité agressive, on sentait venir la tempête. Et, déjà, au ras du sol, un vent de chien qui s'était levé vers les neuf heures fouettait les choses et les hommes avec une rage sans cesse accrue.

Michel Longine, le menton tassé dans le cou, s'efforçait d'échapper à ces rafales froides et humides.

Il n'aimait pas ce pays. Ici, tout lui semblait d'un autre âge : les maisons, petites et laides; les baraguineurs du café, au masque dur, aux yeux déjà injectés; ce vert cru, agressif, aussi loin que portait le regard; et tous ces étangs immenses, ces tourbières inondées, que l'on devinait un peu partout et qui devaient finir par vous noyer l'esprit. Sans oublier ce vent de cauchemar.

Dans ce pays de sauvages, un homme perdu doit pouvoir disparaître sans laisser de traces, dans l'indifférence générale. Pourvu que j'aie pris le bon chemin ! se dit-il.

Une enseigne, aux lettres déteintes par la pluie; celle d'une marque de bière disparue depuis longtemps. Un petit café-tabac, en face de la mairie. Il était entré, autant pour se réchauffer que pour demander sa route. Toutes les tables occupées. Que des hommes. Ils ne faisaient rien, ils ne jouaient à rien. Ils buvaient, ensemble, sans vraiment se regarder, rasade après rasade, des petits verres remplis d'une liqueur d'un blanc laiteux. Son intrusion avait déclenché une sorte de sonnette criarde, au-dessus de la porte. D'abord, Michel avait baissé les yeux, gêné par tous ces regards froids. Puis, il avait avalé en vitesse, au comptoir, un grog tiédasse fabriqué avec un alcool au goût impossible. Enfin, les larmes aux yeux, au bord de la nausée, il avait demandé et on lui avait répondu, sans réticence ni curiosité.

« La maison de la veuve Houdin ? Oh ! ce n'est pas bien difficile, monsieur. Vous ne pouvez pas vous tromper. Elle élève des poissons à deux kilomètres d'ici. Traversez le passage à niveau, allez tout droit, et à un moment, vous verrez une grande futaie d'arbres noirs, avec, derrière, deux grandes maisons aux toits rouges... Vous êtes journaliste ? »

Il avait payé sans répondre. « Je ne dois pas être le premier à boire ce grog infâme pour avoir le renseignement », avait-il pensé plutôt. Et il en avait ressenti une sorte de dépit. Une certaine inquiétude aussi; il arrivait comme ça, sans prévenir. Allait-on le recevoir ? Lui, si timide habituellement, n'avait-il pas été un peu léger ? Il aurait dû écrire, demander un rendez-vous, ou du moins annoncer sa visite. Bah ! tant pis, maintenant, de toute façon, il était trop tard.

Contournant l'ancienne église, apparemment désaffectée, sans un regard, Michel passa rapidement la voie ferrée, pas assez rapidement cependant pour empêcher qu'une bourrasque ne s'engouffre sous l'immense pèlerine, un peu ridicule, qu'un collègue lui avait prêtée pour ce voyage.

Du coup, il frissonna. A travers ses lunettes de myope, la nature lui paraissait plus glaciale, plus hostile encore. Sa jambe droite lui faisait un mal de chien, mais il décida d'accélérer encore son allure. Michel, qui avait trente-sept ans, souffrait de rhumatismes. Pourtant, il fit le dernier kilomètre en courant presque, l'esprit en feu.

Combien de fois depuis un mois, et suivant quel nombre de scénarios, n'avait-il imaginé cette rencontre ? Lui-même n'aurait pas su le dire. La hiérarchie pourrait le critiquer vivement si la chose venait à être sue. Mais, de toute façon, rien ne serait plus terrible que de ne pas savoir.

« Certes, s'était-il dit et répété, un fleuve ne remonte pas vers sa source. Et jamais le Temps qui dévore ses enfants ne leur permet de revenir en arrière. » Mais Celui qu'il aimait devait revenir à la fin des temps, indifférent à toutes ces contingences, parce que maître de toutes choses.

L'Europe se convulsait, hébétée par ses propres révoltes, en proie à la folie et à la peur. Comment, dès lors, discerner, séparer le bon grain de l'ivraie, dans cette cohue des âmes en panique? Et était-ce seulement possible?

« Les mélanges confus de claires vues et de songes trouveront enfin leur interprète dans cet homme », disait la parole. Alors?

Alors, Michel voulait une biographie complète, des détails sur la jeunesse de l'autre. Sa naissance surtout. « Ça vous est venu comment? lui demanderait-il ensuite. Qu'avez-vous ressenti à ce moment-là? Vous sentez-vous investi d'une mission? Et que dites-vous aux fidèles qui viennent vous voir? » Michel, décidé, se sentait une âme d'examinateur. Il tendrait des pièges au besoin.

Et il faudrait bien que l'autre lui réponde.

Ces groupes charismatiques qui naissaient un peu partout dans le monde, depuis une trentaine d'années, ces cercles de prières très lyriques sans énoncé ni dogme, tout cet ensemble agaçait l'évêque, lui apparaissait suspect, exotique...

« Pourra-t-on faire, un jour, de bons chrétiens avec ces gens-là? » bougonnait pourtant le vieil homme, de temps à autre, songeant peut-être que toute expérience radicale s'érode, se tasse, et qu'il n'en faudrait peut-être pas plus, un jour proche, pour ramener tous ces excités à Dieu, et remplir de nouveau les églises...

Ses pensées l'avaient entraîné trop loin et Michel faillit manquer la haie de thuyas, d'un violet presque noir, qu'on lui avait signalée.

C'était là. En s'approchant doucement, comme un voleur, Michel découvrit les toits des deux grandes bâtisses. Son cœur battit un peu plus fort dans sa poitrine et il sentit ses mains trembler.

Il fit encore quelques pas, à découvert maintenant.

Une jeune femme qui tenait une petite fille blonde à la main le vit, s'avança vers lui, et lui demanda en souriant ce qu'il voulait.

Michel essaya de s'expliquer, d'être clair; mais comme d'habitude, il s'empêtra dans ses mots. Le moment était venu, et voilà que tout s'embrouillait dans sa tête. La jeune femme le regardait toujours en souriant, et l'enfant, plus grave, le fixait avec ses yeux très bleus où l'on ne lisait rien. L'alcool de tout à l'heure lui remontait aux lèvres, sa jambe lui faisait atrocement mal – pourquoi, bon sang, avait-il couru comme un dératé avec cette patte folle – et maintenant il se sentait au bord du malaise. Et ce regard de la petite fille qui le transperçait, à vif...

Il finit par dire un mot : « Julien... » espérant sans trop y croire, s'en tirer avec un prénom.

La jeune femme riait à présent, n'ayant pas l'air de comprendre. Et Michel, énervé, répéta, un peu stupidement : « Julien... Julien Mahé... »

La jeune femme, riant toujours, se pencha vers la petite fille.

« Maya, conduis ce monsieur à Julien, tu veux bien ?

– Oui.
– Oui, qui ?... »

L'enfant ne répondit pas, et le visage de la mère se ferma, brusquement.

« Tu sais où il est ? reprit-elle pourtant, d'une voix un peu tendue à présent.

– Oui », répliqua la petite fille toujours aussi laconique. Puis, sans hésiter, et sans plus se préoccuper de sa mère l'enfant se dégagea, prit la main de Michel et l'entraîna.

Ils marchèrent longtemps, silencieux.

Un peu partout, Michel vit des groupes de garçons et de filles, ici inclinés vers la terre, là courant autour de bassins aux eaux très claires, d'un bleu turquoise artificiel, armés d'épuisettes à très long manche. Sur leur passage, ils levaient le nez ou se retournaient avec des sourires. Il y en avait partout. Des jeunes pour la plupart; mais au milieu d'un parc immense qu'ils longèrent, Michel découvrit aussi des grappes d'adultes, hommes et femmes, occupés eux aussi à des travaux que Michel ne comprit pas.

« Combien sont-ils déjà ? » se demanda-t-il, intérieurement inquiet, sans qu'il pût s'expliquer la raison de cette crainte.

Toujours guidé par l'enfant qui ne lâchait pas sa main, il s'enfonça sous les arbres et déboucha dans une clairière.

Et maintenant, Julien était devant lui, debout, avec un salut muet dans son regard vert.

Jamais Michel ne l'avait imaginé aussi grand. Et il resta planté, saisi de timidité, avec un dandinement un peu gauche. Au milieu de cette clairière déserte, où le vent parvenait encore à souffler en tourbillons, la hauteur de cet homme rapetissait tout. Sa force physique affaiblissait la nature.

Enfin, Julien fit un geste et ils s'assirent sur un tronc d'arbre déraciné, tandis que l'enfant venait se blottir à terre, au pied du colosse.

« Je voulais vous voir, vous parler, commença Michel, balbutiant un peu. Je m'appelle Michel Longine, je suis prêtre...

– Oui, je sais... »

Comment le savait-il ? Et Michel, encore plus troublé, ajouta aussitôt :

« Prêtre catholique. Je crois que cela a son importance...

– Sans aucun doute... »

Julien avait répondu, souriant un peu.

« Vous dites : sans aucun doute; mais vous ne semblez pas le penser ?

– Non, non, prêtre catholique, c'est très bien. »

Puis Julien enchaîna brusquement, sans prévenir :

« Pourquoi es-tu devenu prêtre ?

– Eh bien !... »

Pourquoi suis-je devenu prêtre ? pensa-t-il. Parce que je croyais en Dieu, bien sûr. Mais était-ce vraiment la seule raison ? Fondamentalement, n'était-ce pas aussi et surtout pour remplir une certaine mission, répandre la justice et la charité ? Mais, alors, il aurait pu tout autant être moine bouddhiste ?... Il y avait songé d'ailleurs... En fin de compte, pourquoi la voie chrétienne et pas une autre ? Parce qu'il était né Occidental ? En y réfléchissant bien, ce n'était pas très clair dans sa tête...

« J'ai voulu faire l'expérience de Dieu, répondit-il enfin.

– Hum... et pourquoi es-tu venu me voir? demanda encore Julien.

– Je vous ai vu et entendu un soir, à la télévision, il y a un mois. Mon évêque, qui n'est pas un méchant homme mais qui est un peu vieux jeu a publié, il y a dix jours, un texte contre vous et les types de votre genre. Et je ne suis pas tout à fait d'accord...

– Tu as ce texte?

– Oui, je l'ai sur moi. »

En disant ces mots, Michel avait un peu l'impression de trahir les siens. Il se troublait, de nouveau mal à l'aise : d'abord ce tutoiement auquel il n'était pas habitué; et cette enfant aux yeux trop clairs qui n'arrêtait pas de le fixer avec curiosité.

« Lis-le-moi, tu veux bien? » dit Julien, souriant toujours.

En gigotant, maladroit, sur ce tronc d'arbre humide où il était assis, Michel chercha successivement dans toutes les poches de sa pèlerine. En vain. Ce n'était pas possible. Il ne pouvait pas l'avoir perdu. Où avait-il fourré ce maudit papier? Il s'énervait, sous l'œil calme des deux autres. Et, à chaque fois qu'il se contorsionnait un peu plus, dans ses recherches, le vent venait lui glacer les côtes. Transi, grelottant dans cette cape trop grande pour lui, il devait avoir l'air passablement ridicule. Julien et la petite fille ne s'impatientaient pas, mais leur silence lui devenait insupportable. Enfin, au bord de la crise de nerfs, il finit par le trouver dans une petite poche de sa veste. L'ayant déplié, il se mit à lire :

« Ces jeunes Révolucides, me dit-on, évoquent les premiers chrétiens. Il y a chez ces gens une bonne humeur, une noblesse, une gentillesse, une tranquillité, bref quelque chose de bon. Moi, je vous dis, prenez garde, mes frères. Si la vague révolucide étend encore ses ravages, on en parlera encore dans dix ans comme d'une catastrophe européenne. Car, c'est notre bien le plus précieux qui est menacé : l'âme de notre jeunesse ! »

Michel arrêta la lecture. Il lui sembla que la petite fille avait eu un sourire fugitif, mais peut-être n'était-ce qu'une fausse impression. Et comme Julien ne bronchait pas, il poursuivit.

« Cette sorte d'épidémie religieuse n'est pas nouvelle. Mais cette fois, et compte tenu surtout de l'attraction indéniable qu'exerce ce Julien Mahé sur les esprits les plus faibles, il faut y voir et y dénoncer une très grande menace.

« Dieu ne nous parlera face à face que lorsque nous aurons nous-mêmes un visage. Or, quels visages nous montrent les Révolucides et leur diabolique inspirateur. Ceux de garçons et de filles égarés dans ce monde déjà trouble, rejetant la famille, le mariage, la sagesse, le bon sens et toutes les autres valeurs de l'Occident chrétien. Nihilisme infantile qui ne peut les conduire, après tant d'autres, que vers l'anarchie, c'est-à-dire loin de Dieu. Car Dieu est harmonie et non chaos.

« Tout peut être possible à condition d'être suffisamment insensé, telle est, paraît-il, leur devise, conclusion logique de leur révolte destructrice et gratuite.

« Alors, je le dis tout haut, très fort : malheur à celui qui corrompt les enfants de Dieu ! Ecartez-vous de lui car Dieu l'a déjà abandonné... »

Michel, un peu gêné, remit le papier dans sa pèlerine. Julien l'avait écouté avec attention. Il ne répondit pas tout de suite, préférant effleurer d'un regard d'une tendresse incroyable la petite tête blonde appuyée contre son genou.

« Tu as raison ! Ton évêque doit être un brave homme, lâcha-t-il enfin d'une voix sourde. Mais il a tort de s'inquiéter, nous ne labourons pas le même champ...

— Pourtant... » commença à objecter Michel.

Mais l'autre le coupa tranquillement, sans rudesse.

« Je ne suis pas un sorcier, un leveur de sorts... Je n'hypnotise personne, je ne fais pas de miracles. Et je ne dirige aucun mouvement religieux. » Puis, après un temps de réflexion douloureuse, le masque un peu crispé, il ajouta : « J'ai simplement honte du monde où nous vivons...

— Oh ! je ne... »

Mais Julien était lancé.

« Laisse-moi finir, curé, et je répondrai à tes questions. Mais d'abord, essaie de répondre aux miennes. Qu'ai-je dit qui ait pu déplaire à ton évêque ? Que notre société était de plus en plus glacée, solitaire et impitoyable pour chacun de nous ? Que des hommes prétendaient à connaître et à conduire nos pulsions et nos rêves, et que ce n'était pas juste, et que ce n'était pas bon ? Que le plaisir valait mieux que la guerre? Qu'il fallait vivre debout et libre, qu'il fallait mordre à même notre mémoire et attaquer de front, et détruire, cette mort ignoble qu'on nous prépare? C'est cela que vous me reprochez!

– Votre attitude lui apparaît comme religieuse. Alors, il s'inquiète. Qu'allez-vous faire? Allez-vous fonder un groupe autonome? Essayez de le comprendre...

– Vos certitudes et vos doutes, je te l'ai dit, ne sont pas les miens... Je suis simplement un homme qui a besoin d'aide...

– Vous aider? Vous! » s'écria Michel, sans cacher sa déception.

Son visage, déjà mince, s'était encore allongé. Il ouvrait la bouche, comme pour chercher de l'air, la mâchoire inférieure pendant un peu. Il avait fait tous ces kilomètres en train, à pied, poussé par un espoir, soutenu par un rêve. Michel attendait l'impossible en venant ici, une chose lumineuse, un être à part, que ses rêves les plus fous avaient fini par confondre avec les vieilles prophéties. Combien de fois, le soir, une fois le corps apaisé sous cette couverture grossière et sèche qui lui grattait la peau, combien de fois s'était-il répété, au bord des larmes, à bout de nerfs et d'inquiétude : « Il viendra... Il reviendra... il faut qu'Il revienne! »

Les églises se vidaient chaque semaine un peu plus. Les évêques, d'un autre âge, ne comprenaient plus rien. Et là-bas, dans son sanctuaire vide et glacé, le pape levait le doigt pour avoir le droit de parler à la télévision, comme un enfant, qui demande en pleine classe, avec un air d'excuse, l'autorisation d'aller faire ses besoins. Une vessie qui fait mal, un estomac trop chargé. Et l'air sévère du Président-professeur. La réprobation du monde. Mais ça presse, monsieur, ça presse... Allez-y, élève-pape, allez pisser-parler, mais la prochaine fois, pensez-y avant. Il y a un temps pour tout !

Qui saurait jamais ce que lui, Michel, humble prêtre, avait pu souffrir de cette décadence, de toutes ces humiliations. Avec, pour tenir, un seul espoir...

« *De tous les points de la terre, les hommes se souviendront et se convertiront à lui.* »

Et voilà que l'homme tant recherché parlait d'être aidé. Voilà que tout s'effondrait.

Et Michel se retint de se laisser aller à pleurer.

Alors, Julien, devenu très pâle, comme s'il avait embrassé toute la désespérance de l'autre, entra dans une agitation extraordinaire. Et, malgré la pression apaisante de la petite fille qui le regardait, il fit même un geste de colère, en lâchant des mots terribles.

« Ah ! ça, mais qu'espérais-tu en venant ici. Ton institution ne joue plus aucun rôle, et tu en souffres, et je respecte ta souffrance. Mais cela ne change rien à nos différences. Cela n'efface pas vos erreurs. Qui s'est vendu au pouvoir politique, à droite puis à gauche, quand ce n'était pas aux deux en même temps ? Qui a manqué de rigueur ? Qui a dit la messe sur des charniers ? Qui a rejeté le plaisir de vivre pour glorifier la mort ? Vous avez béni des rois incapables, des généraux assassins, des présidents démagogues. Depuis des siècles, pour préserver votre pauvre institution, vous vous posez la même question, est-ce que cela est orthodoxe ? Est-ce que cela est raisonnable ? Est-ce que cela peut nous sauver ? Ici, nous nous inquiétons simplement de savoir ce qui est juste et ce qui ne l'est pas. »

Michel baissait la tête, accablé, sous l'orage. Sous sa pèlerine, il frissonnait encore mais ce n'était plus de froid. Et c'est à peine s'il écouta les phrases suivantes que l'autre prononçait, d'une voix un peu adoucie.

« Oui, continuait Julien, ton église fut un grand parti, mais elle est aujourd'hui dépassée, à la dérive. Au Parlement européen, on se moque ouvertement de ton pape. Mais butés et serviles que vous êtes, vous obéissez toujours aux mêmes consignes. Vous prononcez toujours les mêmes exils. Allez-vous prendre conscience, un jour, que vous avez trahi votre propre message !

– Quoi ? Qu'est-ce que vous dites ? »

Michel, arraché à sa torpeur, avait crié, surpris, blessé. Un débat l'agitait. Devait-il s'insurger au nom de tous les siens ? Il hésita. Puis, il eut un geste évasif, indiquant que l'autre pouvait continuer, qu'il acceptait de tout entendre. Mais, à présent, ses yeux brillaient d'une nouvelle lueur combative.

« Je dis que ton Eglise a trahi le message qu'elle a reçu... » Puis, après une pause brève, Julien ajouta, en détachant les mots, syllabe par syllabe : *Quand je ne serai plus là, vous direz autre chose que ce que j'ai dit...* C'est bien ton

Jésus qui a prononcé ces mots, vers la fin, non ? Il avait dû sentir ce qui allait se passer... Oh ! lire dans l'esprit des autres... prévoir l'imprévisible, tout comprendre avant... c'est terrible.. cela a dû être terrible... »

Du coup, Michel était redevenu immobile, la bouche ouverte. Cette agression inattendue suivie, sans transition, de ces mots incompréhensibles, toutes ces phrases hachées et coléreuses l'avaient frappé de stupéfaction, et ses petits yeux gris de myope vacillaient derrière les lunettes. D'une voix douce, un peu tremblante, il demanda pourtant :

« Vous, naturellement, vous croyez à un Jésus contestataire, à une sorte de messie politique. C'est bien ça, n'est-ce pas ? Un Christ pour une révolution en sandales ?

— Je n'en sais rien. »

Mais Michel, exaspéré, le pressait davantage.

« A vous entendre, notre trahison, c'est de n'avoir pas soutenu les Immatures et tous ces jeunes criminels qui, un peu partout, sèment le désordre et la terreur. Il nous aurait fallu, sans doute, entrer dans cette lutte imbécile, peindre la croix en rouge, plonger dans ce bain de sang ?

— Je n'en sais rien », répéta Julien.

« Il ment. Il ment, j'en suis sûr. Il essaie de me troubler pour mieux me tester, pensa le prêtre. C'est une épreuve, il joue avec moi. Il sait forcément la vérité sur ce qui s'est passé... » Mais l'idée qu'il retombait dans ses faux espoirs l'exaspéra.

Un silence s'était fait autour d'eux, un grand silence froid et pur que troublait seule la plainte du vent. Et au bout d'un temps qui lui parut interminable, Julien reprit :

« Ce que je connais, et ce n'est pas difficile à imaginer, ce sont les raisons du christianisme, au début... Quelle belle bagarre cela a dû être ! Celle d'un groupe qui avait su allier une intransigeance spirituelle radicale à un dénuement total de pouvoir... Celle d'un groupe de garçons et de filles qui croyaient à quelque chose dans un monde qui ne croyait plus à rien...

— De garçons et de filles ?

— C'est l'allusion aux filles qui te choque ? » Julien rit, plus détendu à présent. « Mais pourquoi n'y aurait-il pas eu de filles dans cette histoire... Tu penses que cette poignée de garçons rudes ont vécu des années et des années, dénoncés, traqués, humiliés, et tout cela sans avoir de compagnes, d'amies... Un sein rond sur lequel poser sa tête quand la nuit est venue... Un ventre où glisser sa main quand elle tremble. Pour ne pas avoir eu besoin d'une femme, il faudrait n'avoir jamais eu peur... »

Et puis, sans attendre que Michel ait digéré ces mots, Julien enchaîna, haussant la voix une fois encore. Et il jeta d'un coup au visage de l'autre, avec une violence superbe :

« Mais enfin, bon sang ! l'extraordinaire, c'était le caractère universel du discours chrétien : pas de frontières, pas de races, pas de classes, pas de castes, pas de couleurs de peau. Rien que de l'amour ! Le Message, c'était tout cela, quelque chose qui devait transpercer toutes ces murailles... Eh bien, reprit-il après un silence, regarde le résultat : ton christianisme a été occidental, blanc de peau, dominateur, violent... L'homme peut être Dieu, disaient les premiers disciples... Vous, vous avez gardé un dieu doré, implacable, baigné de la sueur et du sang des autres...

— On croirait entendre l'intelligentsia progressiste d'il y a une vingtaine d'années ! » ironisa le prêtre. Il ne quittait plus Julien des yeux. Et la colère faisait à nouveau trembler ses lèvres décolorées par le froid.

« Non, répliqua Julien. Puis carrément : je dis merde aux élites qui, neuf fois sur dix, ne connaissent rien de ce qu'elles affirment. Je parlais d'une grande union pour le peuple, pour tous les peuples humains...

— Mais le peuple croit en Dieu !

— Il croyait. Mais vous avez fini par l'en dégoûter. Vous êtes les derniers gestionnaires d'une institution décadente, avec pour seule raison de tenir encore, la fidélité à une mémoire. Tout ça ne tient plus debout, pourquoi ne peux-tu pas le voir ?

— Mais...

— Comment t'appelles-tu, déjà ?

— Michel...

— Michel, je sais ce que tu es venu chercher ici mais il n'y a jamais de modèle à reproduire, tu entends. Jamais !

— Nos textes sont authentiques, et immuables. Et ils représentent dans ce monde qui bascule, qui mute, une référence stable..., s'écria Michel, avec pour l'autre un regard de suprême angoisse.

— Non, Michel. Tes textes sont bourrés d'erreurs et de mensonges et d'inventions de toutes sortes... Et demain, à moins d'un miracle, vous n'existerez plus...

– Tu te moques de moi... », dit Michel, d'un ton abattu.

A son tour, il tutoyait l'autre, comme pour oublier sa déception. Et la douleur qu'il ressentait était si vive qu'il dut détourner les yeux.

Il s'était trompé. Julien n'était pas Celui... De plus en plus mal, il n'osait même plus aller au bout de ses pensées. Et pourtant... et pourtant... *quelque chose bougeait, à la fois tout près et en lui, une présence inconnue qui le fouaillait doucement, palpait ses moindres organes, laissant dans sa tête une traînée étrange.* Il vacilla.

Le vent soufflait toujours. Et il venait maintenant des étangs une odeur grasse, un peu enivrante.

« Que va-t-il se passer demain ici, en Europe, ailleurs? Tu le sais, n'est-ce pas? s'entendit-il demander, comme dans un rêve.

– Oui.

– Comment le sais-tu? »

Michel avait presque crié sa question; hors de lui, furieux à nouveau. Il aurait frappé ce colosse sûr de lui s'il avait osé. Mais, tout de suite, il eut honte de lui-même, de sa rage, et de cette pensée violente. Et en relevant les yeux, il remarqua que la petite fille lui souriait à présent.

« Comment je le sais? Quelle importance! dit enfin Julien, avec une réticence. Je le sais et c'est l'essentiel. »

Mais l'autre s'entêtait.

« Alors, dis-le-moi. Dis-le-moi, je t'en prie : il faut que je sache... » Il le tutoyait encore, le suppliait comme une femme que l'on quitte, affolé de son propre espoir, effrayé de sa folle crédulité.

« Cette société va bientôt disparaître; disparaître aussi les privilèges; ce sera l'éclatement de la famille, la fin du péché et de l'hypocrisie. Les tabous et les contraintes ne s'imposeront plus aux lois naturelles. Un esprit de lumière, de compréhension et de tolérance va se lever sur le monde, mais il marquera, en même temps, le crépuscule de l'Europe. Un crépuscule puis une longue nuit, simplement éclairée par les incendies de la révolution bienfaisante... Après, ce sera l'aube...

— La révolution bienfaisante? Quelle révolution bienfaisante? » balbutia le prêtre.

Comme dans un songe, Julien murmura plutôt qu'il ne prononça sa réponse :

« Le torrent impétueux laisse souvent un limon bienfaisant sur les champs qu'il ravage. Et le fils du laboureur profite alors des larmes de son père. Ainsi viendra l'aube que tu cherches...

— La verrai-je?

— Non, dit doucement Julien. Mais si tu veux rester ici, avec nous, tu pourras déjà entendre les premiers flots du torrent...

— Pourquoi m'as-tu dit tout cela? demanda le prêtre, d'une voix encore brisée.

— Parce que je t'aime! » répondit simplement Julien.

Le vent était oublié; le rêve aussi.

Et Michel se retrouva sanglotant, à bout de nerfs, contre la poitrine de Julien.

Il sentit que l'enfant avait repris sa main, et une chaleur ignorée l'envahit. Et tous trois enlacés, confondus, formaient, au milieu de la clairière d'une blancheur roussâtre, une sorte de pyramide vivante et noire.

II

UN mois plus tard, par une tiède soirée de mai, Julien fit sa quatrième apparition télévisée. De l'avis général, il fut méconnaissable. Ses nouvelles déclarations, très différentes des précédentes, choquèrent beaucoup de gens, non seulement par la violence du ton employé – de cela, on commençait à prendre l'habitude – mais aussi et surtout par les sujets abordés.

Répondant aux questions d'une poignée d'invités, des jeunes pour la plupart, très intimidés, qui le regardaient comme on regarde un animal rare, il avait pourtant commencé calmement, avec les yeux vagues d'un rêveur éveillé.

« Il semble bien, disait-il, que le monde soit prêt à se remettre en route, les hommes de bonne volonté existent, nous en avons eu la preuve récemment. Mais voilà, ils se cherchent encore; privés de signes de reconnaissance, ils ne parviennent pas à se rassembler, le temps passe, et rien ne vient... »

Et à cet instant, il avait baissé la tête, comme

découragé, avant de reprendre, d'un seul coup, avec plus de vigueur :

« Il faut sortir de cette impasse! »

C'est alors que, sans prévenir, mâchoires serrées, il avait haussé le ton, durci la voix. Ecouter et entendre, le cul sur une chaise, ne suffisait plus. Améliorer? Améliorer c'était admettre qu'il y avait déjà du bon dans le système, quelque chose à en sauver. Opter pour le fragmentaire, c'était finir par accepter de nouveau immanquablement, un jour ou l'autre, la totalité. Et alors, disait-il, tout serait à refaire. Non! il fallait agir. Changer tout, radicalement!

Une rougeur ardente avait envahi son visage.

Ne plus combattre l'aliénation sous des formes aliénées, reprenait-il furieusement. Et pour commencer, désobéir. Désobéir aux coutumes quand elles étaient injustes. Ces lois avaient été imposées par une minorité en vue d'asservir les autres. Eh bien, il fallait les briser! Comment? Par le refus de s'y conformer, par une résistance passive là où l'on exigeait d'eux une activité.

Les adolescents présents dans le studio l'écoutaient, avec des regards obliques, effarés. C'est que ce n'était pas du tout le débat prévu...

A présent, Julien jurait contre le pouvoir, insultait un Parlement d'incapables et de voleurs prêts à tout pour conserver leurs privilèges. Oubliant où il se trouvait, sans prêter autrement attention à ce qui pouvait paraître contradictoire dans de tels propos, il accablait la télévision de sarcasmes, cette « chose du gouvernement » qui sans cesse supprimait, éliminait, censurait et fardait la vérité de l'information. Puis, sans transition, avec un geste large qui embrassait tout un monde invisible, il se mit à dénoncer la crétinocratie de l'administration, prodiguant à ceux qui l'écoutaient des conseils et des ordres plus délirants les uns que les autres.

« Ne remplissez plus les formulaires que l'on vous tend, ne payez plus vos impôts et vos taxes, trichez, mentez à ceux qui vous surveillent, ne consommez plus rien d'inutile, n'envoyez plus vos enfants à l'école; militaires, désertez vos garnisons, faites-vous objecteurs, ne votez plus quand on vous le demande et, si vous avez quelques économies devant vous, n'allez plus travailler. Du matin au soir et du soir au matin, dans chacun de vos gestes, dans chacune de vos décisions, n'ayez plus qu'une idée : bloquer cette machine qui vous écrase et qui vous tue... »

La nuit, pourtant d'une rare douceur, semblait n'avoir aucune prise sur lui. Sans indulgence, électrisé par ses précédents succès, l'œil brillant, il laissait galoper sa colère.

Lui qui ne parlait jamais de Dieu, il attaquait ouvertement cette idée, à présent. Le mois précédent, il avait reçu un prêtre, un brave type à la tête farcie de toutes ces imbécillités. Il avait parlé avec lui de morale, de foi intime, de famille chrétienne et de civilisation atlantique. Pourquoi? parce qu'il avait cédé au désir de faire une expérience. Etait-on définitivement guéri? Le déclin des religions marquait-il, également, la fin de toutes ces superstitions? Eh bien, non! Seules les structures avaient changé; hier religieuses, aujourd'hui politicardes, toujours sectaires, intolérantes, haineuses.

Toujours la double suprématie de la connerie et de l'ignorance, son triomphe quasi permanent sur l'intelligence et la sensibilité!

En régie technique, on s'agitait.

Un homme de l'équipe qui l'avait invité, partagé entre la stupeur et l'indignation, ayant ouvert la porte du studio pour l'interrompre, Julien le jeta dehors, en direct, avec des mots blessants.

Alors les jeunes, gênés, grognèrent eux aussi, désapprouvant cette attitude, disant qu'il ne fallait pas exagérer, que la société n'était pas si mauvaise, si noire qu'il voulait bien la décrire, et qu'avec un tel programme, tout s'effondrerait.

« Ah! oui, la société... une belle saloperie que votre société! Quand je pense que vous avez dix-sept ou dix-huit ans et qu'elle vous a déjà pourris jusqu'à la moelle... Bande de petits merdaillons, vous mériteriez des coups de pied au cul! »

La polémique tournait à l'esclandre.

Il avait fallu couper l'image et les micros, interrompre l'émission, prétexter une panne, l'homme ne se contrôlant visiblement plus, prêt à exécuter ses menaces.

Et sur le chemin du retour, au début, François furieux ne lui avait pas adressé la parole, incapable de comprendre ce qui s'était passé, n'en croyant pas encore ses oreilles.

Julien lui-même, enfin calmé, s'interrogeait en silence. Pourquoi cet éclat qu'il n'avait pas prémédité? Il avait accepté, au contraire, de parler de la nature, de toutes les formes de pollution visibles ou invisibles qui la mettaient en danger. C'était un bon sujet de discussion pour ces adolescents. Il avait quelques idées précises sur la question, quelques solutions personnelles aussi. Alors, qu'est-ce qui lui avait pris de gueuler ainsi, comme un possédé, sur la politique ? Il lui avait semblé, un moment, que tous ces mots, toute cette révolte qu'il semait ne lui appartenaient pas en propre, qu'un autre les lui avait soufflés, en cachette, comme on souffle à un comédien qui a perdu son texte. Et il se taisait, troublé, sans regarder l'autre.

Enfin, à mi-chemin d'Essennes, François se décida. Pour ne pas avoir à se fâcher, il avait jusqu'ici gardé le silence. Mais là, non ! Ce n'était plus possible ! Julien se rendait-il compte, au moins, de ce qu'il avait dit ? Du tort qu'il lui avait causé à lui, son ami ? Pour qui se prenait-il maintenant ? Pour un révolutionnaire ? Un Saint-Just de l'an deux mille ? Où était le message de fraternité dans tout ce charabia ? Où était la tendresse ?

François s'échauffait, lui aussi, posant question sur question, n'attendant pas les réponses.

Sa fameuse perception de la matière lui avait-elle dérangé la tête ? Et sa « soi-disant » faculté de se mouvoir dans deux mondes à la fois ne lui suffisait-elle plus ?

Tant que Julien s'était fait le porte-parole d'une révolte poétique, spirituelle, d'une révolte basée sur l'amour des hommes, il l'avait suivi, aidé, défendu, protégé, rappelait-il d'une voix un peu geignarde. Mais après cette folie de ce soir, cette volonté anarchique de détruire tout le système, les autres allaient réagir. Il ne pourrait plus rien. La vie à Essennes allait devenir un enfer pour tout le monde, ça oui ! Tout l'acquis des derniers mois, toutes les possibilités à venir, tous leurs projets allaient s'effondrer. Avait-il pensé à tout cela avant de déblatérer à l'antenne, hein ? Justement, ajoutait François, avant-hier encore. ON avait envisagé de faire de Julien l'invité vedette de la plus grande émission de télévision en Europe : « Les Dossiers du Temps », une émission regardée régulièrement par plusieurs dizaines de millions de téléspectateurs. Et voilà qu'il avait tout fichu par terre, avec ses insultes aveugles et sa rage insensée.

Julien évitait de répondre, regardant la nuit par sa portière, feignant de ne pas comprendre la gravité de son comportement.

Deux fois encore, François revint à la charge, l'accablant de nouveaux reproches, lui demandant de faire au plus vite une déclaration où il s'excuserait, où il dirait qu'il se sentait mal ce jour-là, qu'il s'était énervé et que ses propos avaient dépassé sa pensée. Tout le monde comprendrait cela.

Julien, qui avait ouvert sa vitre pour respirer l'air doux de la nuit, répéta deux fois, d'un air las : « Oui, oui !... si tu veux », mais son regard, absent, vivait ailleurs.

Et à une heure du matin, lorsqu'ils arrivèrent à Essennes, les deux hommes montèrent se coucher, tête basse, sans se dire bonsoir, prêts à ne plus se revoir, tant l'un exaspérait l'autre, et réciproquement.

Mais au moment où ils parvenaient à l'étage,

une voix les appela, les obligeant à lever les yeux.

« Bonsoir... Tu sais, Julien, je t'ai regardé tout à l'heure; et je t'ai trouvé formidable en colère... »

C'était la petite Maya, assise sur le haut des marches, qui avait dû se relever de son lit et qui les attendait, en pyjama.

Cette appréciation, dite d'une voix douce, et venant d'une enfant de six ans qui n'avait pas pu comprendre un seul mot de ce qui s'était dit dans le studio, laissa François pantois, sidéré.

Oh ! ce n'était pas sa première surprise avec ces deux-là. Et il n'était pas le seul dans ce cas. Les rapports entre Maya et Julien intriguaient tout le monde ici. Ils ne se quittaient pratiquement jamais, que pour dormir. Du matin au soir, sauf des jours exceptionnels comme celui-ci où Julien devait s'absenter, ils disparaissaient sans explications, emportant neuf fois sur dix un panier de déjeuner que Mme Houdin leur préparait, et on ne les revoyait plus avant le crépuscule. Où allaient-ils ainsi ? Que faisaient-ils ? Que pouvaient-ils bien se raconter ? Et quand les autres les voyaient s'éloigner, main dans la main, vers dix heures, à l'heure où le soleil commence à tiédir le sol, emportant leurs provisions et leurs secrets, il subsistait toujours une interrogation dans chaque regard.

« Va te coucher, Maya, il est tard... et nous avons sommeil, finit par dire François, d'un ton maussade.

– Pas moi ! »

L'enfant avait pris sa moue boudeuse, les yeux gonflés, prête à pleurer.

« Laisse-la, si elle n'a pas envie de dormir..., dit Julien, doucement.

– Oh! toi. » gronda François, repris par sa colère. Mais il n'acheva pas, et s'éloigna, en affectant de hausser les épaules, après un vague « Bonne nuit... » qui ne trouva pas d'échos. Dans le couloir, ils l'entendirent grommeler des mots incompréhensibles, puis la voix d'Elyane demandant : « C'est toi?... » A la fin une porte claqua et ils se retrouvèrent seuls. Alors Julien grimpa les dernières marches qui le séparaient d'elle.

Ils s'étaient pris de passion l'un pour l'autre, trois jours seulement après l'arrivée de Patricia et de sa fille à Essennes. Au début, personne ne s'en était étonné. Quoi de plus naturel, au fond, que cette attirance entre cet homme jeune, sans enfant, et cette gosse orpheline qui n'avait pas connu son père, ni même Olivier, l'amant de sa mère, et qui avait passé les premières années de son existence avec des grands-parents autoritaires? Tout concourait à pousser l'un vers l'autre ces deux êtres affamés de tendresse.

Au début, Patricia s'en réjouit. Et, satisfaite de ne pas avoir toujours sa fille dans les jambes, elle put ainsi découvrir tranquillement la campagne environnante, s'imprégner pleinement de l'atmosphère, connaître mieux les autres. Ici, dans ce coin perdu, gorgé d'eau pure, c'était tellement beau. Ici, avec ou sans Maya, le mot beauté retrouvait toute sa charge affective, tout son lyrisme, toute son éloquence. Elyane, elle, toute à sa nostalgie et heureuse de voir Julien s'occuper d'un enfant qui eût pu être le sien, n'en demandait pas plus. Et quand les autres arrivèrent un à un puis par groupes entiers, les deux femmes passèrent des heures joyeuses à les installer dans la nouvelle propriété offerte par Magnin, le sucrier. Il fallait nettoyer, repeindre des pièces entières, grandes comme des hangars, organiser une sorte d'intendance... De leur côté, Mme Houdin et Mustapha avaient leur travail à la pisciculture; Susan, qui n'aidait guère, ses prières et ses malédictions; François, quant à lui, ne faisait que de courts séjours à Essennes, généralement en fin de semaine; bref, personne ne prit véritablement conscience de ce qui s'était passé.

Jusqu'au jour où, de retour à Essennes après un voyage d'une huitaine de jours où elle avait essayé, en vain, de convaincre Olivier de les rejoindre, Patricia revit Maya avec des yeux neufs.

Etait-ce le décalage dû à cette absence? Cette acuité de regard que donne parfois l'éloignement? Toujours est-il que Patricia, brusquement désemparée, ne reconnut plus sa fille.

Physiquement, l'enfant n'avait pas changé, hormis peut-être ce joli hâle rosé, dû au grand air et au soleil. Non, la mère inquiète sentait la métamorphose ailleurs, à des mille petits riens. Dans les gestes de l'enfant, sa façon de sourire toujours un peu ambiguë, de ne pas entendre quand sa mère lui demandait quelque chose ou la réprimandait pour une petite faute... Elle avait rêvé de danser avec Maya sur les plus beaux sables mouillés de l'océan, mais l'enfant, à son insu, avait choisi d'autres rythmes. Elle avait voulu Maya parmi les fleurs et Maya semblait s'enivrer de parfums qu'elle ne connaissait pas.

Pendant plusieurs jours, elle observa sa fille, autant qu'elle le pouvait, comme ces jaloux qui croient deviner dans quelque geste, chaque détail, chaque mot, chaque intonation, des indices et des preuves de la trahison de l'autre. Maya ne posait plus de questions sur le rôle des coccinelles ou sur la couleur des bêtes à bon Dieu; Maya ne jouait plus avec le chien, n'essayait plus d'attraper les poulettes de la veuve Houdin à la course; Maya, quand elle rentrait le soir, ne lui chuchotait plus, en riant, « Maman... je t'aime »; Maya n'avait plus besoin d'elle...

Plus la mère était bavarde, plus la fille était muette.

Alors, avec des larmes rentrées, Patricia céda à l'idée de les guetter et de se faire une certitude. Plusieurs fois, elle les suivit à distance, épiant leurs mouvements, se rapprochant pour mieux observer leurs lèvres, essayant d'écouter. Mais elle ne put jamais rien entendre, pour la bonne et simple raison – et ce n'était pas le moins effarant dans cette histoire – que ce couple étrange, disproportionné, bancal d'âge, ne se parlait pratiquement pas de la journée, restant des heures entières l'un à côté de l'autre, ou face à face, assis ou couchés dans l'herbe, à fixer la campagne et le ciel, ou à se regarder, immobiles, avec des yeux vides de statues...

A bout, elle avait rompu la première ce silence.

« Julien, je t'en prie, dis-moi ce qui se passe avec Maya ?

— Mais rien, Patricia, répondit le colosse avec un air de parfaite tranquillité qui l'exaspéra encore plus.

— Comment ça, rien! s'écria-t-elle; Maya me parle à peine, il faut que je la force presque pour m'embrasser. Elle est toujours dans les nuages, elle ne voit que par toi...

— Tu es jalouse? » demanda-t-il, avec un geste d'indifférence, comme s'il connaissait déjà la réponse et qu'elle ne le concernait pas.

Le visage pâle de Patricia avait rougi, ses lèvres tremblaient aux commissures. Pendant plusieurs secondes, sans mot dire, elle le regarda dans les yeux d'un regard ferme, implacable, et soudain :

« Rends-moi ma fille! laissa-t-elle échapper, les dents serrées, dans un murmure rapide.

— Mais tu l'as, ta fille, qu'est-ce que tu racontes? Plus que tu ne l'as jamais voulue, mieux que tu ne l'as jamais eue... Allons, arrête, à quoi bon toute cette querelle... »

Puis il jouta, un peu plus tard, les yeux perdus au loin :

« Ecoute : dans tout cela, Pat, il y a quelque chose qui nous dépasse, qui nous échappe à toi et à moi... Il faut me croire. N'essaie pas de t'y opposer et laisse donc faire le temps... »

Il y eut un nouveau silence.

Bouleversée, Patricia étudiait Julien d'un regard oblique. Mais il ne se dérobait pas, apparemment sincère, semblant ne pas comprendre lui-même ce qui était arrivé :

« Laisser faire le temps? demanda-t-elle précipitamment, pour cacher son trouble. Mais combien de temps ? »

Julien tressaillit, comme s'il fût sorti d'un songe.

« Il me faut encore un mois... J'ai besoin d'elle, de son amour », dit-il enfin, d'une voix rauque. Il suppliait presque...

« Besoin d'elle ? De son amour ? bégaya-t-elle, assommée par la surprise. Mais Maya n'a que six ans... c'est une enfant ! »

Julien n'avait plus répondu. Il était retombé dans un silence morne. Un peu de sueur perlait à son front, ses mains énormes tremblaient légèrement. Alors, le voyant tellement malheureux, laissant tomber sa colère en souvenir de ce qu'il lui avait donné, Patricia n'insista pas. Mais, cette nuit-là comme les suivantes, pendant une semaine, elle resta longtemps éveillée, fiévreuse, malade de ne pas comprendre, les yeux ouverts, à écouter la respiration de Maya qui dormait auprès d'elle.

Puis, peu à peu, occupée par d'autres tâches, d'autres rencontres, heureuse au fond de participer à l'aventure de cet homme pur qui fascinait l'Europe, elle avait lâché prise, abandonnant l'enfant à Julien, comme il le souhaitait, se consolant de cet amour perdu dans les bras d'un garçon qui venait d'arriver d'Italie, oubliant aussi Olivier qui trimait là-bas comme un idiot sur sa table de dessin, Dieu sait pour qui ? Dieu sait pour quoi ?

Arrachée à tout ce qu'elle aimait, libre, Patricia se mit à tout mélanger, ses émotions avec délices, ses intelligences avec frayeur, folle de son corps et de ses sens, révélée, avide enfin de se faire éclater la tête dans ce tourbillon de lumières et de bruits où Julien les avait plongés les uns et les autres, les forts comme les faibles...

Et Elyane qui, comme les autres, et sans mieux comprendre, avait assisté à ce vol, à ce rapt d'enfant, m'a raconté plus tard comment, Patricia ayant cédé à son vertige, les choses étaient ainsi rentrées dans un ordre qui ne devait rien à la nature...

Mais il arrivait encore, à l'occasion d'un incident bizarre comme celui que venait de vivre François en rentrant du studio avec, à la clef, ce commentaire stupéfiant de Maya, que l'on s'interrogeât, à Essennes, sur les fils étranges qui liaient Julien à cette petite fille blonde, et sur leur façon invisible de communiquer et de se comprendre.

En fait, ces rapports ne furent jamais complètement éclaircis...

Comme prévu par François, qui d'ailleurs était reparti le lendemain matin pour Paris, toujours furieux, les appels à la désobéissance civile de Julien avaient fait du bruit.

Si le public, dans son ensemble, se montrait encore partagé – bien que le crédit de Julien eût incontestablement diminué à cette occasion –, la riposte officielle s'organisait. Des ligues de protestations se formaient, surtout en France et en Allemagne. A la Chambre, qui s'estimait, à juste titre, diffamée, on avait enregistré deux interpellations à ce sujet suivies d'une demande d'enquête; les Jeunes Libéraux, eux, avaient posé une question écrite au gouvernement, manière de savoir jusqu'où irait à présent l'insupportable subversion du « Phénomène J ». Et la presse, libérée sans doute de ses précédents concerts de louanges, retrouva son instrument favori, la critique.

Ce fut, je crois bien, le tournant.

Mais je ferai observer qu'à ce moment-là, Julien pouvait encore retourner la situation à son avantage ou, pour le moins, limiter les dégâts.

Il lui suffisait d'abord, comme François l'avait souhaité, de faire une simple déclaration publique où il minimiserait ses propos incendiaires. En effet – et vous en penserez ce que vous voudrez – trente années de pratique ininterrompue des médias télévisés avaient habitué le public à ce genre d'habileté, et cela n'aurait choqué personne, à l'exception peut-être de quelques Révolucides fanatiques.

Ensuite, et ce n'est pas le paramètre le moins important de cette aventure, Julien, je l'ai dit, était magnétique : il attirait. Qu'il fût vulgaire ou tendre, fraternel ou vipérin, calme, agressif ou en colère, et peut-être à cause de toute cette complexité du personnage, il cristallisait si bien notre malaise que la majorité d'entre nous, conquise, fascinée, s'affirmait prête, envers et contre tout, à voir en lui ce qu'il n'était peut-être pas...

Doué d'un charisme phénoménal, Julien parlait avec une rare puissance, en homme convaincu de pouvoir convaincre les autres. Là encore, il lui aurait suffi de revenir en souriant, de reprendre son feuilleton comme si le précédent épisode n'avait pas existé, et tout se serait arrangé, je pense.

Mieux, dans cette époque singulière, j'en ai eu la confirmation plus tard, nombre de ses détracteurs les plus acharnés ou les plus furieux souhaitaient, au fond, qu'il continue...

Comment traduire ceci, comment interpréter cela ?

On ne peut pas. Ou mal.

Qui pourrait expliquer l'alcool au sang ? Le sang n'entendrait pas, réclamerait sa drogue.

Parce que Julien songeait tout haut, on croyait qu'il savait. Savait-il ? Le monde étouffait, voulait le croire. Qui ne pleure pas ne croit pas ! Ses rêves les plus absurdes, ses utopies les plus démentielles devenaient les nôtres, au même titre que ses cris de fraternité et ses paroles d'amour.

Tout paraissait simple. Julien embrassait la nature comme on embrasse un enfant. Avec cette matière vivante qui le hantait, il violait les idéalistes. Et les athées, les matérialistes comme moi frissonnaient de plaisir coupable quand il parlait de l'esprit.

Allez y comprendre quelque chose ! Une mère n'y aurait pas retrouvé ses petits, mais c'était ainsi depuis le premier jour...

Oui, tout aurait pu s'arranger, je pense. Il leur aurait suffi de le voir.

Le voir encore et, encore le voir.

Beaucoup de gens n'en demandaient pas davantage; les lâches, les égoïstes, qui ayant besoin de sa voix comme d'autres ont besoin d'aller au stade pour se convaincre qu'ils ont des muscles, disaient : c'est bien, c'est très bien, il faut que ça change !... Les songeurs, friands de prodiges, puisant des forces dans l'idolâtrie, prêts à s'inscrire dans n'importe quelle secte de farfelus pour tromper leur ennui; les passifs, les contemplateurs qui ne comprenaient pas qu'on s'occupe de la faim de ceux-ci, de la misère de ceux-là, des pleurs d'enfants, du cri des torturés, du taudis, du bidonville, du cachot, quand on peut rêver sous les arbres à l'existence de Dieu, mais qui lui avaient déjà pardonné cet écart de langage, et espéraient encore la merveilleuse, vaine et inutile poésie des mots dont ils avaient si faim; toutes les insatisfactions paisibles, gourmandes du détail et méfiantes du collectif, qui n'ont jamais su mettre l'homme au pluriel; toute cette famille d'esprits – et ils étaient des millions et des millions – attendait la suite...

Le drame, c'est que non seulement Julien refusa tout rectificatif à ses propos révolutionnaires mais que, dans le même temps, pire encore, il disparut complètement aux yeux du monde malade qui l'espérait.

III

A TOUTE heure, par tous les temps, le Président exigeait un grand feu de bois dans son bureau...

En fin d'après-midi, lorsque Roubier et Walder arrivèrent, il était là, debout, à réfléchir de son air froid, les yeux grands ouverts sur la cheminée qui flamboyait.

Il hésitait... Pourquoi ne pas prendre la décision tout de suite, appeler la télévision, et donner l'ordre ?

N'était-ce pas la solution la plus simple ?

Mais à voix basse, il se disait que non, que cela pouvait attendre, qu'un mot de lui et tout se briserait.

Oui, mais quel mot ?

Il avait déjà commis une erreur. Et, avec son flair de bête politique, il sentait bien que quelque chose lui échappait encore dans cette aventure.

Par la porte entrebâillée, Walder et Roubier s'étaient glissés jusqu'à lui, dignes comme des valets, silencieux comme des assassins.

« Oui ?

– Monsieur le Président, nous savons où se cache Susan Heynckes, et nous...

– Plus tard... plus tard... »

Cependant, le Président s'était rassis à son bureau, devant les deux conseillers, interloqués. Le menton dans une paume, le regard ailleurs, il continuait à les ignorer, repris par ses doutes. Un tic nerveux tirait toute la moitié gauche de son visage, faisant craquer, pour une fois, l'impassibilité glaciale du professionnel. Un élément manquait à cette histoire...

Walder, qui s'irritait secrètement, le supplia encore :

« Je vous prie, monsieur le Président, il s'agit d'une affaire urgente...

– Quoi ?... Fichez-moi le camp, je vous verrai tout à l'heure ! » dit-il rudement, avant de retomber dans sa rêverie.

La nuit tombait. Dans la cheminée, le feu mourait. Et le Président resta ainsi, seul, frissonnant dans l'ombre, aux écoutes.

C'est vers neuf heures du soir qu'il se décida enfin à décrocher sa ligne directe...

Là-bas, le feu s'était éteint.

IV

Brusquement, contre tout espoir, les choses basculèrent. Et ce furent les premiers incidents en Méditerranée.

Je ne parle pas ici du second et formidable tremblement de terre qui, à l'époque, sept mois après la secousse déjà terrible de décembre, a brisé la côte grecque, englouti plusieurs îles et fracassé la Sardaigne, mais plutôt de la destruction silencieuse de deux vedettes de guerre européennes par un sous-marin inconnu.

Comment la chose était-elle arrivée ? Ou pour mieux dire : comment avait-elle pu arriver ?

Certains ont avancé l'utilisation odieuse d'une torpille à neutrons très sophistiquée. En réalité, personne ne l'a jamais su. Et la nouvelle explosion de colère populaire qui se déchaîna à partir de cet instant contre le monde arabe, débordant même sur certains pays africains musulmans évidemment complices, démonta les esprits les plus raisonnables et les plus perspicaces.

En effet, remarquable et plus encore significatif d'un certain état d'esprit, l'idée ne vint à personne d'attribuer cet acte à une machination plus lointaine.

Certes, dans le bloc arabe, depuis l'humiliation de l'ultimatum, la révolution islamique avait encore progressé, certaines factions religieuses appelant ouvertement à un durcissement de la situation, à une revanche cinglante sur les Occidentaux redevenus, pour la circonstance, des incroyants. Et l'influence de ces maniaques avait pénétré, dit-on, jusque dans certaines sphères militaires. Si le pétrole était un don d'Allah, le croissant était désormais au front du bœuf, comme a pu l'écrire un de nos esprits les plus fins.

Mais sans nier pour autant ce phénomène, je ferai observer que le fanatisme buté n'a jamais eu pour berceau unique le bassin méditerranéen.

Compte tenu de la gravité de l'incident, aucun pays d'Europe n'ayant eu à subir une agression de ce genre depuis quarante-deux ans, le Président fit un discours plutôt modéré, n'accusant nommément personne, visiblement pris au dépourvu lui aussi. Mais peut-êre suis-je naïf ? J'ajouterai enfin que chez la majorité des Européens en colère, à l'exception de quelques forcenés partisans d'une riposte immédiate, la guerre apparaissait encore, à l'époque, comme une chose monstrueuse et impensable.

Ce demi-siècle de paix avait laissé des traces.

C'est donc dans une capitale naturellement inquiète mais, tout compte fait, assez calme, qu'Elyane et François rendirent visite au docteur Ensor, relation de longue date du jeune avocat, encore qu'ils se vissent rarement, chacun d'eux vivant dans des mondes totalement différents.

L'entrevue s'annonçait passionnante, Ensor ayant reçu Julien cinq jours plus tôt et l'ayant gardé plus de quarante-huit heures avec lui, dans un tête-à-tête qui promettait beaucoup.

Belge par son père, hollandais par sa mère, Ensor, bien que parfaitement homonyme avec le grand peintre du début du siècle, n'avait aucun lien de parenté avec celui-ci. Très tôt, et sans contrarier une vocation précoce, sa famille, de riches bourgeois de Liège, l'avait destiné à la psychiatrie.

Assez grand, mince, ce très bel homme d'une cinquantaine d'années faisait généralement forte impression sur ceux qu'il rencontrait. Bien que vêtu sans recherche, on sentait l'homme raffiné. Mais ce qui séduisait peut-être le plus en lui, outre sa prodigieuse érudition – une revue de la nouvelle Chine ne l'avait-elle pas présenté, trois ans plus tôt, comme un des derniers humanistes de ce temps ? – c'était sa disponibilité permanente au désarroi des autres.

Cette compassion forcenée, comme François l'avait expliqué en chemin à Elyane, très émue, tenait à un drame : quinze ans plus tôt, une maladie épouvantable avait emporté, en moins d'un mois, la jeune femme que Jacques Ensor aimait passionnément.

La mort de cet amour fou l'avait brisé quelque part, lui laissant une infinie patience pour ceux qui continuaient à vivre.

Par ses connaissances, Ensor aurait dû entrer depuis longtemps à l'Académie européenne des

Sciences humaines; par ses relations, ou plus exactement par celles de son excellente famille, il aurait pu prétendre à la notoriété mondaine et à des rôles supérieurs. Mais ses opinions de libre penseur et une certaine rudesse de langage l'avaient écarté des honneurs. Or, si cette mise à l'écart désolait généralement ses amis, elle ne le dérangeait guère. Au contraire.

Débarrassé une fois pour toutes des mondanités, utilisant judicieusement sa réputation d'ours mal léché, et vivant dans son coin d'une petite clientèle et des revenus de son héritage, Ensor avait poursuivi tranquillement ses recherches.

L'homme, ou plutôt les mystères mentaux de l'homme restaient son unique préoccupation.

Tout en se tenant parfaitement au courant des travaux officiels de ses confrères, et sans abandonner pour autant la recherche traditionnelle à l'hôpital et en laboratoire, Ensor avait débordé le cadre éthique, un peu rigide à son goût, de sa profession en Occident. Tout l'intéressait : certains états mystiques qu'il était allé étudier à des milliers de kilomètres, la drogue et notamment les psychotropes, la télépathie, la clairvoyance et bien d'autres phénomènes parapsychologiques, bref tout ce qui pouvait modifier quelque part les données habituelles du comportement humain.

Ayant fait sa devise de la phrase de Sir John Eccles : « *Il nous faut apprendre à vivre avec les problèmes qui dépassent notre compréhension actuelle, au lieu d'en nier spontanément l'existence ou la réalité* », devise qu'il avait d'ailleurs soigneusement calligraphiée et accrochée au-dessus de sa tête, dans son bureau, la marginalité ne l'effrayait pas. Et plongeant ses yeux gris dans la vie quotidienne, observant le rare, soulageant l'ordinaire, le docteur Jacques Ensor ne négligeait rien.

Il était venu deux fois à Essennes, le week-end, invité par François, curieux de rencontrer ce Julien Mahé dont tout le monde parlait.

Les deux fois, il avait logé dans une petite auberge, à quatre kilomètres de là, les deux maisons de la veuve Houdin et l'immense propriété offerte par Magnin, le sucrier d'Amiens, ne suffisant plus depuis plusieurs semaines, à héberger les nouveaux Révolucides qui ne cessaient d'arriver de tous les coins de l'Europe.

Tout le monde à Essennes, le premier moment de méfiance passé, l'avait accueilli avec sympathie. Avec ses yeux gris toujours un peu tristes, mais sans jamais se départir de son bon sourire, Ensor avait pénétré sans difficulté jusque dans l'entourage de Mahé. Et Julien, pourtant de moins en moins bavard, avait eu deux ou trois conversations privées avec lui. Ce qui, à l'époque, était devenu rarissime, je peux en témoigner.

Avec la petite Maya installée entre eux, on les avait vus, assis près du torrent, se parler longuement. De qui ? De quoi ? Personne, à l'exception de l'enfant qui écoutait, n'aurait su le dire.

Tout ce que François et Elyane savaient, c'est que Julien avait accepté, à la surprise générale, de rendre sa visite à Ensor et qu'il avait tenu parole.

Le psychiatre les reçut dans cet immense appartement, un legs de ses parents qu'il n'avait pas pris le temps de meubler convenablement, et – François en avait prévenu Elyane – où il vivait et travaillait dans la bohème la plus invraisemblable.

Tous les sièges du cabinet de travail étaient encombrés de dossiers, de livres et de publications aux titres barbares, écrits pour la plupart en anglais et en allemand, empilés sur les fauteuils et sur les chaises, comme la nature empile ses couches dans les entrailles de la terre : je veux dire un entassement qui, apparemment, doit plus au caprice qu'à une véritable organisation, mais où chacun pressent qu'il y a là un ordre immuable connu du seul propriétaire.

Et, par-dessus ces livres couleur de craie, posés sur toutes ces revues aux couvertures souvent brillantes comme la silice, il y avait encore, comme si cela ne suffisait pas, des cahiers plus petits, ficelés en paquets, ici en équilibre instable, là dégueulant déjà sur les accoudoirs.

Ces cahiers représentaient vingt années de recherches, d'expériences et de réflexions sur l'âme humaine.

Et tout ce papier imprimé, annoté, raturé, collé, broché, relié, finissait par dégager une odeur forte comme de l'encens.

Quand ils entrèrent, Elyane resta quelques secondes interdite, sans pouvoir cacher son effarement. Elle n'avait jamais vu un foutoir pareil et cela dépassait tout ce que François lui avait annoncé.

Après avoir vainement cherché du regard un endroit où ils puissent s'asseoir, ils finirent par s'affaler sur le divan du praticien, comme celui-ci d'ailleurs les y invitait du geste, avec un sourire légèrement ironique.

« Alors, Jacques, tu l'as vu ? demanda François tout de suite, à peine installé.

– Oh ! oui, je l'ai vu...

– Eh bien, docteur, votre avis ? » jeta Elyane avec nervosité, sans masquer son impatience.

Ensor ne répondit pas tout de suite. Il y eut un silence.

Le psychiatre triait des papiers posés devant lui, certains de couleur bleu pâle bourrés de graphismes compliqués et de courbes délirantes, n'en gardant que quelques-uns, jetant les autres avec une pointe de nervosité dans une corbeille plate en osier.

Enfin longuement, n'omettant aucun détail qui pût avoir une importance, Ensor, le visage grave, commença par leur raconter l'arrivée de Julien qui s'était prêté de bonne grâce et sans la moindre réticence, à tous les examens auxquels le psychiatre le soumettait. Des tests les plus naïfs, les plus agaçants, jusqu'aux études les plus approfondies.

Les résultats ?

Eh bien, dite sommairement d'abord – et il allait s'expliquer plus avant si les deux autres lui en laissaient le temps – la vérité était que Julien n'était pas un homme tout à fait comme les autres...

Pas comme eux, pas comme lui...

Son cerveau fonctionnait – Ensor choisissait soigneusement ses mots afin de ne pas les effrayer – de façon très particulière.

Or, selon Ensor, qui pour l'instant ne s'expliquait pas plus, jamais les institutions ne toléreraient une telle faille vivante. Elyane me l'a répété plus tard, c'est bien l'expression qu'il avait employée, « une telle faille vivante... ».

Malgré ce qu'il venait de dire, François et Elyane paraissaient plus affamés de curiosité que réellement inquiets. Et ce fut la jeune fille qui ouvrit le feu.

« L'autre soir, un commentateur agréé a traité Julien de schizophrène, reprenant je crois le terme employé par un parlementaire danois. Qu'y a-t-il de vrai dans cette affirmation ? Julien est schizophrène ?

– Non », dit paisiblement Ensor.

Puis il ajouta, après une pause :

« Je crois, au contraire, que son plus grand crime est de refuser d'endosser la schizophrénie des autres. Je m'explique : voyez-vous mademoiselle, toute notre société européenne, supranationale, est devenue en moins de vingt ans une société schizophrénique et même paranoïaque. Pourquoi ? Comment ? me direz-vous. Eh bien, dans le sens où l'individu, vous, moi, les autres, nous avons vu peu à peu nos nécessités les plus urgentes, notre biologie même, complètement méconnues, ignorées, refusées par cet énorme agrégat. Ça, c'est vraiment schizophrène, dans le sens de scission, de coupure, schizos en grec... mais pas Julien.

– Mais alors, je ne comprends pas...

– Eh bien, reprit-il patiemment, Julien étant différent d'abord, et refusant ensuite cette pression intolérable, au nom d'une vérité qui l'obsède à un point que vous n'imaginez pas, les autres diront que c'est lui l'aliéné. Et ils le chargeront de cette différence comme, il n'y a pas si longtemps, on chargeait les juifs et les hérétiques de tous les péchés du monde... »

Elyane se laissa aller au fond du canapé, sur le coup de ce qu'elle venait d'entendre.

« Julien a-t-il évoqué l'arrêt brutal de son intelligence, à la mort de ses parents ? demanda François à son tour, en se mordillant nerveusement un doigt.

– Oui, nous en avons parlé. Et tu es sceptique, n'est-ce pas ? Eh bien, tu as tort : c'est possible et c'est déjà arrivé, ces blocages comme nous les appelons survenant généralement après des chocs ou des traumatismes, ce qui semble bien être le cas ici... A la mort de ses parents – et il s'est peut-être passé quelque chose en plus que nous ignorons – l'esprit de Julien s'est arrêté de lui-même... comme s'il voulait stopper le temps à partir de cet événement épouvantable, tu comprends... Comme si Julien avait voulu demeurer dans cet état passif, comme un produit surgelé si vous voulez bien me passer cette expression !

– Un produit surgelé ? s'effara l'autre.

– Hon... hon...

– Et tout aurait pu repartir plus de dix ans après ? demanda François d'une voix toujours incrédule. Son intelligence se serait décongelée, en somme, comme un morceau de viande ou un légume qui retrouve d'un seul coup sa fraîcheur !

– Oui, ça peut paraître extraordinaire, mais

c'est possible. Et je suis convaincu que c'est exactement ce qui s'est passé avec Julien. Votre partie de pêche, que tu m'as racontée, et toutes ces visions sur l'étang, complètement délirantes n'ont été qu'un prélude. Les premiers soubresauts d'un réveil. C'est la rencontre avec Rossan qui a été déterminante, celle-ci lui servant de substitut à tout ce qu'il avait perdu étant jeune, chassant toute cette misère qui l'avait brisé, affamé, aigri. Oui, croyez-le ou non, mais le blocage de son esprit s'est levé ce jour-là, dans la gare désaffectée où Rossan parlait pour la dernière fois. Le physicien a secoué Julien quelque part, comme on secoue un réveil qui ne marche plus et, pour garder cette image, l'horloge intérieure de Julien s'est remise en marche...

– Avant cet incident survenu à la mort de ses parents, croyez-vous que Julien ait été un enfant surdoué étant petit ? » demanda Elyane. Elle n'avait pas très bien compris ce qui venait de se dire, mais n'en poursuivait pas moins son idée de femme amoureuse.

« Possible, mademoiselle, possible... Mais c'est aujourd'hui sans importance, car Julien a largement dépassé ce stade ! répondit le praticien avec un pauvre sourire qui en disait long, mais qu'elle seule ne vit pas immédiatement.

– Mais pourquoi nous a-t-il abandonnés au début ? Pourquoi s'est-il sauvé comme un voleur ? Pourquoi est-il allé se cacher dans ce bled perdu ? De quoi avait-il peur ?

– De lui, sans aucun doute », murmura Ensor en fronçant les sourcils.

Il alluma une cigarette et en tira une première bouffée avant de continuer.

« Je ne sais pas si vous vous rendez très bien compte de l'ampleur du choc qu'il a subi. Cette remise en marche brutale, ces visions, tout ce dérèglement ont dû le troubler fortement, l'angoisser même les premiers temps. N'oubliez pas qu'entre seize et vingt-cinq ans, il était devenu une vraie bête sauvage. Alors, il a dû se poser des questions, des milliards de questions du genre : vais-je ou pas me tromper ? Qui suis-je vraiment ? Qu'est-ce que je suis en train de vivre ? Une simple réalité ou le reflet d'autre chose ? Suis-je dans le rêve, le cauchemar ? Quel est le pont entre la réalité et le rêve, et où est-il ? Ici ou là ?

« Vous savez, n'importe qui aurait souffert d'un ébranlement pareil ! A fortiori un être fruste qui ne vivait plus que par ses instincts.

– Mais ces absences d'aujourd'hui, docteur ? gémit Elyane. Il paraît de plus en plus lointain...

– Tout ce qui est état de transcendance de conscience – excusez ces mots un peu compliqués mais je n'en connais pas d'autres – bref, ce qui lui arrive provoque un état... »

Et comme elle faisait un geste d'impatience pour balayer toutes ces sornettes scientifiques, Ensor reprit d'une voix plus rude :

« Il faut que vous compreniez une bonne fois pour toutes que Julien est ailleurs... qu'il vit dans un autre monde que vous et moi n'atteindrons sans doute jamais. Mais, laissez-moi tout de même vous rassurer : il ne s'agit pas de troubles physiques au sens habituel du terme car, même s'il ne vous entend pas, même si par moments il ne vous voit pas, en revanche, ses yeux, ses oreilles, son odorat, tout cela continue à fonctionner, sans aucun doute, aussi bizarre et aussi contradictoire que cela puisse vous paraître... »

François s'agitait nerveusement dans un coin.

Ensor, il en était sûr, leur cachait quelque chose. Quelque chose de très important.

Il finit par quitter son siège, fatigué d'être assis, préférant se dégourdir les jambes pour poser quelques questions.

L'une d'elles, particulièrement, lui tenait au cœur.

« Jacques, demanda-t-il de façon un peu abrupte, évitant dans le même temps le regard d'Elyane, Julien n'a pas touché à une femme depuis des semaines, des mois peut-être. Tu trouves ça normal ? »

Il lui sembla, mais était-ce une impression, qu'une lueur de soulagement avait brillé dans les yeux d'Ensor qui répondit d'un ton paisible :

« Non seulement ça me paraît normal dans son cas, mais je serais tenté de dire presque obligatoire... Vois-tu, le champ de conscience de Julien est occupé, obnubilé presque par une sorte de « mission », encore qu'il n'aime pas beaucoup ce mot.

« Dès lors, la sexualité dont tu parles, et telle que nous la pratiquons les uns et les autres, c'est-à-dire un acte un peu bête et très rudimentaire, cette sexualité-là a disparu chez lui au profit d'un autre amour... Une sorte d'amour cosmique où la sexualité ordinaire n'a plus grand-chose à faire et lui apparaît, forcément, comme dérisoire. »

Il marqua une pause avant d'ajouter :

« Sa fusion mentale avec tout ce qui compose la nature, la mère originelle, le fait à la fois hétéro et homosexuel, et même sans doute bien d'autres choses difficiles à définir ici, mais elle lui ôte toute envie de pénétration carrément physique...

— Est-ce qu'il n'y aurait pas une autre explication ? reprit Elyane, butée. On a dit et même écrit récemment que la mère de Julien avait été une prostituée... S'il l'a appris, cela aurait pu le troubler, non ?

— Oui, je sais, j'ai lu ça quelque part moi aussi. Il est vrai que tous les enfants, et surtout les enfants de sexe mâle, ont tendance à reconnaître dans leur mère une vierge que personne n'a jamais possédée. D'où l'idée classique, et peut-être même un peu trop classique, du meurtre du père qui a souillé la mère... Si la mère de Julien avait été une putain et qu'il l'ait appris par la suite, nul doute que cette idée de pères successifs, multiples, aurait pu lui causer un grand trouble affectif. Mais nous aurions alors aujourd'hui, vraisemblablement, un homme avide de revanche sur les hommes, soucieux de dominer, de « tuer » tous les autres en quelque sorte, d'une façon ou d'une autre. Or, c'est tout le contraire. »

Il y eut un nouveau silence. Chacun réfléchissait à ce qui venait d'être dit. Elyane, à son tour, alluma une cigarette.

Visiblement Ensor désirait ne pas aller plus loin

dans cette direction. Il se taisait, pensif lui aussi. Et c'est François qui reprit, plus froidement.

« Jacques, tu n'ignores pas que ça va mal dehors. Après cette histoire en Méditerranée, on parle de provocation intolérable, de guerre possible avec les Arabes... Oh ! à mots couverts j'en conviens, mais on en parle ! D'autre part, Julien a fait un véritable scandale, l'autre jour avec son appel à la désobéissance civile. On dirait qu'il vire vers une sorte de messianisme politique... Qu'est-ce qu'il prépare ? Qu'est-ce qu'il espère ? Lui as-tu posé des questions à ce sujet ?

— Il y a deux parties dans ta question. En ce qui concerne l'esclandre, je n'ai pas compris moi-même ce qui s'était passé et il ne m'en a pas parlé. Non ! vois-tu, j'ai plutôt essayé de l'écouter parler dans la direction qu'il désirait. Comme à Essennes, les deux premières fois, j'ai tenté d'être avec, de communier, de me fondre en lui... »

Ensor continuait rêveusement.

« Et c'est peut-être la sensation la plus étrange que j'aie jamais ressentie ! Une impression difficile à traduire avec des mots. Mais je veux bien essayer de vous raconter... Disons, si vous voulez, que je suis entré dans une masse en fusion où tourbillonnaient des milliards d'idées et d'émotions, à toute vitesse... comme dans un accélérateur de particules, si vous voyez ce que je veux dire... J'ai essayé de saisir quelques pensées au vol mais je n'ai pas pu... Oh ! ce n'était pas de sa faute ! J'ai même eu l'impression, à un moment donné, que Julien essayait de ralentir cette vibration pour que je comprenne mieux, mais sans succès... »

Ensor s'était laissé aller à parler, sans même s'en rendre compte, repris, bouleversé par ce qu'il avait vécu. Et, en écoutant les derniers mots, François eut un sursaut.

Enfin, on y arrivait. Son pressentiment ne l'avait pas trompé. Il y avait autre chose. Et il posa la question que l'autre redoutait depuis le début.

« Veux-tu nous dire que Julien peut commander à son cerveau ? »

D'abord, Ensor sursauta lui aussi, piégé. Puis, comprenant qu'il était allé trop loin pour reculer à présent, il répondit entre ses dents, avec une espèce de rage et de crainte mêlées :

« Oui, je le dis : Julien peut commander à son cerveau. Puis il répéta avec force, un défi dans la voix : Je le dis parce que j'en ai eu la preuve, vous m'entendez, la preuve... »

Alors, il expliqua, très pâle, soulagé au fond de partager son secret, ce qu'il avait vu, de ses yeux vu.

L'incroyable, l'inimaginable.

Julien pouvait se donner l'électro-encéphalogramme qu'il désirait.

Julien avait produit, à volonté, du rythme alpha, du rythme bêta, et même certains rythmes paroxystiques inconnus du praticien.

En se jouant de la machine ultra-sophistiquée qui était censée le détecter.

Sans sourciller, en regardant Ensor droit dans les yeux, fermement mais sans animosité, avec sur les lèvres un mince sourire, Julien avait reproduit tous les états possibles et imaginables de conscience; y ajoutant, comme pour s'amuser du désarroi de son illustre observateur, des séquelles de traumatismes mentaux qu'il faisait apparaître puis disparaître, selon son bon plaisir, à la seconde suivante.

« Certes, expliqua Ensor à Elyane et à François, certains individus bien entraînés étaient parvenus, dans le passé, grâce à des techniques de méditation et de concentration, à des petits exploits de ce genre.

« Jamais à ce niveau de maîtrise et de perfection.

« Mais, ajouta-t-il, ce que Julien reproduit au mieux, quand il le désire, et comme aucun autre homme ne l'a jamais fait à ma connaissance, c'est un état d'épilepsie temporale...

– Hein ? Quoi ? Julien est épileptique ? » C'était Elyane, suffoquée, furieuse. « Mais j'ai vécu avec lui des années. Il n'a jamais eu de crise. »

Elle pleurait presque, malade de ne plus rien comprendre.

« Attendez, Elyane, fit le docteur avec un geste apaisant. Vous me comprenez mal. Julien n'est pas épileptique, il n'est pas malade, si vous préférez. Ce que je voulais dire, c'est qu'il devient épileptique lorsqu'il le désire...

– Mais pourquoi fait-il cela ? » demanda François, d'une voix altérée, et qui, lui aussi, commençait à se perdre.

Alors, patiemment, devant leur désarroi, se maudissant intérieurement de ne pas s'en être tenu aux confidences choisies qu'il avait préparées, Ensor reprit ses explications, après avoir allumé une deuxième cigarette au mégot de la première.

L'épilepsie, le mal sacré comme on l'avait appelé longtemps, qu'était-ce ? Cela se traduisait, disait Ensor, et on ne savait pas encore sous quelles influences, par des variations considérables du potentiel électrique du cerveau.

Ils suivaient ? Bon ! Eh bien, qu'ils imaginent cet état de conscience différent où le cerveau ouvre brusquement tous ses circuits électriques. Que se passe-t-il alors ? *Il a une telle vision globale de l'univers qu'il n'y résiste pas, et que tous ses « fusibles » sautent.* C'est alors la crise bien connue, terrible à voir : le sujet bave, pisse, les membres tressautent, les sphyncters se relâchent, il éjacule parfois... Ça, précisait Ensor, c'était l'épilepsie classique.

Dans l'épilepsie temporale dont il venait de parler un instant plus tôt, l'état de conscience était modifié de la même manière, mais sans crise ni convulsions apparentes.

« Eh bien, conclut le praticien, *c'est exactement l'état que Julien peut connaître à volonté. Il absorbe l'univers, ou en tout cas ce qui l'entoure, d'un seul coup...*

« A deux différences près pourtant : la première c'est, je vous l'ai dit, qu'il provoque lui-même cet état incroyable; la seconde, et ce n'est pas, croyez-moi, le moins extraordinaire, c'est qu'il réussit à empêcher ses fusibles mentaux de sauter... ou qu'il les répare tellement vite que sa souffrance est imperceptible et qu'il n'y a aucune perte de conscience. »

Cette fois, Elyane et François avaient compris. Ils pouvaient imaginer désormais ce qui se passait chez Julien. Ils pénétraient dans le secret de ses promenades nocturnes. Tous ses circuits, habituellement shuntés, se mettaient à vibrer à l'unisson. Et Julien devait alors entrer en résonance avec des éléments auxquels le commun des mortels reste totalement aveugle, sourd et fermé. De là, cette somme de connaissances jamais apprises, et pourtant appréhendées en un éclair... De là encore, toutes ces réflexions incompréhensibles...

« Mais c'est un monstre !... souffla Elyane, presque hagarde.

– En un sens, oui ! répondit Ensor en hochant la tête, aussi désemparé que les deux jeunes gens à sa propre évocation.

– Et c'est là-dessus que les psychiatres vont l'attaquer et le coincer dans trois semaines à la télévision, n'est-ce pas ? » s'écria François d'un ton féroce, en jetant un regard éperdu autour de lui comme pour y chercher une arme.

Il s'énervait, son visage entier suait l'impuissance et la colère pour ajouter :

« Et ils diront qu'il est fou...

– C'est un lourd débat, murmura d'abord Ensor avec un geste de découragement.

« Pour la plupart de mes confrères – et ne les jugez pas trop vite car il y a parmi eux, je vous l'assure, de braves gens très compétents – Julien apparaîtra automatiquement comme un personnage dangereux...

– Dangereux pour qui ? jeta François, de plus en plus hargneux.

— Dangereux pour nous ! Pour la société ! Doué d'un pareil pouvoir, n'oubliez pas que Julien leur apporte la preuve, actuellement, qu'il est capable, en plus, d'inspirer d'autres délires, qu'il est capable d'entraîner avec lui des foules immenses, bref de nuire à l'ordre public.

— Alors, qu'allons-nous faire ? » demanda Elyane, atterrée.

Elle croyait déjà voir l'émission.

Elle croyait entendre les questions perfides, les pièges à chaque mot. Julien saurait-il se défendre ? Ne pas se trahir ? Etait-ce cela que voulaient les hommes, encore et toujours ? Etait-ce si mal de dire le bien ? Si terrible de dire la vérité ? Etait-ce la fin du rêve ?

Le vertige la saisissait, accompagné d'une envie de vomir. Il y avait de la brume devant elle et ses yeux s'égaraient. Tout chancelait dans la pièce et elle y voyait un présage.

« Alors ? répéta François à son tour.

— Alors, c'est une cause perdue, ou presque ! lâcha brutalement Ensor. Comprenez donc que toute faille vivante à notre système — il reprenait sans y prendre garde son expression de tout à l'heure — toute faille de ce genre est devenue intolérable.

« Personne n'y peut rien. Pas même Julien. De par sa nouvelle nature, il devait forcément s'élever, un jour ou l'autre, contre certaines structures physiques, politiques ou mentales.

« Il est le malade d'une société plus malade que lui.

« Au débat télévisé, mes confrères auront beau

jeu de balayer mes arguments défensifs au nom de la raison, de la santé, de l'ordre, de la normalité et de je ne sais quoi encore ! »

Julien répondrait-il, et voudrait-il répondre ?

Ce serait l'improvisation du carnage, celle où chaque coup manqué ne fait qu'en précéder un autre, plus subtil, plus approprié aux circonstances, plus populaire. Pour les téléspectateurs, ce serait horrible et beau.

Les spectacles de ce genre, on en réclamait toujours à la télévision.

François, qui le savait mieux que quiconque, et qui depuis un instant marchait de long en large, butant sans arrêt dans des paquets de dossiers posés sur le sol, se tourna d'un coup vers Ensor en lui criant :

« Jacques, tu pars perdant et je n'aime pas cela ! Il doit bien y avoir une parade ?

– Oui, dit Ensor, il y en a une, en effet. Et une seule. En dépit du matérialisme de notre système, il y a toujours chez les humains, en sommeil, une aspiration profonde, obscure, mal définie, très ancienne. Appelons-la, si vous voulez, une aspiration religieuse...

« Alors, voilà comment je vois les choses.

« L'émission se déroulant devant des centaines de millions de téléspectateurs, j'essaierai de réveiller cette aspiration. Si Julien accepte, ce dont je ne suis pas sûr du tout, je le présenterai comme un mystique d'un autre âge, ou en tout cas, comme un homme qui détient une vérité perdue. Ça peut marcher. Car, au fond, les gens n'attendent que cela; déjà, me semble-t-il, c'est ainsi que nombre d'entre eux veulent le voir. Je sais bien que Julien n'est pas d'accord, mais j'essaierai de le convaincre. Cela ne lui évitera probablement pas son sort, mais cela pourra l'atténuer. Dans le pire des cas, cela ouvrira peut-être le chemin à des successeurs éventuels, qui viendront dans mille ans... ou dans trois semaines.

— Non, mais vous déraillez ! Je m'en fous des successeurs ! C'est de Julien qu'il s'agit ! Vous avez la trouille ou quoi ? » s'écria Elyane, jetée hors d'elle-même dans un élan de désespoir.

Sous la brutalité du reproche, Ensor rougit légèrement et ses lèvres tremblèrent d'émotion pour répondre :

« Non, je n'ai pas peur. Je vous dis simplement la vérité que vous m'avez demandée. Quand on veut tuer son chien, mademoiselle, on dit qu'il est galeux. Et aucun vétérinaire ne sera entendu si on a décidé de l'abattre.

— Mais alors, que vont-ils faire de lui ? » balbutia Elyane, déjà retombée dans sa prostration. François, lui, ne disait plus rien. Dos tourné, il regardait le mur.

D'abord, Ensor regarda longuement Elyane, sans cacher son affection. Et longtemps après, il dit :

« Ce qu'ils vont lui faire ? Je n'en sais rien. Tout dépendra de leurs propres craintes... Se sentent-ils ou non vraiment menacés par Julien ? Là est la question. Et c'est là aussi que François peut jouer un rôle... »

S'entendant interpellé, l'autre se retournait, les yeux rouges.

« François, reprit doucement Ensor, tu peux approcher le Président, il t'estime. Essaie d'obtenir rapidement une audience, en évitant ses conseillers si possible... Dis-lui tout ce que je t'ai dit! Dis-lui aussi, même si ça n'est pas tout à fait vrai, que Julien n'est pas un danger pour lui, que son esclandre politique de l'autre jour n'était qu'un accident... Essaie d'être convaincant, après tout tu es avocat, non? Ensuite, nous verrons bien...

– Tu as parlé de tout cela avec Julien? demanda François, essayant de cacher sa peur, s'obligeant devant les autres à garder son calme.

– Julien sait ce qui l'attend; il le sait sans doute mieux que nous. Nous nous interrogeons encore sur l'issue, et lui la connaît, j'en suis sûr. Et ne me demandez pas comment il le sait, car cela me dépasse. »

Et tandis qu'Elyane s'était mise à pleurer, François, les mains cachées derrière le dos, posa sa dernière question d'une voix nouée, comme si une tout autre idée venait de le traverser.

« Jacques, Julien t'a-t-il dit pourquoi il gardait près de lui la petite Maya, les neuf dixièmes du temps? Réponds-moi, c'est important...

– Non! il ne me l'a pas dit, lâcha Ensor, surpris par ce changement brusque de sujet. Mais pourquoi est-ce si important? »

V

Il pouvait être huit heures du soir. Le jour baissait.

Quelques nuées pendaient jusqu'à l'étang et le couvraient de brume, peu à peu. Deux ombres rêvaient, assises près du bord.

Le soir, les beautés muettes de ce lieu devenaient autant d'énigmes. Et ils ne se lassaient pas de les déchiffrer ensemble.

« Combien sommes-nous maintenant ? demanda-t-il.

– Trois mille huit cent dix-sept, dit-elle avec précision. Mais elle rectifia aussitôt; non, trois mille huit cent seize, j'oubliais le départ de Susan...

– Et il en viendra d'autres ?

– Non, je ne crois pas.

– C'est fini, n'est-ce pas ?

– Il fallait que ça finisse. »

Et, comme il se faisait tard, après une pause, elle ajouta :

« Je crois que c'est l'heure, Julien... »

Il se frotta l'épaule. Un frisson venait de le parcourir.

« Maya, je viens de comprendre une chose que je pressentais à peine, hier encore », murmura Julien d'une voix étranglée par l'émotion. Sans regarder l'enfant.

« Oui, je sais, dit-elle simplement. Allons viens... J'ai faim. »

Mais Julien ne bougeait toujours pas. Il paraissait ivre, stupéfait, au bord de l'affolement. Une autre révolution venait de se faire en lui. Quelque chose, une donnée nouvelle l'avait pénétré brusquement, sur la rive de cet étang mort, ouvrant dans cette sérénité profonde le passage à une certitude terrible.

« Viens Julien », répéta doucement Maya, avec une moue entêtée, en lui tendant la main pour qu'il se lève.

Il se leva enfin.

La nuit était tombée.

Et derrière cette ombre, comme derrière un rideau, on entrevoyait l'issue.

SIXIÈME PARTIE

JULIEN

I

DANS le grand couloir nu, ils marchaient tous les trois de front, et leur progression offrait un aspect irréel. Aucun son ne parvenait jusqu'ici, le silence se déroulait avec la rectitude des murs, jusqu'aux bruits de leurs pas qui s'étouffaient sur ce sol bizarrement caoutchouté, de couleur brune...

Encadrée par les deux hommes de la police politique, Susan sourit subrepticement.

Au début, elle avait eu beau se raidir, se crisper, son cœur battait la chamade. A croire qu'il allait exploser. En arrivant, ils lui avaient lié les mains, entravé les jambes. C'était pour ce moment redouté qu'elle avait gardé son courage, mais en voyant leurs mains expertes la ficeler comme un paquet, elle n'avait pas pu retenir un rugissement étouffé...

Depuis, ils n'avaient plus recommencé, la laissant pratiquement libre de ses mouvements. Avaient-ils reçu d'autres ordres ?

Elle tenait le coup. C'était finalement plus facile, moins terrible qu'elle ne l'avait craint. Et, jusqu'à présent, soutenue par sa foi aveugle de fanatique, elle n'avait rien avoué d'important. D'ailleurs, la tête brûlante, elle se sentait de moins en moins coupable. *Que celui qui n'a pas d'épée vende son vêtement et achète une épée!* avait-Il commandé. Qu'avait-elle fait, sinon obéir? Mieux, elle avait sacrifié son bonheur, les plaisirs de son âge, et tous ceux qu'elle aimait pour que ces porcs aient un avant-goût de la justice divine. Terroriste, elle? Allons donc! Non, c'était autre chose. Et elle se promettait d'éclairer ses juges, mieux qu'elle n'avait pu le faire à Cologne avec le pauvre Werner.

Car elle n'avait rien inventé, hein? Tout était dans les Ecritures! Au bord du vertige, un espoir la soulevait; il fallait qu'elle s'explique.

« A force de pardonner, Dieu en vient à ne plus pouvoir pardonner, et il faut bien que sa justice s'accomplisse, vous comprenez, n'est-ce pas? »

Quand elle leur avait répondu cela, au cours du premier interrogatoire, le petit brun trapu avait regardé son copain blond – c'étaient toujours les deux mêmes – en souriant, d'un air de dire : « Elle est vraiment pas nette, celle-là! Y a quelque chose qui ne tourne pas rond dans sa petite tête... »

Oh! elle avait bien surpris leur sourire, mais elle se fichait pas mal de leur ironie.

« Et la justice de Dieu, naturellement, c'est vous?

– En un sens, oui. Moi et d'autres...

– Ah! »

Ils n'en avaient pas profité pour parler des

autres justement, pour lui faire avouer des noms de complices, des adresses. Elle s'y était préparée, pourtant. Mais non, rien. Ils paraissaient bien s'amuser... Et ça ne ressemblait vraiment pas à un interrogatoire; en tout cas comme elle se les était imaginés.

Etrange, non?

Le plus troublant, peut-être, c'est qu'ils ne l'avaient pas frappée une seule fois depuis son arrivée. Pas de drogue, pas de tortures mentales non plus. Ne lui avait-on pas dit cent fois ce qui se passait au cours de ces séances!... Autre chose : elle leur plaisait, ça se voyait dans leurs regards; le petit brun surtout qui en crevait d'envie. Et pourtant, quoique toujours seuls tous les trois, enfermés, ils n'avaient même pas essayé de la baiser... A ça aussi, elle s'y était résignée, n'importe quel autre flic l'aurait fait!

Son cerveau en feu n'arrivait pas à comprendre ce qui se passait. Oh! elle se méfiait bien sûr; toute cette ambiance ouatée et rigolarde était peut-être un piège... Car ils avaient des gueules de professionnels; et, derrière l'écorce débonnaire, elle les pressentait durs, impitoyables. Pourtant, sans le léger chuintement des deux magnétophones qui tournaient sans arrêt, elle aurait presque pu se croire encore à Essennes, en train de convaincre une paire de « vieux » Révolucides que la révolte immature, la sienne, valait mieux dans sa radicalité que toutes leurs foutaises non violentes...

Elle sursauta car on lui parlait.

« Mademoiselle Heynckes, votre groupe n'a

jamais eu de contacts avec des réprésentants d'une puissance étrangère ?

– Aucun contact, non. »

Elle mentait mal, mais ils avaient l'air de s'en foutre.

Bien sûr qu'elle avait aperçu, de temps à autre, des inconnus en pardessus noir qui arrivaient au camp, qui les regardaient s'entraîner d'un air froid, et qui repartaient comme ils étaient venus, sans un mot, sans un commentaire.

« Peut-être pas vous, mais vos chefs ? » Pour une fois, l'autre insistait. « Essayez de vous souvenir : vous n'avez jamais eu de visiteurs arabes dans votre camp d'entraînement de Bavière ? Ceux-là par exemple ? »

Ils lui tendirent quelques photos qu'elle ne regarda même pas.

« Des Arabes ! »

Susan avait eu un haut-le-corps d'indignation qui les fit rire tous les deux. Elle détestait presque autant les Arabes que les Juifs. N'avait-il pas dit : « Si le monde vous hait aujourd'hui, sachez qu'ils m'ont haï les premiers... »

« Bon, bon, très bien, ne parlons plus des Arabes », dit le blond, souriant toujours.

Susan avait eu une brève pensée pour Moumousse, le petit ouvrier algérien de la veuve Houdin. Oui, celui-là, bien sûr, il était gentil... Bah ! il devait bien y en avoir quelques-uns pour racheter les autres...

Les deux hommes lui avaient donné à boire un peu de café, puis ils l'avaient raccompagnée à sa cellule.

Le lendemain et le surlendemain, le même scénario avait recommencé. Pas une violence, pas même une gifle quand elle mentait effrontément.

Oui, c'était vraiment étrange. Pourquoi l'épargnaient-ils ainsi ?

A tour de rôle, ils posaient une question, de temps à autre, sans conviction. Le reste du temps, ils la regardaient s'échauffer sur ses sujets favoris; ils l'écoutaient parler, impassibles, du royaume de Dieu, des politiciens, ces faux prophètes, de la saleté du monde, de la revanche qui allait venir ou de la vie terrestre, cette épreuve, ce passage qui débouchait sur la vie éternelle.

Cela durait une heure ou deux, elle ne savait plus. Patients, ils l'interrompaient à peine, juste le temps parfois de changer les bandes magnétiques, puis, de nouveau, ils la raccompagnaient, refermaient la porte de sa cellule, lui souhaitaient le bonsoir d'une voix égale, et la laissaient seule jusqu'au lendemain.

Et malgré la grosse ampoule qui brûlait jour et nuit au-dessus d'elle, ne cherchant plus à comprendre l'attitude de ses geôliers, oublieuse de ses crimes, convaincue encore et toujours de la justesse de sa cause, elle finissait par s'endormir en murmurant :

« Mon père, vous êtes juste et le monde ne vous connaît pas... »

Quand elle ne dormait pas, elle repensait à Julien, cette comète qui suivait sa propre trajectoire et qui allait s'éteindre elle aussi. Et alors, une joie mauvaise la submergeait.

Le matin où ils étaient venus la prendre, il était

là, assis sur l'énorme rouleau d'acier de l'ancien compresseur qui gisait toujours devant la maison, au milieu de quelques dalles brisées.

Ils s'étaient regardés longuement; les autres n'avaient plus l'air pressés, maintenant qu'ils tenaient leur proie.

« Julien... Julien... », avait-elle commencé à bégayer, désemparée.

Mais il n'avait pas dit un mot, pas fait un geste de réconfort; alors son appel s'était arrêté sur ses lèvres.

L'œil de Julien l'enveloppait encore tout entière lorsqu'ils l'avaient emmenée. Seule, tellement seule... Mme Houdin et Mustapha absents, Patricia et Maya invisibles, Elyane partie avec François à Paris. Pas un, pas une à qui se raccrocher. Personne d'autre que lui, avec son drôle de regard, et son incroyable indifférence à ce qui se passait sous ses yeux.

Et maintenant, coincée entre ces quatre murs de béton, Susan le maudissait chaque jour, appelant sur sa tête les pires catastrophes.

Et ce feu de haine la réchauffait quelque part.

« Non! »

Susan, les yeux exorbités, avait poussé un hurlement.

En sortant de la petite pièce blanche où on l'avait interrogée pour la quatrième fois, tout s'était passé comme d'habitude. Quelques minutes plus tôt, ils avaient reçu un coup de téléphone de l'extérieur. Le blond avait répondu, par interjections brèves, dans une langue nordique qu'elle ne connaissait pas. Puis, paisibles et concentrés, la tenant fermement par un bras, les deux hommes l'avaient ramenée vers sa cellule, traversant ces longs couloirs toujours silencieux.

Mais quand l'un d'eux, après avoir ouvert la porte, s'était écarté pour la laisser passer, dans un éclair atroce, elle avait vu la ceinture...

Sa ceinture de cuir bleu qu'on lui avait enlevée avec d'autres objets en arrivant ici, sa ceinture qu'ils avaient accrochée au mur et qui pendait maintenant, sinistre, comme une potence, avec sa boucle déjà ouverte...

« Non ! »

Une demi-seconde plus tard, son deuxième cri de terreur ne trouva pas d'autre écho que le sien. En fixant, échevelée, le garrot, elle éprouvait une sensation bizarre, écœurante. La tête lui tourna quelques secondes. Elle essaya de se dégager, de reculer.

Alors, l'un d'eux la ceintura par-derrière, la soulevant du sol. Le blond lui attrapa les jambes. Elle se débattit, sentit qu'on l'entraînait.

« Non ! Laissez-moi ! Non ! »

Elle hurlait toujours.

On lui avait promis un procès et elle, cette conne, l'avait cru ! Elle se débattait, ne voulant pas crever comme ça, comme une bête qu'on assassine.

Réunissant ses dernières forces, Susan replia puis jeta en avant ses deux jambes emprisonnées, d'une poussée terrible, avec cette force unique que décuple la peur. L'homme surpris, brutalement déséquilibré, dérapa sur le sol humide, lâcha prise et retomba en arrière, heurtant le mur de son crâne.

Sans reprendre son souffle, retrouvant brusquement ses automatismes acquis à l'entraînement, ces gestes pour tuer mille fois appris, mille fois répétés et corrigés, elle projeta presque simultanément, tandis que le premier s'effondrait, sa tête vers l'arrière, à s'en faire péter les tendons du cou : elle entendit un craquement horrible, l'arrière de son crâne venait de percuter et de défoncer la mâchoire du second, broyant les dents et la langue, noyant la bouche dans un flot de sang. Alors, libérée, se retournant avec la vitesse d'un cobra, avant que l'autre ait pu réagir, elle frappa une deuxième fois, sans pitié, du tranchant de la main, à la hauteur de la tempe, avec la même force incroyable.

Le petit brun s'effondra, tué net, elle le savait. Puis, d'un bond, enchaînant ses mouvements de mort, elle se précipita sur l'autre qui, à quatre pattes, un peu sonné, essayait déjà de se relever. Et, visant en un millième de seconde le centre, l'arête du nez, elle frappa encore, du pied cette fois, tapant avec toute sa haine dans ce mufle hagard où elle pouvait lire un mélange d'ahurissement et de peur. Le visage défoncé, le blond roula sur le côté à son tour, puis, après un bref gémissement, ne bougea plus.

Pas un bruit. Personne ne venait. La lutte avait été trop rapide, trop silencieuse, se dit-elle avec une sorte de fierté sauvage.

Courant vers le bout du couloir elle refit le chemin qui l'avait amenée là, en sens inverse. Au pied d'un escalier, elle s'arrêta.

Où se trouvait-elle ? Quand ils l'avaient arrêtée, dans l'hélicoptère qui l'emportait, un des hommes lui avait enfoncé une sorte de cagoule sur la tête, sous laquelle elle avait suffoqué près d'une heure sans rien voir, terrorisée, essayant de maîtriser le tremblement de ses membres pour ne pas leur donner cette satisfaction. On ne lui avait enlevé cette cagoule qu'une fois dans sa cellule. Où se trouvait-elle ? Dans les sous-sols d'un bâtiment officiel ? Ou, comme elle le pensait plutôt, dans les caves d'un immeuble maquillé où l'on devait depuis longtemps procéder à des interrogatoires comme ceux qu'elle avait subis, et à des exécutions sommaires, camouflées en suicides, comme celle à laquelle elle venait d'échapper par miracle.

Elle crut s'effondrer...

Si elle n'avait pas laissé, pour l'instant, sa vie dans la cellule, elle semblait y avoir laissé sa force. Cette tuerie à mains nues l'avait épuisée.

Pourtant, Susan se remit en route encore une fois.

Sa fatigue était telle maintenant que tous les quatre ou cinq pas, elle était obligée de reprendre haleine et s'appuyait au mur. Des murs d'un beige sale, piqués par le salpêtre, *où Susan discernait ça et là des taches sombres. Elle palpa les plus proches et tressaillit. D'autres qu'elle avaient dû emprunter ce couloir sans espoir de retour.* A présent, sur sa gauche, un autre couloir s'ouvrait, gigantesque, dont elle ne distinguait pas les limites tant, ici, la pénombre s'épaississait. Elle buta en jurant *contre des débris de plâtre et de pierre, effondrés du plafond. Plus loin, c'était l'ombre, plus loin encore, c'était la nuit. Des ténèbres lourdes de ce silence affreux qui, plus que celui de l'absence, est celui qu'on prête à la mort. Où était-elle donc? Il y avait là des murs qui lui rappelaient quelque chose, mais elle n'était pas là, tout à l'heure, en revenant de l'interrogatoire.*

Trop ébranlée nerveusement et physiquement, les jambes lui manquaient, elle dut s'asseoir et crut, un instant, qu'elle demeurerait là.

Mais si sa vigueur était morte, son énergie ne l'était pas. Elle se releva et se remit à marcher désespérément, dans ces couloirs qui n'en finissaient pas, la tête basse et pleine d'idées folles, presque sans respirer. Et tout d'un coup, elle se heurta à une porte.

Une porte épaisse, indestructible, fermée.

C'était bien la sortie mais elle ne pouvait pas sortir.

Déchirée, Susan hésitait sur la conduite à tenir. Elle avait dû se tromper, ne pas voir un passage quelque part. Sa nuque lui faisait un mal atroce, brusquement; elle avait dû s'ouvrir le crâne en heurtant la mâchoire et les dents de l'autre : passant machinalement sa main dans ses cheveux, elle la ramena à la lumière, rouge de sang.

Parce que je vous ai choisi au milieu du monde, le monde vous haïra...

Secouée par la parole de son Dieu, levant les yeux, égarée, à bout de forces, elle aperçut les deux caméras infrarouges qui, pivotant sur leur angle, balayaient tout le champ où elle se trouvait. Et elle comprit que ce n'était plus qu'une question de temps, que d'autres allaient venir pour la saisir et pour la tuer.

Alors, Susan se laissa glisser sur le sol et se mit à prier.

Un peu plus tard, une lumière brutale l'éblouit : une lampe ultra-puissante suspendue au plafond venait de s'allumer. Puis de nouveau, la pénombre. Il y eut, tout près d'elle, plusieurs bruits qu'elle ne parvint pas à identifier. A la fin, elle finit par discerner trois ou quatre silhouettes. Etaient-ils jeunes ou vieux? Grands ou petits? Elle n'aurait pas su le dire. Les ombres grouillaient au-dessus d'elle, s'allongeaient, se déformaient. Elle sentit ensuite qu'on la soulevait, entendit quelque chose qu'elle ne comprit pas, et un rire lui parvint, vaguement.

Ils se déplaçaient assez rapidement.

La porte encore entrouverte de sa cellule arracha une nausée à Susan. Reprenant un peu conscience, elle eut le temps de remarquer que les deux corps avaient déjà disparu.

Comme dans un cauchemar, elle s'entendit réciter :

« Le soleil sera obscurci, la lune sans lumière... »

On la redressait maintenant...

« ... les étoiles sans consistance, les hommes séchés par la frayeur, tout l'univers dérangé... »

Elle était presque debout à présent mais elle continua sa litanie tandis que les autres s'activaient.

« Quand toutes ces choses terribles arriveront, peuples de la terre, levez la tête... »

Alors, tendant le cou, Susan leva la sienne pour leur faciliter la tâche.

II

A ESSENNES, bizarrement, les deux dernières semaines qui précédèrent l'enregistrement des « Dossiers du Temps » furent plutôt calmes.

Deux sujets explosaient pourtant sur toutes les antennes, chaque jour, dès l'aurore; d'abord, la félonie arabe qui, décidément, dépassait les bornes, ces maudits bâtards n'osaient-ils pas parler maintenant de provocation à propos des vedettes détruites en Méditerranée?

Et Julien.

Dans chaque foyer, comme dans toutes les salles panavideo de la Confédération, utilisant une technique très au point pour « chauffer le public », comme disent les gens du spectacle, commentateurs agréés et « invités de passage » se déchaînaient en insinuations plus basses les unes que les autres. Les premières déjà connues, mais à présent inlassablement répétées, les nouvelles plus invraisemblables encore.

Pour les plus fidèles, ceux qui hésitaient au souvenir du garçon qui les avait touchés, un soir, il aurait fallu faire un choix, trier dans ce tas d'ordures. Mais il y en avait trop, ils éparpillaient leurs efforts à comprendre. Et la confiance en Julien se retirait peu à peu, comme une marée descendante, découvrant la boue. Et les rats sortirent de leurs trous pour prendre la parole qu'on leur donnait...

« Comment ce monsieur, fils d'une putain, ose-t-il nous parler de pureté! Car il est bien l'enfant d'une pu..., enfin je veux dire d'une prostituée, n'est-ce pas? » Plus loin : « Ecoutez, ma femme et moi, on travaille et on a rien à foutre de ce merdeux d'idéaliste... ainsi s'il s'avise de vouloir toucher à nos enfants, je lui fous un coup de fusil! »

Les commentateurs flairaient les bons clients à interroger, les dirigeaient vers la question d'une voix experte, les classaient par catégories, à l'odeur.

« Moi, je voudrais qu'on m'explique comment cet ancien Immature, qui n'a échappé à la potence que par sa lâcheté – il aurait, m'a-t-on dit, dénoncé ses complices – bref, je voudrais savoir comment ce monsieur peut s'exprimer librement sur *notre* télévision? »

Ou bien : « Est-il, oui ou non,... ça me gêne de vous poser cette question, mais enfin, il n'y a pas de fumée sans feu... est-il exact, disais-je, qu'un jeune travailleur immigré lui sert de femme? »

Il y avait aussi les Européens farouches, qui mélangeaient tout : « Selon une radio hollandaise, ce Julien Mahé aurait eu, en avril dernier, des contacts avec une délégation arabe... hein... nous voudrions tout de même savoir la vérité. »

A vous, madame, vous êtes sur l'antenne :

« Heu... voyez-vous mon mari est un ancien policier et je peux vous assurer qu'il a encore l'œil... C'est lui qui a organisé la milice dans notre immeuble. Eh bien, il est prêt à parier que ce Mahé est mêlé à l'assassinat du juge Kensinger, et selon lui, et je vous répète qu'il s'y connaît, cette Susan Heynckes n'aurait été que sa complice, une simple exécutante. »

Ou encore :

« Monsieur, je m'adresse à vous, ce soir, en tant que père de famille. Bon, voilà mon propos : les dix-huit jeunes drogués, morts par overdose à Bruxelles le mois dernier, étaient bien tous des disciples de ce fou furieux, non ? Alors, qu'est-ce qu'on attend et que fait la police ? »

Julien ne disait rien.

Il répondait à chaque insulte par un silence.

Sentait-il seulement les coups ? La cible apparaissait énorme, on le visait sans cesse et, sans cesse, on le manquait. Un homme touché, ça crie, ça hurle sa douleur ou sa rage. Mais non, rien. Et ce silence finit par impressionner tout le monde.

Jusqu'aux touristes qui venaient chaque jour, en masse, depuis trois semaines, à Essennes, pour apercevoir ce « fameux J » et sa bande de Révolucides, sans oublier les curieux de la région et d'ailleurs, pleins de bière et de mauvais alcool, prêts aux lazzi et aux insultes eux aussi, disposés à rire de tout et de rien, et qui repartaient sans avoir ri.

Julien était non seulement muet, il était invisible.

Et toute l'Europe, haletante d'anxiété et de plaisir malsain le suivait des yeux sans le voir.

La campagne était splendide sous le soleil, il faisait une chaleur douce et, dans la communauté même, si chacun songeait à la gravité de l'échéance, personne ne montrait de nervosité inhabituelle ou excessive. En apparence, la vie continuait comme si de rien n'était, comme si ce jour-là ne dût jamais se lever.

Chaque matin, très tôt, ceux qui s'étaient employés chez les cressonniers et les paysans alentour partaient en bande, sans faire de bruit, étouffant les rires et les plaisanteries pour ne pas réveiller les autres.

Un peu plus tard, en même temps que l'ouverture des premiers ateliers installés au nord de la propriété, ceux qui travaillaient avec la veuve Houdin débarquaient du château, plus silencieux encore que les précédents, de crainte de réveiller « celui qui leur avait prêté ses yeux », mais qu'eux ne voyaient pratiquement plus jamais.

Souriante, mains sur les hanches, la femme Houdin, aidée par Elyane et Patricia, accueillait toute cette jeunesse avec deux énormes cruchons de café noir, plusieurs pots de lait frais, et une montagne de tartines. « Ventres creux, travail malheureux », lançait-elle volontiers comme si elle avait eu besoin de les encourager à dévorer.

C'est que la notoriété de Julien, le village où il s'était réfugié, au nom cent fois cité et cent fois répété, tout cet ensemble, toute cette publicité avaient eu des retombées inattendues dans toute la contrée, et sur Essennes en particulier.

Partout le commerce marchait fort.

Et la femme Houdin, aidée par sa poignée de

volontaires et par Moumousse, promu contremaître, continuait à livrer ses truites mais à un rythme jamais vu. A croire que toutes les sociétés piscicoles voulaient être fournies par elle. On avait creusé et cimenté quatre nouveaux bassins de stabilisation. Et le camion faisant maintenant plus de deux voyages par jour, elle songeait sérieusement, au bord de la richesse, à faire un gros emprunt pour acheter deux autres véhicules. « Il faudra que j'en parle à Julien », se disait-elle chaque matin, un peu naïvement, ne comprenant rien ou pas grand-chose à tout ce que l'on racontait, inconsciente de la menace, sachant seulement que Julien était un brave garçon, qu'il était en train de faire sa fortune, et qu'il allait être la vedette de la plus grande émission de télévision en Europe. Et quand la veuve Houdin parlait de la plus grande émission de télévision, ça voulait dire quelque chose.

Si Moumousse manifestait quelque inquiétude, il se taisait devant l'œil candide et sévère de la « patronne ». Et, à l'heure des repas, où l'on déjeunait dehors, sur des bancs, on n'entendait que des rires. La confiance régnait chez les Révolucides : Julien ne ferait qu'une bouchée de toutes ces langues de vipère et ressortirait grandi de l'aventure. Certes, ils ne le voyaient jamais, ils auraient aimé lui parler. Mais il devait avoir ses raisons, et cela suffisait à la tranquillité générale. Quant à l'arrestation de Susan, dont on était toujours sans nouvelles, ce n'était plus qu'un mauvais souvenir. D'ailleurs, la plupart de ceux qui étaient là ne l'avaient jamais connue. Seuls, une poignée d'entre eux avaient aperçu cette fille sauvage avec Julien, en de rares occasions, plus souvent seule, dans un coin, en train de prier ou de maudire. On croyait savoir qu'elle avait été une fidèle de la première heure, et que Julien avait une tendresse particulière pour elle. Mais, ses discours heurtés et violents n'avaient guère trouvé d'échos dans la communauté. Ici, à Essennes, le livre de la Haine devait finir. Alors, à quoi bon le rouvrir, une fois encore ?

Seule, Elyane ne cessait de pleurer, en proie à une dépression si vive que Julien, alerté par Moumousse, dut sortir de sa retraite pour lui demander de se reprendre.

« Mais, ce n'est pas possible, tu ne te rends pas compte ! criait-elle en sanglotant. Le docteur Ensor nous l'a dit : tu n'as aucune chance, tu entends, aucune...

– Que veux-tu dire ?

– Arrête de jouer ! Tu n'es pas normal et ils le savent. Et si François n'arrive pas à approcher le Président, ils vont te briser !

– Personne ne peut briser un homme, sinon lui-même, répondit-il doucement. Allons, Elyane, calme-toi. J'ai besoin de ton calme...

– Oh ! Julien, je t'en supplie, n'y va pas ! Fichons le camp d'ici, tous les deux, avant qu'il ne soit trop tard... »

Et comme il refusait d'un simple regard, elle ajouta, vaincue :

« Alors, promets-moi de te défendre, promets-le-moi, Julien. »

Il promit et retourna à son silence, laissant

Elyane un peu plus calme, mais toujours désemparée et deux fois seule : François était reparti la veille au soir, très pâle, après avoir reçu un coup de téléphone au château. Sans dire où il allait, sans prévenir personne.

Seuls, Mme Houdin et Moumousse savaient où se réfugiait Julien. Il avait découvert, à deux kilomètres de là, caché dans la forêt, un étang aux eaux très pures, alimenté par une multitude de sources souterraines. Invisible aux regards, avec de l'herbe grasse autour.

Là, paix profonde, silence absolu, lumière.

Le propriétaire de la pièce d'eau et du terrain étant en excellents termes avec la veuve Houdin, il avait donné l'autorisation, sans rechigner.

Et depuis son esclandre télévisé et sa visite au docteur Ensor, loin de cette communauté qui commençait à lui peser, Julien y passait tout son temps, avec Maya.

L'enfant nageait parfaitement maintenant.

Et Patricia, désœuvrée, qui les avait surpris un jour, n'était pas près d'oublier cette vision : sur les eaux aux couleurs d'étain clair, deux têtes proches l'une de l'autre; l'une blonde, bouclée, menue encore; l'autre brune et énorme. Elle les sentait tenues toujours par le même lien invisible et chaste, comme les amoureux d'un impossible amour.

Reprise par sa vieille obsession, Patricia était restée là, tout un après-midi, à les épier.

Maya nageait devant, avec des petits mouvements rageurs, comme pour échapper à Julien par jeu. Mais lui ne la quittait pas du regard, juste derrière elle, goguenard et protecteur. A d'autres moments, il faisait le crocodile et, quand Maya se retournait pour frapper dans l'eau avec ses mains, l'éclabousser, le faire partir, alors Julien faisait mine de couler ou de fuir, terrorisé par cette riposte.

Et ils finissaient par rire ensemble, aux éclats.

Patricia n'avait jamais vu rire Julien de cette façon, en l'absence de Maya. Et cela la troublait. Quelque chose bougeait dans son ventre à les observer ainsi. Quelque chose qui ressemblait à un désir sexuel, à une envie violente d'écarter l'enfant, de lui voler l'homme.

« Je suis jalouse de ma propre fille », se dit-elle, mi-choquée, mi-furieuse.

Mais ce n'était plus sa fille, elle le savait bien.

Là-bas, quand Maya montrait des signes de fatigue, Julien la hissait sur la rive, et ils s'allongeaient sur le dos, dans l'herbe verte, trempés, les bras le long du corps, le visage face au soleil.

Nus.

Le corps musculeux de l'homme, celui, blanc et impubère, de l'enfant reposaient et séchaient alors au même rythme mystérieux.

D'autres fois, ils restaient dans l'eau fraîche. Toujours nus.

Maya grimpait alors sur le dos de Julien, posant son petit menton volontaire sur la tête de son ami, le corps bien à plat, hors de l'onde, sur les reins du colosse. Julien, toujours nageant, prenait alors plaisir à longer les bancs de potamots et de nénuphars.

Ce devait être un autre de leurs jeux. Car bientôt, Maya le freinait d'un cri, puis, se penchant comme une écuyère au galop, cueillait une orchidée de ces eaux et la glissait immédiatement dans ses cheveux. Roses, jaune pâle, violettes, les fleurs s'accumulaient sur la tête de l'enfant, le jeu continuait avec d'autres éclats de rire et, en fin d'après-midi, elles formaient comme une couronne.

Là-bas, au loin, Patricia leva les yeux, ce devait être au-dessus d'Essennes, un hélicoptère glissa entre les arbres, comme une monstrueuse libellule, puis, ayant vu sans doute ce qu'il voulait voir, rebondit dans un vol en équerre.

Mais eux n'avaient rien entendu. Insouciants du tumulte et de la menace, unis l'un à l'autre, Julien et Maya continuaient à nager dans cet étrange appareil, fendant les eaux comme un centaure aquatique dont le cavalier eût été un enfant.

III

L'ACCOMPAGNATEUR l'avait laissé en haut de l'immense escalier, dans une petite salle banale et triste qui, parfois, devait servir de loge ou de vestiaire, car il distinguait au fond, à droite, une sorte de recoin où pendaient des portemanteaux.

« Attendez là, monsieur Mahé, on va venir vous chercher pour le maquillage... Bon, eh bien, je crois que c'est tout... au revoir et bonne émission », lui avait lancé l'autre d'une voix aigre, où perçait le sarcasme, avant de tourner les talons.

Cet avorton aux fesses en goutte d'huile, qui l'avait convoyé en hélicoptère, depuis Essennes, lui portait sur les nerfs et Julien ne prit même pas la peine de répondre.

Dès qu'il se retrouva seul, Julien fut repris par la voix haute de sa pensée, qui déferlait en lui avec l'entêtement d'une marée. Pour la première fois, il essaya de la rejeter, dans un mouvement de révolte. Sur une petite table, il y avait un téléphone gris. Une seconde, il fut tenté d'appeler

Essennes, d'entendre la voix d'Elyane, ou de Mme Houdin. N'importe quelle voix humaine plutôt que ce silence. Puis, il y renonça; et muet, immobile, dans une prostration qui ressemblait à la mort, il attendit...

Un projecteur, sans doute mal réglé, le frappait en plein visage, l'obligeant à fermer les yeux plus qu'il ne le voulait.

Quand il était entré dans l'immense studio, accompagné par deux hôtesses frétillantes, puis guidé par l'une d'elles, comme un aveugle, jusqu'au siège qui lui était réservé, un frémissement de curiosité avait agité la salle. Et tandis qu'un technicien à la gueule de fouine lui donnait, avec un air important, quelques recommandations qu'il n'entendit pas, le public, n'y tenant plus, s'était levé pour mieux le voir, comme si les trois heures qui allaient suivre ne lui suffisaient pas. Il s'ensuivit une poussée, un long murmure infernal. Au premier rang, des commentateurs se haussaient pour ne rien perdre de ses expressions. Il avait refusé tout maquillage. Pour ceux qui ne l'avaient jamais vu, il était bien tel qu'on se l'imaginait : immense, épais, le visage impénétrable. Les yeux tournés vers le sol, il ne disait rien, ne parlait à personne, enfermé dans son rêve, ne cherchant même pas à découvrir ceux que l'on avait choisis pour l'affronter...

A plusieurs reprises, une voix impérative et sèche avait demandé le silence. Enfin, les lampes rouges s'allumèrent.

« ... Inutile de présenter, je pense, Julien Mahé, notre invité d'aujourd'hui. N'est-il pas, avec le Président, l'homme dont on parle le plus, actuellement, en Europe... »

L'animateur, une trentaine d'années mais le visage crevant déjà de graisse, eut un petit rire démagogue, puis tout aussitôt, le regard d'un homme qui a peur d'avoir gaffé. Et il enchaîna très vite, soucieux de faire oublier à tout le monde la comparaison qu'il venait de faire...

« Néanmoins, il est peut-être bon de rappeler quelques éléments de votre vie; vous êtes né le 5 février 1962, vous avez quitté l'école à l'âge de quinze ans, votre père faisait profession de serrurier, et votre mère était... » Regardant la fiche posée devant lui, l'animateur faisait semblant de chercher...

« Putain, avant d'épouser mon père! »

Il y eut dans toute la salle, un « Oh » de stupeur et d'indignation mêlées. La brutalité de la réponse, dite à voix haute et claire, avait surpris tout le monde. Et le bruit recommença, trois mille têtes ondulèrent. Celles des trois mille privilégiés, fonctionnaires, technocrates, et mesdames leurs épouses, qui avaient réussi à se faire inviter et qui, malgré cravates sombres, chemises blanches et complets-veston, entassés dans l'immense auditorium, retrouvaient pour un soir des goûts de populace. On étouffait déjà, avant que l'émission fût commencée. Il y eut deux coups de klaxon, brefs, pour ramener le silence. L'animateur, l'œil un peu perdu, répéta lui aussi, à plusieurs reprises, avec une moue stupide :

« Mesdames et messieurs, je vous en prie... mesdames et messieurs, je vous...

– Oui, putain par misère », répéta Julien dans le calme revenu, d'une voix douloureuse et têtue à présent.

Le débatteur reprit son portrait de Julien comme s'il n'avait pas entendu. Il jubilait intérieurement. Tout compte fait, ça marchait au poil. Quel client, ce Mahé ! Eh ! que n'aurait-il pas fait pour animer cette émission-là ! Et, tandis qu'il rappelait quelques événements de la vie publique de Julien depuis sa première apparition à la télévision, tandis qu'il évoquait, à l'instar d'un météore, la célébrité fulgurante de celui qui était devenu le *Phénomène J,* et soulignait ainsi combien la société s'était montrée libérale à cet égard, il se disait, avec des étourdissements de gloire dans la tête : « Si je m'y prends bien, c'est la promotion assurée. » Chassant ses rêves, il revint au sujet.

Mais, la société avait-elle eu raison, justement, de se montrer aussi tolérante envers Julien Mahé et ses amis ? Car partout, l'animateur le rappelait, des inquiétudes avaient vu le jour. L'homme d'Essennes faisait à présent l'objet d'accusations terribles, dans beaucoup de domaines : subversions diverses, corruption des mœurs, terrorisme mental, etc. Eh bien, conclut-il avant de se tourner vers son interlocuteur, et en prenant soin d'offrir son meilleur profil à la caméra deux, ce serait le sujet de l'émission de ce soir.

« Monsieur Mahé, êtes-vous prêt à répondre à toutes ces questions ?

– ... Oui. »

Julien avait hésité un peu, obsédé, gêné par ce projecteur qui le transperçait.

Satisfait, l'animateur présenta alors les « invités », au nombre de sept sur le plateau. Un historien, deux psychiatres, deux sociologues, et – représentant le gouvernement – le conseiller Walder qui posait sur Julien un regard de fauve affamé. Enfin, pour respecter la règle de ce jeu qui n'osait pas dire son nom, ce fut le tour du docteur Ensor, présenté comme « l'indispensable contrepartie, une sorte de défenseur, en somme, de l'invité du jour... ». Et trois mille regards, déjà méprisants ou simplement curieux suivirent l'homme qui avait accepté cette tâche impossible...

On les avait assis tous les sept en face de Julien, à quelques mètres, et ils formaient devant lui comme une demi-lune menaçante. Ils tournaient le dos à la majorité du public, mais les spectateurs comme les autres millions de téléspectateurs pouvaient saisir leurs expressions grâce aux caméras et à un écran eidophore gigantesque.

Et, tout de suite, Walder attaqua. Il voulait en finir vite. Coupant grossièrement la parole à l'animateur qui se proposait de lancer le débat, le conseiller évoqua immédiatement la révolte ouverte des Immatures, cette vaste fournaise où s'étaient agités les éléments les plus divers, les plus honteux de la société. Il réveillait avec habileté, dans l'auditoire, des passions vives que l'on avait crues mortes. On le sentait exaspéré, prêt à mordre.

« Mais, vous-même, monsieur Mahé, n'avez-vous pas été, il y a quelques mois, l'un de ces Immatures qui ont mis notre pays à feu et à sang ?

– Le système nous entraîne souvent, par simple nécessité ou par urgence, dans ce que nous ne voulons pas être et dans ce que nous ne voulons pas faire..., dit Julien, très calme.

– Qu'entendez-vous par là ?

– Eh bien, monsieur Walder, je crois que la jeunesse oscille perpétuellement entre deux pôles : la barbarie et la création. Supprimez-lui la seconde et elle ira vers la première...

– Hum... Mais vous n'avez pas répondu à ma première question : avez-vous, oui ou non, participé à la révolte des Immatures ?

– Non... A l'époque, je dressais des chiens et je me foutais pas mal des hommes. Aujourd'hui, tout a changé, mais ces actes effrénés ne sont pas les miens, vous le savez bien...

– Et pourtant, arrêtez-moi si je me trompe, monsieur Mahé, mais il me semble que, quelque part, vous êtes des leurs...

– Si vous voulez...

– Arrêtez ce jeu! tonna Walder, hors de lui. Avez-vous, oui ou non, caché la meurtrière Susan Heynckes pendant des mois ? »

Tout le monde, pratiquement, ignorait ce détail grave, et plusieurs mouvements divers agitèrent la salle. Mais déjà, Julien répondait, imperturbable.

« Vous le savez mieux que quiconque, puisque c'est vous qui l'avez fait arrêter à Essennes !

– D'autres aussi ? Je veux dire d'autres terroristes ?

– Pas à ma connaissance, mais c'est possible. Je n'ai jamais contrôlé les entrées de ceux qui voulaient nous rejoindre. Je ne suis pas un flic, moi... »

Walder eut un mauvais sourire.

« Eh bien, monsieur qui n'êtes pas un flic, vous semblez oublier – et le public appréciera votre manque de mémoire – que les Immatures étaient d'abominables assassins, d'immondes névrosés. Nierez-vous cela ?

– Oui, je le nie. Les Immatures s'étaient imposé pour tâche de tuer quiconque pourrissait ce monde... C'était des fanatiques animés par une foi religieuse...

– Le bel idéal ! Et les cinq enfants qui ont été tués dans des attentats à la bombe à Marseille et à Düsseldorf, ils pourrissaient le monde, eux aussi ? »

Et il ajouta, immédiatement :

« Approuvez-vous ces meurtres d'une lâcheté inimaginable ? »

Julien se sentit coincé. Il répondit néanmoins, sans hésiter, les yeux perdus au loin, les joues envahies de pâleur.

« Un gigantesque rêve nous poursuit depuis des siècles, celui d'être libre, et ce rêve, les Immatures l'ont rajeuni par leur colère. En ce qui concerne les enfants victimes dont vous parlez, je pense qu'aucun homme ni aucune femme, digne de ce nom, puisse souhaiter ou approuver la mort de gosses innocents. Mais que sont cinq petites vies humaines quand on a l'ambition d'en sauver plusieurs centaines de millions d'autres de la faim, de l'esclavage mental, de l'ignorance, de la misère ? »

Cette fois, le « Oh ! » réprobateur et horrifié de la salle l'empêcha de poursuivre, et Julien dut attendre quelques secondes, face à Walder triomphant, pour reprendre, le visage dur, embrassant toute la foule d'un seul regard :

« La révolution sur laquelle vous appuyez votre République confédérée n'a pas été faite, non plus, par des sages et des modérés... Il y a des apothéoses qui passent par le sang...

– C'est bien ce que je pensais : vous approuvez cette minorité de fanatiques !

– Je n'approuve rien du tout. Je regarde et je vois que les grandes choses, dans un peuple, viennent souvent d'une minorité...

– De mieux en mieux. Ainsi, vous méprisez la majorité des hommes.

– Non, je la plains... Je la plains d'être gouvernée, conseillée, surveillée par des nullités criminelles comme vous, monsieur Walder ! »

Ce fut une explosion.

Le brouhaha se mua en vacarme. Walder n'étant guère aimé, il y eut même des rires étouffés. Debout, gesticulant, le groin déformé par la rage, Walder exigeait des excuses. Ensor regarda Julien, atterré. Le débatteur, lui, affolé par la tournure des événements – ça allait trop vite, trop loin pour lui – intervint auprès de Mahé pour qu'il présente des excuses au conseiller d'Etat. Mais Julien, très calme, ou d'une absolue inconscience, remuait la tête de droite à gauche pour dire non. Puis, le silence une fois encore revenu, plantant son regard dans celui de Walder qui s'était rassis, il lança, poussé par la pensée :

« Non, monsieur, je ne vous ferai pas d'excuses. Je pense ce que j'ai dit et j'ai dit ce que je pense.

On m'a demandé la vérité, ma vérité; eh bien, la voilà ! Sachez de plus que je vous emmerde, que je vous méprise, et que ce que je fais aujourd'hui, je le fais en souvenir du savant Bernard Rossan. C'est un nom qui devrait vous dire quelque chose... »

Percuté de plein fouet, Walder pâlit atrocement et se tut. Le meurtre du physicien n'était donc pas oublié. Et l'improbable se manifestait sous les traits de ce fou, prêt – il le sentait bien – à lui demander des comptes en public, devant des millions de téléspectateurs.

Il y eut un long silence plein de malaise. Dans le public comme chez les autres invités, effarés par la violence hargneuse de cette attaque, personne n'avait compris ce qui venait de se passer. Mais tout le monde soupçonnait un secret terrible entre ces deux hommes...

Reprenant ses esprits, l'animateur en profita pour envoyer un film sur les circuits, l'image du studio s'effaça.

C'était un documentaire, tourné sur la communauté d'Essennes à l'insu de ses occupants. On y voyait des jeunes partir aux champs, d'autres flâner, fumer des cigarettes qu'ils se repassaient après avoir tiré une ou deux bouffées, s'embrasser en riant dans les allées du parc. Sous un arbre, à l'écart, un garçon caressait les seins d'une fille, et la caméra s'était attardée en gros plan, donnant à ce geste simple une importance monstrueuse. Les doigts, comme des serres, pétrissaient le sein gonflé, énorme. Juste derrière, grâce à un montage habile, apparaissait le visage de Julien, l'œil brillant. Puis la caméra reculait et on le découvrait, une petite fille à la main, parlant au milieu d'une centaine de personnes, attentives, accroupies sur le sol autour de lui. Enfin le film s'acheva, montrant Julien qui tenait par le cou, affectueusement, un jeune Arabe d'une vingtaine d'années...

« Alors, monsieur Mahé, tous ces adolescents autour de vous... Pourquoi ? »

On était revenu en direct, dans l'immense studio et c'était l'un des deux sociologues, la cinquantaine aux petites moustaches conquérantes, qui avait relancé le débat, d'un air faussement innocent qui ne pouvait tromper personne.

« Les jeunes vont par bande, les adultes par couple, et les vieux tous seuls... C'est un proverbe que m'avait appris mon père. »

L'incident avec Walder semblait oublié. Et Julien avait souri pour répondre.

« On dit que vous vous êtes appelés les Révolucides récemment, est-ce vrai ?

– Oui, c'est Patricia, l'une d'entre nous qui a trouvé ce mot. S'il vous plaît, gardez-le... »

Julien se moquait de l'autre, ouvertement. Enfermé dans son silence, Ensor soupira. Finalement, pour l'instant, Julien ne s'en sortait pas trop mal. Et son algarade avec Walder semblait avoir poussé les autres à plus de prudence.

« Bon, je le garde, reprit l'autre, très calme. Dans Révolucides, il y a, je crois, révolution et lucidité, non ? Alors, les Révolucides, c'est quoi ? Une secte ? Un futur groupe d'action terroriste ? Une assemblée de jeunes sages ? Une réunion de potaches ? »

Lui aussi ironisait à présent.

« Nous n'avons ni dogme ni système, dit Julien redevenu sérieux. Il ne faut signer aucun formulaire ni aucune profession de foi pour nous rejoindre.

– Que proposez-vous alors ?

– L'action, le moment venu.

– Quelle action ? demanda plus rudement le sociologue.

– Rassurez-vous, nous n'avons pas l'intention de renverser vos états-majors politiques ou autres. Ils tomberont bien tout seuls... Non, c'est sur tous les hommes et par tous les hommes que nous agirons. Ceux qui nous regardent en ce moment...

– Et pourquoi des gens aussi jeunes ?... parce qu'ils sont plus vulnérables ? »

Julien se mit à rire, franchement.

« La sagesse n'est pas forcément chez les vieillards, vous savez. Cela dit, il y a des gens de tous les âges avec nous...

– Monsieur Mahé, je ne vous comprends pas. Tout ce que vous nous dites me paraît flou... Vous ne semblez guère apprécier l'intelligence de ceux qui gouvernent, de ceux qui décident... Vous me semblez amer, aigri par tout ce qui est le pouvoir ? »

Brusquement, le ton paternaliste de l'autre l'exaspéra. Il voulut s'ouvrir à l'onde pour retrouver son calme, mais c'était trop tard. Sa vieille nature reprit le dessus ! Il explosa, tutoyant l'autre, trouvant dans la vulgarité la force de se défendre.

« Ecoute-moi, beau masque ! L'autre sursauta,

mais Julien ne s'arrêta pas. Q.I. des chefs, Q.I. des esclaves... Nous en avons plein le cul de vos quotients d'intelligence par lesquels tout se fait, tout se dit, tout se dirige. Nous voulons des Q.S., quotients de sensibilité, des Q.P., quotients de plaisir, des Q.L., quotients de liberté, des Q.C., de création, des Q.U. d'utopie, et des Q.A., d'amour... Voilà ce que nous réclamons, pour tous, entre autres choses... »

L'autre sociologue, le plus jeune, vint au secours de son confrère et fit claquer ses doigts comme à la venue d'une idée géniale.

« En somme, si j'ai bien compris, vous voulez être le réformateur universel des Q ? »

Un gros rire courut dans l'assistance et voyant que Julien ne répondait pas, il poursuivit, esquissant un sourire complice avec le public.

« Beaucoup de gens, un peu fous, se couvrent aujourd'hui du manteau de prophète... Est-ce votre cas, monsieur Mahé ? »

Julien gardait toujours le silence. La lumière du projecteur semblait avoir augmenté encore et il souffrait terriblement d'ouvrir les yeux.

Ce voyant, l'autre continua, de plus en plus ironique :

« Et si nous ne vous accordons pas vos fameux Q.C., Q.P., et autres Q.A., que nous arrivera-t-il ?

– Vous serez broyés ! »

Une réponse sèche, brutale, définitive.

Une réponse lancée à la lumière car Julien ne voyait plus rien que ce globe d'un blanc immense, éblouissant, qui l'aveuglait peu à peu.

Tout le monde sursauta sur son siège, à commencer par celui qui avait posé la question. Et Julien ajouta, avec une expression étrange, comme s'il faisait un effort en parlant de la sorte :

« Je ne fais que vous transmettre ce que d'autres fous ont dit avant moi et que vous n'avez pas écoutés. Mais, si cela peut vous rassurer, je ne serai pas l'acteur principal de votre chute et de votre écrasement... »

Et il referma les yeux pour retrouver un peu de fraîcheur intérieure.

Il commençait à comprendre : ce projecteur trop fort qu'on lui avait foutu en pleine gueule, ce n'était pas une erreur de réglage, quelqu'un l'avait voulu ainsi. Pour le surchauffer, l'abrutir... Et, à l'écran, lorsqu'il ouvrait les yeux, essayant d'échapper à cette lumière pour fixer ses interlocuteurs, il devait montrer aux téléspectateurs un regard fuyant, sournois...

Ils avaient vraiment pensé à tout.

Le docteur Ensor, lui, s'agitait sur son siège, au comble de l'anxiété. Ce débat prenait une tournure politique de fin du monde qu'il redoutait. Il devinait le plan des autres et ce qui allait suivre. Aussi, fit-il un signe pour montrer qu'il désirait intervenir, mais l'animateur fut le seul à ne pas le voir, redonnant immédiatement la parole au jeune sociologue.

« Monsieur Mahé, oublions vos menaces, elles prêtent à sourire. Mais si je vous ai bien compris, vous n'êtes donc pas le fondateur d'une doctrine nouvelle ? »

Et il ajouta, avec un geste vague et rassurant de la main.

« Pas de mouvement messianique chez vous, comme certains l'ont cru, ces derniers mois ?

– Non... » la voix de Julien s'étranglait. « Une idée, une idée simple...

– Laquelle ?

– Le bonheur si nous parvenions à retrouver nos repères... Le bonheur contre tous vos mensonges... Le bonheur par la vérité...

– Qu'est-ce que la vérité ? a demandé un procurateur romain à un autre illuminé, il y a près de deux mille ans. Il me semble que la question reste valable de nos jours...

– Non. Quelqu'un connaît la vérité.

– Ah ! et quelle est-elle ?

– Je ne vous ai pas dit que je la détenais moi-même. Je ne peux pas vous donner ce qui ne m'appartient pas. »

La réponse sibylline de Julien Mahé souleva de violents murmures. Dans la salle, des appréciations s'échangeaient. On lui trouvait déjà l'air arrogant et un peu fou, et le dernier échange confirma cette mauvaise impression. Le jeune sociologue le sentit bien, il jouait sur du velours. Aussi, reprit-il d'une voix mordante :

« En fait, si je vous suis bien, monsieur Mahé, vous ne pouvez pas grand-chose et vous savez encore moins ! Vous êtes apparu, il y a quelques mois, dans une société qui soufflait, qui reprenait courage après trois crises graves. Et il y aurait beaucoup à dire sur les facilités dont vous avez bénéficié... En tout cas, vous êtes venu faire votre numéro sans vous soucier des conséquences... »

La voix de l'autre sifflait et vibrait comme une lanière lorsqu'il poursuivit :

« Vous êtes-vous demandé une fois, une seule fois, si vous aviez tort de parler ainsi à de pauvres gens prêts à se raccrocher au moindre espoir ? Vous êtes-vous demandé une fois, une seule fois, ce que deviendraient les jeunes que vous entraîniez derrière vous, sans parents, sans principes, sans travail, sans autre but que de rêvasser à une vague liberté ? Quel genre d'homme êtes-vous donc, monsieur Mahé ? La menace terrible d'un conflit ne vous suffisait-elle pas ? Il vous fallait encore semer la discorde à l'intérieur, dans les familles, les usines, les bureaux, les garnisons !

« Et tout cela pour qui ? Et tout cela pour quoi !

« Pour vous entendre dire aujourd'hui que vous n'avez rien à dire, que la vérité existe mais qu'elle ne vous appartient pas. Seriez-vous tout simplement un charlatan, monsieur Mahé ?

— Non... non... »

Julien vacillait sur son siège. La sueur lui poissait les tempes, et il se sentait malade à crever. Le public, dans la salle, s'était rendu compte de son malaise et haletait, avec des frémissements de cruauté. Le colosse allait-il s'effondrer déjà, là, sous leurs yeux ?

Julien jeta un regard éperdu vers Ensor, essayant de percer le brouillard lumineux et torride qui l'enveloppait, et il lâcha d'une voix rauque.

« Faites arrêter ce projecteur, je vous en prie... Le projeteur. »

Ensor, là-bas, venait de comprendre et, fou de

rage, s'était levé d'un bond, arrachant son micro-cravate. Le public qui ne comprenait rien à cette scène s'était tu, médusé. Il y eut un échange de protestations. Puis Julien entendit à peine le conciliabule qui s'engageait à quelques mètres de lui, devant les caméras qui tournaient toujours...

Maya des eaux fraîches, la tête couronnée de fleurs de nénuphar... Partout, l'eau précieuse, nourricière... Pourquoi avait-il choisi Essennes pour se réfugier ? Pas une fois, depuis son arrivée, l'idée ne lui était venue, il ne songeait même pas à cette chose. En fait, l'autre avait raison, c'était vrai qu'à beaucoup de questions il n'aurait pas su répondre; il ne savait pas pourquoi Rossan l'avait reçu, lui qui ne voyait personne; il ne savait pas comment, sur le quai de la gare, en revenant de chez Couchon, il avait *vécu* les détails odieux de l'assassinat et comment il avait deviné que Walder et Roubier étaient derrière ce meurtre; il ne savait pas d'où lui venait cette pensée nouvelle qui le poussait à aimer les hommes; il ignorait pourquoi il avait répondu à la lettre de Patricia — et à celle-là seulement — lui demandant de le rejoindre avec Maya... Maya des eaux nues, Maya des silences...

Tout à l'heure, quand l'autre l'avait interrogé sur ses motifs profonds, sur son inconscience absolue, il s'était mis à bégayer, les yeux troubles, la bouche empâtée, dans un brusque accès de panique, et le projecteur piégé n'expliquait pas tout. Non... non ! il n'avait pas voulu tromper les gens qui lui faisaient confiance, il n'était pas un charlatan, il aurait donné sa vie pour eux.

Tout se brouillait dans sa tête. Autour de lui, on s'affairait avec des bruits métalliques. Et il entendit le public qui grondait d'impatience.

Par quel hasard Susan l'avait-elle rencontré ? Elle avait une chance sur un million de tomber sur un type comme lui, ce matin-là, dans la neige ; et il l'avait sauvée du froid et des flics pour l'abandonner ensuite, sans rien tenter, avec la même certitude inexpliquable que cela devait se passer ainsi. Pourquoi ? Pourquoi ? Au fond, il avait toujours su que François le trahirait, c'était dans sa nature d'ambitieux, et pourtant il l'avait laissé manœuvrer à sa guise, prendre Elyane et la faire souffrir, organiser la rencontre avec Ensor, promettre ceci, jurer cela, mentir, jouer le double jeu, comme si toutes ces choses monstrueuses le servaient, lui, Julien. Il s'en était tenu à son système, celui d'avaler les événements, les informations, les vibrations de la matière et les émotions des hommes, passant d'une couche à l'autre, sans trop se soucier finalement de ce qu'il en ferait un jour, comme s'il avait su – mais depuis quand en avait-il pris conscience ? – qu'il ne pourrait rien en faire... Or, il se souvenait de ses premiers espoirs, des objectifs qu'il s'était fixés au début. Donc, il n'en avait pas toujours été ainsi. Et il se dit, troublé, qu'on lui avait changé sa mémoire...

« Monsieur Mahé, cela va mieux ainsi ? »

On avait réglé le projecteur. La chaleur était devenue supportable. Julien put voir nettement Ensor, qui avait regagné son siège et qui lui souriait. Et il se sentit tout de suite beaucoup mieux.

« Tout va très bien maintenant », dit-il, en souriant un peu faiblement lui aussi.

Alors, on décida de reprendre le débat, après cette minute d'interruption. L'animateur s'excusa auprès du public qui grognait comme une bête exaspérée. En avait-on bientôt fini de ces imbécillités d'éclairage ? Est-ce que tout cela n'aurait pas pu être réglé avant ? Et ce géant sur le point de s'évanouir comme une femmelette à cause de la chaleur ? Et c'est à la satisfaction générale que le jeune sociologue enchaîna, d'une voix doucereuse :

« Monsieur Mahé, maintenant que tout est en ordre, parlons si vous le voulez d'autre chose : tout à l'heure, nous avons tous vu quelques images filmées dans votre communauté, à votre insu, je vous l'accorde, mais justement. Il semble y régner une liberté de mœurs assez incroyable. Est-ce que ce laxisme, ce mépris évident de toutes les règles morales font aussi partie de votre programme ?

— Ah ! non ! »

Julien n'avait pas eu le temps de répondre. Cette fois, c'était Ensor qui intervenait sans avoir pris le temps de demander la parole. On le sentait tendu, révolté.

« Je ne peux pas laisser dire cela, s'insurgea-t-il. J'ai visité Essennes à deux reprises et, si vous m'accordez un quelconque crédit, je peux vous assurer que ce documentaire trafiqué donne une idée fausse de ce qui s'y passe ! »

L'animateur essaya bien de protester sur le mot « trafiqué », mais Ensor n'en tint pas compte et poursuivit, tout entier à sa colère.

« Car, que s'y passe-t-il ? Des gens qui s'aiment ? Des gens qui se caressent, quelques jeunes qui fument un peu de marijuana ? Alors, je dis : de qui se moque-t-on ici ? Alors que les boîtes de nuit que fréquente la majorité présente dans cette salle sont des poubelles à sexe, des poubelles à drogue, où n'importe qui baise n'importe quoi, où l'on se pique dans les lavabos, où les femmes de ménage, le matin, retrouvent, effarées, attirail et seringues, où l'on se soûle à mort avec des alcools chers jusqu'à ne plus savoir qui l'on est et ce que l'on fait ! »

La salle protesta bruyamment. On attentait Julien, et voilà que l'autre, comment s'appelait-il déjà ? Ah ! oui, Ensor, s'en mêlait. De quoi parlait-il ? Et comment osait-il les insulter, ainsi, devant des millions et des millions de téléspectateurs ? Il y eut des huées, des sifflets. Deux caméras les montrèrent, debout, rouges, crevant de rage, tendant le poing.

« C'est un scandale... Un scandale ! » jeta Walder à plusieurs reprises.

Mais Ensor poursuivit, d'une voix plus forte, matant le tumulte.

« J'ai assez d'argent et de solitude à dépenser, le soir, pour savoir ce que je dis. Vous avez voulu des vérités, monsieur le sociologue, en voilà au moins une. Je connais ces boîtes de Paris, de Monte-Carlo, de Strasbourg, de Berlin et d'ailleurs. Elles se ressemblent toutes, ces porcheries élégantes, où on parle des heures pour ne rien dire en lorgnant la femme de son voisin qui d'ailleurs, neuf fois sur dix, est d'accord pour vous la prêter ou pour l'échanger contre la vôtre, ces lupanars de l'élite, gardés comme des coffres-forts, où les jeunes femmes qui arrivent sont ravissantes, les hommes bien élevés, mais où l'on trouve très drôle, vers quatre heures du matin, si une célébrité de la chanson ou du cinéma a décidé de chier au milieu de la piste de danse... »

Le vacarme enflait encore mais il continua :

« ... Où les rabatteurs, les financiers, les maquereaux, les politiciens, les gigolos, les intellectuels et les putes du monde font la ronde autour du petit tas de merde célèbre... Oui, j'ai vu tout cela, et j'ai dansé, moi aussi, avec les autres... ces autres que l'on tutoie pour quelques heures, que l'on cocufie, que l'on embrasse pour se prouver qu'on se ressemble et qu'on est les meilleurs... Quand on ne décide pas, à l'aube, de se retrouver une vingtaine quelque part, chez l'un, chez l'autre, pour boire encore et pour baiser tous ensemble... Oui, voilà comment vivent les neuf dixièmes de notre soi-disant élite quand les travailleurs dorment et que les chômeurs rêvent au lendemain. Et parce que plusieurs centaines de garçons et de filles, d'hommes et de femmes ont voulu, quelque part, se retrouver, se réunir, et s'aimer autour d'un homme auquel ils croient, parce que certains d'entre eux fument un malheureux joint, voilà qu'on fait le procès d'un homme auquel pas un, vous m'entendez, pas un – il criait à présent pour se faire entendre –, pas un d'entre vous n'arrive à la cheville; eh bien, je dis, non ! assez ! »

Le hurlement de colère de la salle tout entière, les protestations indignées des autres invités, les menaces de Walder, les rappels à l'ordre de l'animateur désemparé par ce torrent de mots, « Monsieur Ensor... Monsieur Ensor..., vous n'avez pas le droit d'insulter ainsi nos... », tout ce sabbat finit par couvrir sa voix, et il dut s'arrêter, hors de lui, pâle, les yeux rétrécis, débordant encore de la colère dont il était plein.

Julien eut un regard de remerciement pour Ensor, mais ne fit aucun commentaire sur ce qui venait d'être dit si brutalement...

Alors, après un démarrage cahotant, lancé par quelques meneurs, le public du studio se mit à scander :

« Suspension ! Suspension ! Suspension ! »

C'était une des règles de ce jeu imbécile et cruel, né trois ans plus tôt. Pour corser l'émission, jugeant qu'un invité outrepassait ses droits, manquait à ses devoirs, se montrait vulgaire ou maladroit, les spectateurs pouvaient réclamer son silence.

« Eh bien, jeta l'animateur soulagé et ravi, comme vous venez de le constater, mesdames et messieurs, la suspension vient d'être demandée... Nous nous tournons donc vers le jury des ordinateurs... »

Quelques secondes plus tard, une sonnerie stridente retentit tandis qu'une grosse lampe verte et jaune clignotait joyeusement au fronton de l'auditorium. Les applaudissements éclatèrent. C'était la réponse. La suspension avait été admise et Jacques Ensor, micro désormais coupé, ne pourrait plus s'exprimer et prendre part au débat pendant trente minutes.

La foule se rassit, satisfaite, tandis qu'Ensor baissait les yeux. A partir de cet instant, et pour une demi-heure, Julien restait seul, face aux six autres, adversaires d'un soir et ennemis de ce qu'il représentait de toute éternité.

Ensor bâillonné, c'était au tour des psychiatres d'entrer en jeu, de lancer les premières flèches.

« Monsieur Mahé, vous nous avez dit tout à l'heure que votre mère avait été une prostituée...

– Oui...

– Pardonnez-moi si je reviens sur ce sujet délicat, mais il a son importance, je crois. Comment l'avez-vous su ?

– Des gens de mon village me l'ont dit plus tard, quand elle est morte...

– Quelle sorte de gens ? demanda l'autre à mi-voix, négligemment.

– Le maire... les gendarmes aussi qui m'avaient arrêté un jour, parce que je vagabondais sur une propriété privée...

– Des hommes représentant tous l'autorité, en somme ?

– Oui.

– Et qu'en avez-vous ressenti ?

– De l'amertume, je pense, j'ai pleuré devant eux, devant ces salopards qui rigolaient !

– Avez-vous pensé à vous venger, un jour ?

– Oui. »

Julien savait bien qu'il aurait dû répondre non, que ce piège-là était trop gros, qu'il n'aurait pas dû y tomber, mais la pensée avait parlé pour lui. Il s'imaginait les entendre déjà par milliers, derrière leurs récepteurs : « Ah ! bon, c'était donc ça ! Il déteste l'ordre, l'autorité depuis ce jour-là! Toute son action, au fond, ça n'était qu'une pauvre revanche pour une blessure d'orgueil... Ben! vous voyez, moi je suis déçu pas vous?... »

« Très bien, monsieur Mahé, passons à autre chose si vous le voulez bien. » Le psychiatre s'arrêta, avec un sourire rusé, celui de l'homme qui a découvert la première faille chez son adversaire, et qui s'y engouffre pour lui porter d'autres mauvais coups. « Monsieur Mahé, reprit-il, depuis cette époque, êtes-vous un rêveur? Je veux dire, préférez-vous l'imaginaire qui fait du bien à une réalité qui blesse? Répondez franchement.

– Je dis toujours la vérité, dit simplement Julien d'une voix un peu rauque, en regardant l'autre droit dans les yeux. Le rêveur dont vous parlez navigue comme les marins amateurs, seulement près des côtes connues, car le songe conduit au vertige. L'homme éveillé, au contraire, se dirige vers les mers lointaines, les océans inconnus. Je suis plutôt de ces hommes-là. Cela dit sans orgueil, pour répondre aussi clairement que possible à votre question. Laissez-moi ajouter que l'amour, la fraternité, la connaissance des autres ne sont pas des rêves au sens où vous le dites, ce sont des réalités possibles, envisageables, il suffit de vouloir les découvrir... »

La salle s'était tue complètement, fascinée à présent par ce langage étrange. L'autre le sentit; aussi voulut-il tout de suite casser ce charme qui naissait.

« Monsieur Mahé, on dit que...

– Vous pouvez m'appeler Julien. Le colosse

l'avait coupé, doucement, avec un fond d'ironie qui n'échappa à personne.

– Bon, très bien, va pour Julien. Alors, Julien, il se dit dans votre communauté, chez les Révolucides comme vous les appelez, que vous avez des pouvoirs particuliers, un cerveau un peu à part. Je m'explique : C'est Leibniz, je crois, qui a dit que dans l'âme il se passe quelque chose qui correspond à la circulation du sang et aux mouvements des intestins, quelque chose dont on n'a cependant aucune connaissance. Est-ce cette connaissance que vous avez apprise? finit-il par demander, railleur à son tour.

– Qui est Leibniz? »

Un éclat de rire général secoua l'auditorium, soulageant la tension. Ce que ce Mahé pouvait être bête quand il voulait. Et dire que cet homme inculte, à l'œil effaré, les magnétisait il y avait quelques minutes encore, avec ses mots brûlants.

« Leibniz était un philosophe... Julien, dit l'autre avec un mauvais sourire, plein de commisération.

– Ah! fit simplement Julien, pas intéressé le moins du monde, indifférent aux quolibets et aux rires qu'il avait provoqués. Leibniz, vous dites... Leibniz... » Il répéta les deux syllabes plusieurs fois, comme un enfant qui apprend par cœur une leçon difficile... Puis, tranquillement : « Eh bien, pour répondre à Leibniz et à votre question, non, il ne s'agit pas de cette connaissance-là.

– Alors de quelle connaissance s'agit-il? »

L'autre exultait, gorgé de son succès populaire.

Après une courte pause, il ajouta, comme s'il se fût adressé à un enfant ou à un débile mental :

« Mais peut-être, est-ce un secret ? »

Julien lui répondit immédiatement, sans sourciller :

« Il s'agit de la connaissance totale... La connaissance cosmique de la matière, précisa-t-il, sans sourire.

– Et comment parvenez-vous à cet état particulier ? Par la drogue ? lui jeta l'autre rudement, sans se démonter.

– La drogue ? Non. Je n'en ai pas besoin, mais il est possible, peut-être, d'y parvenir par ce moyen-là, encore que j'en doute...

– Il y a des drogués parmi vous malgré ce qu'en pense et ce qu'affirme notre éminent confrère. » Il désignait du menton Ensor qui adressa à Julien un geste d'impuissance. « Que pensez-vous de la drogue ?

– Je vous ai dit déjà qu'elle ne m'intéressait pas.

– Etes-vous pour ou contre ?

– Ni pour, ni contre. Disons que je suis avec... Comme je me sens lié avec tout ce qui souffre, tout ce qui erre, tout ce qui cherche... Vous savez, on ne se came jamais par hasard... » Puis, après un silence, Julien reprit : « C'est vrai que je me sens comme un frère avec tous les paumés de la terre, les drogués, les alcolos, les voyous, les chômeurs, les misérables, tous ceux qui crèvent, qui ont mal, qui ne savent plus où donner de la tête et du cœur...

– Pouvez-vous nous donner en direct une

preuve de votre " connaissance " ? » ricana l'autre, en insistant sur le mot avec un air de mépris.

Il y eut un silence lourd que personne ne rompit. Allait-on entendre des révélations sensationnelles ? Ne disait-on pas que ce Julien Mahé possédait quelques pouvoirs paranormaux ? Julien semblait hésiter à dévoiler sa pensée. Toujours muet, il hochait légèrement la tête, de gauche à droite, comme pour mieux soupeser le pour et le contre de ce qu'il devait répondre...

Il dit enfin :

« Eh bien, vous n'ignorez pas qu'il existe des eaux profondes, très profondes... Mais savez-vous qu'il existe des eaux sans fond ?

– Des eaux sans fond ? répéta l'autre, éberlué. Non, je ne comprends pas... je ne... »

Julien l'arrêta et lui posa une autre question.

« Savez-vous quel est le centre de l'œuf cosmique, le trou noir où le temps n'existe pas et où naissent toutes les pulsions humaines ? »

Puis laissant celui-ci stupéfait et se tournant vers son voisin qui jusqu'ici n'avait rien dit :

« Et vous, l'autre spécialiste, savez-vous que chaque cerveau d'homme est un univers à soi, qu'il possède sa propre cosmogonie, ses systèmes planétaires, sa gravitation, ses galaxies, sa radioactivité, ses corps célestes ? Savez-vous que des astéroïdes le transpercent, qu'il véhicule des comètes de pensée assez proches – matériellement – des étoiles filantes qu'on voit parfois le soir, dans le ciel, quand il fait doux, et que la terre vous pèse ? » Engagé dans cette pensée unique qui effarait tout le monde, Julien continuait, les yeux au loin, martelant ses mots comme des clous pour les faire entrer dans tous ces crânes : « Savez-vous enfin que votre psychiatrie, science humaine comme vous l'appelez, n'est qu'une pauvre petite chose, une astronomie ridicule qui en est encore à ses balbutiements, et que vos télescopes mentaux sont bien trop faibles pour voir ce qui s'y passe.

– Allons donc, monsieur, je vous en prie... Vous dites n'importe quoi..., bégaya le plus âgé des deux, le visage empourpré par la colère.

– Vous ignorez tout cela et vous connaissez Leibniz, reprit Julien sans y prêter attention. Eh bien, moi je ne connais pas Leibniz, mais je sais tout cela. Que tout ce que je viens de dire soit gardé, enregistré, et vous aurez bientôt tout le loisir de le vérifier... Comment je l'ai appris ? Je l'ai appris pendant que vous dormiez, ventre plein et couilles vides auprès de votre épouse qui se fait baiser, l'après-midi, pendant que vous consultez les âmes... Je l'ai appris pendant que vous rêviez de votre nouvelle grosse voiture, pendant que vous rêviez à vos nouveaux mensonges et aux nouvelles bonnes raisons de mentir qu'il vous faudrait inventer le lendemain, pour répondre à un homme ou à une femme, quand ce n'est pas à un enfant, qui sombrait et qui était venu vous voir, dans l'espoir insensé que vous le guérissiez...

– Sottises ! grondèrent les deux psychiatres, qui s'étaient levés, très pâles à présent.

– Eh oui ! messieurs, à mon tour de vous poser des questions, et de les résumer par celle-ci : Savez-vous que vous ne savez pas ? »

D'abord, il y eut un long silence, mi-stupéfait,

mi-indigné par tant d'audace. Les caméras ronronnaient, on n'entendait plus qu'elles. L'auditorium tout entier semblait s'être pétrifié.

A côté de Julien, l'animateur regardait désespérément sa fiche, ce petit papier qu'on lui avait glissé avant l'émission avec les questions à poser, l'ordre à suivre impérativement, ces quelques lignes qui commençaient par « MÈRE PUTAIN » et que quelqu'un, quelque part, qu'il ne connaîtrait jamais, avait tracées...

Ensor avait fermé les yeux et mis les mains dessus, pour ne plus voir, tâchant d'oublier le futur qui allait surgir. Julien avait joué le jeu jusqu'au bout, dévoilant ses singularités comme on démasque ses batteries, et toutes ces révélations incohérentes au commun des mortels, cette tirade démente sur le cerveau, réplique parfaite de l'univers, cet orgueil de savoir ce que les autres ne savaient pas, cette différence formidable qui avait plongé le studio et, sans doute en même temps, des millions de foyers dans la stupeur et l'incrédulité, tout ce qui, enfin, aurait pu le sauver allait le perdre.

Et puis, d'un seul coup, tout explosa. Une clameur furieuse, trois mille têtes hurlantes.

« Imposteur ! Dehors ! Foutez-le dehors ! »

Les plus près de Julien montraient de nouveau le poing, les autres montraient la porte avec des gestes furieux. La foule, la foule gesticulait, la foule hurlait : une mer de visages et de mains; une mer qui éclatait, secouée par un tremblement de terre sous-marin dont personne n'eût pu dire l'épicentre, la cassure originelle...

Ailleurs, à des centaines, parfois à des milliers de kilomètres – on l'a su plus tard – des gens jetaient leurs téléviseurs par les fenêtres, pris de rage et de folie d'avoir été bernés ! Et ce fut un spectacle aussi formidable qu'étrange que celui du lendemain matin, avec ses rues couvertes de verre et d'espoirs brisés...

« Dehors ! Dehors ! » hurlait toujours la foule.

Alors une rage prit Julien contre ce peuple. Il eut envie de leur crier :

« Je n'ai jamais été ce que vous pensiez, ce que vous espériez ! Je vous l'a dit cent fois et cent fois vous n'avez pas voulu m'entendre. J'ai émergé des eaux primordiales, mais je ne suis qu'un homme ! Je ne suis pas le Réajusteur d'os, l'Ouvreur de corps ! Je ne suis pas celui qui nourrit le souffle des hommes ! Je ne suis et je n'ai voulu être que votre frère, votre camarade. Ecoutez-moi, mais écoutez-moi, bon Dieu ! »

Mais Julien ne dit rien de tout cela. A quoi bon ? Et, de toute façon, le vacarme l'aurait empêché de se faire entendre. Alors, il sentit un grand froid, la haine des autres avait traversé ses vêtements comme une pluie, mouillé la peau de son crâne à travers ses cheveux, et il frissonna en retournant à son silence.

Peu à peu, le calme revint.

Alors, le plus âgé des psychiatres se tourna vers le public et vers les caméras, toujours debout.

« Mesdames et messieurs, je ne croyais pas que ce serait aussi facile, je veux dire qu'il nous serait aussi simple de faire éclater la vérité aux yeux de l'Europe entière. Allons-nous tolérer plus longtemps, désormais, ce ramassis de foutaises, d'élucubrations plus invraisemblables les unes que les autres, qui ne s'arrêtent que pour faire place aux injures ?

– Non... Non..., gronda le public.

– La vérité, mesdames et messieurs, reprit-il avec une sorte de pitié teintée de mépris dans la voix, oui, la vérité est que nous nous trouvons en face d'un pauvre dément, d'un pauvre type aigri, porteur de troubles et de discordes, un subversif d'un genre nouveau qui devait forcément apparaître à l'orée de ce troisième millénaire, avec ce que cela suppose de superstitions, et qui, dans sa pauvre tête d'épileptique – car il est ÉPILEPTIQUE, je vous l'assure, et si le docteur Ensor pouvait parler, il ne me démentirait pas! – veut refaire le monde à son image. Et quelle image? Cette brute malade mélange tout, ses rêves et ses visions, sa salive et sa bave, sa peur du genre humain et sa haine d'une société où il n'a pas réussi. Il veut embrasser les hommes, dit-il, mais c'est pour mieux les étouffer! »

Julien commençait à ne plus voir, à ne plus entendre. Il eut un gémissement mais l'autre continua pourtant, imperturbable :

« Il crache sur la raison, s'entoure de fous, de maniaques, de drogués, de lesbiennes et d'homosexuels, et autres pervers en tout genre. Car, au fond de sa folie, il n'est qu'amertume, sauvagerie, corruption, amoralité et esprit revanchard...

– Très bien! Très bien! » lancèrent plusieurs personnes dans le public.

Mais l'autre reprenait déjà, d'un ton solennel.

« Oui, voilà la question qu'il faut se poser et que je vous pose aujourd'hui, à vous tous qui m'écoutez : devons-nous tolérer cet être non conforme, devons-nous accepter plus longtemps ses mensonges et la menace que sa secte représente ?

– Non ! Non ! » grondèrent à nouveau les gradins.

Puis, se tournant vers Julien, devenu blême, le montrant d'un seul coup du doigt, comme le procureur aux assises désigne l'homme dont il réclame la tête, il jeta :

« Pauvre fou ! Vous ne leurrerez plus personne, vous ne contaminerez plus des millions et des millions de jeunes esprits comme vous avez pu le faire jusqu'ici. Votre règne de folie, votre rêve d'anarchie sont terminés. Car je vous promets, moi, et il bombait un peu la poitrine en disant ces mots, oui, je vous promets qu'à l'avenir nous vous empêcherons de nuire !... »

Alors, son confrère qui n'avait pas parlé jusqu'ici se leva lui aussi pour lâcher gravement cette phrase :

« J'approuve à cent pour cent tout ce que vient de dire mon honorable confrère. Vous et vos semblables doivent être retirés de la société ! Et je demanderai, en sortant de ce studio, que l'on prenne d'urgence des mesures en ce sens... »

Là-bas, sur l'écran géant du bureau, le carnage se poursuivait maintenant méthodiquement. Voulant leur part de la bête qui s'abattait lentement, les deux sociologues et l'historien avaient rejoint les deux psychiatres pour la curée. Et Julien, que l'on voyait parfois en gros plan, avec sa tête osseuse et laide, ne répondait plus que par monosyllabes pour se défendre, d'une voix empâtée et déjà lointaine.

Un grand feu brûlait dans la cheminée.

« Eh bien? demanda le Président à l'homme qu'il entendait respirer difficilement à côté de lui, légèrement en retrait, dans la pénombre.

– Eh bien, c'est ignoble! »

C'était François qui se levait, le visage décomposé, pour ne plus voir.

« Ignoble, répéta l'autre, rêveur, oui, sans doute avez-vous raison. Mais c'est mieux ainsi, pour tout le monde...

– Mieux? demanda François, des larmes dans les yeux.

– Ecoutez, Caumont, et faites-moi la grâce de me croire, répondit l'autre, patiemment. Je n'ai rien et je n'ai jamais rien eu contre votre ami Mahé. Au contraire, je l'ai aidé au début, parce que cela servait les intérêts de l'Etat, c'est vrai, mais aussi parce qu'il représentait quelque chose à mes yeux... Voyez-vous, par plusieurs côtés, je lui ai ressemblé à une époque, avec moins de charisme peut-être, moins de certitudes aussi. Mais un idéal presque identique au sien m'animait... » Il baissa le son, avec la commande à distance, pour mieux se faire entendre et, sur l'écran, les visages des uns et des autres, apostrophant Julien à tour de rôle, apparurent encore plus grotesques. « Et c'est la raison pour laquelle, très jeune, j'ai décidé d'être un militant, de faire un jour de la politique. Eh oui ! pensez-en ce que vous voudrez, mais c'est par idéalisme que je me suis lancé dans tout cela... »

Et il désignait d'un geste désabusé le formidable bureau présidentiel, ses tableaux, ses richesses, sa splendeur, ses piles de dossiers et les fermetures électroniques, aux portes, aux fenêtres, partout, pour se garder des assassins...

François gardait le silence. Le Président, de son côté, semblait avoir une pensée unique.

« Les premiers temps, j'y ai cru, reprit-il l'œil vague, revivant ses souvenirs, revoyant des scènes qu'il avait cru oubliées. J'ai même appartenu – je me suis arrangé plus tard pour en faire disparaître les preuves – à un mouvement d'extrême gauche... C'est tout vous dire... Je maniais la dialectique et la fraternité avec ferveur. Et puis, après, il y a eu après, bien sûr... Les premiers succès, l'ascension fulgurante, les premières combines d'états-majors, les premiers banquiers sans lesquels vous n'êtes rien, et puis enfin le pouvoir, le goût du pouvoir; c'est une drogue, vous savez Caumont, dont il est difficile de se passer... Tenez, je vais vous parler franchement, comme je ne l'ai fait, avec personne, depuis longtemps : je croyais à l'homme et l'homme m'a écœuré. Si vous saviez ce que j'ai pu voir et entendre en trente années de politique. A droite, à gauche, au centre. Dans les Parlements comme dans la rue. Les idées en avant, et derrière, les ambitions, les querelles personnelles, les mesquineries... »

Le Président s'arrêta un instant pour allumer

une cigarette, puis il poursuivit, sans regarder François, les yeux perdus dans son rêve :

« Oui, j'ai aimé le peuple ! Je voulais le tirer de toutes ses crises, lui montrer ses erreurs. Je rêvais pour lui d'un âge d'or, moi aussi, comme les autres. Mais moi j'y croyais vraiment. Je croyais avoir des solutions et des alliés. Mais je me suis rendu compte d'une chose terrible, François, vous permettez que je vous appelle François, n'est-ce pas, oui, d'une chose terrible : l'homme ne vaut rien ! C'est sans doute la pire créature inventée par Dieu, son erreur la plus tragique ou alors Dieu est un salaud !... Ou un fou ! Les invertébrés ont cédé le pas aux poissons, les poissons aux reptiles, les reptiles aux mammifères et aux oiseaux, et ceux-ci, à leur tour, ont dû s'incliner devant qui ? Devant l'homme ! Pourquoi ? Par quelle aberration a-t-il fallu que cette race de bipèdes-là, qui réunit tous les défauts et tous les vices des espèces précédentes sans en avoir conservé beaucoup de vertus, par quelle erreur tragique de l'évolution, cette espèce a-t-elle supplanté les autres ? Vous savez la réponse : par l'intelligence. Et l'intelligence pousse sur le fumier, elle s'épanouit dans le purin ! c'est ainsi et personne n'y peut rien... Julien disait vrai, la terre est devenue une poubelle, mais dans cette poubelle l'homme n'a jamais été aussi intelligent, aussi inventif, aussi créateur. Oui, François de Caumont, le monde intelligent est pourri, et cette nature double lui est aujourd'hui nécessaire. Alors, pour gouverner, il ne faut pas être pur, il faut être plus pourri, plus pourri et plus fort que les autres...

– Et Susan Heynckes, qu'en avez-vous fait ?

– Je vous jure que j'ignorais tout de cette histoire ! De même que j'ignore encore ce qu'elle est devenue...

– Mais Julien ? Pourquoi toute cette mise à mort ? s'écria François, ravalant ses larmes.

– Julien Mahé représentait un danger pour ce triste équilibre, répliqua l'autre, sèchement.

– Il était pur !

– Il était fou !

– Et vous ? Et vous ? Avec vos lois, vos arrestations arbitraires, vos guerres, vos complots, vos meurtres peut-être ?

– J'essaie de sauver ce qui peut l'être...

– Non ! Non ! Je vous ai tout dit sur Julien, tout ce que m'avait raconté Ensor; et toutes ces révélations, tous ces arguments, tout ce qu'il avait de particulier et de bon, vous l'avez retourné contre lui... » Puis, se laissant aller, à bout de nerfs, sur le dossier d'un fauteuil, il murmura d'une voix étouffée, dans un sanglot : « Je l'ai trahi, oh ! mon Dieu ! »

Le Président resta quelques secondes sans répondre, à le regarder. Puis, avec une brutalité forcée, il reprit :

« Oui, vous l'avez trahi; vous avez trahi peut-être le meilleur d'entre nous, d'accord. Mais vous avez fait le plus difficile. Cette aventure insensée ne pouvait pas aboutir. Je vous en propose une autre ! Je suis seul, très seul. J'ai besoin d'hommes jeunes comme vous à mes côtés. Vous apprendrez à mentir, à tricher, à trahir les médiocres; cela vous sera facile maintenant, vous l'avez bien trahi, lui ! »

Puis, comme l'autre levait un regard égaré sur l'écran de télévision où tout s'achevait, il ajouta plus durement :

« Ne regardez plus cet écran... c'est fini. Regardez plutôt devant vous, restez avec moi, François – c'est lui qui suppliait presque maintenant – et je vous donnerai les vrais moyens de le refaire, ce monde, puisque vous y tenez tant ! »

IV

Les portes vitrées électroniques de la Maison de la Télévision glissèrent silencieusement devant lui.

Tout le monde était parti. La rue était vide.

Julien fit quelques pas. Arrivé au pont, il aperçut un feu sur la courbe de son horizon.

« Maya ! » cria-t-il en tendant les bras.

Puis sa vue se troubla, et il ne vit et n'entendit plus rien.

SEPTIÈME PARTIE

MAYA

Voilà, je vous ai tout dit, ou presque.

La guerre n'a pas eu lieu. Des affrontements larvés se poursuivent ici et là, mais la haine n'y est plus, on le sent bien. La parole appartient désormais aux diplomates et à quelques médiateurs de bonne volonté. Tout finit par là où on aurait dû commencer. Et l'autre jour, le Président a parlé d'une réconciliation possible et définitive avec nos voisins d'en face, « à condition, a-t-il ajouté, que chaque camp y mette un peu de bonne volonté. Pour ma part, j'y suis prêt ».

Depuis qu'il s'est débarrassé – de façon assez brutale, m'a-t-on dit – de Walder et de Roubier, ses deux conseillers, il a changé, notre Président. Moins dominateur, plus humain, c'est du moins le sentiment que nous sommes plusieurs à partager. Et il y a parfois, dans son regard, quand on le voit à la télévision, quelque chose qui passe, comme une souffrance, comme un remords.

François est resté près de lui. Nous apercevons son visage, de temps à autre, derrière l'épaule du

Président, au cours d'un voyage à l'étranger ou d'une cérémonie officielle. La dernière fois, c'était à Berlin, je crois, pour la dépose symbolique de la première pierre du mur de la honte. François... Toujours le même costume gris anthracite, à fines rayures blanches, toujours la même grâce caressante de jeune bourgeois sensible mâtiné d'arriviste, dont les spécialistes s'accordent à dire qu'il fera une grande carrière politique. Je sais qu'il a écrit à Elyane, pour se justifier sans doute, mais elle a brûlé la lettre sans la lire, sans me la montrer, et sans lui répondre...

Le docteur Ensor, lui, s'est montré fidèle jusqu'au bout. Il a beaucoup écrit sur Julien et, outre sa publication de l'« Eloge de l'Amour à l'intention d'une petite fille », extrait des « Dossiers du Temps », c'est lui, je crois, qui a communiqué à l'anglais Wills tout le matériau nécessaire à la rédaction de son ouvrage : *Les Révolucides et le pessimisme européen*, livre que j'ai cru devoir citer à plusieurs reprises dans mon récit, tant il m'apparaît remarquable. Nous avons revu Ensor deux fois, la dernière en janvier, pour dîner. Il semblait calme. Et puis, son travail achevé, comme si l'écœurement de cette soirée l'avait engrossé d'une idée terrible, il s'est suicidé, jour pour jour, neuf mois après cette émission dramatique, en se tirant une balle dans la bouche. Les Chinois qui le considéraient, je l'ai dit quelque part, comme « l'un des derniers grands humanistes de ce temps » ont réclamé son corps, afin de lui élever un mausolée, au nord de Pékin. Ensor ne laissant aucune famille, la demande a été accordée. Et il nous arrive, à Elyane et à moi, d'évoquer cet homme sincère et courageux qui repose aujourd'hui, par un dernier caprice de l'existence, à des milliers de kilomètres de sa Belgique natale, objet de l'amitié et de la ferveur d'un milliard d'hommes jaunes...

Et Julien ? allez-vous me demander.

Eh bien, à ma connaissance, personne ne l'a jamais revu depuis cette soirée des « Dossiers du Temps ». Habituellement, vous trouverez toujours des gens qui se vantent d'avoir vu ce que les autres ne voient pas : des soucoupes volantes dans le ciel de la nuit, des Martiens ou des fantômes... Avec Julien, dont l'Europe entière connaissait pourtant le visage, pas un mot, pas un témoignage de ce genre.

Au fond, je m'en réjouis. Mais cette satisfaction ne résout rien.

Nombreuses, bien sûr, ont été les hypothèses avancées pour expliquer cette disparition. Julien avait-il été arrêté, la nuit même, à quelques pas seulement du studio, et éliminé plus tard, en secret ?

L'avait-on plutôt fait interner dans une de ces nouvelles cliniques psychiatriques, assez mystérieuses, que la rumeur publique situe au nord-est de l'ancienne Autriche ? comme le croyait personnellement le docteur Ensor.

D'autres y voient plus volontiers une vengeance des anciens compagnons de Susan Heynckes, lui faisant payer de sa vie ce qu'ils avaient toujours considéré comme une trahison ? J'en doute, car le mouvement Immature est mort comme il était né, d'un jour à l'autre, et, de ce frisson religieux et violent qui avait couru sur la peau de l'Europe pendant quelques mois, il ne restait plus grand-chose, pour ne pas dire rien, lorsque Julien s'était présenté, ce soir-là, devant les caméras. Certes, des hommes comme Walder et Roubier entretenaient encore ce mythe dans la population, à des fins de répression policière. Mais, aujourd'hui, tous les historiens tombent à peu près d'accord sur ce point : à l'époque, déjà, les Immatures avaient vécu.

Est-il possible, alors, que le Président, troublé, ou accédant, finalement, à une requête de François – Elyane a eu tort de brûler cette lettre, je le lui ai dit à plusieurs reprises – que le Président, donc, ait fait éloigner Julien, à l'époque, pour mieux le protéger de ses fameux conseillers qu'il maîtrisait de plus en plus mal ?

Cette éventualité n'est pas négligeable et on ne peut la rejeter, pas plus que les autres, d'ailleurs.

Personnellement, je penche pour une explication plus simple, qui s'inscrit mieux dans le caractère de mon ami d'Essennes : Julien aurait décidé lui-même de s'enfoncer dans la nuit, de s'y volatiliser en somme. N'oublions pas que Julien était resté, malgré sa métamorphose mentale, une sorte de fauve, avec ce que cela suppose d'instinct de conservation et de souplesse sauvage. Il a fort bien pu effacer toutes ses traces, et aller se terrer, quelque part, à l'abri de la meute. Si cette dernière explication était la bonne, il a pu estimer, en outre, que cette disparition, presque magique, renforcerait la teneur de son message.

Dans ce cas – et c'est un peu la raison pour laquelle j'ai écrit ce livre – il aurait déjà partiellement réussi, certains commençant à murmurer aujourd'hui, à peine trois ans après, qu'il n'existe aucune possibilité de confirmer chaque histoire racontée à son sujet, plusieurs situations et propos qu'on lui prête ayant été vécus, selon eux, par plusieurs personnes différentes et attribués ensuite à un seul et même homme...

De son côté, l'image de Rossan, physicien rebelle à la raison d'Etat glisse peu à peu vers celle d'un vieux prophète apocalyptique...

Un mythe est en train de naître, un mythe imbécile et mensonger que certains, ceux-là mêmes qui l'ont brisé, entretiennent soigneusement. N'est-il pas répugnant, ce spectacle d'un jeune rebelle louangé à l'excès, une fois disparu, par des gens qui l'ont détesté et qui seraient encore terrifiés par lui, s'il revenait. Oh ! je sais bien pourquoi : toujours la bonne méthode d'hier, l'opium qui endort et qui aveugle. Jamais la joie, toujours l'extase. Faut-il que notre malaise soit grand pour avoir cru, et pour croire, encore, à un Julien sauveur, à un Julien rédempteur...

De telles âneries me donnent la nausée. Et quand je pense à leurs conséquences possibles, je frémis.

En aura-t-on fini un jour de toutes ces stupidités, de toutes ces superstitions ? Moi, je m'en tiens aux faits, matériels et tangibles. Et j'affirme que personne ne peut dire avec certitude – et surtout pas ceux qui se déclarent aujourd'hui disciples du « Maître de Justice », c'est ainsi qu'ils l'appellent maintenant! – ce qu'il est advenu, ce soir-là, de Julien Mahé.

Ou alors, je n'ai rien compris à cette histoire...

Le seul petit fait notoire, et encore d'aucuns le jugeront sans doute anecdotique, c'est Elyane – devenue ma compagne comme le souhaitait Julien – qui me l'a raconté. Elle-même le tenait de Mustapha, le petit ouvrier algérien d'Essennes dont j'avais fait le portrait.

Ce soir-là, m'a-t-elle dit, tandis que psychiatres, sociologues et commentateurs agréés mettaient en pièces Julien, devant trois cent millions de téléspectateurs, le brave Moumousse était monté veiller la petite Maya, l'enfant s'étant déclarée légèrement fiévreuse.

Tous les autres restèrent en bas, chez Mme Houdin, à regarder l'émission.

Maya, une heure après s'être endormie, c'est-à-dire à peu près au moment où Julien, très pâle, quittait les studios, Maya donc s'était dressée brusquement sur son lit, le visage épouvanté, bras tendus en criant :

« Julien! C'est la Grande Année! C'est le jour du temps! »

Ne comprenant naturellement rien à ces propos étranges, et croyant à un cauchemar, Moumousse s'était efforcé de calmer la petite fille, de sa main brune et douce, massant longuement les tempes frémissantes, lissant avec amour les longs cheveux blonds.

Et l'enfant avait fini par se rendormir, le visage d'une fraîcheur de lait à présent, un sourire singulier sur ses lèvres roses.

Le lendemain matin, elle avait disparu.

PROLOGUE POUR UN FUTUR

Pour Arthur C. Clarke

TEL un joyau resplendissant, Maya reposait au sein du désert.

Jadis, elle avait partagé les affres de son créateur. Mais le temps, maintenant, ne passait plus pour elle : jours et nuits voltigeaient sur la surface du désert vitrifié, mais, pour Maya, c'était toujours l'après-midi, et le soir ne tombait jamais.

Les longues nuits d'hiver qu'avait connues Julien pourraient revenir et poudrer le désert de gelées blanches, l'escalier de lumière se mettre à flamboyer : Maya ne connaissait ni chaleur ni froid. Elle n'avait aucun contact avec le monde extérieur : elle était à elle seule, un univers...

Auparavant, les hommes et les femmes avaient fait des enfants.

Certains avaient duré des jours, des années, d'autres, plus célèbres, des siècles, avant que le temps ne balayât jusqu'au nom de leurs parents.

Maya, seule, avait défié l'éternité, se défendant – ainsi que tout ce qu'elle recelait – contre la lente érosion des idées, les ravages de la vieillesse, et la flamme parfois impure de ces pauvres dieux qui font les hommes.

Depuis que Maya avait reçu signes et couleurs, les océans de la terre avaient fait leur temps, et le désert recouvert le globe tout entier. Les dernières montagnes avaient été réduites en poussière par les vents et par les pluies. Et le monde était trop fatigué pour en enfanter d'autres...

Obsédante et stable, Maya attendait.

Son code-mémoire magnétique — des milliards de granules inaltérables — lui parlait parfois d'un temps, dit de l'Age d'or, où l'intelligence et l'amour avaient nourri le souffle des hommes. Puis, après bien des hésitations, les hommes avaient sombré dans la folie et dans la honte. Désormais indifférente aux triomphes et aux cataclysmes qui, tour à tour, éclairaient ou ruinaient les dernières civilisations humaines, Maya était demeurée, UNE, dans la lumière flamboyante.

Maya attendait, toujours satisfaite de son éternel automne, sachant que le temps et la mort ne sont que des options provisoires, des signes conventionnels facilitant les jeux de la pensée.

N'était-elle pas, à elle seule, le commencement et la fin, l'incréé et le devenir ?

N'était-elle pas la Femme ?

Tout recommencerait de son ventre.

Et, tournée vers ces fleuves qui roulent les galaxies, Maya attendait les Autres...

Car, enfin, et cela la confortait encore dans sa mission, les jours d'ennui, du temps où les ténèbres s'apprêtaient à couvrir les ténèbres, un grand gars maladroit et pur, un peu fou sans doute, ne l'avait-il pas surnommée l'Enfant du futur ?

ŒUVRES DE MICHEL LANCELOT

Chez Albin Michel :

JE VEUX REGARDER DIEU EN FACE (1968).
CAMPUS, VIOLENCE OU NON VIOLENCE (1971).
LE JEUNE LION DORT AVEC SES DENTS (1974)
Prix des Créateurs.

Chez d'autres éditeurs :

RICHARD WAGNER (E.U.A., 1961).
AU SERVICE DES BORGIA (Ed. Combat, 1964).
ANTON BRUCKNER (Seghers, 1966).
LE MUSÉE VOLÉ (Brachot, 1980).

« Composition réalisée en ordinateur par IOTA »

IMPRIMÉ EN FRANCE PAR BRODARD ET TAUPIN
7, bd Romain-Rolland - Montrouge - Usine de La Flèche.
LIBRAIRIE GÉNÉRALE FRANÇAISE - 12, rue François 1er - Paris.
ISBN : 2 - 253 - 02760 - X

30/5570/4